Op een ochtend

Virginia Baily

Op een ochtend

Vertaald door
Anna Livestro

Ambo|Anthos
Amsterdam

MIX
Papier van verantwoorde herkomst
FSC® C014496

ISBN 978 90 263 3117 6

Oorspronkelijke titel *Early One Morning*
Oorspronkelijke uitgever Virago
Omslagontwerp b'IJ Barbara
Omslagillustratie © Plainpicture/Arcaid (straatje), © Arcangel (vrouw met kind)
Foto auteur © Charlie Hopkinson

Verspreiding voor België:
Veen Bosch & Keuning uitgevers nv, Antwerpen

Ter herinnering aan mijn vader, Peter Baily

1

Rome, oktober 1943

Een jonge vrouw loopt met ferme passen door een straat in Rome. De riem om haar jas zit stevig aangesnoerd en om haar hoofd heeft ze een sjaal gewikkeld. Schuin om haar lichaam hangt een grote stoffen tas. Aan haar arm draagt ze een kleinere tas, met daarin haar portemonnee met een paar lires en haar papieren – haar identiteitskaart en een bonnenboekje. CHIARA RAVELLO, ongehuwd, staat er op de kaart, die ook haar adres bevat: Via dei Cappellari 147, appartement nummer 5. Ze heeft geen paraplu om zich te beschermen tegen de regen die gestaag uit de donkere hemel valt, een genadeloze stortregen die nog uren zal aanhouden, alsof hij medeplichtig is aan de gebeurtenissen van die dag.

Binnen een kwartier na het dringende telefoontje – 'Mama is ziek,' had Gennaro gezegd – was ze de deur uit. Dat ze überhaupt fatsoenlijk aangekleed is, gezien haar haast en het feit dat haar zusje, Cecilia, haar steeds door het huis achternaliep en haar ophield met zinloze vragen, is een klein wonder. 'Wie belde er net?' bij de badkamerdeur terwijl Chiara water over haar gezicht plensde. 'Waarom kleed je je nu al aan? Het is pas kwart voor zes,' toen Chiara haar kousen van de lijn voor de haard haalde en de vochtige, onwillige dingen om haar rillerige benen deed.

De regen is tot in het huis doorgedrongen; in de keuken lijkt een lichte mist te hangen.

'Je kunt de deur niet uit zonder onderrok,' toen ze haar rode wollen jurk over haar hoofd trok en haar riem dichtgespte. En toen, ineens kordaat: 'Zal ik nog een kop koffie voor je maken?'

Terwijl Cecilia de koffiepot uitspoelde boven de gootsteen had Chiara even tijd om te bedenken wat ze misschien allemaal nodig had: haar jas en haar sjaal, en ze moest die extra tas zien te vinden voor het geval er nog iets te redden viel, beslissen of ze op de fiets zou gaan, nee, toch maar niet, want het zou te lang duren om dat ding door het trappenhuis naar beneden te manoeuvreren, lopen was sneller. Gennaro's bar aan de Via Portico d'Ottavia was nog geen kilometer verderop.

Bij de keukendeur draaide ze zich om, om te zeggen dat ze moest gaan, en ze zag dat Cecilia daar stond, met de lege koffiepot in haar hand bungelend en met open mond. Chiara wist dat Cecilia zich herinnerde dat er geen koffie in huis was, dat er al ruim twee maanden geen koffie meer was; en dat die herinnering alles boven bracht wat met deze wetenschap te maken had: de bommen, de doden, de bezetting door de nazi's, alles wat Chiara bij zichzelf 'de puinhoop' noemde. Anders zou ze haar zusje hebben getroost, maar vandaag niet.

'Ik blijf niet lang weg,' zei ze.

'Ga nou niet,' zei Cecilia. Ze had haar kleinemeisjesstem opgezet.

'Godallemachtig,' riep Chiara en weg was ze; haar laarzen maakten lawaai op de stenen trap, maar niet genoeg om het gejammer van haar zusje te overstemmen.

Eenmaal op straat bedacht ze zich, en ze holde de twee trappen weer op. 'Kleed je aan. Pak wat warme kleren in.'

Cecilia's mooie gezichtje met de reeënogen kreeg die zenuwachtige, kwijnende blik waardoor Chiara haar wel kon slaan. 'Gaan we dan op vakantie?' vroeg ze.

'Ja. We gaan weg,' antwoordde Chiara. 'Pak voor mij ook maar een tas. Ik ben hooguit over een paar uurtjes weer thuis.' Ze wees naar de klok. 'En dan neem ik iets heel bijzonders mee.'

'Zal ik ook mijn naaispullen inpakken?'

'Als het in de tas past. Niet de machine.'

'Ik neem ook voor ons allebei een deken mee.'

'Het spijt me dat ik tegen je schreeuwde.'

'Ik zal het tegen niemand zeggen.'

Aan wie Cecilia het denkt te kunnen vertellen is een raadsel.

Het is donker op straat. Er geldt inmiddels een avondklok, en de straatlantaarns zijn niet aan. Chiara's vochtige voeten glibberen over de natte keien in haar lekkende laarzen. Op de hoek van de Campo dei Fiori blijft ze even staan. Het eerste zwakke licht van deze grauwe nieuwe dag dat over het verlaten plein valt, heeft zijn weg nog niet gevonden naar de nauwe schacht van de Via dei Cappellari. Het is zaterdagochtend, zes uur, en eigenlijk zou de markt hier nu moeten beginnen. Het standbeeld van Giordano Bruno is de enige menselijke vorm die er nu te zien valt. Ze kijkt naar hem op, hij staat daar ernstig, kap op het hoofd, reusachtig, alsof er misschien troost uit te putten valt. Ze huivert.

Langs de rand van het plein steekt ze over, dicht tegen de gebouwen aan. De straten zijn leger sinds de nazi's aan het bewind zijn. Net als na een waarschuwing voor slecht weer, een aardbeving, sneeuw of een aardverschuiving, blijven de mensen in Rome allemaal binnenshuis, en gaan er tegenwoordig alleen nog op uit als het echt niet anders kan. 's Avonds klinken er altijd hier en daar geweerschoten. Er zijn verhalen over mensen die willekeurig worden aangehouden, tegen de muur worden gezet, afgevoerd worden en ondervraagd worden in gebouwen die speciaal voor dat doel in beslag zijn genomen, en van waaruit geschreeuw te horen is, waarna de familie wordt gevraagd om de gemangelde lichamen op te halen. Dat is niets nieuws; in de jaren van het fascisme gebeurde het ook al, maar het heeft een nog angstaanjagender dimensie gekregen nu Rome tot open stad is verklaard. Ook voor wie zich gedeisd houdt, is het niet meer veilig. Er is verwarring over wie waarbij hoort en wie te vertrouwen is.

Halverwege de Via dei Giubbonari slaat Chiara een nog nauwer straatje in, een weg die haar naar verderop in de hoofdstraat leidt, uit de buurt van het kruispunt. Ze weet niet waar ze precies naar op weg is, alleen dat haar hulp nodig is en dat, wat er nu ook weer voor ellendigs aan de hand is, het zich afspeelt in de oude joodse wijk. Als de nazibevelhebbers een paar dagen geleden geen goud hadden gevorderd van de joodse bevolking, zou ze er nu niet zo zeker van zijn dat het feit dat ze naar Gennaro's bar in de hoofdstraat van het getto moet komen iets te betekenen heeft.

Vijftig kilo goud. Ze had geholpen bij de organisatie en het ophalen van de spullen die moesten worden afgestaan – ringen en medaillons, oude munten en manchetknopen. Ze zou zelfs vaders zegelring hebben ingeleverd, maar die lag niet meer in het sieradendoosje waar ze hem altijd bewaarde. Achteraf, toen de ambtenaren het goud eenmaal hadden gewogen en verklaard hadden dat het voldoende was, had ze de ring teruggevonden in een gat tussen de tegels, boven haar kaptafel. Ze was blij dat ze deze ring had teruggegeven. Hij was van haar vader geweest, die nu alweer vijf jaar dood was.

Babbo, denkt ze, haar dierbare vader, en ze wil zich vastgrijpen aan een troostrijke herinnering aan hem, maar in plaats daarvan verschijnt een beeld van Carlo, haar verloofde, die een maand later overleed, en het verdriet dat in haar opwelt is zo hevig dat ze even zachtjes kreunt. De eenzaamheid doortrekt haar als de kou in haar botten. Ze schudt haar hoofd, haar sjaal doorweekt tegen de achterkant van haar nek geplakt.

Ze dachten dat ze met die verzameling goud verdere problemen hadden afgewend en dat ze er wat rust mee hadden gekocht voor de joden in Rome. Maar wat nu als – haar passen vertragen en de regen daalt op haar neer –, wat nu als ze zich vergist hebben in de telling? Wat nu als de nazibuit tien gram te weinig blijkt te zijn? Dat het precies één ring scheelt?

Ze haast zich verder. Ze komt uit op een kleine kruising met een grasveldje waarop een eenzame plataan groeit. Ze wil onder die boom gaan staan om de situatie in te schatten. Er valt niets in te schatten. En als er wel iets in te schatten valt, heeft zij geen idee hoe. De hoofdstraat, de Via Arenula, is stil en leeg. Ze blijft onder de boom treuzelen, zich vastklampend aan de bescherming die hij biedt. Ze is nog aan 'haar' kant. Als ze de stoep afstapt, de straat oversteekt, zal ze een andere wereld binnentreden. Het is alsof de muren die vijftig jaar geleden om het getto stonden opnieuw zijn opgericht. Ze zijn onzichtbaar, maar ze bestaan.

Ze kan nog terug.

Ze denkt aan Cecilia. Ze stelt zich voor hoe ze naar lichte muziek luistert op de radio terwijl ze aan het inpakken is, en hoe ze hem snel uitzet als het communiqué van de regering komt. Nee, ze pakt hun tassen in met een grammofoonplaat op, bij het ritme van haar lievelingslied, gezongen door haar nieuwste matinee-idool, Gino Bechi. Toen de film uitkwam in maart, zijn ze er drie keer naartoe geweest. 'De weg door het woud' is het lied dat overal in Rome wordt gedraaid terwijl mensen hun koffers pakken, hun huizen afsluiten en de stad ontvluchten. Waarom zouden Cecilia en zij dan anders zijn? Ze hebben meer geluk dan de meesten. Hun grootmoeder woont nog steeds in de heuvels.

Een ver gerommel wordt steeds luider. Ze blijft dicht bij de boom staan, en neemt aan dat het een militair voertuig is. Maar dan rolt er een bus voorbij met beslagen ramen. Op de chauffeur na, zit er niemand in. Er komt een hond aan geslenterd die hier en daar stopt om te snuffelen aan doorweekt afval in de goot. De straten zijn al in geen weken schoongemaakt. De hond slentert verder over de stoep en tilt zijn poot op bij de boom.

Chiara zoekt naar de betekenis van dit soort gebeurtenissen – de afwezigheid van passanten, het openbaar vervoer dat weer op gang komt, de kleine lichte stukjes in de gevlekte bast van de plataan in het vroege ochtendlicht, de manier waarop het regenwater van de vergelende bladeren drupt, het feit dat de hond nu net deze boom kiest om tegen te plassen –, ze interpreteert alles eerst als iets positiefs, en vervolgens als het tegenovergestelde. Haar bewustzijn schiet heen en weer tussen uitersten: dat de boodschap verkeerd is doorgegeven of opgevat, of dat het een vals alarm is en dat het net als gisteren een normale dag zou zijn, voor zover Rome tegenwoordig nog normale dagen kent, of dat er iets gruwelijks op apocalyptische schaal aan de hand is.

In de takken boven haar hoofd kraait een vogel, en een koude regendruppel landt op haar neus. De regen heeft haar doorweekt, is haar laarzen ingezogen en is dwars door haar sjaal heen in haar haar gelopen, zodat haar schouderbladen en het zachte, koude stukje huid ertussen helemaal nat zijn. Het water gorgelt door de afvoeren en ze staat daar even stil als Giordano, versteend. Ze wil naar huis. Ze denkt aan een blauwe porseleinen vogeltje met zijn hoofd in zijn nekje en zijn bekje wijd open, balancerend op een vensterbank. Het uitzicht op de toren van San Lorenzo vanuit het raam, de pijnbomen van de daarachter gelegen begraafplaats. Hun ouderlijk huis.

Puinhoop, denkt ze.

Aan de overkant van de straat komt iets in beweging. Er verschijnt een man in uniform uit de schaduwen van een van de straten die naar het getto leiden. En met die aanblik, dat signaal van het dreigende gevaar, valt alle twijfel weg. Ze stapt onder de boom vandaan en van de stoep af.

Mama is ziek, denkt ze. Dat is wat Gennaro tegen haar zei aan de telefoon. Het is hun code, voor het geval de lijn wordt afgeluisterd, maar ze hadden niet besproken hoe het verhaal verder zou gaan.

En als ze oversteekt, probeert ze te bedenken wat ze zal zeggen als ze staande gehouden wordt. Ze zal niet zeggen dat ze bij haar moeder op bezoek gaat, want die is drie maanden geleden omgekomen bij het bombardement op San Lorenzo en die zou sowieso niet in het getto wonen. Chiara denkt ineens aan een oude dame die wel in het getto woont. Ze kent haar echte naam niet, maar iedereen noemt haar Nonna Torta – wat zowel Oma Taart als Oma Verkeerd betekent; bijnamen die allebei kloppen. Ze leverde vroeger brood en taartjes aan de bakkerij op de Piazza Guidia. Ongedesemd brood gemaakt van grof, ongebuild meel dat gegeten wordt tijdens het Pascha, roggebrood met karwijzaad, gevlochten challe met maanzaad, notenbroodjes gevuld met een pasta van gedroogde vruchten, vijgen en pruimen. Priesters en nonnen stonden in de rij voor haar beroemde kersentaart en het gerucht ging dat zelfs de paus ervan geproefd had.

Als ze haar tegenhouden zal Chiara zeggen dat ze had gehoord dat Nonna Torta, een oude vriendin van haar grootmoeder, ziek is, en dat ze op weg is om te zien of ze iets voor haar kan doen. Misschien komt het doordat ze Nonna Torta's adres kent dat ze ineens aan de oude dame moet denken. Ze is vaste klant in Gennaro's bar en woont in de Via di Sant'Ambrogio, er vlak achter. Of misschien komt het doordat Nonna Torta inderdaad niet goed is, niet lichamelijk ziek, maar haar geest is de weg kwijt.

De soldaat heeft postgevat aan de zijkant van het gebouw. Hij negeert Chiara als die langsloopt. Ze begrijpt dat hij er niet staat om mensen tegen te houden die de joodse wijk in willen, maar om te voorkomen dat er mensen uit gaan. Hij heeft het insigne met de adelaar met uitgeslagen vleugels op zijn pet.

Verschrikkelijke geluiden belagen haar als ze het getto binnenkomt. Geschreeuw en gebrul, metaal dat tegen steen ketst. Hoe dieper ze het getto in loopt, des te meer informatie Chiara over Nonna Torta voor zichzelf op een rijtje zet. Die inspanning weerhoudt haar ervan te schrikken of te reageren als ze Duitse soldaten op de hoeken ziet staan of op deuren ziet bonzen, als ze geschrokken gezichten achter de ramen ziet, schrille kreten hoog boven in de huizen hoort.

Nonna Torta draagt altijd een schort, behalve op de sabbat. Ze heeft kromme benen. Haar haar is zo wit als de veren van een duif. Ze is een verhalenverteller, al vervalt ze veel in herhalingen. Chiara begrijpt haar vaak niet goed, want ze gebruikt woorden en uitdrukkingen uit het Judeo-Romaanse dialect. Ze woont al haar hele leven in het getto en is geboren vóór de Italiaanse eenwording. Ze kan zich nog herinneren dat de muren om het getto neergehaald werden, toen ze nog een klein meisje was, en de wijk vrij werd. Mensen verhuisden naar de andere kant van de rivier, naar Trastevere, wat ongehoord was toen ze nog gezellig maar afgezonderd met zijn allen ingesloten waren. Per slot van rekening gaat verandering altijd gepaard met verlies.

De gedachte aan Nonna Torta geeft Chiara een klein beetje hoop. Het is de gedachte aan iemand van hoge leeftijd, van levens die hun volledige, natuurlijke loop mogen gaan.

Als ze de Via Portico d'Ottavia inslaat, aarzelt ze. Een kolonne in grijs gehulde soldaten staat in rijen aan weerskanten langs de stoep, met op strategische afstanden steeds een officier. Een van hen spreekt de soldaten toe, geeft hun instructies. Gennaro's bar is dicht, op slot, het rolgordijn achter het glas is neergelaten. Verderop, waar het Theater Marcellus opdoemt, massief en eeuwenoud, schijnbaar onaantastbaar, staan drie vrachtwagens met donkere zeildoeken geparkeerd. Plotseling beginnen de mannen allemaal te schreeuwen, een verschrikkelijk gebrul waardoor haar haren overeind gaan staan en het natte stukje tussen haar schouders begint te kloppen. Even plotseling houden ze weer op. Dan verspreiden ze zich in groepjes van twee of drie en verdwijnen de verschillende straatjes van het getto in. De paar mannen die overblijven, nemen hun posities in, sommige voor de vrachtwagens, andere bij de toegangswegen.

Chiara klopt op de deur van de bar.

'Ik ben het,' fluistert ze door het sleutelgat.

Het rolgordijn gaat een fractie omhoog, en Gennaro's gezicht verschijnt, zijn ogen zwart en verwilderd, zijn wangen besmeurd met roet. Hij doet de deur op een kier, trekt haar naar binnen en leidt haar door de voorraadruimte achter de bar, waar rook uit een volgepropte potkachel komt. Hier bewaren ze de antifascistische pamfletten die een ploegje vrijwilligers overal in de stad neerlegt, vlug, tijdens hun gewone dagelijkse bezigheden. Er zijn verschillende opslagplaatsen verspreid door Rome, en er is een drukkerij in een geluiddichte kamer achter een koelcel van een slager in de wijk Testaccio.

Gennaro is bewijs aan het verbranden.

'Kun jij hiermee verdergaan?' zegt hij, gebarend naar de kachel, de kleine berg pamfletten ernaast en overal op de grond. Hij heeft ze kennelijk zo van de planken geveegd. 'Ik moet de bar opengooien.' Hij maakt een geluid dat je zou kunnen opvatten als een lachje. 'Zoals gewoonlijk. Net alsof.'

'Ze zijn hier niet voor ons,' zegt Chiara.

'Nee,' zegt hij. 'Maar we willen niet dat ze dit allemaal vinden, of wel soms?'

'Ze zijn de joden uit hun huizen aan het halen,' zegt ze.

Dan ziet ze het hoofdartikel van het bovenste pamflet, geschreven door een prominente joodse intellectueel. Zoals zovelen was hij teruggekeerd naar Rome nadat Mussolini in juli afgezet was, en vóór de wapenstilstand in september was uitgeroepen. In die korte periode, toen ze nog dachten dat ze voor het eerst in twintig jaar konden zeggen wat ze wilden, had hij het ene na het andere artikel geschreven. Ze vraagt zich af waar hij nu is, en hoopt dat hij nog weg kon komen uit de stad.

'Je hebt roet op je gezicht,' zegt ze tegen Gennaro.

Hij veegt het af aan zijn mouw, trekt een gezicht naar haar alsof ze hem bekritiseert. Het valt niet mee om aardig te blijven als je bang bent.

'Ga maar,' zegt ze, en ze glimlacht. Waarschijnlijk lijkt haar lach ook op een grimas.

Gennaro heeft de kachel veel te vol gestopt. Chiara heeft die extra tas meegebracht met het idee om nog wat pamfletten te redden voor een andere keer, of voor het nageslacht, of om een andere reden die vanochtend in de keuken nog dringend had geleken, maar die haar nu ontgaat, net nu Gennaro juist elk spoor ervan wil uitwissen. Ze grijpt een lang, smal eind hout uit een zak met brandhout, en pookt driftig in de compacte hoop krantenpapier. Het stuk hout breekt doormidden.

Ze kijkt om zich heen, op zoek naar beter gereedschap, gooit de half openstaande deur van een kast verder open en vindt daar een metalen veger en blik, een grote fles roze vloeistof, schoonmaakmiddel misschien, of paraffine – moet ze dat soms op het vuur gooien? Of zou het hele gebouw dan in vlammen opgaan? – en nog een stapel pamfletten. Deze zijn van vier maanden geleden, het begin van de zomer, en er staat een foto op van Mussolini, die de menigte toespreekt op de Piazza Venezia. De mensen vullen het plein als mieren, en er staat een onderschrift bij dat ze niet meer kan lezen. Er stijgt een sterke, weerzinwekkende geur op uit die kast. Ze duwt de deur dicht, keert zich om naar de kachel, gewapend met het blik, en port verwoed in de taartpunt van papier in een poging die op te breken. De kachel is net een volgevreten, overvoerd dier. Hij begint in het voer te stikken.

Ze ziet ineens Cecilia voor zich, als kind. Ze zit tegenover Chiara aan tafel in de keuken van hun oude huis in San Lorenzo (puinhoop, denkt Chiara automatisch). Een dampend bord pens staat onaangeroerd voor haar zusje op het rood met geel geblokte tafelkleed. Cecilia walgt van vlees, van orgaanvlees al helemaal. Voor ham en mortadella, vlees dat in plakken wordt opgediend, heeft ze een methode ontwikkeld waarbij ze die stiekem in haar schoot laat vallen, om ze later weg te gooien of aan Chiara te geven zodat die ze kan opschrokken. De ontdekking van hoopjes vlees die achter de bank verstopt waren maakte hun moeder extra waakzaam tijdens de maaltijden. In tomatensaus gestoofde pens maakt te veel troep om in je schoot te kunnen laten vallen en trouwens, hun moeder is bij hen in de keuken, of loopt steeds in en uit, dus Chiara kan haar niet helpen.

'Eet je eten op, Cecilia, anders word je nooit groot en sterk,' zegt hun moeder voor de honderdste keer.

Cecilia wordt voortdurend zo aangespoord. Ze moet een jaar of negen, tien zijn, denkt Chiara, nadat haar ziekte zich heeft geopenbaard, maar vóór die ene zomer waarin een serie niet te bedwingen toevallen haar hersenen onherstelbaar beschadigde. Als hun moeder aan tafel komt, grijpt Cecilia een homp brood en propt het in één keer in haar mond. Misschien om haar bereidwilligheid te tonen. Haar kaken gaan op slot. Ze kan ze niet bewegen om te kauwen en krijgt de enorme prop niet door haar keel. Haar ogen springen uit hun kassen. Haar gezicht wordt rood. Als ze een slang was met een konijn tussen zijn kaken, zou ze haar hoofd in haar nek gooien en een paar keer flink slikken. Maar Cecilia is geen slang. Er zit geen rek in het smalle nekje. Dan komt mama, die tegen Cecilia's rug begint te slaan, wat niet werkt, zodat ze haar vinger in Cecilia's mond stopt om de broodpap eruit te haken, en dat werkt wel.

Chiara gebruikt het handvat van het blik om de papieren uit de kachel te halen. Ze spreidt ze uit op de vloer, ontwart de dikke stapel en begint de losse blaadjes in kleinere porties opnieuw aan de vlammen te voeren. Hun moeder was onverschrokken in haar fysieke tussenkomst bij al hun kwalen: ingevette vingers in hun billen bij verstopping, ruwe borstmassages met olie bij verkoudheid, flink veel jodium op snijwonden, methyleenblauw bij een zere keel. Als prikken en wrijven en smeren met zalfjes, crèmes en het aanbrengen van kompressen niet hielp, dan stelden ze zich aan. Werd de kwaal erger en liet hij zich niet meer ontkennen, dan moest je, hop, naar de pastoor. In dokters geloofde ze niet.

Chiara boekt vooruitgang. De kachel brandt op volle kracht, en ze begint zelf warm te worden. De damp slaat van haar kleren. Wanneer ze in een cadans komt van scheuren, in het vuur stoppen en poken, sluit ze zich af voor het geronk dat af en toe klinkt, voor wat er zich misschien buiten allemaal afspeelt. Ze is als een machinist, en stookt haar kleine treintje dat over een aftands spoor dendert. Ze moet haar bestemming zien te bereiken. Dat is haar taak.

Ze jaagt de hele stapel erdoorheen, veegt de resten bij elkaar en gooit die ook in het vuur. Ze kijkt hoe de laatste snippers wegbranden en dan herinnert ze zich die andere stapel, in de stinkende kast. De stank beneemt haar alweer de adem als ze de kastdeur opendoet. Ze tilt bijna de hele stapel op. De folders vallen uiteen in haar handen. Ze duwt ze in de kachel en er komt dikke, vieze rook van af. Ze slaat haar sjaal voor haar neus en mond. Klamme stukjes krantenpapier plakken aan haar vingers en kleven om haar polsen terwijl ze de klamme massa met haar geïmproviseerde pook bewerkt en in stukken dwingt. Ze laat de boel oplaaien, en nog eens. Alles verbrandt.

Dan loopt ze terug naar de kast om te controleren of ze niets over het hoofd heeft gezien. Ze trekt een pamflet van de bodem en heel even ziet ze twee kleine groene lichtjes, die meteen uitdoven. Ze leunt tegen de kast, haar sjaal voor haar mond gedrukt, en daar zijn de lichtjes weer. Het zijn de ogen van een kat. Een zwarte kat met witte pootjes die achter in de kast ligt, met vier of vijf kittens aan haar borst. Aan de zijkant, verstijfd en vrijwel levenloos, ligt een piepklein katje. Ze ziet dat ze het krantennestje van de kat heeft verwoest, haar toevluchtsoord, het huis dat ze voor haar kindjes en zichzelf had gebouwd. Ze trekt het laatste pamflet onder het gezinnetje uit. Het uitgemergelde kleintje maakt een geluidje, en probeert op te staan, maar heeft geen kracht meer.

Chiara pakt het kleintje op met het allerlaatste pamflet en gooit het in de kachel. Dan gaat ze weer bij de kat kijken. Ze denkt na over háár leven: voor honden op de vlucht, je steeds moeten verschuilen, zwerven door de ruïnes van de stad, op jacht naar restjes eten. Het korte wilde moment waarin deze baby's verwekt werden. Ze overweegt om de stoffen tas achter te laten als bed voor de diertjes. De kat is duidelijk uitgehongerd.

Mensen hebben ook honger.

Het is maar een kat.

Ze veegt haar handen en haar gezicht af met het uiteinde van haar sjaal en loopt dan de bar in. Er zijn geen klanten. Gennaro heeft de rolgordijnen opgetrokken en wat tafeltjes en stoeltjes buiten in de regen gezet. Chiara staart naar de mensen die daar staan. Ze heeft nog nooit meegemaakt dat mensen bijeengedreven werden.

'Koffie?' vraagt Gennaro.

Chiara wil weg, maar wordt overvallen door een golf van misselijkheid en staat te trillen op haar benen. Ze houdt zich vast aan de bar, en wendt haar hoofd af van de gebeurtenissen achter het raam.

'Graag,' zegt ze.

Ze roert de suiker door haar koffie, drie lepels, en is zich dan ineens bewust van het feit dat Gennaro tegen haar praat, haar een of ander verhaal vertelt. Hij zegt dat hem eerst niets vreemds opviel toen hij om vijf uur in de bar aankwam. Hij was zoals gewoonlijk van zijn huis aan de andere kant van de rivier komen fietsen. De hele weg was er niets vreemds aan de hand, behalve dat de rivier gezwollen was van alle regen. Op de Garibaldibrug was het nog harder gaan regenen en hij was even blijven staan om zijn muts op te zetten en het licht van zijn fiets bij te stellen. Hij had langzaam gefietst, want zijn remmen werkten niet goed.

Hij was gestopt om wat kolen te kopen, en die vent, die Gennaro al jaren kende, een heel druk ventje dat overal zo zijn contacten had, echt overal, had hem verteld dat hij vannacht een enorm kabaal had gehoord vanuit het getto. Een kakofonie, zo noemde hij het. Geweersalvo's en explosies, de een na de ander. Geschreeuw en geblaf, precies zoals toen Chiara de straat in kwam. Rond vier uur 's ochtends was het weer stil geworden.

Maar goed, die vent, Federico, had hem verteld dat er helemaal geen kolen meer waren, en dat hij ook niet wist wanneer er weer een nieuwe voorraad kwam, dus Gennaro had in plaats daarvan wat brandhout gekocht. Het was een beetje vochtig omdat hij het achter op zijn fiets had gebonden en daarom werd het zo rokerig in de achterkamer toen hij de kachel had aangemaakt. Het was niet eens gedroogd, het hout. Maar je moest tegenwoordig pakken wat je pakken kon.

'Waar haal jij je kolen?' hoort Chiara zichzelf vragen, alsof dat een veel urgentere kwestie is dan het nachtelijke lawaai of wat er op dit moment buiten gebeurt. 'Ga jij naar die zaak in een zijstraat van de Viale Trastevere?' Ze doet heel even of ze geïnteresseerd is in het antwoord en overweegt van steenkoolleverancier te veranderen.

Er komt een jongeman de bar binnen. Hij wordt begeleid door een soldaat, maar hij blijft op de drempel staan, niet binnen en niet buiten. Gennaro begroet de man bij zijn naam. Alberto. Die zet zijn koffer naast zich neer en bestelt een espresso. De koffer is dichtgebonden met een blauwe badjasceintuur. Zijn zwarte sjaal zit met een keurige overslag over zijn borst gekruist en is in de opgeslagen kraag van zijn haveloze jas gestoken. Zijn haar is plat gaan liggen doordat hij in de regen heeft gestaan. Zijn gezicht is bleek, breed, ongeschoren. Zijn wangen hangen af, zijn volle mond staat een beetje open. Er wordt niet gesproken terwijl Gennaro de koffie voor hem neerzet. Het kopje rinkelt op het schoteltje als hij dat optilt. Hij heeft er allebei zijn handen voor nodig. Zijn nagels zien zwart van de olie of het vuil.

Chiara's gedachten zijn een doos kogellagers geworden, ze schieten alle kanten op en tollen in het rond. Ze bedenkt dat ze een verrassing mee naar huis moet nemen voor Cecilia en ze vraagt zich af of Gennaro nog ergens iets heeft verstopt wat ze van hem zou kunnen kopen. Wat koekjes, misschien. En of, als de bussen rijden, ze misschien naar Tor di Nona zou kunnen gaan, waar de zwarte handel plaatsvindt. Ze zou kunnen kijken of daar kaas te krijgen is, of een blikje tonijn, of bonen.

Ze probeert het bij dit soort gedachten te houden. Ze zijn troostrijk. Maar dan denkt ze opeens aan de vlammen die langs de flanken van de kitten likken, en vraagt zich af of het beestje eigenlijk wel dood was. Ze is ineens afschuwelijk aanwezig in deze kamer, in dit moment. Het is alsof het vocht dat ondanks de hitte van de vlammen in de holte van haar rug blijft sijpelen, geen regenwater is, maar iets anders, een soort overblijfsel uit een diepe poel van menselijke pijn. Zij is daarin gedoopt en het hangt nu in een laag om haar heen.

De man slikt hoorbaar, zet zijn kopje op de toog. Hij laat zijn hand over het houten blad glijden. Dan leunt hij naar voren en vraagt Gennaro met zachte stem. 'Wat gaan ze met ons doen?'

Gennaro schudt zijn hoofd.

De man kijkt om zich heen, en laat zijn blik rusten op de tafeltjes en stoeltjes. Chiara voelt zijn ogen op haar, maar ze beantwoordt zijn blik niet. De soldaat bij de deur roept hem. Hij pakt zijn koffer op en vertrekt.

Chiara loopt tot de deur achter hem aan en kijkt toe hoe hij in de rij met mensen wordt gezet die op straat op de vrachtwagens moeten wachten. De bevolking van het getto, jonge mensen, oude mensen, baby's, mensen op krukken, vrouwen en kinderen schuifelen in een bijna stille processie in de richting van de vrachtwagens. Een paar van de allerkleinsten huilen en klagen, zoals baby's doen, maar de volwassenen en de grotere kinderen, degenen die kunnen praten, zeggen niets. Er zijn een paar jongemannen bij zoals degene die net in de bar was, maar niet veel.

'Waar zijn de mannen?' vraagt ze.

Gennaro komt naast haar staan. 'Het is tabaksrantsoendag,' zegt hij, 'ze zullen wel weg zijn om hun sigaretten te gaan kopen.'

Ze kijkt hem zijdelings aan. 'Wat?'

Zijn gezicht staat ernstig. In de plooien van zijn wangen zit nog steeds roet. Het accentueert hoe ze omlaag hangen, alsof hij gemaakt is om er zwaarmoedig uit te zien. Kan het leven echt afhangen van zoiets onbenulligs als een pakje sigaretten? vraagt Chiara zich af.

'Ja,' zegt Gennaro alsof ze hardop sprak. 'Zo is het.'

Sommige mensen dragen nog hun pyjama onder hun jas. De meeste dragen tassen mee of hebben bundels op hun rug gebonden. Ze worden voortgeduwd met de punten van geweren. Aan de andere kant van de rij staan twee officieren tegen de muur geleund, kletsend en rokend.

'Wat gáán ze eigenlijk doen met hen?'

'Waarschijnlijk brengen ze hen naar een werkkamp in het noorden,' zegt Gennaro.

'Baby's en oude dames in een werkkamp?' vraagt Chiara, maar Gennaro zegt dat zijn moeder hem al waarschuwde dat hij geen bar moest beginnen in het getto, en dat er vroeger een lommerd in het pand zat en wie zou er nu ooit nog komen, het is toch vervloekt, en dan, midden in zijn zin, houdt hij op met praten en staat daar maar, met een beschaamd gezicht. Dan begint hij weer te keuvelen over niets vreemds, hij heeft niets vreemds gezien, en stotterend stopt hij weer.

'Ze komen wel weer terug,' zegt hij uiteindelijk. 'Als deze oorlog voorbij is.'

Ze kijken naar hoe het laatste deel van de rij voorbijkomt. Nonna Torta vormt het sluitstuk, waggelend en mompelend. Ze is in haar nachtpon, op pantoffels, met haar schort voor. Ze heeft geen tas.

Aan de overkant staan de twee naziofficieren nog steeds te praten, met hun rug tegen de stenen muur geleund, hun linkerbeen, in een kniehoge laars gestoken, gebogen, de zool van hun linkervoet vlak tegen de muur. Vreedzaam en geruststellend symmetrisch.

Gennaro huilt.

'Wist je dat er een hongerige kat met een stel kittens in je voorraadkast ligt?' vraagt Chiara.

'Een kat?' antwoordt hij. 'Ik zal haar wat melk brengen.' Hij loopt terug naar de toog, bukt zich en rommelt wat. 'Heb ook nog wel wat koekjes die ze misschien lekker vindt,' zegt hij, en hij verdwijnt de achterkamer in.

Chiara loopt de straat op en gaat bij een groepje toeschouwers staan. Ze gaat achteraan staan, naast een vrouw met woest grijs haar die beide handen tegen haar wangen houdt alsof ze moeite moet doen om niet haar ogen te bedekken. Chiara weet zelf ook dat ze naar deze vertoning moet kijken. Ze moet er getuige van zijn. En als ze het heeft gezien, kan ze er misschien bij weglopen; terug naar haar eigen leven. Dan kan ze haar zusje meenemen, en wat rantsoenen en kleren, en dan kan ze deze stad achter zich laten en haar toevlucht zoeken in het huis van haar grootmoeder in de bergen, waar ze zou wachten tot de geallieerden komen.

Haar gedachten schieten naar de schapen in de wei achter haar grootmoeders huis. Altijd, haar hele leven al, die wei, en hoe het daar voelt; de geur van het gras en de wilde oregano die langs het veld groeit; de zuiverheid van de lucht, fris en tintelend en helderder dan de lucht in het dal; het uitzicht op de andere heuvels, schots en scheef, is haar altijd tot troost geweest. De zuiverheid en veiligheid van de heuvels, ze verlangt ernaar.

De inwoners van het getto zijn bijeengedreven in een holte in het wegdek voor het Theater Marcellus, waar de grond uitgegraven is. Vanaf de rivier klinken geschreeuw en geweerschoten, maar de mensen die hier staan te wachten tussen de kapotte, gebroken zuilen houden zich gedeisd.

De doeken aan weerszijden van de vrachtwagens zijn opgerold, en de mensen worden aangespoord om aan boord te klimmen. Het gat tussen de getuigen en de bijeengedreven joden wordt groter. Het is alsof ze vanaf de andere oever van een gezwollen rivier naar hen staan te kijken.

Dan ziet ze een jong gezin. Ze staan al achter in de vrachtwagen en het is hun gelukt om bij elkaar te blijven. De vader kijkt ingespannen, ernstig, en ziet er knap uit in zijn overhemd met das, zijn pak en zijn jas. Hij heeft een hoog voorhoofd en door de regen uitgezakte krullen. Hij is het soort man dat pijp zou kunnen roken, denkt Chiara, net als haar eigen vader vroeger. Hij lijkt iemand die een pijp in zijn mond zou steken en erop zou zuigen terwijl hij nadacht over een lastig probleem, en die hem dan weer uit zijn mond zou halen om de oplossing te laten horen. Het soort man dat geen overhaaste beslissingen neemt. Hij probeert een manier te vinden waarop hij de man in het gezin kan blijven, nog wat waardigheid kan behouden. In zijn armen houdt hij een meisje met krullend haar, een mollig gezichtje en dikke polsjes die uit haar jas met grote knopen steken. Haar ogen stralen, alsof dit een groot avontuur is. Tussen de man en zijn vrouw staat een groter kind, een jongen van een jaar of zeven, acht. Hij houdt de mouw van zijn moeders jas stevig vast.

Het is de vrouw die Chiara's aandacht trekt. Ze heeft een peutertje in haar armen, met omlaag getrokken mondhoeken, alsof ze de blikken van de grote mensen om zich heen parodieert. De vrouw is beter gekleed dan de meeste anderen en heeft haar kleding ogenschijnlijk met zorg uitgekozen, en niet maar snel even iets aangetrokken wat ze in die koortsachtige minuten zo gauw kon vinden, voor ze hun huis uit gejaagd werden. Deze vrouw draagt parelknopjes in haar oren en een donkergroene hoed achter op haar hoofd. Haar jas is ook donkergroen en stevig ingesnoerd met een riem. Een reisensemble. Misschien heeft ze zich tijdens dat verschrikkelijke tumult, vanochtend om vier uur, niet verschanst in een verborgen hoekje van haar appartement of de deken over haar hoofd getrokken, maar durfde ze naar buiten te kijken, en heeft ze gezien hoe de nazi's huishielden.

Misschien heeft ze, toen ze hun herrie staakten, niet gedacht dat het voorbij was en is ze niet weer naar bed gegaan, maar heeft ze haar gezin uit bed gehaald en iedereen aangekleed, iets warms te drinken en brood gegeven. Ze heeft voor iedereen een tas gepakt. Dit gezin, denkt Chiara, wilde vluchten, maar was niet snel genoeg.

De blik van de vrouw schiet van links naar rechts en zoekt iets onder de toeschouwers. Zelfs nu het gat tussen hen en de joden inmiddels een kolkende stroom is geworden, is deze vrouw nog steeds op zoek naar een brug, een vlot, een stuk drijfhout.

Chiara staart de vrouw aan, en haar rusteloze blik vindt die van Chiara. Zonder haar ogen van Chiara af te wenden, buigt de vrouw voorover, maakt de vingers van haar zoontje los van haar jas en duwt hem van zich af. Chiara kijkt even naar het kind en dan weer naar de vrouw, die haar onafgebroken aanstaart, terwijl het jongetje alweer een ander stuk stof heeft vastgegrepen. Ze ziet hoe de vingers van de moeder zich losmaken uit de greep van het kind. Chiara's ogen schieten heen en weer tussen de moeder en het zoontje, maar de vrouw blijft haar aankijken. Ze grijpt de schouder van het jongetje, zegt iets tegen hem en het jongetje doet een stap bij zijn moeder vandaan terwijl zijn armen langs zijn lichaam bungelen. Het jongetje, de enige van het gezin met steil haar, draagt keurige kleren; een grijze korte broek, de sokken hoog opgetrokken, een gehavende knie.

Dan begint Chiara te roepen en ze wringt zich naar voren door het groepje mensen, een hand die haar wil tegenhouden schudt ze van zich af. 'Mijn neefje,' roept ze uit. 'Dat is mijn neefje', en ze wijst naar het jongetje.

'Hoort dat kind bij u?' vraagt de soldaat die deze operatie rondom zijn vrachtwagen leidt in gebroken Italiaans.

'Ja,' zegt ze. 'Hij is het kind van mijn zus.'

De jongen staat te wiebelen op de rand van de vrachtwagen, zijn gezicht uitgestreken, een intense, maar ongeconcentreerde blik. Hij is precies zo'n kind dat voor de klas moet staan op een krukje, dat voor straf een vernedering moet ondergaan.

'Geef hem eens aan mij. Kom eens bij je tante, schatje,' roept Chiara uit, en aangemoedigd door de klank van haar eigen stem – schril, moederlijk, woedend – blijft ze misbaar maken, haar armen uitgestoken om hem op te vangen. Sommige mensen roepen mee: 'Geef die jongen aan haar', en: 'Dit is zijn tante', en zelfs is er een mannenstem die roept: 'Die jongen is geen jood.'

Er verschijnt een militair met een hogere rang, die Chiara's papieren wil zien. Ze herkent hem als een van de twee mannen die tegen de muur tegenover Gennaro's bar geleund stonden. Terwijl hij de documenten openvouwt, wordt de jongen omlaag geholpen. Hij is stijf en zwaar. Ze zet hem naast zich neer en drukt hem stevig tegen haar zij terwijl ze zijn hand vastgrijpt. Ze voelt zijn gespannenheid.

Ze kijkt niet meer naar de moeder. Ze moet geen twijfel zien. In plaats daarvan kijkt ze de officier aan, slank en gladgeschoren, ze kijkt op naar zijn pet, helemaal tot het puntje van zijn geweer, en weer omlaag tot het insigne met de schedel en botten op zijn kraag. Ze ziet het gouddraad op zijn epaulet en het stiksel dat ooit losgelaten heeft en onhandig gerepareerd is met een andere kleur draad. De natte plek tussen haar schouders klopt, alsof ze daar een kogel verwacht. Die zal haar ongetwijfeld vol in het hart treffen.

'Mijn zuster,' zegt ze, terwijl ze naar een los draadje kijkt, 'is naaister. Als zij dat had gemaakt zou je de steken niet eens meer zien.'

Ze weet dat hij haar niet verstaat. Ze stuurt alleen woorden op hem af om te proberen de bubbel van stilte die als een stevig koepeldak over hen neergedaald is door te prikken. Een enorme leegte vult haar hoofd, alsof ze elk moment kan flauwvallen.

'Ongehuwd,' zegt de officier, en hij wijst met zijn gehandschoende hand naar het woord.

'Hij is de zoon van mijn zusje,' antwoordt ze.

Hij kijkt naar haar en naar de jongen. Is het genoeg dat de woorden 'van het joodse ras' in haar papieren ontbreken? Chiara heeft nog nooit de fascistische groet gebracht. Zelfs op school lukte het haar dat te vermijden, en ze is trots op zichzelf om dit stille verzet. Maar ze vraagt zich af of die groet nu de zaak misschien zou beklinken.

De vrachtwagen wordt gestart en de jongen aan haar zij slaakt een kreet. 'Mama!' roept hij, en Chiara neemt hem in haar armen en drukt hem tegen haar borst.

Hij begint haar te schoppen. 'Mama! Mama!' roept hij, steeds weer. Ze houdt hem maar net.

Ze sist in zijn oor: 'Hou je mond, anders gaat die soldaat nog schieten', en dan valt hij slap tegen haar aan, een dood gewicht. 'Mag ik mijn papieren alstublieft terug?' zegt ze plompverloren. 'Hij moet naar huis.'

De chauffeur van de tweede vrachtwagen roept iets. Hij is klaar voor vertrek. De SS-officier werpt een blik achterom en bekijkt de mensen in de vrachtwagen. Dan leunt hij voorover en woelt door het haar van het jongetje.

'Doe eens lief tegen je tante,' zegt hij, en hij stopt Chiara's papieren in de stoffen tas aan haar schouder.

Vanuit haar ooghoek ziet ze het koffertje van de jongen op de vrachtwagen staan, op de plek waar hij net zelf stond. Zijn kleren, zijn eigendommen, misschien wat speelgoed of een boek met verhalen voor het slapengaan. Iets wat van hem was. Ze kan er niets van pakken. Helemaal niets. Nog geen hemdje.

De vrachtwagen trekt op.

Chiara staat er verdwaasd bij met het zware kind in haar armen, zijn gezicht in haar jas gedrukt.

'Wegwezen jullie,' zegt de officier. Hij werpt haar een blik toe die ze niet begrijpt. Dan roept hij harder, tegen de hele groep: 'Wegwezen allemaal', en hij klapt er theatraal bij in zijn handen. Einde voorstelling.

Chiara loopt weg zo snel ze kan, het kind slap tegen haar borst gedrukt. Bij elke stap die ze zet slaan zijn voeten tegen haar knieën. Ze vraagt zich af of ze hem soms gesmoord heeft. Ze neemt de weg naar de rivier, strompelt onder platanen door langs de Lungotevere en pas als ze de Garibaldibrug over is zet ze hem neer. Hij heeft een snotspoor op het voorpand van haar jas gemaakt.

'Ik wil naar mama,' zegt hij.

Ze kijkt hem aan. Klein, opstandig. Verweesd. Haar knieën knikken, en ze legt haar hand op de balustrade. Voor het eerst die ochtend laat de zon zich zien. Hij geeft het gebladerte boven hun hoofden een goudoranje gloed. Onder hen dobbert een afgebroken tak op de uit zijn voegen barstende rivier. Ze zoekt haar balans.

'Ik neem je mee naar mijn huis,' begint Chiara, maar dan zwijgt ze en grijpt hem bij zijn kleren, want hij wil wegrennen. Ze trekt hem dicht tegen zich aan, zakt op haar hurken naast hem, pakt hem bij zijn maaiende armen en spreekt hem sussend toe. Er steekt een etiket uit zijn kraag. DANIELE LEVI leest ze ondersteboven. Dat moet weg. Ze slaat haar armen om hem heen, daar op de stoep, om hem stil te houden, om te zorgen dat hij geen kant op kan. Ze neemt het uiteinde van het etiketje tussen haar tanden en rukt het los.

Chiara sleept de jongen de hele weg naar huis, terwijl hij in het rond schopt en 'Mama' schreeuwt tot hij er hees van is. Als dit een gevecht op wilskracht was geweest, had hij misschien kunnen ontsnappen. Zijn vastbeslotenheid om het op een lopen te zetten is minstens even groot als haar wil om hem bij zich te houden. Maar het is een kwestie van fysieke kracht, en dus heeft hij geen schijn van kans.

Tegen de tijd dat ze aankomen in de Via dei Cappellari, is hij stil.

Er staan twee gepakte koffers in de gang. Cecilia zit aan haar naaitafeltje in de salon. Ze kijkt niet meteen op. Ze zoomt een stuk stof dat de kleur heeft van kerspruimen. De stof valt in plooien over de rand van de tafel, bijna tot de vloer, en vangt de stralen van het waterige zonnetje die door het raam naar binnen komt. Ze knipt haar draad door met een schaar en gaat rechtop zitten.

'Klaar,' zegt ze, en dan kijkt ze hun kant op, over de rand van haar ronde leesbrilletje. Ze staart naar het uitgeputte, betraande kind.

'Is dit de verrassing?' vraagt ze aan Chiara. En dan, voordat Chiara antwoordt: 'Hadden ze geen meisjes?'

2

Cardiff, april 1973

Je had ervóór: voordat Maria de brief vond, of begreep wat die brief betekende, een tijd die haar helder voor de geest stond, een tijd vol zonneschijn die toen niet op waarde werd geschat maar die achteraf werd gekoesterd, toen hij voor altijd verdwenen was. Die tijd met zijn glans en zijn schittering en duidelijk afgebakende glimmende randen waarin het licht werd weerspiegeld. En je had erna, toen er een mist neerdaalde die de lucht zwaar maakte, zodat Maria het gevoel had dat ze langzaam verdronk, alleen door adem te halen.

Ergens tussen die twee punten in, rond halfzeven 's avonds, had het gevaar op de loer gelegen. Eraan denken gaf het gevoel dat ze achteroverviel; er niet aan denken, het niet eindeloos afspelen in haar hoofd, niet alleen in haar hoofd maar in haar hele wezen, alsof ze gevangen was in de straal van een stroboscoop die witte pijn uitstraalde, lag niet binnen haar vermogen.

Tot de tijd ervóór behoorde haar kleine zusje, Nel, die bij Maria op schoot zat om haar haar te laten vlechten, Patrick, hun broertje, die op gele poetsdoeken op en neer schaatste door de gang, en zo het parket boende om zakgeld te verdienen. Je had Tabitha, de kat van de buren, die ze voerde als de buren op vakantie waren, en die achter een vlinder aan zat onder de sering. Je had een wandeling over de promenade naar de kiosk aan de andere kant van het meer om *The Telegraph* te kopen voor haar vader en ijsjes voor de kinderen en zichzelf. Flirten met de jongen van de ijswagen. Je had Brian. Dat was een wezen uit de ervoortijd. Arme Brian. *Doctor Who* kijken met het hele gezin, Maria in kleermakerszit op de grond tegen haar vaders scheenbenen geleund. Hoe prettig die benen aanvoelen in hun werkbroek van bruine ribstof. Weg.

Maria had zitten wachten op een telefoontje van Brian. Ze vond dat hem kussen, of eigenlijk, door hem gekust worden – hij was de eerste jongen met wie ze ooit echt had gekust – een tanden botsend gebeuren was geweest met veel spuug. Ze vroeg zich af of dat zo hoorde of dat het lag aan Brians nogal aanwezige tanden. Er zat een gezwollen randje aan de binnenkant van haar bovenlip waar zijn tanden tegenaan geduwd hadden. Ze haalde er steeds haar tong langs.

Met de examens in zicht vielen leven en leren samen tot een wazig geheel, zodat ze zelfs nu, nu ze op zaterdagmiddag op een zitzak onder de trap zat, naast de telefoon, nog een boek opengeslagen had.

'Neem me mee naar uw sterrenhemel,' las ze.

Ze bestudeerde Keats en de romantiek, voor Engelse literatuur. Ze probeerde zich in te denken dat Brian haar met zich meenam naar een of andere sterrenhemel, zoals in het gedicht. Er kwam een gedachte op voor ze de kans kreeg om haar de kop in te drukken. Het zou kunnen dat ze helemaal niet naar de sterrenhemel wilde waar Brian toegang toe had.

Patrick kwam langs op rolschaatsen.

'O, Brian,' zei hij, met zijn handen ineengedrukt tegen zijn hart, al paraderend. Hij was acht en vond zichzelf verschrikkelijk geestig.

'Bek dicht en wegwezen,' zei Maria. Hij schoot de hele gang door naar de voordeur, schudde zijn badjas af, draaide zich om en bonkte de trap op.

Ze had Brian leren kennen tijdens een feest op school waar ze naartoe was gegaan op de avond van haar zestiende verjaardag, met haar vriendin Ed, en nu wilde Ed niet meer met haar praten. De band bestond uit jongens uit de zesde klas, die Led Zeppelin- en Deep Purple-covers speelden. De jongen op *lead guitar* had als trucje dat hij op zijn knieën naar voren schoof over het podium, en de zanger schudde met zijn hoofd heen en weer alsof hij dezelfde blonde lokken had als Robert Plant. De jongens op die school mochten geen lang haar hebben.

Maria, in haar nieuwe lila broek met wijde pijpen en gestreepte strakke truitje, zag een jongen vanuit haar ooghoek en bleef naar hem gluren tot hij even haar kant op keek. De band speelde 'Black Dog'. De jongen had een woest kapsel, zoals dat van Rod Stewart, en het haar kwam tot zijn schouders, en zij kon de verleiding niet weerstaan. Ze was precies zoals de vrouw in dat liedje, ze droop van de honing. Ze lokte hem naar zich toe door doodstil te blijven staan, haar hoofd een beetje gebogen, naar hem opkijkend van onder haar wimpers, om haar blik dan weer neer te slaan. Hij liep naar haar toe en kwam dicht bij haar staan om zich boven het lawaai van de muziek uit verstaanbaar te maken. Warm gekriebel in haar oor. Hij moest backstage, zei hij, omdat hij de muziek opnam voor de band. Waarom had ze niet verstaan.

'Niet weggaan,' zei hij zachtjes in haar oor.

Hij verdween door een deur aan de linkerkant van het podium, en Maria bleef in de buurt, vol van de belofte en het mysterie, wiegend op de muziek, maar steeds de deur in de gaten houdend waar de jongen door verdwenen was. Tegen de tijd dat hij weer tevoorschijn kwam, stond haar lift te wachten en moest ze weg. Doortastend had ze hem haar telefoonnummer in de hand gedrukt.

Hij belde pas drie dagen later.

'Brian,' zei ze tegen haar moeder toen het eindelijk zover

was. 'Waarom heet hij nou uitgerekend Brian? Dat is net zo erg als Trevor.'

'Keurige Ierse naam,' zei haar moeder. 'En vergeet ook Brian Boru niet, de Hoge Koning van Ierland.'

Maria's vader was Iers.

Lui achterovergeleund in de knerpende plooien van de zitzak, met Keats opengeslagen op haar schoot, bedacht Maria dat ze Brian die drie dagen het leukst had gevonden, in die dagen van de kwelling van verwachting en afwachten, en de sensatie van het verlangen. Toen ze, opgesloten in haar slaapkamer, de oude jazzplaten van haar moeder draaide op de draagbare platenspeler die ze voor haar verjaardag had gekregen (zelf had ze nog geen lp's), en oefende met zoenen op de achterkant van haar hand. Dat was nog voor ze wist dat hij romans papierverspilling en mensen die om Monty Python lachten wannabe vond, of dat hij eerstejaars aan de universiteit was, en dat hij nota bene scheikunde studeerde.

In die dagen kreeg de vierkante groene telefoon op de plank onder de trap een geheel nieuwe rol. Ze pakte hem vaak even op om te controleren of hij het nog wel deed, om dan snel weer de hoorn op de haak te gooien, voor het geval hij uitgerekend die ene seconde zou bellen, maar voor eeuwig de moed had opgegeven omdat de lijn bezet bleek. Ze had haar gemoedsrust en welzijn opgeofferd aan een wildvreemde jongen met rood haar in een schoolaula. Zoals men placht te doen, toen, in de ervoortijd.

'Generale repetitie,' riep Nel van boven. De kinderen waren 'De geweldige paashaasshow van de familie Kelly' aan het instuderen, die ze op eerste paasdag na het eieren zoeken zouden opvoeren. Maria was de spreekstalmeester.

De telefoon ging over. 'Wil je me even terugbellen?' vroeg Brian. 'Ik sta in een telefooncel.'

'Kan iemand me even pen en papier komen brengen?' brulde Maria.

'Heb je zin om vanavond naar de film te gaan?' vroeg Brian. Hij wilde nóg een keer naar *Planet of the Apes*.

Nel kwam de trap afgerend. 'Pat zit te poepen,' zei ze. Nel was zes. Ze had het graag over konten, scheten en poep. Ze kon ruftgeluiden maken met haar handen. Daar moest ze zelf keihard om lachen.

'Snel, pen en papier,' zei Maria.

'Waar liggen die?'

'Mama's bureau.' Maria herhaalde het nummer in gedachten en luisterde naar Brian, die de verschillende tijden opnoemde waarop de film draaide. Nel deed er een eeuwigheid over. 'Schiet op!' schreeuwde Maria. De lijn viel dood. Uit de achterkamer klonk een enorm gekletter. Ze maakte zich los uit de plooien van de zitzak en ging zelf op zoek, terwijl ze steeds maar het nummer prevelde.

Nel stond naast een ondersteboven gekeerde la, waar enveloppen en vellen papier onder uitstaken. 'Hij wilde niet open,' zei ze. 'De la zat klem.'

'Dat is de la die altijd op slot zit,' zei Maria. 'Die is bedoeld voor belangrijke documenten.'

'Jij zei dat ik moest opschieten.'

'Hij was vast al een beetje kapot,' zei Maria. 'Of mama had hem niet goed op slot gedaan. Of' – ze kneep in Nels kleine armspiertjes – 'jij hebt superkracht.'

Nel gilde en wilde zich loswurmen.

'Het geeft niet. Ik bel Brian terug en dan ruim ik het zo op.'

Ze liepen terug naar de gang en Maria draaide wat ze dacht dat het nummer was. 'Dat klopt dus niet,' zei ze.

Nel hing behulpzaam in de buurt rond. 'Je zei iets met een zeven op het eind,' zei ze.

Maria, die daar niet zo van overtuigd was, probeerde het als laatste cijfer, en hoewel hij dit keer wel overging, nam er niemand op.

'Klopt ook niet,' zei ze.

Ze dacht aan Brian, die in de telefooncel stond te wachten tot ze zou bellen, de kraag van zijn fluwelen jasje opgeslagen tot zijn oren, en zijn rug naar de woedende en steeds langer wordende rij buiten. Ze zag voor zich dat een of ander viswijf met een haarnetje op driftig tegen het glas zou tikken. Alweer *Planet of the Apes*, dacht ze. Geen bal zin in.

'Laat maar,' zei ze, 'ik heb het geprobeerd. Hij belt vast wel terug.'

Nel holde weer naar boven.

Maria schoof haar hand onder de la en draaide hem om terwijl ze de inhoud weer op zijn plek duwde. Hij zat helemaal vol met grote enveloppen die allemaal van een etiket voorzien waren. JURIDISCHE DOCUMENTEN stond op de bovenste. Ze bladerde door. AKTES, DIPLOMA'S, GARANTIEBEWIJZEN, VERZEKERINGEN. Ze tilde de la op, schoof hem terug in het bureau en duwde hem dicht. Toen draaide ze zich om en zag een vel luchtpostpapier op het kleed liggen. Ze pakte het op en keerde het om. Het was een getypte brief van nog geen week geleden, met een handgeschreven PS.

Via dei Cappellari 147
Int. 5
Roma
Italia

Signora Edna Kelly
41 Buttermere Avenue
Cardiff
17/3/1973

Geachte mevrouw Kelly,

Ik schrijf u naar aanleiding van de brief die u stuurde aan de bewoner van bovenstaand adres. Ik kan uw post helaas niet doorgeven aan Daniele Levi zoals u mij verzocht, omdat ik niet weet waar hij is. Hij is lang geleden vertrokken en heeft geen adres achtergelaten.

Hoogachtend,
Signora Chiara Ravello

Wie was deze vrouw uit Rome die aan haar moeder schreef? Ze wist dat haar moeder een soort penvriendin in Italië had, uit de tijd dat ze daar als au pair had gewerkt. Had het daar iets mee te maken? Maar de vrouw die deze brief had geschreven had het over een 'hij'. Ze pijnigde haar hersenen om te bedenken wat haar moeder hier precies over had verteld. Helen, zo heette die vriendin in Italië. Ze was met een Italiaan getrouwd en daar gebleven, maar haar moeder was teruggekomen en was met Maria's vader getrouwd. Haar jeugdliefde.

Maria bestudeerde het PS. De woorden waren hoekig en kaarsrecht, geschreven met zwarte inkt, met een vulpen, geen balpen, ouderwets en buitenlands. De letters stonden los van elkaar, een schokkerig staccato, alsof de schrijver nooit aan elkaar had leren schrijven. Alleen de twee r's in 'Sorry' zaten aan elkaar vast. Ze grepen elkaar, en slingerden zich eerst met een krul naar de 'y' en vervolgens liepen ze nog een poosje door, als kleine bruggetjes die het woord bijeenhielden.

Sorry.

PS. Het spijt me dat ik het u moet zeggen, maar het is niet bekend of Daniele nog wel leeft of dat hij dood is. Sorry.

Ze legde de brief boven op de envelop met juridische documenten en schoof de la dicht.

Pat en Nel zaten allebei aan een kant van papa zodat ze over de rugleuning konden duiken om zich te verstoppen als het te eng werd. Maria zat op de grond aan zijn voeten, en mama in de leunstoel. Het vaste zaterdagavond *Doctor Who*-ritueel. Met een papieren servet en een bordje op schoot, en een picknick op het tafelkleed dat midden op het vloerkleed was uitgespreid: sandwiches met ham en mosterd, en met eiersalade en waterkers, gemaakt van het knapperige brood van de bakker op Albany Road, potjes met pickles, chips uit een enorme zak, voor elk een appel en een sinaasappel, en een pot thee.

Maria was dol op die zaterdagavondpicknick en ze was al gek op *Doctor Who* sinds het tien jaar geleden voor het eerst op televisie kwam; zij was toen zes, en Pat en Nel waren nog niet eens geboren. Hun allereerste televisie was een zwart-wittoestel. Nu hadden ze kleur. De Spiridons, spichtige schepsels die aan de Daleks onderworpen waren, werden zichtbaar als ze dood waren. Pas dan kon je hun lange paarse mantels zien – die trouwens, bedacht Maria, dezelfde kleur hadden als haar eigen maxi-jas van gekreukt fluweel.

'Wat zou je liever willen: onzichtbaar zijn of in de tijd kunnen reizen?' vroeg ze na afloop in de keuken. Ze stond af te wassen terwijl haar moeder alles opruimde.

'Tijdreizen,' antwoordde haar moeder meteen.

'Waar zou je dan naartoe willen?' vroeg Maria, met haar hand het water opkloppend om schuim te maken.

'Naar welke tijd, bedoel je,' antwoordde haar moeder. 'Naar welk tijdperk zou jij dan toe willen?' Ze bleef even naast Maria staan, met het dichtgevouwen tafelkleed in haar handen en een verre dromerige blik in haar ogen.

'Ik zou naar Rome gaan, in 1821,' zei Maria, 'naar het huis

van Keats. En ik zou moderne medicijnen voor tuberculose meenemen, zodat hij weer beter werd en nog meer poëzie zou schrijven.'

'Dan moet er een zuster mee,' zei haar moeder. '*Moi*,' voegde ze eraan toe, en met een klopje op haar borst stelde ze zichzelf aan als de verpleegster van dienst, voor het geval Maria daar nog aan twijfelde.

Maria keek door het raam naar haar moeder toen die het kleed uitschudde in de tuin. Ze droeg haar roze gestreepte nylon jasschort waar ze het huishouden in deed, dichtgeknoopt over haar kleren. Ze kwam weer terug, klemde een wasknijper op de chipszak om het restant vers te houden en liep de kelderkast in.

'Zou jij ook naar Rome willen, mam?' vroeg Maria. 'Zou jij dan op bezoek gaan bij Daniele Levi?' De naam schoot haar zomaar te binnen, maar nu ze hem had uitgesproken, wilde ze het nog een keer doen. Ze moest haar stem verheffen om boven het aanzwellende lawaai van potjes en blikjes uit te stijgen. 'Wie is Daniele Levi eigenlijk, mam?' vroeg Maria.

Stilte was het antwoord. Een plotselinge, plaatselijke stilte waarin Maria de televisie in de voorkamer kon horen en het gegiechel van haar broertje, die de kieteldood kreeg.

'Mam?' vroeg Maria, en ze draaide zich half om, nog met haar handen in het warme afwaswater.

Het patchworkgordijn dat in plaats van een deur voor de kelderkast hing, hing er roerloos bij. Het was de stilte van iemand die zijn adem inhield. Maria dacht dat haar moeder een scène uit *Doctor Who* naspeelde, en dat ze deed alsof ze naar een andere tijddimensie getransporteerd was. Ze moest er bijna om lachen. Ze haalde haar handen uit de afwasteil en veegde ze af aan de voorkant van haar tuinbroek.

'Mam?' vroeg ze nog eens.

Haar moeder stoof achter het gordijn vandaan. 'Waar is je vader?' vroeg ze. 'Ik ben vergeten om hem te vertellen dat... Ik moet even... We moeten...'

Ze had haar gezicht vertrokken tot iets wat op een glimlach leek, maar dat was het niet, en ze wierp deze grimas naar het deel van de keuken waar Maria stond, om vervolgens snel weg te lopen en de deur achter zich dicht te trekken.

Maria stapte bij het aanrecht weg. Ze bleef midden in de keuken staan en keek door het matglas van de keukendeur naar haar ouders in de gang. Dat glas vertekende hun contouren en vervaagde hun bewegingen, alsof ze onder water stonden. Haar moeder sprak, en greep daarbij het overhemd van haar vader vast, terwijl ze haar hoofd op zijn borst legde. Hij sloeg zijn armen om haar heen. Hij klopte op haar rug en draaide zijn hoofd om Maria's kant op te kijken.

Maria dacht aan haar opa. Ze dacht eraan dat hij steeds maar in haar dromen verscheen toen hij pas overleden was. Niet als de hoofdpersoon, maar als een zwijgende toeschouwer, nauwelijks zichtbaar, nauwelijks aanwezig. Dan werd ze wakker, blij hem weer te hebben gezien, maar in de droevige wetenschap dat ze hem zelfs in haar dromen niet meer tot leven kon wekken. Dat hem levend wensen gelijkstond aan hem het soort postume leven toewensen dat Keats die laatste maanden in Italië had gehad. Er was helemaal geen tijdmachine en je kon niet terug.

Ze deed de keukendeur open. Ze was misselijk.

'Kom mee naar de achterkamer, Maria,' zei haar vader op fluistertoon. 'We moeten met je praten.'

'Toe maar, lieverd,' zei hij tegen haar moeder, en hij leidde haar voor zich uit. 'Ik zorg wel dat de kinderen ons een minuut of tien met rust laten.'

Wat zestienenhalf jaar niet gezegd was, kon nu geen minuut meer wachten. Haar moeder stond op knappen. Ze wachtte niet eens tot Maria's vader weer terug was. Ze flapte het er zo uit. Ze vertelde Maria dat Daniele Levi haar vader was, haar biologische vader. Terwijl ze het woord 'vader' uitsprak, kwam Maria's vader de kamer binnen.

Er schoot iets door Maria's lichaam heen, alsof ze een springtouw of een zweep vanbinnen had die iemand liet klappen. Ze kon hem horen slaan. Ze kromde haar rug.

'Nee,' zei ze, en ze keek haar vader aan.

'Het spijt me,' zei hij, 'we hadden het je eerder moeten vertellen.'

'Nee,' zei Maria.

Ze zat op het puntje van de draaistoel, en de rand drukte in de achterkant van haar dijen terwijl ze het gevoel had achterover te vallen. Haar rug kromde zich nog meer, en haar benen vlogen door de lucht, een onwillekeurige duik van de duikplank, achterstevoren.

Ze vertelden haar van alles; en ondertussen hielden ze haar hand vast.

Hij hield evenveel van haar als van Pat en Nel, zei hij, dat was altijd al zo geweest, vanaf de allereerste keer dat hij haar had gezien, toen ze drie was. Hij had het haar willen vertellen, zij hadden het gewild, altijd al, maar het was er nooit het moment voor, en ze hielden zoveel van haar, ze was hun lieve, mooie, getalenteerde meisje.

'Nee,' zei Maria, en ze viel achterover, omlaag, in vrije val de diepte in.

De telefoon ging op de gang, en ze lieten hem rinkelen. Uiteindelijk nam Pat op en hij riep dat het Brian was.

'Zal ik even gaan?' vroeg haar moeder. 'Ik kan zeggen dat je niet lekker bent of zo, en dat je hem nog wel terugbelt.'

'Nee,' zei Maria. Ze liep de gang in.

'Je hebt helemaal niet teruggebeld,' zei Brian.

'Nee,' zei ze.

'Gaat het wel?' vroeg hij.

'Nee,' zei ze.

‘Wat is er aan de hand?’ vroeg hij. ‘Wil je niet naar *Planet of the Apes*?’

‘Nee,’ zei ze.

‘Naar een andere film dan?’

‘Nee,’ zei ze. En ze hing op.

Haar ouders wachtten tot ze terugkwam. Ze ging naar boven, naar haar slaapkamer, deed de deur dicht en drukte zich er plat tegenaan, het geverfde hout onder haar handpalm, haar gezicht verstopt in de plooien van haar badjas die daar aan een haakje hing. Ze wiegde heen en weer. Het gebonk van haar hoofd werd gedempt door de badjas. Ze wilde naar buiten. Of naar binnen. Buiten of binnen, alles liever dan daar. Waar? Daar, in haar eigen lichaam. Laat me eruit.

De telefoon ging weer. Ze voelde pijn in haar keel, een brandend zuur, en haar maag verkrampte. Ze hees zich op bed, trok het slaapkamerraam open, stak haar hoofd naar buiten en gaf over op het tuinpad. Ze keek het na en hoorde het spetteren. Ze kon niet zitten. Ze kon niet staan. Ze bonkte weer met haar hoofd tegen de deur. Ze kon geen kant op.

Ze kwamen op haar deur kloppen. Eerst de een, toen de ander. Maar ze reageerde niet en ze gingen weer weg. Er werd een briefje onder haar deur door geschoven. Ze ging erop staan en vertrapte het op de vloerbedekking. Haar niet-biologische vader riep naar boven dat ze de kinderen naar oma gingen brengen en dat ze over tien minuten weer thuis zouden zijn.

‘Gatver,’ hoorde ze Pat zeggen, ‘er heeft iemand op het pad gekotst.’

Zodra ze weg waren, trok ze haar laarzen en jas aan, spoelde haar mond vlug onder de koude kraan en glipte pijlsnel het huis uit. Ze ging het huis van de buren in met de sleutel die ze voor haar hadden achtergelaten. Het was er stil.

Ze keek naar het schilderij aan de muur, een winterse boom tegen een kolkende neergaande zon, uitgelopen klodders olieverf, dik aangezet, zwart en oranje en rood. Een afschuwelijk, lelijk, eenzaam tafereel. Ze raakte de ornamenten op de schoorsteenmantel aan om te controleren of ze misschien nep waren, een porseleinen herderinnetje met haar gouden staf. Haar verlegen partner op zijn knie ernaast, met een tuiltje bloemen in zijn hand.

Ze draaide zich om en rende het huis uit. Ze holde over het pad langs het meer, helemaal tot aan het eind, het kleine bos in. Het werd al donker. Er wandelde niemand meer. Ze dook het pad af, het kreupelhout in, en draafde tussen de bomen door, haalde haar armen en benen open aan kleine takjes, vertrapte de witte bloemen onder haar voeten zodat ze een sterke, scherpe geur begonnen te verspreiden. Springend en stampend over de bloemen, glibberend door de modder naast de beek.

Ze hoorde een stem. 'Pardon, juffrouw,' zei de stem.

En weg holde ze, langs het meer, de onverlichte paden op, hijgend alsof ze op de hielen gezeten werd door een wild dier. Ze stormde het huis van de buren weer in, een paar seconden voor de auto van haar ouders de straat in reed.

Ze riepen haar naam zo hard dat ze het door de muur kon horen.

3

Eerbiedig pakte Chiara haar nieuwe aankoop uit op de keukentafel. De marktkoopman had de rode glazen kom in eindeloze lagen krantenpapier verpakt, en haar op het hart gedrukt dat het een koopje was. Het was echte *murano sommerso*, met een diepdonkerrode laag gevat in helder glas. De barst op de bodem deed niets af aan de schoonheid, alleen aan de prijs, zei de man.

Ze wist best dat het een verkooppraatje was, maar hij had zich de moeite kunnen besparen want ze wilde de kom toch al kopen. Hij had de kleur van troost, vond ze. De kat kwam schielijk binnen, sprong op tafel, rook aan de kom en begon te spinnen.

'Jij hebt je eigen kommetje, Asmaro,' zei Chiara terwijl ze hem op de grond zette, 'deze is helemaal voor mij alleen.'

Er werd aangebeld.

'Ben je er klaar voor?' vroeg Simone door de intercom. Ze gingen naar de bioscoop.

'Kom even boven,' zei Chiara. 'Ik wil je iets laten zien.'

Beneden op straat slaakte Simone een zucht. 'Dan komen we te laat,' zei ze.

Dat was niet zo. Ze hadden nog alle tijd, maar Simone beklom de trappen naar Chiara's appartement niet graag. Er moest op zijn minst een maaltijd in het vooruitzicht worden gesteld.

'Ik neem het wel mee naar beneden,' zei Chiara.

Ze pakte snel een stuk papier om de kom te beschermen en was al bijna de deur uit, met haar sleutels in haar ene hand en de glazen kom in de andere, toen de telefoon ging. Ze moest eigenlijk opnemen, want misschien was het het vertaalbureau met een nieuwe opdracht. Of de uitgever om een afspraak te maken over het ophalen van het boek dat ze net had gecorrigeerd. Ze aarzelde even, maar na drie keer overgaan zweeg de telefoon. Dan was het dus niet belangrijk. Ze liep naar beneden.

Simone tuurde door het raam van de antiekwinkel aan de overkant van het smalle straatje. De eigenaar was op zijn knieën bezig om een staande lamp naast een oorstoel neer te zetten bij een plank die vol stond met glasobjecten, bijouterie en met mozaïek ingelegd aardewerk. Gekleed in een groensatijnen maojasje, haar kastanjerood geverfde haar in bedwang gehouden door een met steentjes afgezette haardspeld, ballerina's met gekleurde strass aan haar voeten, zou Simone niet misstaan als etalagepop in het winkeltje. Ze was zoals altijd een extravagant kunstwerk op zich. Alleen al haar zo te zien staan, met haar stralende glamour en met lak aan haar leeftijd, gaf Chiara een warm gevoel. Om verbonden te zijn aan deze mollige, genereuze vrouw, deze liefhebster van overdaad en buitenbeentjes, deze genadeloze optimist, was goed voor Chiara's ziel. Zoals het ooit ook goed was geweest voor die van haar vader. Ze wilde haar omhelzen.

Ze stak over, tikte Simone op de schouder, zodat die zich met een ruk omdraaide, nam haar in een eenarmige omhelzing, de kom omhooggestoken, ging op haar tenen staan en legde haar gezicht op Simones schouder. Simones parfum deed denken aan rozen en vanille. Chiara werd op haar beurt geknuffeld, door haar haar gewoeld en op haar rug geklopt alsof ze een hondje of een kind was.

'Dag, lieveling,' zei Simone. 'Wat ben jij vrolijk. Hoe komt dat?'

Chiara gaf haar de kom en telde met haar rechterhand de vingers van haar linkerhand af. 'Ten eerste. De drukproef van het boek dat ik heb vertaald is binnen en ik ben heel tevreden met hoe het eruitziet. Ten tweede: ik rook nog maar vijf sigaretten per dag, en drie: deze beeldschone nieuwe kom.'

Simone bekeek het stuk glas.

'Maar het is eigenlijk al zo sinds ik die brief heb verstuurd,' zei Chiara. 'Ik voel meer ruimte. Alsof ik een kamer heb ontdekt in mijn huis waarvan ik het bestaan niet wist.' Ze tekende een groot vierkant met de krant in de lucht, om de extra kamer aan te geven.

'Welke brief?' vroeg Simone zonder op te kijken. Ze keerde de kom om. 'Er zit een barst in de bodem,' zei ze.

'Weet ik,' antwoordde Chiara. 'De brief aan die vrouw in Engeland. Wales, bedoel ik,' verbeterde ze zichzelf.

Simone keek op. Haar ogen draaiden van links naar rechts alsof ze een onzichtbaar bord aan het lezen was. 'Nee,' zei ze uiteindelijk, 'welke vrouw?'

Chiara realiseerde zich met een schok dat ze het blijkbaar nog niet aan Simone had verteld. Terwijl ze dat wel van plan was geweest. Niet over de verwarring die de brief van de vrouw uit Cardiff had losgemaakt. Dat het haar spoken had gewekt uit hun sluimerslaap. Cecilia en Daniele, die samen stil stonden te schreeuwen in de verborgen nissen op de zolder van haar bewustzijn. Nee, dat niet. Maar wat ze eraan had gedaan. Dat ze het als een kans had gezien. Haar beheerste reactie. Hoewel ze dat eigenlijk helemaal niet aan Simone hoefde te vertellen. Dit ging om haar, niet om Simone.

'Niks, laat maar,' zei ze. 'Iets over mijn werk. Ik dacht dat ik het er met jou over had gehad.'

Ze had aan de keukentafel gezeten en een vel luchtpostpapier in haar Olivetti-typemachine gestopt. Ze had een stel op zichzelf neutrale woorden op grammaticaal correcte wijze tot zinnen geregen die uitdrukking gaven aan haar onwetendheid omtrent Danieles lot. Toen ze de brief overlas, vond ze de toon bijna te formeel. Hij gaf totaal geen uitdrukking aan het verdriet of de kwelling die gepaard zou kunnen gaan met de onzekerheid over een man en zijn leven. Ze had er met de hand nog iets bij geschreven, met het woord 'Sorry' erin. Ze moest weerstand bieden aan de drang dat woord honderd keer te herhalen. Eén keer was genoeg, als je het oprecht meende. Ze gaf niets prijs van haar eigen band met Daniele.

Thuis waren er nog maar drie dingen die haar herinnerden aan hem, en geen van die dingen zou een ander opvallen.

Zijn leren jack hing, onder een berg andere jassen, aan de kapstok in het halletje. Het leek precies op het jack dat Marlon Brando droeg in *The Wild Ones*.

De metalen onderzetter die hij had gemaakt stond op het aanrecht in de keuken. Ze gebruikte hem elke dag voor de hete koffiepot.

Zijn foto zat verstopt achter een foto van haar grootouders op haar nachtkastje. Het lijstje, een ouderwets verguld geval van de vlooienmarkt, was zo ontworpen dat de foto's er van de zijkant in gestoken en uit gehaald konden worden zonder de achterkant te hoeven losmaken. Ze hoefde het lijstje alleen maar schuin te houden en ertegen te tikken en de verborgen foto van Daniele kwam eruit. Ze vond het een fijne gedachte dat Daniele daar samen met *nonna* in zat.

Ze had ze bij elkaar gepakt, die drie dingen, in bruin papier verpakt, en het pakketje vervolgens in de rommelkamer opgeborgen.

Chiara had de brief van de onbekende vrouw uit Wales, over wie ze expres niet had gespeculeerd, wat haar veel moeite kostte, als een uitnodiging gezien om afscheid te nemen van Daniele. Het op de post doen van die woorden, het fysieke loslaten en het toevertrouwen ervan aan de wijde wereld, had haar het gevoel gegeven dat er een knoop langzaam losliet achter haar borstbeen. Daniele was weg. Ze had hem al tien jaar niet gezien. Ze kwam misschien nooit te weten wat er van hem geworden was, maar het was voorbij. Doelbewust had ze een deur gesloten die al veel te lang openstond.

'Hoeveel heb je hiervoor betaald?' vroeg Simone.

'Vijfduizend lire.'

'Zullen we hem vragen wat hij van je vondst vindt?' vroeg Simone met een knikje in de richting van de antiquair.

'Nee,' zei Chiara. 'Laten we dat maar niet doen.' Ze stak haar hand uit om de kom weer aan te nemen.

'Wacht,' zei Simone. 'Laat me even goed kijken.'

Terwijl Simone de kom inspecteerde, hem ronddraaide in haar handen en tegen het licht hield, las Chiara het verkreukelde stuk krantenpapier. De radicaal rechtse bommengooier die zichzelf per ongeluk had opgeblazen in de trein naar Turijn was buiten levensgevaar en werd overgebracht van het ziekenhuis naar de gevangenis.

'Wie aan onze kant staat, wacht op het moment om uit de loopgraaf te kunnen springen en de strijd aan te gaan en steeds weer toe te slaan', was de leuze van zijn organisatie, de Ordino Nuove. Dat klonk dom, maar het nam niet weg dat ze gevaarlijk waren.

Ze kon het niet meer bijhouden: al die neofascistische groeperingen. Het maakte haar bang en wanhopig over wat er in de samenleving aan de hand was, maar toch zette het geen domper op dit gevoel van innerlijke ruimte en mogelijkheden. Misschien ging ze de tango wel leren dansen, dacht ze, en ze stak de krant onder haar arm en hield een schouder in wat naar haar gevoel een tangopose was.

'Weet je waar dit me aan doet denken?' zei Simone. 'Aan die rode lamp die ze altijd brandend houden in de kerk om te laten zien dat God aanwezig is, of de eucharistie heilig, of wat dan ook.'

Chiara bekeek haar nieuwste aanwinst nog eens goed.

Simone hield hem omhoog, balancerend in beide handpalmen, als een heilig offer. 'Je bent echt een kind van je moeder, ondanks alles,' zei ze. 'Katholiek tot op het bot.'

'Helemaal niet,' zei Chiara beledigd. 'Het heeft trouwens meer weg van het licht uit een bordeel. Jij bent degene die iets heiligs ziet in iets heidens. Niet ik.'

Simone glimlachte. 'Het is een fraai ding,' zei ze. 'Ik wacht hier. Haast je niet. Ik ga even neuzen in dit winkeltje. We hebben over een kwartier afgesproken met Silvia en Nando.'

'O ja?' antwoordde Chiara.

Ze was vergeten dat die ook kwamen. Ze bracht de kom weer naar boven, heel langzaam, opdat ze hem niet zou laten vallen. Met haar andere hand hield ze zich vast aan de trapleuning, want de trap was steil en het trappenhuis donker. Door de hervonden ruimte wilde ze dieper ademhalen om haar borstkas te vullen met frisse lucht, en zo was ze erachter gekomen dat haar longinhoud afgenomen was.

'Gecompromitteerd,' had de oude dokter Bruni het genoemd, om vervolgens raspend te lachen, alsof dat een geweldige grap was. Er hing een sigaret in zijn mondhoek terwijl hij het zei. Kennelijk vond hij haar aandoening niet iets om je zorgen over te maken, maar toch probeerde ze minder te roken. Onder in haar longen zat een hoest die er maar niet weg wilde, en ze wilde weer gewoon trappen op kunnen lopen.

Ze zette de kom op de plank in de gang. Nu hij daar zo in het licht stond, zag ze dat hij inderdaad dezelfde kleur had als een altaarlamp. Religieus rood. Maar dat was niet de reden waarom ze hem zo mooi vond. Hij deed haar aan iets heel anders denken. Ze pijnigde haar hersenen om te bedenken aan wat precies, en ineens wist ze het. Het was de lamp die altijd in haar kamer hing toen ze klein was. In de kleine slaapkamer die ze deelde met Cecilia, in het huis in San Lorenzo.

De telefoon ging weer. Ook al stond Simone beneden te wachten, toch besloot ze om dit keer wel op te nemen. Ze dacht aan die rode lamp in een armatuur aan de muur, en aan hoe hun moeder de kaars erin altijd eerst aanstak met een waspit voor ze hun gebedjes opzegden. Toen ze nog heel klein was, dacht ze altijd dat het een toverstaf was, die waspit. Afgeleid door deze gedachten begreep ze niet wat degene aan de andere kant van de lijn zei. Het was een fluisterende vrouwenstem. 'Pardon?' zei ze.

'Spreekt u Engels?' vroeg de vrouw, in het Engels. Ze had een jonge stem, heel zacht.

'Ja,' antwoordde Chiara, die dacht dat het wel om een nieuwe klus zou gaan. Ze nam meestal geen tolkopdrachten aan, want haar gesproken Engels was niet half zo vloeiend als haar geschreven Engels, maar ze was net klaar met haar boekvertaling, en er lag verder geen ander werk in het verschiet. Ze hoorde degene aan de andere kant van de lijn opgelucht ademhalen.

'Zeker spreek ik Engels,' voegde Chiara ter aanmoediging toe, en om aan te tonen dat ze geschikt was voor de haar aangeboden taak, wat die ook maar inhield. Er werd aangebeld.

'Bent u signora Chiara Ravello?' vroeg de vrouw. Ze sprak Chiara uit met een zachte tsj aan het begin, in plaats van een k.

'Chiara Ravello, jazeker,' zei ze, haar naam correct uitsprekend.

'Ik bel u om te vragen...' De zachte stem werd bijna overstemd door de deurbel. Simone hield hem kennelijk ingedrukt.

'Een ogenblik alstublieft,' zei Chiara. 'Heel even maar. Ik ben zo terug.' Ze legde de hoorn op het gangtafeltje en liep snel naar het raam in de zitkamer. 'Er is telefoon,' riep ze naar beneden.

Simone keek omhoog en liet goddank haar vinger los. Ze zette haar hand aan haar oor.

'Ik ben aan de telefoon,' riep Chiara nog eens. Ze hield een denkbeeldige hoorn bij haar gezicht.

Simone stak al haar vingers in de lucht.

'Ja, ik zie je over tien minuten op de piazza,' riep Chiara.

Simone gebaarde instemmend en schreed weg naar het plein op haar gebruikelijke kalme, statige wijze. Twee jonge mensen fietsen langs haar en spraken met luide stem. 'Het is anarchisme,' zei een van hen. Ze passeerden Simone elk aan een kant en praatten over haar heen, waarbij ze haar net raakten zodat ze heel even wankelde als een oud schip dat heen en weer deinde op de golfslag van een snellere boot. Er was nauwelijks ruimte voor drie in het smalle straatje.

Chiara liep weer naar de telefoon en bracht de hoorn naar haar oor. 'Hallo,' zei ze. 'Nu kan ik u beter verstaan.'

De verbinding was verbroken.

Wat ze tegen Simone zou zeggen, besloot ze terwijl ze haar kapsel in model duwde en wat lippenstift opdeed, was: 'Het zal je deugd doen dat ik nu eindelijk het verleden afgesloten heb. Ik zit niet meer te wachten tot Daniele komt opdagen en ik ben niet meer aan het treuren over het verlies van mijn jongen. Er is een nieuwe fase aangebroken. Dus laten we het niet over hem hebben, althans niet op een deprimerende manier, maar alleen over de leuke dingen.'

Of iets dergelijks.

Maar in plaats van leuke dingen zag ze Simones achterdochtige gezicht voor zich als ze naar Daniele keek. En hij, veertien, en ineens een lange slungel, die op zijn bed lag met dat keppeltje achter op zijn hoofd en een soort honende lach op zijn gezicht.

'Wat heb jij nou?' had Simone gevraagd.

'Vraag dat maar aan háár,' antwoordde hij met een blik op Chiara, die achter Simone stond.

Het keppeltje had een rand van rood en paars borduursel dat er handgemaakt uitzag en toen Chiara hem er voor het eerst mee zag, vermoedde ze dat het uit de schatkist kwam, het grote eiken dressoir in de kamer die ze de kippenkamer noemden.

Maar toch was het vreemd, dat keppeltje. Het zat haar niet lekker. Toen ze opmerkte dat het leek op zo'n ding dat joodse mannen altijd opzetten voor het gebed, antwoordde hij dat hij het ook in de synagoge had gekregen, en dat was de eerste keer dat ze iets van angst voelde.

'Die keppeltjes liggen bij de ingang, voor mannen die hun eigen keppeltje vergeten zijn. Kippa,' zei hij, en hij nam het van zijn hoofd. 'Het heet een kippa.'

'Ik wist niet dat je naar de synagoge bent geweest,' zei ze voorzichtig.

'Dan weet je het nu.' Hij draaide het hoofddeksel rond op zijn uitgestoken vinger.

Ze dacht: hij weet het. Hoe kan hij het nou weten? Doe niet zo raar. Hij kan het helemaal niet weten. De map met de weinige documenten die ze had over zijn familie zat verstopt tussen het matras en de bodem van haar bed.

'Ik ben op zoek gegaan naar mijn joodsheid,' zei hij.

Ze knikte als verdoofd. Ze durfde niets te zeggen.

'Waarom gaan wij eigenlijk nooit naar het getto?' vroeg hij.

'Waarom zouden we?' antwoordde ze zo luchtig mogelijk.

Ze ging checken of de map soms verplaatst was. Tot ze zijn stem bij de deur hoorde, had ze niet doorgehad dat hij achter haar aan gekomen was.

'Wat heb je daar?' vroeg hij.

Ze kon geen kant meer op. Ze was altijd van plan geweest om het hem vroeg of laat te vertellen, als de tijd rijp was. Daarom had ze die map ook bewaard. Zelf zou ze dit moment niet hebben gekozen, maar kennelijk koos het moment haar. Ze had gedacht dat hij het ergens al wist, en ze was het hem verschuldigd, of zoiets, ze kon zich haar redenering en rechtvaardiging nu niet meer voor de geest halen, maar goed, het was zover. Misschien wilde ze ook gewoon af van de last van het geheim.

Hij ging naast haar op bed zitten en het leek alsof hij het

goed opvatte. Tenminste, hij zei dat het goed was. Tot haar immense opluchting.

Daarna ging hij voor haar naar de winkel, om wat pasta te kopen, en was hij twee dagen spoorloos.

Hij had daar in het donker gelegen totdat zij ongemakkelijk de kamer in kwamen en het licht aanknipten, Simone en zij, niet wetend dat hij daar was, niet wetend dat hij waarschijnlijk thuisgekomen was toen zij buiten naar hem op zoek waren.

'Waar ben je geweest?' had Simone gevraagd. 'Je had toch op zijn minst even kunnen bellen? Wij waren gek van bezorgdheid.'

Hij haalde zijn schouders op. Toen maakte hij een minachtend geluid om aan te geven dat hij niet van plan was te vertellen waar hij was geweest; dat het hen niet aanging.

'Wat ben jij toch soms een ondankbaar stuk ellende,' had Simone tegen hem gezegd

'Klopt, ben ik ook. Een ondankbaar stuk ellende,' had hij geantwoord, en hij had hen aangekeken met opgetrokken wenkbrauwen, alsof het hem geen moer interesseerde.

En Chiara had nooit aan Simone uitgelegd, toen niet en later niet, wat de aanleiding was voor zijn verdwijntruc. Ze had Simone laten denken wat ze dacht, dat hij gewoon onhandelbaar was.

Ze had die map moeten vernietigen en haar mond dicht moeten houden.

Ze schudde haar hoofd. Ze zocht naar gelukkiger Simone-Daniele momenten, en er kwam een hele reeks: de nonnen, de kip op het balkon, het gladiatorschild, de puzzel, die ene dag in het park. Allemaal herinneringen aan de begintijd. Ze dacht aan de keer dat ze elkaar voor het eerst ontmoetten, Simone en Daniele. Daar, in een straat in Trastevere in 1944, in de rij voor de paardenslager. Zij en Daniele waren teruggekeerd naar Rome vanuit de heuvels, twee kleine sloebers in een stad vol sloebers. Ze hadden samen *risotto bianco* gegeten, met gestoofd paardenvlees.

De herinnering aan die dag, waarop Daniele bij Simone op schoot zat en zij hem iets in zijn oor fluisterde, deed Chiara weer denken aan Simones vermogen om dingen te accepteren zoals ze zijn. Daniele was soms lastig, stout, afwezig, maar Simone vatte het niet persoonlijk op. Toen hij voor het eerst met drugs in aanraking was gekomen en Chiara in paniek was geraakt, kwam Simone langs met een cadeau voor hem, een gebutste tweedehandstrompet.

'Misschien dat deze je op het rechte pad houdt,' zei ze.

Zijn eerste optreden was tijdens een kerstconcert in het pauselijk college. Chiara was gespannen. Ze dacht dat hij er nog niet klaar voor was. Het was een concert met voornamelijk kerstliedjes, maar halverwege was een jazzintermezzo ingelast. Danieles solo kwam helemaal aan het eind. Hij stapte naar voren. Hij was vijftien en droeg zijn haar inmiddels achterovergekamd. Hij keek naar de grond, bracht de trompet naar zijn lippen en blies aan. Er kwam een rauw geluid uit, een kakofonie, alle noten vals. Hij speelde vol overgave, met gebogen knieën en bolle wangen. Chiara voelde hoe de vernedering haar gezichtsuitdrukking bevroor. Speelde hij soms expres alleen maar verkeerde noten? Wilde hij het optreden saboteren? Toen hij klaar was bleef het stil in de zaal.

Ineens sprong Simone op, applaudisserend, 'bravo' roepend en met haar voeten stampend.

Een seconde later volgde Chiara haar voorbeeld, en terwijl zij zo stonden te klappen en te fluiten, dachten een paar anderen dat ze misschien getuige waren geweest van iets avant gardeachtigs en omdat ze niet voor cultuurbarbaar wilden doorgaan klapten ze mee. Op het podium keek Daniele voor het eerst naar het publiek en hij maakte een kleine buiging. Hij had een blos op zijn gezicht en zijn donkere ogen straalden.

'Dus jullie vonden mijn improvisatie goed?' vroeg hij na afloop.

'Adembenemend,' zei Simone, 'blijf ons vooral wakker schudden uit onze zelfgenoegzaamheid.'

De telefoon ging weer.

'Signora Ravello?' Het was dezelfde stem als net. 'Het spijt me dat ik u stoor,' zei ze met haar ijle stem. 'Ik denk dat u Daniele Levi kende.'

Chiara's hoofd bonkte. Ze draaide zich om zodat ze tegen de muur kon leunen.

Kénde. Verleden tijd. Was hij dan dood? Dan was hij dus naar een Engelstalig land verhuisd, en nu was hij dood. Natuurlijk was hij dood. Wat had het voor zin om te doen alsof ze dat niet allang vermoedde? Wat er ook gebeurd was, als hij nog leefde, had hij wel weer contact met haar opgenomen. Tien jaar lang geen woord. Was het soms een overdosis? Misschien had hij wel een ongeluk gehad. Hoe dan ook, hij was dood en dit was...

Wie was dit eigenlijk? Dit was iemand van de Britse politie of een of andere ambtenaar die haar had opgespoord. Hoe dan? Omdat zij als naast familielid op zijn identiteitskaart stond, of op een ander document. Natuurlijk.

Nee, dat kon niet. Want op zijn identiteitskaart stond Daniele Ravello en deze vrouw zei Levi. Daniele Levi.

Ze huiverde.

'Ja,' zei ze voorzichtig.

Aan de andere kant van de lijn klonk een enorm diepe zucht. 'O,' zei de vrouw.

Laat hem niet dood zijn, laat hem niet dood zijn, laat hem alsjeblieft niet dood zijn, dacht Chiara, een refrein dat haar even vertrouwd was als een slaapliedje. Laat hem alsjeblieft ergens een ander leven leiden.

'Sorry,' zei de vrouw, en ze snoot haar neus. 'Ik wil graag dingen over hem weten en ik vroeg me af of u misschien kon helpen.'

'Hoezo?' vroeg Chiara. Het klonk kortaf. En het was ook niet de goede vraag. De woorden van de vrouw waren niet wat ze had verwacht. Chiara wilde antwoorden, geen vragen.

'Omdat ik er pasgeleden achter gekomen ben, ze hebben me net verteld dat...' De stem stierf weer weg.

'Pardon? Wilt u iets harder praten?' vroeg Chiara. Haar eigen stem klonk inmiddels ook onvast.

'Sorry, sorry,' zei de vrouw. 'Ik had niet gedacht dat ik u te pakken zou krijgen en ik heb niet goed nagedacht over wat ik wil zeggen.'

'Daniele Levi,' zei Chiara om de vrouw te helpen zich te concentreren.

Ze had die naam al heel lang niet hardop gezegd. Ineens begreep ze dat dit de vrouw uit Cardiff was. Ze schrok ervan. Ze had niet gedacht dat het consequenties zou hebben. Toen ze haar brief op de post deed, was dat een persoonlijke daad, een soort ritueel, iets wat haar deed denken aan de tijd dat ze met Daniele de Gianicolo beklom, naar hun speciale plek, waar ze brieven postten aan zijn moeder. Als het gebed van een ongelovige en net als die briefjes van lang geleden had zij ook deze brief niet verstuurd in de verwachting dat er antwoord zou komen.

'Hij huurde een kamer bij u, denk ik?'

Deze omschrijving van hun relatie stak Chiara, maar haar instinct wat Daniele betrof – veinzen, informatie achterhouden, niets verraden – was sterk.

'Inderdaad,' zei ze. 'Hij heeft hier een poos gewoond. Lang geleden.'

'Hij was mijn vader,' zei de vrouw, 'blijkbaar.'

Chiara bracht haar hand naar haar borst. Ze was blij dat ze tegen de dichte, solide deur van de rommelkamer stond. De deurknop drukte tegen haar ruggengraat, dwars door het wandkleed dat aan de deur hing.

'Signora Ravello. Bent u daar nog?' vroeg de vrouw.

'Wat zei u net?' vroeg Chiara.

Ze zei het nog eens.

Dit was geen vrouw met een jonge stem, maar een meisje, besefte Chiara. Terwijl ze met moeite tot zich door liet dringen wat haar werd verteld, liet ze zich langs de deur omlaag glijden, totdat ze op de grond zat. Deze plek in de gang waar het licht danste als de middagzon scheen en waar ze haar rode kom wilde neerzetten, was nu donker.

Wat dit meisje zei kon helemaal niet. Het sloeg nergens op. Daniele kon toch niet de vader zijn van een kind in Wales?

En toen dacht ze met genadeloze helderheid: en zelfs al was hij dat wel, wat had zij er dan verder mee te maken? Ze had het immers allemaal achter zich gelaten. Die deur was toch dicht? 'Het spijt me,' zei ze. 'Dit moet een vergissing zijn.'

'U bedoelt dat u niet gelooft dat het zo is?'

Er schoot haar een beeld te binnen van het koffertje dat ze altijd meenam naar haar werk. Kalfsleer. De klik van de sluiting. 'Ik zou niet weten hoe dat zou kunnen,' zei ze. Ze liet haar stem afwijzend en koud klinken.

'Maar waarom zou mijn moeder liegen?' vroeg het meisje, en ze begon te huilen.

Daar had Chiara geen antwoord op. Ze luisterde naar het huilen van het onbekende buitenlandse kind. Na een poosje zei ze: 'Ik vrees dat ik je niet kan helpen.'

'Het spijt me dat ik u heb lastiggevallen,' zei het meisje snuffend door haar tranen heen, en ze hing op.

Chiara bleef zitten waar ze zat. Asmaro kwam tevoorschijn uit het donkere eind van de gang en stapte voorzichtig op haar schoot. Chiara aaide hem afwezig en staarde naar de foto van haar vader en moeder op hun trouwdag aan de muur tegenover haar, tot er een waas voor haar ogen kwam. Ze herinnerde zich een gesprek met Daniele.

Ze waren in een boekenantiquariaat in de straat achter San Filippino. Er liepen een paar soldaten voorbij, en ze trok hem de winkel in, zodat hij hun niet in de weg zou staan. Ze liepen meteen de lange, smalle winkel door tot achterin, waar de muffe geur van oude tijdschriften hing. Ze pakte een boek op met foto's van Rome uit de eerste vijfendertig jaar van de eeuw, en begon erin te bladeren, waarbij ze hem plaatjes liet zien en de gebouwen benoemde. Op een gegeven moment stak hij zijn hand uit om te voorkomen dat ze de bladzijde omsloeg en mompelde iets.

'Pardon?' zei ze, maar wat het ook was, hij herhaalde niet wat hij had gezegd. Na drie maanden te hebben gezwegen, was hij net weer wat gaan praten, maar zijn woorden waren nog steeds spaarzaam.

Ze meende dat hij 'mama' had gezegd.

De foto toonde een imposant standbeeld van een vrouw te paard. Chiara las het onderschrift hardop, en ontdekte dat het een monument was voor Anita Garibaldi, de vrouw van Italië's nationale held, en dat het in 1932 was opgericht op de Gianicolo.

'Ben je daar weleens geweest?' vroeg ze.

Hij knikte.

'Zullen wij er ook een keer naartoe gaan?' vroeg ze. 'Jij en ik?'

Maar hij had haar alleen aangekeken en ze zag dat hij zich weer in zichzelf terugtrok. Ze sloeg de bladzijde snel om, om hem af te leiden.

Er was een foto van de synagoge, toen die net klaar was, in 1904, met enorm veel ruimte eromheen, waar inmiddels gebouwen stonden.

'Weet je waar dat is?' vroeg ze.

Hij zei niets. Ze dacht dat hij het niet herkende als de plek waar hij opgegroeid was en tot voor kort zijn hele leven had gewoond, maar ineens liet hij een vinger over de bladzijde glijden, over de lege ruimte.

'Alle mensen zijn weg,' zei hij. 'Behalve ik.'

'Nee, nee,' zei ze, en ze begon uit te leggen dat dit een foto was van hoe het vroeger was, niet een beeld van het heden of de toekomst.

Hij wendde zijn gezicht naar haar, zonder haar aan te kijken, want dat deed hij toen nooit. In plaats daarvan sprak hij tegen haar middenrif. 'Zijn er meer mensen dood dan levend?' vroeg hij op een toon alsof ze een doodgewoon gesprek voerden.

Daar had ze nog nooit over nagedacht. Ze maakte een rekensom, of deed alsof, en telde er verdwenen beschavingen bij op, de Assyriërs en de Etrusken, en ze probeerde er een grap van te maken, begon te stotteren toen ze zich realiseerde dat ze het over genocide had, maar zette door toen ze bedacht dat hij pas zeven was en geen idee had. En al die tijd was ze zich bewust van de laarzen buiten op straat.

'Ja, ik geloof het wel,' zei ze uiteindelijk. 'Want alle mensen die ooit hebben geleefd en die overleden zijn, zijn nu dood, en dat zijn er waarschijnlijk meer dan alle mensen die nu nog leven. Maar dat geldt waarschijnlijk niet altijd, ook al is het nu zo.'

Hij wilde alleen weten of het zo was, en in haar pseudorekensom was hij helemaal niet geïnteresseerd.

'Dus dan is het vooral dood,' zei hij. Niets in zijn toon suggereerde dat ze alert moest zijn.

'Hoe bedoel je?'

Heel even keek hij haar aan, maar hij sloeg zijn ogen meteen weer neer. 'We zijn eigenlijk dood, en leven maar heel even. Alleen nu.'

'Zo kun je het ook zien,' zei ze voorzichtig. 'God ziet het misschien wel zo.'

'Mag ik snel weer terug?'

'Waar naartoe?'

'Terug naar dood zijn,' antwoordde hij.

'Toch geen slecht nieuws?' vroeg Simone terwijl ze naar de Farnese Cinema liepen.

Er gonsde iets in Chiara's hoofd, alsof Simone weer op de bel drukte.

'In zekere zin wel,' zei ze. 'Ik dacht dat het misschien iemand was die me werk wilde aanbieden, maar helaas.' Ze keek Silvia aan. 'Heeft de universiteit anders nog iets voor me?'

Silvia werkte aan de economische faculteit van de Sapienza-universiteit.

'Heb je niet liever literaire vertalingen?' vroeg Silvia.

'Zolang het maar niet te wetenschappelijk is kan ik alles wel aan, als ik het concept maar begrijp. Vorige maand heb ik een brochure vertaald voor Motorola, over die draagbare telefoon die ze hebben ontwikkeld.'

'Die wát?' zei Nando spottend, alsof ze het uit haar duim zoog.

Nando had iets belangrijks gedaan bij de VN maar was inmiddels met pensioen. Hij ging bijna nooit mee.

Het gesprek voelde gekunsteld. Chiara wist niet of dat haar schuld was, omdat ze een ingehouden spanning met zich meebracht, of dat het kwam door Nando's aanwezigheid. Het feit dat hij erbij was, hield in dat Silvia niet zoals gewoonlijk tien minuten over hem kon klagen.

'Ik zal eens vragen,' zei Silvia. 'Als ik tenminste het gebouw in kom. Die verdomde studenten houden het weer eens bezet.'

Er kwam een geur van rijpe kaas en salami uit Ruggeri's toen ze de hoek omsloegen. De winkel ging net dicht.

'Gaan we na afloop nog wat eten?' vroeg Chiara. Ze was uitgehongerd.

'Ik denk niet dat we lang blijven hangen. Misschien even een borrel en dan naar huis,' zei Nando.

Silvia glimlachte verontschuldigend en schudde haar hoofd alsof ze wilde zeggen: 'Mannen, wat moet je ermee?'

Ze probeerde Chiara en Simone veelbetekenend aan te kijken, een uitnodiging om samen te zweren tegen alles wat Nando zogenaamd verkeerd deed. Chiara had geen zin om het spelletje mee te spelen. Als je met hem bent, wees dan ook met hem, dacht ze.

Zo zou zij ook met Carlo zijn geweest, als hij niet was vermoord. Zelfs nu nog, nu ze al die jaren al zonder hem leefde, herinnerde ze zich het gevoel van zijn hand in de hare als ze door het park bij Villa Celimontana wandelden. Het had iets opwindends, iets wat het niet had als ze haar vaders hand vasthield. Maar toch had ze bij allebei het gevoel gehad dat zij hun bijzondere meisje was.

Wie moet er nu mijn hand vasthouden? dacht ze steeds toen ze zo vlak achter elkaar overleden, en: hoe moet ik in mijn eentje wandelen?

Terwijl ze samen met haar vrienden de Campo dei Fiori overstak kwamen al Chiara's doden ineens op bezoek. Ze wendde zich van de anderen af, en deed alsof ze in een etalage wilde kijken. Ze zag Cecilia, met haar gezicht in een plas op een heuvel. Ze voelde pijn in haar borst en drukte met haar vingers tegen haar borstbeen in een poging de druk te verlichten.

Simone kwam naast haar staan. 'Jij en ik gaan wel samen wat eten, oké?' zei ze, en ze trok Chiara's arm door de hare. 'Met zijn tweetjes.'

Ze liepen achter Nando en Silvia aan. Restanten van de markt van die ochtend, de verwijderde buitenste bladeren van kolen en kroppen sla, lagen als een rand aangespoeld zeewier voor de winkels. Een jongetje stond bij de drinkfontein en sproeide water over de voeten van passanten.

De film had een vergezocht plot over extremisten die de president ontvoerden. Als de anderen niet zo hadden gelachen, had

Chiara niet gesnapt dat het grappig bedoeld was. De vraag van het meisje kwam de hele tijd bij haar boven, al deed ze nog zo haar best om hem de kop in te drukken. Waarom zou de moeder van het meisje liegen? Maar goed, dacht ze weer, het maakte haar niet uit of het nu waar was of niet. Ze zou zich er niet door laten meeslepen. Ze probeerde zich te concentreren op het filmdoek, maar de hoed van een van de karakters deed haar denken aan Danieles keppeltje, en daar was hij weer, op bed, met die blik die Simone opvatte als aanmatigend. Zijn stem sloeg over, en als hij lachte leek hij net een ezel.

'Ik ben helemaal niet naar die verdomde synagoge geweest,' zei hij. 'Ik heb hem gevonden in die kast waar je al die troep bewaart. Wat moet ik in een synagoge?'

Ze was er nooit achter gekomen waar hij die keer was geweest, maar het was het begin van een serie verdwijningen. Hij liep voortdurend weg, en verdween dan dagen achter elkaar. Later, toen hij voorgoed vertrokken was, kwam ze erachter dat hij waarschijnlijk naar nonna's verlaten boerderij was gegaan, maar toen hij nog een puber was, was die gedachte nooit bij haar opgekomen.

Na afloop van de film gingen ze naar de bar op de hoek van de Piazza Farnese. Ze liepen langs Chiara's stamkroeg, Gianni's bar. De anderen bespraken waarom zoveel nieuwe films, zelfs de komedies, vooràl de komedies, zei Nando, teruggrepen op de oorlog en de tijd ervoor. Chiara liep achter hen. Ze werd overvallen door een soort angst. Ze gingen op het terras zitten, maar zij bleef staan.

'Wat vind jij?' vroeg Nando, naar haar opkijkend. Ze had geen idee waar ze het precies over hadden, maar vlak daarvoor had ze hem horen zeggen: 'Het is nog niet uit ons systeem.'

'Ik denk dat jij waarschijnlijk gelijk hebt,' zei ze.

In het anonieme donker van de bioscoop had ze gedacht dat ze misschien zou vertellen van het telefoontje. Ze zou het terloops noemen en zien wat haar vrienden ervan vonden, maar nu vond ze dat een verschrikkelijk idee. Dit was geen leuke anekdote. Ze moest hier weg.

'Het spijt me,' zei ze. 'Ik ben helemaal vergeten dat de schrijver van het boek dat ik heb vertaald me vanavond nog zou bellen. Ik moet gaan.'

'O, wat jammer,' zei Nando.

Simone keek haar onderzoekend aan. Ze wilde net voorstellen om iets te gaan eten.

'Nu meteen,' zei Chiara onnodig fel.

'Als het wat wordt met die telefoons van Motorola,' zei Nando, 'hoef je helemaal niet meer thuis te blijven voor een telefoontje.' Hij lachte, en Silvia lachte uiteindelijk met hem mee.

'Haar geheime minnaar,' hoorde ze Simone hard tegen de anderen fluisteren toen ze wegliep, maar deze keer moest ze niet glimlachen om Simones verzinsel.

Simone was vast beledigd. Jammer dan. Chiara zou een stuk pizza kopen op de terugweg. Ze maakte een omweg langs een winkel waar ze pizza per punt verkochten, maar er stond een korte rij, en ze kon nu niet zo lang stilstaan.

Thuis schonk ze een medicinaal glas Fernet Branca voor zichzelf in en haalde een pakje sigaretten tevoorschijn. Had ze die brief van de moeder van dat meisje maar bewaard. Dan had ze tenminste nog een adres en misschien zelfs een telefoonnummer, maar ze herinnerde zich duidelijk dat ze de brief in de prullenmand had gegooid nadat ze haar antwoord had getypt. Ze stond voor het keukenraam en blies de rook naar de bleke hemden en onderbroeken die in het halfdonker aan de waslijn van de buren hingen. Die lieten hun was vaak 's avonds buiten hangen. Ze wisten misschien niet dat er om middernacht geesten in zulke verlaten kleren kropen die dan overdag bij je kwamen spoken, of het kon hun niets schelen. Chiara's moeder had daar wel altijd voor gewaarschuwd.

Ze nipte van haar stroperige drankje. Het idee van een van gedaante veranderende geest die tussen de mouw en je vel gleed, doorkroop naar je oksel en zich om je ribben kronkelde en zijn greep verstevigde, bezorgde haar kippenvel.

Ze dacht aan het pakje dat ze naar de rommelkamer had gebracht. Misschien had ze alleen de envelop weggegooid en zat de brief bij zijn spullen. Er zat geen lamp in de fitting. Ze hing het gordijn dat voor de deuropening hing over de roede en tastte rond bij het vage ganglicht. Ze nam het pakketje mee naar de keuken en spreidde de inhoud uit op tafel. De brief zat er niet bij. Dat wist ze ook wel.

Ze begroef haar gezicht in zijn leren jack. De voering rook vroeger naar hem, maar ze had alles er waarschijnlijk allang uit gesnoven. Ze liet de onderzetter op tafel staan en nam het jack mee naar de garderobekast, waar ze het onder haar eigen mantels en jasjes ophing. De foto nam ze mee naar haar slaapkamer en ze schoof hem weer op zijn plek achter haar grootouders. Het lijstje begon uit elkaar te vallen. Ze drukte met haar duimen tegen de kleine pennetjes die alles bij elkaar moesten houden. Toen liep ze terug naar de keuken, vouwde het bruine pakpapier op en borg het weg. Dat was kort, dacht ze, die periode van relatieve gemoedsrust.

Ze ging aan tafel zitten en probeerde zich de brief uit Cardiff voor de geest te halen. Maar wat haar te binnen schoot was de eerste brief die Daniele aan zijn moeder schreef. Hij had hem vijf keer overgeschreven en ze hadden er vier gepost op geheime plekken in het getto. De vijfde, de brief die Chiara weer had meegenomen, had hij achtergelaten bij het Anita Garibaldimonument. Ze kende hem uit haar hoofd.

Lieve mama,

Die mevrouw heeft me een kip gegeven. Hij heet Tok.

Ze had al zijn brieven nog. Vroeger las ze die heel vaak, omdat ze dacht dat er misschien een aanwijzing in verstopt zat. Ze zaten ergens in een doos, maar ze wist niet precies waar die stond. Waarschijnlijk achter in de rommelkamer.

De telefoon ging en Chiara sprong op. Het was Simone maar.

'Gaat het wel goed met je, schat?' vroeg ze.

Chiara verzekerde haar dat het goed ging.

'Er komt wel weer wat binnen,' zei Simone.

Chiara wist niet waar ze het over had. 'Wat?' vroeg ze.

'En als er niets komt, kun je altijd nóg een stuk van je huis verkopen.' Toen ze allebei stil bleven, voegde Simone eraan toe: 'Dat was dus een grapje.'

Chiara realiseerde zich dat Simone dacht dat ze zich zorgen maakte over geld en werk. Dat is beter zo, dacht ze. Ze probeerde mee te doen.

'Of ik verhuur een kamer.' Ze kromp ineen.

'Daar heb je niet bepaald de ruimte voor. Nee, je zult een rijke minnaar moeten aanschaffen.'

Chiara grinnikte braaf.

'Ik zei tegen Silvia en Nando dat je een geheime minnaar hebt,' zei Simone. 'En ze geloofden me.'

Ineens schoot Chiara een beeld te binnen van Daniele, die door een laantje met muren erlangs liep, hand in hand met een blond meisje. Onder het lopen neeg het meisje steeds naar hem toe en ze wist dat ze geliefden waren. Ze vroeg zich af of ze hen ooit een keer samen had gezien vanuit de bus.

'Klopt dat?' vroeg Simone.

'Wat?'

'Dat je een minnaar hebt.'

'Betrapt,' zei Chiara. Toen zei ze met zachtere stem: 'Ik moet ophangen, want hij zit op me te wachten.'

Ze dacht weer aan Carlo, zijn onderbeet, zijn ernstige voorhoofd. Eeuwig jong. Als hij nog had geleefd, was hij nu vijfenzestig geweest. Misschien had hij wel witte neusharen, een kunstgebit en een rimpelig achterwerk. Misschien hielden ze nog steeds hartstochtelijk van elkaar. Ze zette die gedachte van zich af.

Ze dacht aan die nieuwe minnaar in haar slaapkamer. Ze maakte hem wat jonger. Misschien halverwege de vijftig – niet griezelig jong. Ze gaf hem een dikke bos grijzend haar en een solide, warm lijf. Ze stapte in bed zonder het licht aan te doen, zodat ze niet kon zien dat hij er niet echt was, maar het maakte niet uit want de gapende leegte was er toch.

Na een poosje stond ze weer op en strompelde in het donker door de gang naar de voordeur. Ze pakte haar nieuwe glazen kom van de plank en nam hem mee naar de keuken. Daar schonk ze een glas water in, ging aan tafel zitten en stak een sigaret op. Eentje van haar rantsoen voor de volgende dag, maar nood breekt wet. De kom zou een fraaie asbak zijn.

Ze had de keuken begin jaren zestig laten moderniseren, toen het appartement gesplitst werd. Voor de zinken ijskast kwam een elektrische koelkast in de plaats, en er was een elektrische boiler in gezet als vervanging van de oude kolenkachel. Maar de keuken zag er verder nog precies zo uit als vroeger, en de tafel was dezelfde als in 1943. Ze zag Daniele voor zich, aan de andere kant. Niet Daniele de tiener, aan wie ze vaak had gedacht sinds het meisje belde, of de Daniele die hij misschien zou kunnen zijn, een man van bijna veertig, maar Daniele het jongetje dat ze die dag had meegenomen naar huis.

4

Chiara maakt een vroege lunch om hun kracht te geven tijdens hun reis naar de heuvels. Ze heeft wat pasta in een pan met kokend water gegooid en inspecteert wat er nog is aan ingrediënten – een restje gekookte ham, een paar uien – en bedenkt wat ze daarmee kan brouwen. Koken biedt altijd verlichting, wat er verder ook aan de hand is. Ze kan opgaan in de kalmte van het bereiden en opdienen van eten. Het is het enige wat ze van haar moeder heeft geërfd. Ze kijkt naar de roze stukjes ham. Hij mag geen varkensvlees, denkt ze. Enfin, hij moet toch eten. Ze werpt een blik op de vensterbank, waar ze kruiden kweekt, in potjes. Het is oktober, dus er valt niet veel van te plukken. De salie is verschrompeld en voelt droog aan. Tegenwoordig is overal al het leven uit geperst. Ze leven in dorre tijden. Ze voelt aan de aarde rondom de plant. Net stof.

Het kind staart naar Cecilia, die rondjes om de tafel loopt, alsmaar rond, op kousenvoeten. Ze stelt hem vragen met een babystem, alsof ze kinderen in de speeltuin zijn.

'Hoe heet jij? Ik heet Cecilia,' vraagt ze als ze voorbijzoeft. Hij kijkt haar aan met uitpuilende ogen. 'Ce-ci-li-a,' herhaalt ze, de lettergrepen uitrekkend, en ze opent haar armen om een denkbeeldig publiek te begroeten.

Chiara ziet de afdruk van haar vingers op Cecilia's wang, rood en vlekkerig. Ze moest iets doen om een eind te maken aan het geschreeuw, houdt ze zichzelf voor, maar ze voelt nog steeds de schokgolven van de klap. De stekende pijn in haar handpalm, de brandende hitte in haar eigen wangen, alsof ze zelf een klap had gehad.

'Ik wil het niet. Breng het weer terug,' had Cecilia gegild en voordat Chiara wist wat ze deed, stond ze ineens aan de andere kant van de kamer, schoot haar hand uit en gaf ze zo'n harde klap op de bleke wang van haar zus dat die opzij viel en er een losgeraakte haarspeld hoorbaar tegen de muur schoot.

'Hij is geen het. Hij is een hij. Een jongetje,' had Chiara gezegd.

Met een ruk had ze zich omgedraaid en haar vuisten gebald, alsof die zin hadden in meer, en ze was snel de kamer uit gelopen. Ze pakte het kind op, dat in de deuropening had staan dralen, en trok de deur achter zich dicht om het gesnik van Cecilia te dempen. Ze jaagde het jongetje voor zich uit naar de keuken, alsof de scène minder impact zou hebben als ze hem daar zo snel mogelijk bij weg zou halen. Ze had een stoel voor hem naar achter geschoven en hem opgedragen om zijn jas uit te doen en te gaan zitten, maar hij bleef staan, zijn armen langs zijn zij, zijn vuisten even stevig gebald als eerder die van haar.

Terwijl ze van hem wegliep, messen en vorken uit de la pakte en de pan vulde met water, bedacht ze dat dit kind de afgelopen twee uur waarschijnlijk meer geweld had meegemaakt dan in zijn hele leven daarvóór. Ondanks de ontberingen, ondanks de wetten die van hem en zijn familie tweederangsburgers maakten, kwam hij uit een gezin waar vriendelijkheid en respect de boventoon voerden, en waar niet uit woede werd geslagen.

'Het spijt me,' zei ze toen Cecilia een paar minuten later binnenkwam. 'Het spijt me dat ik je een klap heb gegeven.'

Maar Cecilia, die ook de rest van de spelden uit haar haar had getrokken, zodat het er nu los en verwilderd bij hing, luisterde niet en begon in plaats daarvan lomp in de rondte te walsen.

De lichtheid van de ui in Chiara's hand zegt haar dat hij vanbinnen vergaan is. De volle omvang van wat ze heeft gedaan overvalt haar weer, en ze staat stil en weet zich geen raad. Ze ziet het gezicht van de moeder van het jongetje voor zich. Ze klampt zich vast aan de naam die op het etiketje stond dat ze met haar tanden losgetrokken heeft.

'Signora Levi,' zegt ze nadrukkelijk, en ze knikt naar het jongetje, dat naar haar opkijkt met heldere ogen, 'jouw moeder, signora Levi, heeft me gevraagd om voor je te zorgen zolang zij weg is. Ze zei dat je een brave jongen bent.'

Cecilia zwiert door de keuken, haar armen spreidend en sluitend alsof ze aan het zwemmen is. Chiara houdt haar blik op het jongetje gericht als Cecilia voorbijzeilt.

'Dus wees dan nu ook braaf. Doe je jas uit en ga aan tafel zitten,' zegt ze.

En dat doet hij.

'Zo,' zegt ze bemoedigd, 'we doen vanaf nu net alsof je geen Levi heet, want de stoute soldaten zijn op zoek naar alle mensen die Levi heten.'

Ze staart naar hem en vraagt zich af hoeveel hij begrijpt. Hij staart terug. 'Voorlopig is je naam Gaspari,' zegt ze in een opwelling.

Het was de achternaam van haar verloofde, Carlo. Als ze Carlo's naam uitspreekt, ziet ze voor zich hoe hij uit het raam van de bus hing die hem wegvoerde naar zijn ballingschap, vanwege antifascistische activiteiten. Ze ziet weer hoe hij zijn hand kuste en de kus haar kant op stuurde, en heel even heeft ze het gevoel dat die kus nu eindelijk zijn bestemming heeft bereikt.

'O,' zegt ze, en ze haalt haar naar ui smakende vingers over haar lippen in een poging dat gevoel te vangen en vast te houden.

'Ik ben terug voor je me mist,' zei hij.

Maar dat was niet waar. Als ze getrouwd waren voor hij wegging in plaats van zich alleen te verloven, als ze zwanger was geweest, dan was hun zoontje nu ongeveer even oud als dit jongetje, die zich van haar afkeert om Cecilia te bestuderen.

Meestal werkt het op Chiara's zenuwen als Cecilia zich als een baby gedraagt, maar nu is ze er dankbaar voor, want kennelijk doet Cecilia moeite voor de jongen. Misschien, al lijkt het onwaarschijnlijk, was het juist wel goed dat ze haar een klap had gegeven. Misschien had ze dat jaren geleden al moeten doen.

Ze kijkt omlaag naar de snijplank, pakt haar mes op en snijdt de eerste ui doormidden. Zoals ze al had verwacht is die zacht en half verrot vanbinnen. Cecilia zwiert langs, met haar hand tegen haar gloeiende wang, en scandeert haar eigen naam op het melodietje dat Chiara minstens een jaar of twintig geleden heeft bedacht.

'Cecilia Teresa Ravello, tra la la la la,' zingt ze. Het klinkt spottend, maar haar zusje heeft dat soort valsheid niet in zich.

Ze hakt de uien heel zorgvuldig fijn, en snijdt voorzichtig de zachte bruingroene delen eruit om nog geen flintertje dat bruikbaar is te verspillen. Er is geen olie. In de heuvels hebben ze waarschijnlijk wel olie, denkt ze, maar ze staat zichzelf niet toe haar gedachten af te laten dwalen. Eerst moeten ze de reis nog zien te maken. Ze gooit de stukjes ui bij de pasta, nog een minuutje, alleen om ze zacht te maken. Dan doet ze de pasta over in het vergiet en schudt de blokjes ham erdoor. Ze breekt een paar blaadjes salie en verkruimelt ze over de pasta voor wat smaak. Gedroogde pepertjes zijn er nog genoeg, maar eten kinderen wel pepertjes? Ze weet het niet, en ze waagt het er maar niet op.

De jongen is in de ban van Cecilia. 'Daniele,' fluistert hij.

'Hoe oud ben jij?' vraagt ze.

'Bijna acht,' zegt hij.

'Een, twee, drie, vier, vijf, zes, zeven. Dat is dus zeven,' zegt ze.

'Zeven,' herhaalt hij.

'Heb je nog broertjes of zusjes?' vraagt Cecilia.

Ze blijft naast Chiara staan, leunt voorover en snuift boven de pan. Haar dikke zwarte haar hangt omlaag en maskeert haar gezicht. Chiara kan het haar van haar zusje ruiken, geparfumeerd en zwaar.

'Twee kleine zusjes,' zegt de jongen. Zijn stem klinkt harder dit keer. 'En binnenkort komt er nog eentje,' voegt hij toe terwijl Cecilia wegloopt en weer pirouettes begint te draaien door de kamer.

En zo lijkt het er toch op dat dit gaat werken. Dat Cecilia en de jongen, allebei ruw behandeld door Chiara, bondgenoten worden.

En Chiara, wat moet haar rol worden? Die wordt uiteraard de boze stiefmoeder, deels zorgzaam, deels tiran, en zij buitenbeetjes zullen samenspannen en elkaar tot troost zijn, fluisterend hun geheimen delen en haar ijzig aankijken als ze hen toespreekt. En ze zal dat moeten verdragen en elders troost moeten zoeken, als dat kan. En anders maar geen troost.

Cecilia blijft staan en pakt de stoel tegenover de jongen. Ze maakt een onhandige plié en tilt dan een been op, de voet uitgestrekt opzij. Toen ze nog klein was, was ze een goede ballerina, vóór de toevallen.

'Mijn mama is dood,' zegt ze liefjes. 'Dood, dood, dood.' Ze neigt voorover naar de jongen. Haar gezicht is maar een paar centimeter van het zijne af. Ze zegt: 'En die van jou?'

Chiara's hart lijkt een paar tellen stil te staan. Ze staat daar met de pan in haar handen, terwijl de sterk naar salie geurende stoom eraf slaat, zodat ze verpakt wordt in een kruidige mist en ze door die mist naar de andere twee moet kijken.

De jongen doet zijn mond open, maar er komt geen geluid uit. Chiara weet niet welk besef er op dat moment door hem heen trekt, maar ze ziet dat hij zijn kaak intrekt en zijn tanden op elkaar klemt. De stilte zwelt op, neemt alle hoeken van de keuken in beslag en stijgt op naar het plafond.

Dan prikt Cecilia hem door. Ze begint een liedje te neuriën. Het is dat ene nummer uit de musical die ze zo leuk vindt, over het pad door het woud.

De volgende dag gaan ze weg uit Rome. In de eerste trein ligt Cecilia te soezen en de jongen staart uit het raam met waakzame, niet-begrijpende ogen. Chiara heeft hem een tas te dragen gegeven, haar stoffen tas. Het hengsel is te lang voor hem, en de tas, waarin ze een oude deken en een prentenboek uit 1921 heeft gepropt, hangt bijna op zijn knieën onder het lopen. Maar nu ligt hij op zijn schoot met daarbovenop een muts met oorflappen die ze in een ladekast heeft gevonden in de slaapkamer van haar grootouders. Een ouderwetse muts die misschien nog van haar eigen vader is geweest toen die klein was. Ze plantte hem op zijn hoofd.

'Om je oren warm te houden,' zei ze. Hij griste hem er meteen weer af.

Cecilia heeft ook haar hoed op schoot, een vilten hoed met een rand die bij het grijze pakje met donkerblauwe biesjes hoort dat ze draagt en dat ze zelf heeft gemaakt.

Chiara kijkt naar het gezicht van haar zusje, zo onschuldig en gaaf. De plek op Cecilia's wang waar Chiara haar heeft geslagen is nog vaag zichtbaar. Het doet haar denken aan die keer dat Cecilia zo'n agressieve bui had dat ze een schilderij van de muur sloeg, dat boven op Chiara viel. Het was een afbeelding van het Heilig Hart van Jezus dat boven hun bed hing toen ze klein waren en met hun vader en moeder in het huis in San Lorenzo woonden.

Jezus droeg een witte jurk en een rode mantel over zijn ene schouder. Zijn rechterhand, waarop de wond van de spijker goed zichtbaar was, hield hij zegenend op, en zijn linkerhand trok de plooien van zijn mantel opzij om zijn stralende hart te tonen, omgeven door een doornenkrans als een kreupelbosje, of een kooi van prikkeldraad. Boven zijn Heilige Hart was een gouden kruis, dezelfde kleur als zowel de rand om zijn witte jurk als de stralen die als zonneschijn uit de witte gloed van zijn aureool schenen. Zijn haar was bruin en golvend en hing tot op zijn schouders. Zijn voorhoofd was glad en zorgeloos, en zijn wangen roze als die van een klein meisje of een heel jonge man, maar hij had wel een baard en een snor. Hij stond niet echt ergens. Hij zweefde door het goud en het licht.

Op een avond werd Chiara door een felle tik in haar gezicht wakker te midden van tumult en chaos, alsof ze midden in een aardbeving zaten. Ze herinnerde zich geschreeuw en mensen die de kamer binnenrenden. Anna Lisa en nonna, die kennelijk bij hen logeerden, en nog een figuur, van wie ze de naam niet weet, hoewel ze zich grijs haar herinnert. Het was een van de oudtantes van moederskant, zo'n oude dame die achtergelaten was toen de familie ging emigreren. En al deze vrouwen maakten sussende geluiden, maar deden niets om Chiara te redden, die moederziel alleen op het gewelddadige eiland zat dat hun bed was.

En toen kwam hun vader, zijn geur van pijptabak, zijn stem die door het gekibbel heen brak en die riep om kalmte, kalmte, in godsnaam. Hij boog zich over het schuimbekkende, schokkende schepsel dat Cecilia's plek had ingenomen en hij pakte Chiara op, die het nog steeds uitgilde, en drukte haar tegen zijn schouder.

Achter hem stond hun moeder, die ook de gang door gerend moest zijn, maar die daar als vastgenageld op de drempel stond terwijl de anderen zich langs haar hadden gewurmd, de kamer in. Haar lange zwarte haar bij het lamplicht, haar witte nachtpon in een prop bijeengehouden in een hand, haar mond geopend in een gil die een echo werd en die Chiara's geschreeuw kracht bijzette, in de deuropening hangend als een stom, nutteloos meisje in plaats van iemands moeder.

En toen werd Chiara in nonna's armen gelegd, en bekommerde hun vader zich om Cecilia.

Er zat bloed op het laken en hun moeder dacht dat het bloed van Jezus was, bloed uit zijn Heilig Hart.

'Antonella, kijk, kijk dan naar Chiara's gezicht,' zei haar babbo. 'Ze is waarschijnlijk geraakt door de lijst toen die van de muur kwam. Ze heeft een snee in haar wang.'

Maar dat maakte niet uit. Wat hun moeder betrof, mocht Chiara's gezicht dan wel bloeden, maar Jezus bloedde ook.

'Hij heeft zijn gezicht afgewend,' fluisterde hun moeder. 'Het is de duivel in haar die ook hem pijn doet.'

Chiara hoorde hen in de keuken terwijl Anna Lisa haar wond verzorgde. Haar babbo verbood haar mama om met Cecilia naar de pastoor te gaan voor dat ene, wat dat ook maar was.

'Er komt niets van in,' zei hij. 'Bijgelovige onzin. Dat kind heeft al genoeg ellende zonder dat gedoe. Geef het medicijn nou de kans zijn werk te doen.'

Hun vader ging weg voor zaken. Anna Lisa had al zijn schone, gestreken overhemden op bed gelegd, en hij stond te kiezen welke hij mee zou nemen. Chiara hielp hem met inpakken. Ze rolde zijn dassen op als slakkenhuizen, de donkergroene met de rode ruiten, de grijze die ze het mooist vond.

'Goed onthouden, Cecilia moet elke avond een lepel van haar medicijn krijgen,' zei hij tegen Anna Lisa.

'Ja, meneer,' zei ze, en ze liep de kamer uit.

'Ben je bang,' vroeg haar vader aan Chiara, 'om bij haar in de kamer te zijn als ze een toeval krijgt?'

En Chiara zei nee, ze was niet bang.

Hij zei dat ze een braaf, dapper meisje was. En dat als het nog een keer gebeurde als hij er niet was, ze Anna Lisa moest gaan halen, niet mama, want Anna Lisa was meer als een zuster. Wat hij niet had gezien, maar Chiara wel, was dat Anna Lisa altijd een kruis sloeg als ze langs Cecilia liep en dat ze zachtjes God aanriep om de duivel bij zich vandaan te houden. Daardoor wist Chiara het. Niemand anders zou Cecilia beschermen. Zij moest het doen.

De hemel wordt al donker als ze er in Orte uit gaan, waar ze moeten overstappen op een andere trein. Ze staan te wachten op het perron, met nog een stuk of tien andere passagiers, en het begint weer te regenen, dezelfde troebele druppels als de vorige dag, alsof iemand een bak afwaswater over hen uitstort. Ze gaan onder het afdak staan, maar de wind doet de regen toch tegen hen opspatten. Cecilia neuriet zachtjes. De jongen staat naast Chiara aan de andere kant van Cecilia, bij hen en niet bij hen. Hij zwijgt, wat hij de hele reis al heeft gedaan.

'Ik ga het tegen nonna zeggen,' zegt Cecilia.

Ze heeft haar handschoenen uitgedaan en tekent cirkeltjes op de palm van haar ene hand met de wijsvinger van de ander. Haar haar is opgestoken onder de vilten hoed, haar regenjas hangt over haar arm. Ze is zonder meer de mooiste, meest stijlvolle vrouw op het perron.

Als je haar zo ziet, zou je het niet zeggen.

'Wat ga je tegen haar zeggen?' vraagt Chiara zachtjes. Ze legt haar hand over die van Cecilia.

Cecilia kijkt verward. 'Niks,' zegt ze.

Er komt een spoorwegbeambte het perron op, geflankeerd door een soldaat. In de schemering kan Chiara aan het uniform van de soldaat niet zien of hij Italiaans of Duits is, maar hij is hoe dan ook hun vijand.

Ze zakt op een knie en trekt de jas van de jongen recht.

'Goed onthouden,' zegt ze, 'jouw naam is Daniele Gaspari.'

Hij laat op geen enkele manier blijken dat hij het heeft gehoord, alsof de stilte waarmee hij zichzelf heeft omgeven allebei de kanten op werkt. De angst drukt op haar hart. Ze gaat rechtop staan.

Er komen vanavond geen treinen meer, zegt de conducteur. De spoorlijn is gevorderd omdat er versterking voor de manschappen overheen moet. De soldaat loopt langs hen naar het eind van het perron. Het is het uitgesproken knerpen van zijn hakken, alsof hij er iets mee onder zijn voeten verpulvert, waaruit Chiara opmaakt dat hij Duits is.

Ze hadden de stoptrein vanaf Roma Tiburtina kunnen nemen, die een andere route volgt. Ze had nog getwijfeld, maar Tiburtina was in juli beschadigd geraakt bij de bombardementen op San Lorenzo, en ze dacht uiteindelijk dat de sneltrein vanaf Termini betrouwbaarder zou zijn. Bovendien was Termini gemakkelijker te bereiken en zo hoefden ze ook de ruïnes niet te zien waar hun huis vroeger stond.

Puinhoop, denkt Chiara en de verwoesting van San Lorenzo vult haar gedachten. De berg stenen, het stof dat opstijgt als rook. Het gapende gat waar ooit hun appartementengebouw stond, de schok van de afwezigheid ervan. De afschuwelijke stank, mensen die met zakdoeken voor hun neus door het puin zochten, anderen die er maar bij stonden te staren, of hun hoofd gebogen hadden. Chiara wrijft over haar pijnlijke kaak. Ze mag haar gedachten niet laten afdwalen naar die plek.

Ze kijkt links en rechts over het perron. Als ze gisteren meteen na de lunch waren vertrokken, zoals ze van plan was, waren ze nu veilig bij nonna thuis. Zè had het niet moeten uitstellen. Ze had gedacht misschien een veiliger plek te kunnen bedenken voor het kind, maar als ze gistermiddag niet had rondgefietst door de regen om de verkeerde vragen aan de verkeerde mensen te stellen, zouden ze er nu al zijn. Door deze route te kiezen zijn ze nu gestrand op wat, naar nu blijkt, de aanvoerroute is van het Duitse leger.

Een paar passagiers lopen weg door het stationspoortje helemaal aan het eind van het perron en verdwijnen de vroege avond in. Als ze in haar eentje was geweest, of bij daglicht, zou ze het gewaagd hebben om over de weg te gaan lopen. De andere mensen nakijkend voelt ze haar geest verlangend naar hen reiken, snakkend naar zoveel vrijheid, om in haar eentje in het donker te lopen, zich in een greppel of een schuur te verschuilen, of bij iemand te smeken om een bed voor de nacht, om op haar boerenverstand te vertrouwen met alleen zichzelf om teleur te stellen als ze een verkeerde zet zou doen.

Ze roept zichzelf tot de orde. Ze moeten hier vannacht blijven en er maar het beste van maken. 'Kom. Laten we naar binnen gaan, weg van die regen,' zegt ze alsof dat lumineuze idee haar zomaar invalt.

Chiara, Cecilia en de jongen volgen de overgebleven passagiers over het spoor naar de wachtkamer, waar het ruikt naar paraffine en opgewarmd stof. Mensen claimen een plek op de bankjes en strekken zich uit, maar Chiara gaat haar beschermelingen voor naar achter in het vertrek, naar de ruimte tussen de laatste bank en de muur, en vertelt hun fluisterend dat ze een lekker bedje voor hen zal maken op de grond, dat het een fijne plek is, omdat ze daar niet gestoord worden door rondlopende mensen.

Ze geeft onafgebroken mompelend commentaar, omdat ze voelt dat Cecilia onrustig is. Ze laat hen een nauwe ruimte in lopen, eerst Cecilia, die haar koffer in de hoek zet, dan de jongen. Ze tilt de stoffen tas van zijn schouder en trekt de deken eruit. Het is een lappendeken van gebreide vierkantjes die nonna lang geleden heeft gemaakt.

Daniele staat het wachtlokaal in te staren, zijn blik nergens op gericht en zijn vuisten gebald naast zijn zij. Buiten klinkt het gestommel van een andere trein die het station binnenrijdt, en Chiara draait zich met een ruk om en kijkt naar de deur. Misschien had de conducteur het mis en gaat hun trein nog wel. Maar misschien is het de trein met de manschappen, en stappen die hier straks uit. Hordes, met laarzen die stampen en ronde metalen helmen die glimmen. Ze drukt de deken tegen haar borst.

Nog een lading passagiers, meer dan twintig, komt binnenstromen, klagend en mompelend. Ze laat de deken zakken en schudt hem uit. Cecilia kijkt haar niet-begrijpend aan.

'Haal je deken eens uit je koffer,' zegt Chiara. 'We blijven hier. Alleen vannacht. Er gaan geen treinen meer, liefje. Maar het komt goed. We nemen morgenochtend gewoon een vroege trein.'

De jongen is achteruitgedeinsd, tegen de muur. Chiara steekt haar hand uit en geeft een klopje op haar zusjes schouder.

Ze kijken naar de nieuwkomers, die ook niet naar Orte wilden, maar die onderweg waren naar Rome of verder naar het zuiden. Hun trein was omgeleid en ze waren er hier uit gegooid. Ze vullen de gaten op de bankjes en de grond. Mensen die al waren gaan liggen zijn verplicht om te gaan zitten. Het wordt lawaaiig en levendig als de mensen een plekje zoeken. Onder de nieuwkomers is een man, de enige volwassen-maar-niet-bejaarde man, die uitleg wil, een verklaring. Met zijn treinkaartje voor zich uitgestoken stormt hij de wachtkamer uit om verhaal te halen. In zijn afwezigheid schikken de anderen zich op hun plek en in hun lot.

Cecilia wil niet zitten. De grond is vuil, zegt ze. Dan worden haar kleren vies. Ze wil naar huis.

'Dat kan niet, want we gaan naar nonna,' legt Chiara uit, 'maar dat is toch ook een soort thuis, of niet?'

Ze vist haar zakdoek uit de tas en zakt op haar hurken om een stuk van de grond schoon te vegen. Ze is druk bezig de zakdoek uit te schudden als de jongen ineens naast haar op de grond gaat zitten, met zijn rug tegen de muur, zijn knieën opgetrokken en zijn handen stevig om zijn schenen geslagen. Ze ziet dat hij volkomen uitgeput is. De onzichtbare muur die hij om zich heen wilde optrekken is aan het afbrokkelen.

'Ik ga een fijn bedje voor je maken,' zegt ze zachtjes terwijl ze de kleurige deken uitvouwt op de plek die ze net heeft schoongeveegd, 'en morgenvroeg nemen we de trein die de heuvels in gaat, en dan stappen we uit na vier stations.'

Ze kijkt op, zich bewust van Cecilia's blikken. Haar zus kijkt boos, met een vertrokken gezicht, zoals hun moeder vroeger altijd boven hen hing als ze in bed lagen. Dan staarde ze naar hen alsof ze vreemden waren, en zij deden dan alsof ze sliepen tot ze weg was.

'Dat is mijn deken,' zegt ze.

'De jouwe zit in je koffer.' Chiara doet haar best om op dezelfde normale toon te blijven praten die ze voor de jongen gebruikt. 'Die heb je zelf ingepakt, weet je nog? Dit is een reservedeken.'

Ze gaat verder met het maken van een bed en haar verhaaltje.

'Er staat dan een man met paard-en-wagen bij het station,' zegt ze, 'en die geeft ons een lift over de bergkam naar het hogerop gelegen dorp, en van daaruit lopen we. Of als we moe zijn laten we dat weten aan Gabriele, en dan komt die ons halen.'

Ze ziet de herder Gabriele voor zich als hij tussen de bomen vandaan komt, met zijn gezicht dat de kleur heeft van gevallen bladeren.

'Die goeie ouwe Gabriele,' zegt ze, en ze draait zich om, om haar zusje lachend aan te kijken, maar Cecilia lijkt helemaal in beslag genomen door een poster aan de muur.

'Zo,' zegt Chiara, en ze strijkt de deken glad en draait zich terug naar de jongen, die zijn hoofd heeft laten zakken. Ze fluistert: 'Als we dan op het bospad lopen, komen we bij een bocht en daar kijk je uit op de volgende vallei, en halverwege die heuvel is nonna's boerderij. Die kan je van daaruit nog niet zien liggen.' Ze schudt haar hoofd, ook al is hij duidelijk in slaap gevallen. 'Want aan het eind van de olijfboomgaard is een steile wand en die beneemt je het zicht op het huis, maar je kunt soms wel rook uit de schoorsteen zien komen.'

De laatste keer dat ze er op bezoek ging, was vroeg in de lente. Ze denkt aan het zachte groen van de nieuwe bladeren aan de bomen, en het tinblauw van de achterste rij heuvels die opgaan in het zachtere blauw van de lucht, en alle tinten blauw en groen daartussen, als was het een breed zijden lint dat alles bij elkaar hield, haar en Cecilia en het jongetje. Ze wiegt op haar hielen.

'Het is nu natuurlijk herfst,' zegt ze, 'dus dan zijn de kleuren heel anders. De heuvel aan de overkant is begroeid met bomen, allerlei soorten, dus het is er nu een zee van rood en goud en oranje.'

Met haar handen maakt ze een waaier voor haar gezicht om het vlammende palet van de beboste helling tegenover nonna's huis na te bootsen. Misschien is het nog te vroeg in het jaar en zijn de bladeren nog niet aan het verkleuren. Maar herfst of niet, het zal er blauw en groen zijn, het heldere groen van het gras en het zilvergroen van de olijfbladeren, en dat verre blauw is nu misschien wat zachter, maar het zal er zijn, als omlijsting en afbakening van de bergkam.

Het jongetje laat zijn greep verslappen, zijn benen vallen uit elkaar en zijn hoofd zakt ertussen zodat zijn knieën zijn hoofd dragen als spichtige buffers.

'Wat ik wilde zeggen,' vervolgt ze zachtjes, 'is dat het uitzicht vanaf die bocht in het pad het mooiste uitzicht van de hele wereld is.'

Ze durfde hem eerst niet goed aan te raken, zich bewust van haar eerdere ruwheid, en uit een soort respect voor die deerniswekkende mantel van zwijgzaamheid waar hij zich in hulde, hield ze de illusie van zijn ondoordringbaarheid in stand. Maar nu, terwijl ze op haar knieën omhoogkomt, steekt ze haar handen onder zijn armen en tilt ze hem met een snelle beweging op de deken. Hij beweegt even maar wordt niet wakker, en zij blijft op haar hurken bij hem zitten en voelt de warmte van zijn adem. Zijn ogen zijn niet helemaal dicht.

'Daniele,' zegt ze om te testen of hij slaapt, maar ze ziet dat hij echt vertrokken is en dat hij haar niet hoort.

Ze kijkt op. Cecilia lijkt de woorden op de poster te spellen. Haar mond beweegt. Chiara rekt haar hals om het beter te kunnen zien. Het is een reclameposter voor de Tentoonstelling van de Fascistische Revolutie van verleden jaar. Cecilia was ernaartoe meegenomen door een van haar klanten, de vrouw van een van Chiara's collega's op het ministerie, voor hun departement opgeheven werd. De echtgenotes van Chiara's collega's waren de voornaamste afnemers van Cecilia's coupeusekunsten.

Het gezin beschouwde Cecilia als een soort huisdier, en nam haar mee uit op een laatdunkende manier die Chiara gruwelijk irriteerde, maar die Cecilia niet doorhad. Mussolini was zelf op de tentoonstelling op de dag dat zij er waren, en Cecilia werd persoonlijk aan hem voorgesteld. Een poos lang was het *il Duce* voor en il Duce na, en als zijn donderende stem uit de radio klonk, zat ze onnozel te glimlachen, alsof hij het tegen haar had. En hoewel dat snel over was gegaan, en Cecilia aan Chiara opbiechtte dat hij naar gekookt rundvlees rook en dat hij met consumptie sprak, hield ze toch altijd nog even haar hoofd schuin als ze 'il Duce' zei, precies zoals hun moeder deed als ze het over Jezus had.

Chiara draait zich terug naar het kind, onderzoekt zijn slapende gezicht, zijn kleine rechte neusje met hier en daar wat sproeten die doorlopen tot op zijn wangen en dan langzaam in het niets verdwijnen, de wimpers die bij de punt lichter zijn dan bij de wortel, de neerwaartse kromming van zijn mond en het kuiltje in zijn zachte, roze bovenlip. Zijn dikke haar, dat toen ze hem voor het eerst op de vrachtwagen zag staan (was dat echt pas gisteren?) in een scheiding zat en keurig gladgekamd was, is nu warrig en springerig. Op de rug van zijn rechterhand zit een bruine vlek. Ze raakt hem aan met haar wijsvinger. Hij laat zich niet wegwrijven. De huid is er niet dikker, alleen anders van kleur. Een moedervlek in de vorm van een hoefijzer. Voorzichtig tilt ze de hand op en stopt hem onder de deken.

Chiara gaat zo op in haar overpeinzingen bij het kind dat het maar half tot haar doordringt dat er iets aan de hand is in de wachtkamer, dat de deur open is gegaan en weer dichtgesmeten is, en dat de slaperige sfeer verbannen is. Er klinkt geritsel, gezucht en gemompel. Als ze zich bewust wordt van die omslag en ze opstaat, trekt er een huivering langs haar rug, ondanks de bedompte warmte.

'Papieren,' zegt de conducteur, 'jullie moeten hun je papieren tonen en zeggen wat je reisdoel is.' Er zijn dit keer drie soldaten bij hem, twee Duitse en een Italiaanse. Een van hen grijpt de man die zich als hun woordvoerder heeft opgeworpen, die inmiddels een stuk minder praatjes heeft, bij de arm. De soldaten verspreiden zich en er klinkt weer geritsel en geschuifel. Sommige mensen worden wakker geschud.

Chiara werpt een blik op haar zusje, die nog steeds vreemd geobsedeerd naar de poster staart, en dan naar de slapende jongen. Ze heeft ze letterlijk in een hoek gedreven. De soldaten praten met elkaar over de hoofden van de gehoorzame mensen die hun papieren voor hen ophouden.

Zeiden ze 'jood'? Ze hoort het woord al de hele dag, of verbeeldt zich dat ze het hoort, eerst in het Italiaans en nu in het Duits, en elke keer draait ze zich met een ruk om naar waar het geluid vandaan komt, niet wetend in welke vorm de dreiging op hen af zal komen, maar telkens een domme seconde lang bang dat ze betrapt zijn.

Met de punt van haar laars schopt ze de deken over het gezicht van de jongen. Dan gaat ze voor hem staan. Zo is hij niet meer dan een bundeltje op de grond. Misschien zien ze hem niet eens. Hoort ze hem nu hoesten? Hem smoren is ook geen oplossing. Ze buigt zich om hem te bevrijden, hij hoest nog eens en gooit de deken van zich af. Hij heeft zijn ogen wijd open. Hij kijkt naar haar op en ze heeft het gevoel alsof ze valt. Ze grijpt de rugleuning van het achterste bankje vast en recht haar rug terwijl de jongen gaat zitten.

De soldaat aan hun kant van de wachtkamer is inmiddels de mensen die op deze laatste bank zitten aan het afwerken. Het is een routinekwestie, dit controleren van documenten, maar het gebeurt grondig. De soldaten hebben niets beters te doen tot de trein met de manschappen arriveert en ze willen laten zien wie de baas is. Dat is alles. Het kan geen doelgerichte zoektocht zijn naar loslopende joodse kinderen. Maar toch.

'Cecilia,' zegt ze luid en duidelijk, 'jij hebt Danieles papieren, toch?'

Het is een farce, maar het is het enige wat ze kan bedenken om duidelijk te maken dat ze allebei dachten dat de ander de papieren van de jongen bij zich had en dat ze dus nog thuis liggen. Ze heeft geen idee hoe ze dit voor elkaar moet krijgen zonder Cecilia's medewerking of begrip. Cecilia, die hier allemaal niets van weet, kijkt nog steeds naar de poster die in de hoek aan de muur hangt en prevelt wat voor zich uit. Chiara reikt over de jongen heen en trekt aan haar zusjes arm. Cecilia draait zich om. Haar mond beweegt en er komen onbegrijpelijke geluiden uit.

'Wat is er?' vraagt Chiara, maar ineens weet ze precies wat er is, en in haar hoofd barst een storm los.

Daar heb je de soldaat al. Hij tikt op haar schouder. Ze draait zich om en een angstaanjagende seconde lang denkt ze dat het dezelfde soldaat is als gisteren. Maar deze is jonger, met een forse kaak en een blonde stoppelbaard. Achter haar gaat Cecilia's gemompel over in een grom. Precies dit geluid maakte jaren geleden dat haar moeder dacht dat haar oudste kind door de duivel bezeten was: een laag, beestachtig geluid dat onmogelijk door dit tere schepsel geproduceerd kan worden, maar dat gebeurt toch.

Chiara grijpt de arm van de soldaat.

'Help,' zegt ze als Cecilia achter haar een bloedstollende kreet slaakt.

De soldaat duwt Chiara opzij, trekt zijn pistool en richt op Cecilia in de hoek.

'Nee, nee,' gilt Chiara, 'ze heeft een epileptische aanval', om vervolgens in het wilde weg om hulp te vragen.

Ze wil onder de armen van de soldaat door duiken, maar iemand houdt haar tegen en haar armen worden vastgehouden. De soldaat blaft een bevel, en Cecilia blaft terug, iets met een harde g, het heeft wel iets Germaans. Ze loopt op de soldaat af en vormt haar dreigende, betekenisloze woorden.

'*Akke nog*,' zegt ze.

'Ze heeft een toeval. Een toeval. Een epileptische toeval,' gilt Chiara de hele tijd, en ze wil zich losrukken van degene die haar heeft overmeesterd, maar het lukt niet.

Cecilia's handen fladderen omhoog. Ze grijpt naar haar gezicht, haar ogen rollen naar achter in hun kassen en ze valt neer op de lappendeken.

Ineens is het stil in de wachtkamer en Chiara weet niet, kan niet zeggen of tussen het lawaai en haar eigen gegil een schot is gevallen, of er inderdaad een trekker overgehaald werd. Het voorovergevallen lichaam van haar zusje vult bijna de hele lengte van de smalle ruimte tussen de muur en de bank. Dan beginnen Cecilia's voeten met hoge snelheid op de grond te trappelen, haar rug kromt zich, haar hoofd schokt, bonkt een keer, twee keer, en dan blijft ze stilliggen.

De soldaat laat zijn wapen zakken en draait zich om. Chiara, die weer vrij is, ziet de blik van verbijstering en verachting op zijn enorme gezicht als ze langs hem loopt. Ze knielt neer bij haar zusjes voeten, en trekt de donkerblauwe rok, die helemaal opgekropen is, over haar knieën. Cecilia's mond staat open, haar ademhaling is oppervlakkig maar niet belemmerd. Chiara grijpt Cecilia's slanke enkels vast en blijft zo geknield zitten, alsof ze in gebed is. De Duitse soldaten voeren een discussie in het verder stille lokaal, en een andere stem, die Duits spreekt maar met een Italiaans accent, voegt zich bij hen. Als ze dadelijk de klik van een pistool hoort, zal ze zich boven op haar zusje storten. Eén kogel voor hen beiden is genoeg.

En dan denkt ze weer aan de jongen. Ze ziet de stoffen tas onder Cecilia's hoofd uitsteken, en de deken waar hij net nog onder lag heeft haar val gebroken, maar de jongen zelf is verdwenen.

Iemand priemt in haar rug. Ze draait zich half om en ziet een andere soldaat, wat ouder, met rimpels onder zijn ogen, een ronde bril en een glad, roze gezicht. Een officier. 'Papieren,' zegt hij. Ze staat op en pakt ook Cecilia's documenten. De grote blonde staat in het pad tussen de twee rijen met banken. Hij heeft het pistool weggestopt, maar heeft inmiddels een machinegeweer vast. Hij buigt zijn knieën en zwaait met het geweer in een boog, zodat de mensen naar wie hij wijst in het stille lokaal ineenduiken.

'Peng peng peng,' zegt hij.

Heeft die soldaat het kind soms weggetrokken toen ze haar aandacht ergens anders op moest richten? Waar heeft hij hem dan gelaten? De officier grijpt de papieren en stapt het pad in, waarbij hij haar met een kort knikje laat weten dat ze hem moet volgen. Ze kijkt achterom naar Cecilia, bij wie weer het vertrouwde halve lachje om de lippen speelt. Haar ademhaling is dieper. Over een minuut zal ze gaan snurken.

De Italiaanse soldaat treedt op als tolk. Het is een kleine man, niet veel langer dan Chiara, maar hij heeft een grote, borstelige snor. Hij staat heel dicht bij haar en pakt haar familiair bij de elleboog. Zijn adem ruikt naar zwavel.

Chiara legt uit waar ze naar op weg zijn, en dat de aandoening van haar zusje onder controle is, dat zij wel voor haar kan zorgen, dat de berglucht haar goed zal doen.

'Reist u zonder begeleiding?' vraagt de officier via de soldaat.

Is dat soms een strikvraag? 'Ja, ik reis alleen met mijn zus,' antwoordt ze.

Het feit dat ze niet kan zeggen op welk moment het jongetje precies is verdwenen, dat ze geen weet heeft van wat er gebeurd is, maakt haar duizelig. Ze is bijna blij om de stevige greep van de ellendige kleine man met zijn eieradem. Het is alsof er zich buiten haar gezichtsveld een alternatieve versie van de werkelijkheid heeft afgespeeld.

De man door wiens getier de soldaten naar het wachtlokaal zijn gekomen staat schuldbewust aan de overkant van het pad. Hij heeft zijn pet in zijn hand.

De stilte die intrad bij Cecilia's eerste grom duurt voort. Niemand spreekt Chiara's verklaring tegen en het kind komt niet tevoorschijn vanuit een verborgen plek, als een konijn uit de hoge hoed. Het lijkt alsof het hele wachtlokaal inderdaad aan het wachten is, en aangezien alle ogen op haar gericht zijn, begint Chiara een verhaal te vertellen. Een verklaring voor hoe en waarom zij helemaal alleen op de wereld zijn, zij en haar zusje. Een verhaal over hun moeder, die omkwam bij het bombardement van de geallieerden, nog maar drie maanden geleden.

'We zijn alles kwijtgeraakt,' hoort ze zichzelf met haperende stem zeggen. 'Alles wat ons dierbaar was.'

In haar dekenhoekje barst Cecilia los in een luid gesnurk, en de blonde soldaat, springt naar voren alsof het tegen hem gericht is, en richt het machinegeweer op haar. Chiara's woorden drogen op en ze staat daar maar als in een waas. Cecilia's gesnurk neemt nu een ritme aan, en de soldaat spreekt, stelt zijn superieur een vraag over zijn schouder. Chiara kan de woorden niet volgen, maar uit het verstijven van de kleine man naast haar, uit de achteloze maar boosaardige toon begrijpt ze toch de betekenis. Iets als: 'Zal ik haar uit haar lijden verlossen?'

De oudere man glimlacht vriendelijk. Hij zegt iets waar ze alle drie om moeten grinniken, steekt zijn hand uit en duwt goedmoedig de loop van het geweer omlaag. Hij geeft Chiara haar papieren en dan vertrekken de drie.

De blonde verlaat het wachtlokaal als laatste. Bij de deur draait hij zich om en zwaait nog een laatste keer met zijn machinegeweer. 'Peng peng peng,' zegt hij.

Een van de dierbare spullen die in de gang van het appartement in San Lorenzo uitgestald stonden was een Libisch kromzwaard dat hun vader had meegenomen van een van zijn zakenreizen naar Noord-Afrika. Het had een gekromd, tweesnijdend lemmet en werd door stammen in Cyrene gebruikt. Als kind mocht ze er niet aankomen.

Chiara probeert het zich voor de geest te halen. Ze kan bijna voelen hoe zwaar het was, de balans tussen de degenknop en het lemmet, de warmte van het koperen handvat in haar handpalm. Ze hoort het fluitende geluid als ermee door de lucht gezwaaid werd. Ze beeldt zich in dat ze die grote blonde soldaat ermee achternagesneld was en dat ze hem met een snelle uithaal zijn hoofd van zijn schouders zou slaan, zodat het op het spoor zou rollen. Ze ziet zijn maaiende, koploze lijf nog even ronddansen voor het op de grond stort.

Ze veegt haar hand af aan haar stoffige zakdoek, plant haar voeten aan weerszijden van Cecilia en hijst haar zusje op een zij, trekt de overtollige deken onder haar lichaam vandaan en vouwt die over Cecilia heen, zodat die nu in het bed ligt dat Chiara voor het kind had opgemaakt. Het snurken wordt langzaam minder. Ze heeft al in geen jaren zo'n heftige toeval gehad.

Ze gaat aan haar zusjes voeten zitten op de kale grond achter de bank. Een oudere man geeft haar een papieren bekertje met rode wijn. Hij vertelt haar over iemand die hij ooit heeft gekend, een jonge vent, die ook aan toevallen leed. Het is een hele zorg, zegt hij.

Het zijn bruten, fluistert zijn vrouw zonder te zeggen wie precies.

Er wordt rondgelopen door het lokaal, er heerst rusteloosheid. Mensen pakken in papier gewikkeld eten uit voor een laatste hapje voor het slapengaan. Sommige reizigers praten mompelend met elkaar, andere lopen het lokaal in en uit, gaan naar de toiletten op het perron en komen dan weer terug. Nu ze zo vastzitten en hun verdere reis niet meer in de hand hebben, willen ze zich op zijn minst verzekerd voelen van hun schamele recht om de openbare toiletten te gebruiken. Uiteindelijk maant men de kinderen tot stilte en beginnen de reizigers zich weer te installeren. Niemand heeft het over de jongen. Het is alsof hij er nooit is geweest.

Chiara zit en drinkt van de wijn. Dan wordt het donker in het lokaal, en geeft alleen de gele perronlamp die voor de deur hangt nog licht. Het ergste, bijna even erg als het mysterie van zijn verdwijning, is het feit dat hij geen spoor heeft achtergelaten.

Hij is weg. Daniele Levi, die er zo vluchtig was, is weg, en er is niemand om hem te betreuren behalve zij. Haar geest bonst tegen de onmogelijkheid van zijn verdwijning als een vuist tegen een dichtgemetselde deuropening.

Ze neemt de laatste slok wijn. Er dient zich geen enkele uitweg aan. En voor ze haar kan stoppen, komt de gedachte op. Ze glipt zomaar binnen.

Dat ze beter af is zonder hem.

5

Platte, natte bladeren en takken sloegen tegen de ramen van de bus. De bomen aan weerszijden wilden in een boog bij elkaar komen en de bus reed als het ware door een tunnel. Soms ging Maria voorin zitten en dan deed ze alsof ze een hovercraft of ruimtevoertuig bestuurde, en over de daken van auto's gleed, en over de hoofden van voetgangers, uitwijkend voor overhangende takken, maar vandaag niet.

Ze was op weg naar haar eerste examen, scheikunde, en ze was aan de late kant. Ze was ongesteld en had kramp, en de pijnstiller begon nu pas te werken. Ze had eigenlijk een bus eerder willen nemen, maar ze raakte in gevecht met de kat van de buren.

Ze legde beide handen om haar buik op de plooien van haar uniformrok en deed haar ogen dicht. De pijn kwam in golven, als eb en vloed. Nu deze golf voorbij was, wierp ze een blik uit het raam. Daar was het grijze schoolgebouw, tussen de bomen, en de bus reed er voorbij. Ze drukte op de stopknop, maar de bus reed door tot hij bij de volgende officiële halte was, een kilometer verderop, aan de rand van het dorp Llandaff, waar de school naar vernoemd was.

Nu zou ze te laat komen. Misschien lieten ze haar niet eens meer binnen. Deze gedachte veroorzaakte een rilling van opwinding die de hele weg terug naar school bij haar bleef, en die weer verdween zodra ze de examenruimte in stapte.

De zaal zat vol met meisjes in flessengroene uniformen die

gebogen over hun papieren driftig zaten te schrijven. Het enige wat je hoorde was het geluid van de pennen op het papier, het schrapen van een verschoven stoel en hier en daar een kuchje, maar dat hoorde allemaal bij de sfeer van geconcentreerde aandacht en ijver. Die ochtend, toen Maria door de tuin van de buren sloop, waren deze meisjes allemaal nog een laatste blik aan het werpen op het periodieke systeem en hun potloden aan het slijpen.

De surveillante, de adjunct-directrice, mevrouw Lloyd, gebaarde vanaf het podium naar de lerares die achter in de zaal toezicht hield. Toen bracht ze haar potlood naar haar lippen om Maria tot stilte te manen, alsof ze dacht dat die misschien in de verleiding was om te gaan gillen. Maria wachtte bij de deur tot de andere lerares kwam en haar tussen de rijen met tafeltjes door loodste, zich een weg banend door de dichte, met hersengolven gevulde lucht. Maria kreeg een plek toegewezen precies in het midden.

Het had helemaal geen zin dat ze daar nu was, want ze wist helemaal niets van scheikunde. Ze had nooit opgelet in de les, zat veel liever te tekenen en te dagdromen, en daar was ze mee weggekomen door alle practica te doen met een meisje dat het wel snapte. Je had mysteries waarin je ingewijd wilde worden, en je had scheikunde. Maria had het vak al lang geleden opgegeven. Of scheikunde had haar opgegeven. Ze nam niet eens de moeite om het opgavenvel om te draaien.

Ze had haar Italiaans geoefend op die kat.

Ciao bella. Come stai? Mi chiamo Maria.

En die kat bleek een monster te zijn.

De tuin van de buren was Maria's toevluchtsoord. Ze zat er uren aan een stuk, met haar boeken op het bankje gestapeld, soms opengeslagen, maar meestal niet. Er groeide kamperfoelie langs de muren.

Met zoete kamperfoelie overdekt, dacht ze altijd.

Er was een boom met afhangende takken vol oranjebloesem, waarin spinnen witte webben maakten, als flarden mist tussen de bladeren en de stam.

Seizoenen van mist, dacht ze.

De zinnen uit haar Engelse literatuurboeken door de mist en doornstruiken van haar hersenen laten dartelen, daaruit bestond leren voor haar, altijd in de aanwezigheid van Tabitha.

Vanochtend was Tabitha, het monster, hooghartig achter de sering vandaan gestapt, met een trillend beestje in haar bek. In zijn bek, verbeterde Maria. Tabitha verdiende geen vrouwelijk verwijswoord. Die kaken, die beestachtige slagtanden. Hij had het diertje – een muis – laten vallen, en dat kwam vervolgens moeizaam overeind en strompelde rond als een piepklein dronkenlapje. De kat had zijn poot uitgestoken en de muis neergeslagen. De muis was weer opgestaan. En weer sloeg de kat hem neer. Toen sprong de kat naar voren en schepte het beestje weer op. Hij schudde ermee zodat zijn staartje begon te kronkelen en heen en weer zwiepte.

Toen greep Maria in: ze pakte Tabitha op, zette het op een rennen, met de kat voor zich uitgestoken, smeet hem de keuken in en gooide de deur achter hem dicht.

De muis lag half verscholen in het gras te trillen. Maria boog zich over hem heen. Hij haalde oppervlakkig adem. Ze wist dat ze weg moest voor haar examen, maar ze vond het vreselijk om hem alleen te laten. Er begon ineens iets afschuwelijk te sidderen en te pulseren, alsof delen van de muis zich van hem losmaakten en onafhankelijk begonnen te bewegen. Ze boog zich wat dichter naar hem toe. Mieren, grote steekmieren, krioelden over hem heen en aten hem levend op. Ze prikten dwars door zijn kleine lijfje. Als een bezetene holde ze naar de schuur, vond wat mierenpoeder, rende terug en strooide royale hoeveelheden van het poeder in een cirkeltje om het diertje.

Ze was naast de muis de wacht blijven houden. Ze zou de kat nog van een hoog gebouw hebben gegooid en de mieren hebben vertrapt om die muis te redden.

Mevrouw Lloyd sloeg haar gade vanaf het podium.

Maria draaide haar opgavenvel om en bekeek het vluchtig. Ze vulde het antwoord op de vraag: 'Wat is een katalysator?' in. Ze tekende een bunsenbrander en een reageerbuis en benoemde alle onderdelen. Toen leunde ze achterover en keek naar de klok. Er was nog anderhalf uur te gaan. De pijn in haar buik was verdwenen. Ze had wel weg willen gaan, maar dat zou een wat al te demonstratief gebaar zijn.

Ze legde een vel papier dat aan hen was verstrekt voor aantekeningen boven op haar antwoordvel en begon te schrijven.

Katalysator, schreef ze. *Vlam*. Ze drukte de pen hard op het papier en kraste de woorden erin. *Lieve mama*, schreef ze. Daarna kraste ze het 'Lieve' weer door.

Wat was onze katalysator, denk je? Laat me je vertellen wat het in elk geval niet was. Het was niet het moment waarop jij me vertelde dat Barry niet mijn biologische vader is. Het was zelfs niet het feit dat jij het op je achttiende met een of andere Italiaanse jongen hebt gedaan. (Was het er maar eentje, mam?) Het was het feit dat jij hebt gewacht tot mijn zestiende voor je de moeite nam om het me te vertellen, en dan ook nog alleen maar omdat het moest, omdat ik de brief had gevonden. Dus het liegen was de katalysator, mam. Toen jij me vertelde dat Barry niet mijn echte vader is, zei je me in feite dat jij niet mijn echte moeder bent. Dat kan namelijk niet. Een echte moeder zou nooit elke dag van haar leven liegen tegen haar dochter.

Toen Maria eenmaal op dreef was, bleek dat ze meer dan genoeg te zeggen had. Althans, ze zei steeds hetzelfde, met felle streken van haar pen. *Leugenaar, trut, kreng*, schreef ze.

Er werd gewaarschuwd dat er nog tien minuten te gaan waren, en toen was het klaar.

'Maria Kelly,' riep mevrouw Lloyd, 'leg je pen neer.'

Toen alle examens opgehaald werden overhandigde ze haar tekening van de bunsenbrander en haar definitie van een katalysator. De lerares hield haar hand op voor de rest van de blaadjes.

'Die mogen niet mee naar buiten,' zei ze.

Maria scheurde haar papieren woede-uitbarsting tot confetti en de lerares schoof het als broodkruimels van het tafelblad in haar hand.

Het was maar scheikunde. Het telde niet echt, want ze zou er toch nooit een voldoende voor gehaald hebben.

Het tweede examen, de maandag erop, was geschiedenis, een van haar betere vakken. Terwijl de bus langs de school schoot en ze weer niet uitstapte, was daar weer die opwinding, sterker dit keer. Hij trok in een golf langs haar armen en deed haar vingers tintelen. Ze stapte uit in Llandaff en liep een cafetaria in, naast een kapperszaak. Ze kocht een kop thee en een donut van haar busgeld. Normaal gesproken zou ze opvallen, rondbanjerend in haar schooluniform tussen de oudere dorpsbewoners, midden op een schooldag, maar in de examenperiode, als leerlingen allemaal op andere tijden van en naar school gingen, lag dat anders. Ze bleef onopgemerkt.

Ze liep langzaam naar de anglicaanse kathedraal. Die was open, en er was geen mens. Ze was er nog nooit binnen geweest. Het rook er niet naar wierook, zoals in katholieke kerken. Ze ging op een bankje achterin zitten. Niemand zou haar kennen, of naar haar op zoek gaan, of zelfs maar doorhebben dat ze hier zat. Ze was incognito.

Langzaam liep ze weer naar huis, de hoofdstraten mijdend. Ze liep door de Sophia Gardens, over het overgroeide pad langs de Taff, en toen door het Butepark achter Cardiff Castle. Het begon te regenen en ze zette de kraag van haar blazer op, propte haar haar in haar baret en trok die toen naar voren. Met haar hoofd omlaag liep ze langs de universiteitsgebouwen, voor het geval Brian ineens uit een van die gebouwen tevoorschijn kwam. Ze had geen idee wat ze dan moest zeggen. Misschien zou ze wel doen alsof ze iemand anders was.

'O, dat ene meisje waar ik op lijk, ja, mensen zien me zo vaak voor haar aan,' zou ze dan zeggen. 'Maar ik ben Maria Levi', en dan zou ze de r in Maria op zijn Italiaans laten rollen. Daar had ze op geoefend. Of misschien zou ze wel gewoon keihard wegrennen als ze Brian zag.

Ze kwam thuis op de gewone tijd, en het rook er naar curry. Op maandagavond aten ze altijd de kliekjes van de zondagse lunch. Koud vlees en uienpickles als ze rund- of varkensvlees hadden gegeten. Curry als het kip was. Patrick en Nel waren aan het stoeien in de voorkamer.

'Hoe ging het examen?' vroeg haar moeder.

'Prima,' antwoordde Maria. Het gaf haar een heerlijk gevoel van macht. Sinds die verschrikkelijke avond, nu twee weken geleden, trok ze het nauwelijks om met haar moeder of Barry in dezelfde ruimte te zijn. Als het echt niet anders kon, meestal tijdens de maaltijden, zat de een of de ander eindeloos te keuvelen terwijl Maria zweeg om er zo snel mogelijk vanaf te zijn. Ze had altijd het excuus dat ze moest leren. Ze stond in de keuken en keek toe.

'Mooi zo,' zei haar moeder. 'Goed van je.'

Het karkas van de kip zat in de snelkookpan – later werd er nog soep gemaakt van de bouillon – en de keuken was warm en vol stoom. Er hing een penetrante lucht van gekookte botten, waar Maria misselijk van werd. Haar moeder schoof de fijngesneden kip die ze van de botten had gehaald in de currysaus die op het vuur stond te pruttelen en ze veegde haar handen af aan de voorkant van haar jasschort, met een klopje op haar zak toen ze daaroverheen veegde. Er zaten vegen op de zak, want dit gebaar had ze al honderd keer gemaakt. Ze haalde een zak rozijnen uit de voorraadkast, schudde een handjevol in de curry en roerde ze erdoor. Toen veegde ze nog een keer haar handen af.

Maria pakte het potje currypoeder op en zette het terug op zijn plek, midden in een gele cirkelvormige vlek die zich niet meer liet verwijderen.

'Weet je zeker dat Daniele Levi mijn vader is?' vroeg ze met haar gezicht naar de kast.

Ze hoorde hoe haar moeder schrok, maar draaide zich niet om. Achter het currypoeder stond een potje gedroogde munt vermengd met azijn. Daar maakte haar moeder altijd muntsaus mee als ze lamsvlees aten. Niet dat ze zo vaak lamsvlees aten. Ernaast stond een fles slasaus.

'Ja,' zei haar moeder. 'Er was verder niemand.'

'Hield je van hem?' vroeg ze.

'Ja,' zei haar moeder zachtjes.

'Waarom ben je dan weggegaan?' Ze draaide zich om.

Haar moeder stond in het midden van de keuken en duwde met haar vingers tegen haar jukbeenderen om die op hun plek te houden, alsof haar gezicht anders zou oplossen. De randen onder haar ogen waren een beetje blauw.

'Mijn moeder was ziek. Je oma. Ik moest ineens naar huis.'

Haar oma was overleden voor Maria's geboorte.

'Ik kon hem niet meer vinden om afscheid te nemen. Ik dacht dat ik wel weer terug zou gaan, maar, eh, dat kon niet.'

'O,' zei Maria.

'Ik heb een briefje voor hem achtergelaten bij Helen. Ik wist helemaal niet waar hij woonde.' Haar onderlip trilde. 'En toen ik wegging, wist ik nog niet dat ik zwanger was.'

Haar moeder zette een stap in Maria's richting. Ze dacht misschien dat er een wapenstilstand was. Ze zocht in de zak van haar jasschort en stak haar gebalde vuist uit. Maria stak automatisch haar hand uit en er viel een ring in haar geopende hand.

'Deze heeft hij me gegeven,' zei haar moeder.

Daar lag hij, in Maria's hand. Ze wilde er iets geringschattends over zeggen, maar dit was een echt, solide ding. Onweerlegbaar.

'Bedankt,' zei ze, en ze draaide zich om, liep snel de keuken uit en ging naar haar kamer.

Edna stond midden in de keuken. Ze luisterde naar hoe haar dochter de trap op stampte en de deur van haar slaapkamer dichtsmeet. Ze hoorde het gekrijs in de voorkamer waar Pat en Nel aan het spelen waren, zich niet bewust van het drama dat zich in het huis voltrok. Achter haar siste de snelkookpan. Ze wachtte op de muziek die Maria onvermijdelijk op zou zetten. Billie Holiday, waarschijnlijk, en dan keihard. 'Gloomy Sunday' misschien. Of misschien wel Miles Davis. Ze zette zich schrap voor de mogelijkheid dat ze Chet Baker zou kiezen. Haar dochter had geen idee dat ze de soundtrack van Edna's beknotte jeugd afspeelde.

Die ring was het eerste wat Edna aan Daniele was opgevallen. Zijn hand op haar arm, en de ring die glom aan zijn pink. Ze was in een jazzclub met haar vriendin Helen, en Helen had met haar ellebogen een weg voor hen gebaand door de drukte, terwijl Edna zich aan het achterpand van haar vestje vasthield. Ze kwamen op een plek te staan rechts vooraan, naast de reling.

Helen zei in Edna's oor: 'Coole West Coast-jazz.'

Ze waren twee Britse meisjes op stap. Ze droegen hun mooiste kleren: jurk, panty en hakjes. Hun lippen waren roze met een parelmoeren glansje. Edna had haar lange blonde haar in een hoge knot opgestoken. Hij werd op zijn plaats gehouden met een haarspeld van schildpad.

Chet Baker wandelde het podium op. Helen gaf haar een por.

De muziek begon. Edna voelde Helen wiegen en ook de andere aanwezigen bewogen mee op het ritme, maar zelf wist ze zich geen houding te geven. Ze had nog nooit zoiets gehoord. Het was alsof de muziek niet iets van buitenaf was wat daar werd gespeeld, het zat in haar. Ze stond stokstijf stil, alsof het haar ondergang zou worden als ze zich door de muziek zou laten grijpen.

Ze was nu twee maanden in Rome. Ze was in februari aangekomen, de koudste winter die de stad ooit had gekend: hij was wit en bevroren en het leven stond praktisch stil. Het gezin waar ze voor werkte, woonde in het zuiden, in een buitenwijk genaamd EUR, wat een wel heel on-Italiaanse naam leek, moeilijk uit te spreken was en klonk als een uitdrukking van walging. De letters waren een afkorting van Esposizione Universale di Roma, de Wereldtentoonstelling van Rome, een evenement waarbij het fascisme aan de wereld zou worden getoond, maar dat nooit plaatsvond omdat de oorlog er een stokje voor stak. In 1956 was EUR een gigantische bouwput met hier en daar een wit gebouw met overmatig gladde bogen en scherpe hoeken dat monumentaal en gewichtig stond te zijn.

Het gezin had niet graag dat ze 's avonds uitging, behalve als ze met een groep geschikte, goedgekeurde begeleiders was. Haar oppaskinderen waren een dikke baby die in wolletjes en wantjes en mutsjes moest worden ingepakt voor hij onder dekentjes werd gestopt en het park in gereden werd, en een klein jongetje, Paolo, die zich aan haar vastklampte, voor alles bang. Het verbaasde haar weleens dat iemand zijn kinderen aan haar wilde toevertrouwen, maar ze deed haar best.

De kinderen konden er per slot van rekening ook niets aan doen dat zij het zich allemaal heel anders had voorgesteld toen ze reageerde op de advertentie in de *Lady*. Ze zou als Audrey Hepburn zijn tijdens een dagje uit in *Roman Holiday*, vrij en knap en geféteerd. Ze had niet verwacht dat Rome koud en beperkend en normatief zou zijn. Totdat ze Helen leerde kennen was het een sombere bedoening. Het gezin waarvoor Helen werkte was veel vrijer, of onverschilliger, en zij had een hele stoet mogelijke begeleiders. Nu waren ze uit met twee van hen, Renzo en Cristofero, de brildragende, pukkelige, serieuze zonen van Helens buren. De meisjes hadden hen gedumpt en waren stiekem zonder hen vooraan gaan staan.

De lichten werden gedimd en de spot stond alleen op Chet gericht. Hij hield de microfoon vast en zong heel breekbaar. Zijn trompet hing aan zijn andere hand. Het was de manier waarop hij die trompet vasthield, hoe die heen en weer zwaaide, de achteloosheid waarmee dat kostbare ding losjes aan zijn gekromde vingers hing. Het was de toon van zijn stem die dwars door haar heen ging. Regelrecht naar haar hart. En de woorden.

Ze deed haar ogen dicht en dacht aan Barry. Barry en zij waren niet verloofd, niet officieel, maar ze hadden een soort stilzwijgende afspraak. Hij werd uitgezonden naar Egypte, vanwege zijn dienstplicht. Als hij klaar zou zijn, over twee jaar, of iets langer, want hij was nog niet eens weg, zouden ze trouwen. Barry vond het helemaal niks dat ze in haar eentje naar Italië ging. Haar ouders ook niet. Maar ze had hen weten over te halen. Daar had ze wel voor gezorgd.

'*You don't know what love is*,' zong Chet Baker, en ze deed haar ogen open, vergat zichzelf, vergat Barry.

De tenorsaxofoon begon te spelen. Het was alsof ze in de muziek ondergedompeld werd. Of die zich over haar uitstortte als een waterval. Ze begon te bewegen.

Haar onderarm werd vastgegrepen door een hand. Een mannelijke hand, breed en sterk; een gouden ring glom aan de pink. Ze keek omlaag naar de hand en keek achter Helens rug langs om de jongeman te zien. Hij droeg een zwart jack met een donker overhemd eronder, het bovenste knoopje los. Geen das. Zijn haar was achterovergekamd.

Hij trok haar naar zich toe en ze dansten, maar het was volkomen anders dan de dansen waar ze aan gewend was: de foxtrot en de wals waar Barry en zij zich in bekwaamd hadden tijdens hun fuifjes op zaterdagavond. Dit leek meer op steels bewegen. Ze bewogen schuchter om elkaar heen, steeds dichterbij, watertrappelend op de muziek. Ze wachtte tot zijn golf haar zou overspoelen.

Op haar vrije middag kwam hij haar halen op een geleende motorfiets. Ze klemde zich aan hem vast, tegen zijn ribben aan gedrukt, zijn torso strak omhuld door een wit T-shirt, haar handen in zijn leren jack, haar gezicht begraven in de kraag. Ze vlogen de Castelli Romani in en scheurden door de bochten. Hij was betoverend mooi.

James Dean was zijn held.

'*Too fast to live, too young to die,*' zei hij met zijn grappige accent. Hij had geen familie, zei hij. Een weesjongen. Ze kon geen genoeg van hem krijgen.

Ze denderden over de snelweg naar de zee en aten spaghetti met schelpen in een cafetaria aan het strand bij Ostia. Ze liepen het dennenbos in en gingen liggen tussen de dennenappels en -naalden. Ze kenden elk maar een paar woorden in de taal van de ander. Maar ze konden het grotendeels wel zonder woorden af.

Ze keek hoe hij paradeerde in dure puntschoenen met zilveren gespen in de schoenenwinkel op de Via Veneto. De gevaarlijke blik in zijn ogen benam haar de adem. Toen de verkoper naar het magazijn liep, pakte hij haar bij de hand en trok haar mee.

'*Corri,*' zei hij. Rennen!

Hij kwam of hij kwam niet. Het was altijd op zijn voorwaarden. Op een keer schoten ze op de motorfiets het straatje door waar hij woonde, midden in het centrum van Rome. Maar hij nam haar niet mee naar huis.

Helen was ertegen. Ze zei dat hij niet deugde, dat hij een nietsnut was. Helen was jaloers, dacht Edna, al wist ze ook dat Helen gelijk had. Maar dat kon haar niet schelen

'Dek je me?' smeekte Edna. 'Alsjeblieft?'

En dat deed Helen, met tegenzin.

Hij arriveerde in een kleine witte auto, een gloednieuwe Fiat 600. Van hem, zei hij. Hij reed met haar naar een verlaten, vervallen boerderij en ze liepen er tussen de olijfbomen. Ze lieten stenen vallen in een eeuwenoude bron en wachtten op de plons in de diepte. Hij was stil, speelde met zijn ring, die hij om zijn pink draaide.

'Die ring ziet er kostbaar uit,' zei ze, om iets te zeggen.

Kostbaar was zo'n woord dat je op zijn Italiaans zo fijn kon uitspreken, met die rollende r en die o op het eind: *prezioso*.

'Kostbaar,' herhaalde hij. 'Dat is hij ook.'

Hij haalde hem van zijn vinger en gooide hem naar haar toe, aan de andere kant van de bron. Zij stak haar hand uit, ving hem in de palm van haar hand toen hij in een boog omlaag viel, en omsloot hem met haar vuist. Als ze hem had gemist, was hij in de bron gevallen. Hij lachte om haar geschokte blik.

'Voor jou,' had hij gezegd.

Chet Bakers gouden, bungelende trompet en de gouden werveling van de ring in de lentelucht waren in haar herinnering samengesmolten, verschillende facetten van eenzelfde kostbaar iets.

Maria's volgende examen was de dag erna. Engels. Op de een of andere manier verlieten zij en haar moeder het huis op precies hetzelfde moment – Barry was al weg met de kinderen – en dus waren ze verplicht om samen de straat uit te lopen tot aan de bushalte, wat ze vroeger altijd deden als haar moeder om negen uur dienst had.

'Succes, liefje,' zei haar moeder bij de bushalte. Ze was zo verstandig om niet te proberen Maria nu een zoen te geven. 'Niet dat je dat nodig hebt,' voegde ze eraan toe en ze liep gedecideerd weg.

Dit was haar dagelijkse portie lichaamsbeweging, de wandeling naar haar werk en terug. Soms kwam de bus voordat haar moeder de hoek om was, en dan zwaaide Maria altijd vanaf het bovendek als ze langsreed. Maar soms, vandaag bijvoorbeeld, was haar moeder eerder bij de hoek, en dan draaide ze zich om en zwaaide nog één keer, voor ze Wedal Road insloeg en doorliep naar het ziekenhuis. Maria zwaaide terug met een minimaal gebaar, niet meer dan een licht wapperen met haar hand. En toen verdween haar moeder om de hoek.

Maria was al halverwege de promenade tegen de tijd dat de bus arriveerde. Ze kocht een pakje met tien Player's nummer 6 bij de kiosk aan de overkant van het meer. Een welbestede tienenhalve pence. Ze zou gaan roken.

'Je wordt nog dik,' had haar niet-biologische vader gezegd toen ze weigerde om met hem mee te rennen op zijn vaste rondje om het meer.

Hij bleef steeds maar weer in zijn trainingspak kloppen op haar slaapkamerdeur, maar hij begreep de hint kennelijk niet. Door te roken bleef je ook dun. De eerste smaakte smerig, maar ze wist dat het een kwestie van oefenen was. Thuis trok ze haar uniform uit, deed haar nachtpon aan en ging weer in bed liggen. Niet naar Engels gaan betekende dat ze ook niet naar alle andere examens kon gaan. Engels was haar beste vak. Het zou een eitje voor haar zijn geweest, zelfs zonder ervoor te hebben geleerd. Ze trok haar knieën op en koesterde haar geheimen.

Dat zou ze leren.

6

De ramen van de bibliotheek waren opengezet om wat frisse lucht binnen te laten. De zon die naar binnen scheen was al warm, en wekte de geur van de objecten waar het licht op viel – de oude gecapitonneerde leren stoelen, de houten lambrisering langs de muren, de dikke ingebonden boeken op de planken of in kasten met glazen deurtjes – en toverde hun oorsprong tevoorschijn: de dierenhuid, het hout, de lijm en het draad, de papierpulp. Hoog in de lucht zoemde een bij die steeds panisch tegen de ruiten aan vloog. Beneden, in de binnentuin, stond de blauwe regen vol in bloei. De zware takken, die steunden op een hekwerk, schiepen door bloemen omgeven compartimenten tussen de stenen paadjes, en in een zo'n geurend prieel zat een geestelijke. Alleen zijn gekruiste onderbenen waren zichtbaar.

In de bibliotheek probeerde Chiara, gezeten in de fuik van warm licht naast het open raam, uit te maken welke geestelijke het zou kunnen zijn. Niet pater Pascale, want die zou deze tijd van het jaar op sandalen lopen, en pater Pio was het ook niet, want die was corpulent, dus die kon nooit zulke slanke enkels hebben. Ze vroeg zich af of het misschien haar vriend pater Antonio was, dankzij wie ze hier mocht zijn om gebruik te maken van deze privébibliotheek, die aan de pauselijke universiteit grensde.

De drukproef van het boek over scheepvaart op de Middellandse Zee in de middeleeuwen lag opengeslagen voor haar, een rechthoekig wit licht dat te fel was om te kunnen lezen, zelfs niet als ze haar ogen tot spleetjes kneep.

Ze verhuisde naar de straatkant van het gebouw, waar de raamstijlen te hoog zaten om erdoor naar buiten te kunnen kijken. Het was hier donkerder en bedompter, en dus misschien geschikter om te studeren. Ze legde de papieren weer voor zich neer. Ze plantte haar ellebogen op de tafel, liet haar hoofd in haar handen rusten en stopte haar duimen in haar oren, ook al was er op de bij na geen geluid om buiten te sluiten. De paar andere mensen die weleens gebruikmaakten van de bibliotheek waren jonge theologen, maar vandaag was ze alleen met de eeuwenoude dikke boeken. Het was een vredige plek om te werken en het zorgde voor een scheiding tussen haar leven thuis en haar werkende leven. De wandeling tussen haar appartement en het oude palazzo waar de pauselijke bibliotheek in was gevestigd markeerde de overgang tussen die twee. En dan was Antonio er om koffie mee te drinken als ze even pauze wilde. Ze werkten vroeger samen bij het rijksarchief, voor hij tot priester werd gewijd. Zijn roeping kwam pas laat.

Ze las het hoofdstuk over de Maritieme Republiek Genua door.

'In die tijd was er enorm veel vraag naar specerijen, wierook en opium,' las ze voor de vierde keer.

Elke vertaling had zo haar uitdagingen, een of ander essentieel maar onvertaalbaar element. In dit geval, een boek dat geschreven was door een Britse academicus, was het probleem niet gelegen in het onderwerp, want daar zou de Italiaanse lezer vertrouwder mee zijn dan een Britse. Het zat hem in het register. De simpele toon paste niet bij de academische stijl die in het Italiaans gebezigd werd voor dit soort verhandelingen, en het zou de serieuze aard van het onderzoek ondermijnen. Ze had voor een soort tussentaal gekozen. Iets wat het midden hield tussen de ingewikkelde zinsstructuur met eindeloos veel bijzinnen die een Italiaanse academicus waarschijnlijk zou gebruiken en de pittige staccatostijl van de auteur. Het resultaat was geslaagd. Ze had het karakteristieke weten te behouden, en de auteur, die het Italiaans enigszins beheerste, was ook tevreden.

Een groen vierkantje dat werd gevormd door het zonlicht dat door het ruitvormige groene glas naar beneden viel, speelde aarzelend over de bladzijde. Ze legde haar hand op die plek en zag hoe haar huid groen werd. Ze moest doorwerken. De uitgever zat op haar werk te wachten. Ze stond op en verhuisde al haar spullen weer naar de kant van de binnentuin. Beneden in de tuin was de geestelijke anders gaan zitten, en ze zag dat het inderdaad Antonio was, met een bijbel en een notitieblok op schoot.

Ze ging naar hem toe.

'Het is toch zeker nog geen koffietijd?' zei hij met een verheugde glimlach. Hij keek altijd alsof ze zijn dag helemaal goedmaakte door op te komen dagen, al kwam ze vrij vaak langs, en gingen ze minstens één keer per week samen een cappuccino drinken.

'Nog niet,' zei ze. 'Maar ik kan me vandaag niet concentreren.'

Ze keek naar hem en overwoog of ze hem van het telefoontje zou vertellen. Maar dan zou ze Danieles naam moeten noemen, over Daniele moeten praten, dat deden zij niet meer, Antonio en zij. Ze vroeg Antonio al jaren niet meer of hij nog nieuws had.

'Heb je echt niets van hem gehoord? Heb je nog contact met hem gehad?' vroeg ze altijd, voor het geval Antonio toevallig was vergeten dat hij had geschreven, of gebeld, of op bezoek was geweest.

'Als er iets te vertellen valt,' antwoordde Antonio dan, 'zal ik je dat echt wel zeggen.'

Nee, het onderwerp Daniele was gesloten.

Ineens leek de stilte tussen hen als een laken, een lijkwadeachtig ding, en zij zat aan de binnenkant, met dichtgesnoerde mond. Ze haalde diep adem, snoof de geur van de blauwe regen op, en ging op een steen tegenover Antonio zitten, onder een baldakijn van bloemen. Het zou een stuk gemakkelijk zijn geweest als ze in de biechtstoel hadden gezeten, met het traliewerk tussen hen in. Antonio zou dan eerder de bemiddelaar van God zijn in plaats van Antonio de mens. Niet dat ze in al die onzin geloofde, maar hij wel, en dat was misschien wel genoeg voor hen allebei.

Antonio klopte op zijn zakken en haalde een pakje sigaretten tevoorschijn. Ze nam er eentje van hem aan, al had ze tijdens de lange nacht al drie van de vijf kostbare dagelijkse sigaretten opgebruikt.

'Je ziet er moe uit,' zei hij.

'Ben ik ook,' antwoordde ze. 'Werk jij maar door. Let maar niet op mij. Ik ben een beetje in een rare stemming.'

'Ik ben een preek aan het schrijven,' zei hij, en hij boog zich weer over die taak.

'Zegen mij, vader, want ik heb gezondigd,' zei ze altijd. 'Het is nu...'

Hoelang geleden was het eigenlijk? Jaren? Decennia?

'... heel erg lang geleden sinds mijn vorige biecht.'

Cecilia en zij, die naast elkaar in de grotachtige somberheid van de San' Eustachio hun beurt zaten af te wachten. Het getrippel van de nonnenvoeten ergens aan de zijkant van het altaar. De kille lucht van wijwater. Nu was ze zich bewust van haar wandaad, en ze voelde de behoefte om boete te doen, maar ze wist niet precies hoe ze haar nieuwe zonde moest omschrijven. Was het de manier waarop ze het meisje zomaar had afgewezen? Alsof Daniele zelf weer terug was gekomen in haar leven, en zij hem de rug had toegekeerd. 'Help me,' had hij gezegd, maar ze wist niet meer hoe.

'Wat je ook dwarszit, het gaat voorbij,' zei Antonio.

Platitudes. Het was in al die jaren nog helemaal niet voorbijgegaan. En net nu ze dacht dat er een nieuwe fase aangebroken was, kwam dat ellendige meisje alles oprakelen.

Antonio leunde voorover en pakte haar hand uit haar schoot, om hem in de zijne te houden.

'Ik ben je vriend en ik ben er voor je als je me nodig hebt,' zei hij.

Ze keek naar hem op en zag hoe de zon glinsterde op zijn ronde brilletje, en ineens zag ze hem voor zich, tien jaar geleden, toen hij Danieles schuldeisers had overbluft. Haar trouwe vriend Antonio, die meer voor haar had willen zijn dan een vriend, maar die met die rol toch genoegen nam, die te hulp schoot als het haar allemaal boven het hoofd groeide en die ervoor zorgde dat alles werd opgelost. De kalme zekerheid die hij uitstraalde. Hij wist niet alleen wat er moest gebeuren, hij regelde het ook.

Er trok zo'n sterke scheut weerzin door haar heen dat ze haar blik moest afwenden.

Jij hebt mijn jongen weggestuurd. Waarom heb je hem weggestuurd? wilde ze tegen hem schreeuwen. Jij hebt hem in ballingschap gedaan, dacht ze weleens, als ze zich voorstelde hoe Daniele over de wereld zwierf met een rugzak, zonder thuis.

'Ik heb het geregeld,' verzekerde Antonio haar toen ze op haar allerdiepste dieptepunt beland was, in de eerste paar maanden na Danieles vertrek. 'Maak je nu maar geen zorgen, we hebben het er wel over als je wat sterker bent.'

En toen ze wat sterker was, bleek dat er niets was om het over te hebben. Danieles verbanning was onomkeerbaar. Hoe had ze dat kunnen laten gebeuren?

'Ik heb hem niet verbannen. Hij weigerde mijn hulp,' had Antonio gezegd toen ze hem alle dingen had laten herhalen die Daniele voor zijn vertrek had gezegd.

'Ze is beter af zonder mij', was een van die dingen.

Vervolgens was hij verdwenen en in al die jaren had ze nog

maar één keer iets van hem gehoord. Geen echt nieuws, maar ze kreeg wel het vermoeden dat hij nog leefde.

Het was ongeveer anderhalf jaar na zijn vertrek. Ze was samen met Simone naar nonna's boerderij gegaan. Er was weer een aardbeving geweest, waardoor het huis nu helemaal in puin lag en onbewoonbaar was geworden, maar ze wilde kijken of ze het land misschien kon verkopen. Er waren nog altijd schulden en ze had geld nodig. Ze had het altijd in haar achterhoofd gehouden als laatste redmiddel, maar er bleek niet veel land bij het huis te horen; het hele weiland werd gepacht en was van een naburige boerderij. Er was alleen een vervallen huis, met een overwoekerde moestuin en een bron die helemaal overgroeid was met braamstruiken.

De mensen zeiden dat er een tijdlang een zwerver had gewoond. Misschien sliep hij in een hoger op de heuvel gelegen grot, maar men had hem in en rond de boerderij gezien. Hij was er inmiddels allang niet meer. Toch was het haar tot troost dat hij zijn toevlucht had gezocht in de boerderij. En dat hij de keren daarvoor dat hij was verdwenen waarschijnlijk ook daar naartoe gegaan was.

Ze hadden een poosje in de verwaarloosde olijfgaard gezeten, Simone en zij, en ze had Simone bijna verteld van die nacht dat Daniele bij volle maan in de alleroudste holle boom was gekropen om een wens te doen. Maar Simone wilde liever dat Chiara niet de hele tijd aan hem dacht, en dus had ze het voor zich gehouden. En trouwens, later had hij haar verteld wat hij die nacht precies had gewenst, en zo'n fraai verhaal was het nu ook niet.

'Dank je,' zei ze tegen Antonio, en ze keek hem weer aan.

Daar zat hij, haar goeiige, betrouwbare vriend, die haar bezorgd aankeek. Per slot van rekening had hij het om haar bestwil gedaan. Zijn idee van wat haar bestwil inhield.

'Er is niks,' zei ze. 'Het gaat prima.' Ze vond inmiddels dat de ambitie om tevreden en voldaan en gelukkig te zijn het halve werk was. Ze zocht het geluk in kleine dingen. Ze dacht aan haar rode kom. Ze zou hem verplaatsen naar de andere kant van de gang, en kijken hoe hij daar stond. Ze had wel degelijk de ambitie om tevreden te zijn, hield ze zich voor, dat was ze al jaren aan het cultiveren. Het leek allemaal erg tragisch voor dat Britse meisje, maar die zou er wel weer overheen groeien. Ook dat zou voorbijgaan. En wat voor troostrijks kon Chiara het kind over Daniele vertellen? Helemaal niets.

Ze ging verzitten op de warme, harde steen. 'En, zijn er nog roddels?' vroeg ze.

Antonio vertelde haar over een kardinaal uit Argentinië die op bezoek was geweest en in de franciscaner abdij had gelogeerd, waar hij eindeloos had geklaagd over de hygiëne. Hij beweerde dat er hondenhaar op het tapijt in zijn kamer zat, wat volgens Antonio 'een knots van een suite' was, 'de paus waardig'.

'Wat zou onze beschermheilige zeggen als hij dit zou zien?' had de kardinaal aan de abt gevraagd, die de eerbiedwaardige er maar niet op had gewezen dat Sint Franciscus nogal dol op dieren was geweest.

Chiara vroeg zich af of er nog steeds kloostercellen bestonden of dat die uit de tijd waren, en hoe het in Argentinië zou zijn, waar ze nooit was geweest, maar waar wel verre familie woonde. Wat nu als het meisje nog eens belde terwijl zij hier naar het gekeuvel van Antonio zat te luisteren? Ze dwong zichzelf te blijven zitten en hield zichzelf weer voor dat dat maar het beste was. Ze werd zich zo bewust van het feit dat ze niet bewoog, dat ze niets mocht vertellen over haar gesprek van gisteravond, dat het voelde alsof ze op een vulkaan zat die op uitbarsten stond. Ze kon de hitte aan haar billen voelen.

Ze sprong op en deed een stap naar voren. Danieles dochter, dacht ze. Hij had een kind. Ineens herinnerde ze zich de naam uit de brief van de moeder. Kelly. Edna Kelly.

'Verveel ik je?' vroeg Antonio op zijn bekende milde toon.

'Sorry,' zei ze, en ze boog zich om hem een afscheidszoen te geven. 'Ik moet gaan.'

Thuis belde ze internationale inlichtingen. Er was een hele lijst met Kelly's in Cardiff. Ze had de eerste initiaal nodig. Een E. Kelly stond er niet tussen. 'Kunt u misschien alle adressen oplezen?' vroeg Chiara. Ze wist zeker dat ze dat wel zou herkennen als ze het hoorde. Ze had het immers op de envelop geschreven, dus er moest nog een spoortje van in haar geheugen zitten. 'Onze dienst verstrekt telefoonnummers, geen adressen,' zei de telefoniste.

Ze besloot dat ze zou wachten. Ze kon net zo goed thuiswerken, en dan zou ze in de buurt zijn om op te nemen, mocht het meisje nog eens bellen.

Op de ochtend van de derde thuiswerkdag kwam Assunta om schoon te maken.

'Allemachtig,' riep ze uit bij de keukendeur, terwijl ze haar jasschort dichtknoopte.

Chiara keerde zich om van het raam, waar ze half uit hing om te roken. 'Goeiemorgen, Assunta,' zei ze. 'Ik blijf vandaag thuiswerken.'

Assunta wapperde met haar hand voor haar gezicht en hoestte demonstratief. Chiara drukte snel haar sigaret uit in het blikje dat ze als asbak gebruikte. Dat zat vol, om niet te zeggen boordevol, zag ze tot haar ongenoegen. Ze liep naar het fornuis en stak het gas aan onder het espressopotje.

Assunta hield haar hand op de klink en zwaaide de deur heen en weer om een luchtstroom te creëren. Het handen wapperen volstond kennelijk niet om de muffe geur te verdrijven.

'Laten we het niet overdrijven,' zei Chiara.

'Maar, signora, wat is er hier gebeurd?' vroeg Assunta.

De dagen ervoor had Chiara het manuscript overal door het

huis verspreid, en ze had hapsnap wat gelezen, zonder de woorden tot zich door te laten dringen. Af en toe belde ze nog eens met internationale inlichtingen in de hoop een wat behulpzamer medewerker aan de lijn te krijgen en zo nu en dan doorzocht ze de rommelkamer, wat vruchteloos was en wat haar moedeloos maakte. Niet alleen kon ze de brief niet meer vinden, ze kon ook het grootste deel van Danieles overgebleven eigendommen nergens meer ontdekken. De houten kratten met zijn kleren, boeken, platen, zijn eerste trompet, de spulletjes die nog in zijn kamer stonden toen hij vertrok: er was geen spoor meer van te vinden achter in de rommelkamer, terwijl ze altijd had gedacht dat ze daar opgeslagen lagen.

Ze was weer gaan roken met een hernieuwde, roekeloze gretigheid, en stond zelfs vroeg op om door het appartement te ijsberen en stevig te paffen, of ze stak al een sigaret op terwijl ze nog in bed lag, zodat de lakens naar rook stonken. Als ze 's ochtends gemangeld en in klamme lakens gewikkeld wakker werd, hoestte ze haar longen uit haar lijf. Maar daar had Assunta allemaal niets mee te maken.

'Niets,' antwoordde ze.

'Maar, signora, u rookt nooit in huis,' zei Assunta.

Chiara speelde weleens met het idee dat Assunta zich voordeed als Assunta, maar dat ze in werkelijkheid de schrijfster Elsa Morante was. Ze stelde zich voor dat ze, zodra ze de hoek om was, haar polyester jasje uittrok en een hoornen bril opzette. Assunta had precies zo'n bos ongetemd, in een grof pagekapsel geknipt haar en zo'n wijs gezicht met brede jukbeenderen als Morante. Ze had een hooghartigheid over zich die niet paste bij haar status.

Simone zag dat niet. Die noemde Assunta '*mamma* Roma' en beweerde dat ze een vrouw van het volk was. Maar Chiara dacht dat Assunta best eens echt Morante kon zijn die undercover werkte om onderzoek te doen voor een nieuw boek, of die op zwart zaad zat en geen andere vaardigheden bezat waarmee ze geld kon verdienen. Ze moest ervoor waken dat ze Assunta met misplaatste eerbied behandelde.

'Soms wel,' zei ze. 'Als ik daar zin in heb.'

Ze stortte zich op de koffie. En ze begon te hoesten. Het was een rauwe, vastzittende hoeststuip die haar overviel. Ze kon dit keer niet meer ophouden. Ze stond te rochelen en te schrapen, en moest zich aan het aanrecht vastgrijpen voor steun. De tranen stroomden over haar gezicht terwijl ze kokhalsde en bijna stikte. Assunta begon op haar rug te kloppen, maar het was geen obstructie die zich gemakkelijk weg liet slaan. Toen duwde Assunta een stoel tegen de achterkant van Chiara's knieën, en ze zakte erop neer, viel voorover, produceerde nog een rauw schrapend geluid, en kwam voorzichtig overeind.

'Signora Ravello,' zei Assunta. 'Dit kan zo niet.'

'Weet ik wel,' antwoordde Chiara.

Ze vertrok naar de dokter, en liet een fonetische boodschap achter die Assunta moest oplezen als er iemand zou bellen die geen Italiaans sprak. *Signora is niet thuis. Bel vanmiddag.*

Dokter Bruni was met pensioen gegaan. De nieuwe dokter was jong en enthousiast. Hij vroeg haar wat ze at en hoe haar slaappatroon was. Hij gaf haar pillen die haar moesten helpen ontspannen, maar waarschuwde dat ze daar geen alcohol bij mocht gebruiken. Hij klopte op haar borst en tilde haar blouse op om op haar rug te slaan en naar haar longen te luisteren. Toen zei hij met klemmende ernst en in bewoordingen waar ze liever niet al te lang bij stilstond dat ze echt moest stoppen met roken, dat die andere dingen dan wel overgingen, en dat er verder niets met haar aan de hand was. Dat het klonk alsof de schade aan haar longen niet onomkeerbaar was. Hij kon nog geen symptomen van longemfyseem ontdekken. Ze had wat ondergewicht, maar dat lag waarschijnlijk aan haar stofwisseling en het was verder geen punt van zorg.

Geen halve maatregelen meer, besloot ze op de terugweg. Ze zou per direct stoppen. Dan had ze iets om over na te denken, los van het meisje. Ze rookte haar allerlaatste sigaret bij haar cappuccino in Gianni's bar, buiten, in de zon. De chef-kok van het restaurant op de hoek stond in het steegje schuin tegenover haar te roken. Hij gaf haar een knikje voor hij de peuk met zijn hak doofde en weer naar binnen verdween. Ze moest dus meer opgeven dan alleen de sigaretten zelf, zag ze in. Het was ook de saamhorigheid onder rokers. Die gezellige pauzes tussen je werk door.

Ach, Antonio, dacht ze met een steek. Hun uitjes naar het café bij de Ponte Sisto, halverwege de ochtend. Kon dat nog wel zonder sigaretten? Het gevoel van verlies was even heel intens, alsof stoppen met roken betekende dat ze ook alle kraak, smaak en vriendschap moest opgeven.

Ze had die sigaret met onvoldoende ceremonieel opgerookt, besefte ze. Ze bestelde een espresso en een vinsanto en wachtte tot Gianni die bracht voor ze er nog eentje opstak. 'Dit is de laatste sigaret van mijn leven,' zei ze tegen hem.

'In dat geval kom ik even bij u zitten, als u het goedvindt,' zei hij.

Hij knipte met zijn vingers, vroeg de jongen hem een koffie te brengen, en nam plaats in de stoel naast Chiara. De ober van het restaurant op de hoek verscheen met een gieter en gaf de kleine laurierboompjes die buiten op een rijtje stonden flink water. Hun donkergroene bladeren glommen alsof iemand ze had gepoetst.

Chiara probeerde de sigaret betekenis te geven, hem op een gewichtige, contemplatieve manier op te roken.

'Weet je wat de dokter tegen me zei?' vroeg ze.

'Nee, wat dan?'

'Het is roken of blijven leven, de keuze is aan u.'

'Mijn hemel,' zei Gianni. 'Dat is niet niks. Ze zeggen wel dat het heel slecht voor je is, dat roken.' Hij blies zijn rook uit in kringetjes, die tussen hen in kronkelden. ‘Maar ik heb het altijd een hele troost gevonden.’

‘Ik ook,’ zei Chiara.

Uit het steegje aan de overkant dook een rode kater op, die begon te drinken van de plasjes geknoeid water rondom de plantenpotten.

Toen Gianni’s bar weer openging na de oorlog kwam ze hier altijd met Daniele voor een *frullato*. Ze dacht aan zijn bungelende benen als hij op de barkruk zat.

‘Denk je nog weleens aan Daniele?’ vroeg ze, en ze keek opzij en zag Gianni’s gezicht betrekken.

‘Liever niet,’ zei hij.

Wat had ze dan gedacht? ‘Ik zal geen zaak aanspannen, signora, om u,’ had Gianni gezegd.

‘Sorry,’ zei ze.

Ze overhandigde Gianni het halfvolle pakje sigaretten. Hij mocht ermee doen wat hij wilde. ‘Veel succes,’ zei hij.

Op weg naar huis sloot Chiara een deal met zichzelf. Als ik van de sigaretten afblijf zal het meisje over drie dagen weer bellen. Belt ze niet, dan moest het niet zo zijn, en dan ga ik verder met mijn leven.

Belde ze wel, dan zou ze zichzelf één gesprek toestaan met Danieles dochter. Eentje maar.

Assunta had alle deuren en ramen tegen elkaar opengezet en was bezig de keukenvloer te schrobben met een of ander naar citroen geurend spul. Ze had het bed afgehaald en verschoond. De wasmachine in de badkamer stond te draaien, en er hing een zeepvlokkenlucht. Er had niemand gebeld.

Chiara zei tegen Simone dat ze ziek was, dat ze alleen wilde zijn en dat ze haar wel weer zou bellen als ze zich beter voelde. De drie daaropvolgende dagen zwierf ze door het huis alsof ze een geest was die er kwam spoken. Ze maakte zich zorgen en piekerde over waar Danieles spullen gebleven waren, maar niet op een zinvolle of constructieve manier. Het gemis van de sigaretten sloeg een gat waarin haar hele leven wegviel. Alles was verlies. Er hing een leegte in het appartement, merkte ze tijdens het ijsberen, terwijl ze in alle hoeken en gaten zocht, haar kleedkamer in dook en de kleding opzijschoof om naar het niets van de witte muur erachter te staren. Ze wurmde zich weer naar het achterste gedeelte van de rommelkamer, klom over en onder de poten van een opgevouwen klaptafel door, en kroop toen weer terug, bang dat de telefoon zou gaan en ze er niet op tijd bij zou zijn.

Ze had het gevoel dat de lege ruimte waar Danieles spullen hadden moeten staan zich naar buiten verspreidde. Het was een existentieel soort leegte die zich dan ook niet liet indammen door de uitbundige hoeveelheid solide voorwerpen in haar huis – de massa geërfde en aangeschafte meubels, de *objets d'art*, de glasverzameling, de schilderijen en de boeken, gordijnen, wandkleden, spiegels, kleding en kleedjes, prullaria. Zich concentreren op haar werk was onmogelijk. Ze kon niet eens een boek lezen.

Ze ijsbeerde of lag lusteloos op de bank met de radio zachtjes aan. Er was een aanslag gepleegd op het Romeinse kantoor van de Italiaanse Sociale Beweging, de neofascistische partij. In Milaan had een granaat die bij het hoofdbureau van politie naar binnen was gegooid aan vier mensen het leven gekost. Er waren veertig gewonden. Er gingen geruchten over de betrokkenheid van de geheime dienst en ingewikkelde complotten.

Op een keer lag ze daar te staren naar het stuk groene chenille over het bijzettafeltje waar de radio op stond, en zag ze voor het eerst dat dat lage tafeltje eigenlijk een doos was. Ze schrok op. Ze hoefde de zware radio er niet af te tillen en het chenille kleedje weg te trekken om te weten dat dit haar oude kluis was, waarin ze de juwelen bewaarde die ze van nonna had gekregen. Het hoefde niet, maar ze deed het toch: ze trok het kleedje weg alsof ze de kluis op dezelfde manier wilde overvallen als hij haar had overvallen, terwijl hij daar al God weet hoelang had gestaan, zich voordoend als iets wat hij niet was.

'Ik zit in de problemen, ma,' had Daniele gezegd.

Ma. Dat had hij opgepikt uit een of andere Amerikaanse film. Hij had schulden. Ongelofelijke schulden. Een hele berg schuldbrieven.

'Als ik vandaag niet betaal,' zei hij, 'worden die schuldbrieven doorverkocht, en de volgende schuldeisers zijn niet...' Hij keek haar uitdrukkingsloos aan en slikte. 'Die zijn niet zo begripvol.' Hij citeerde iemand.

'Ik kan wat meubels verkopen,' zei ze, koortsachtig zoekend naar mogelijkheden.

'Niemand zit meer op dit soort spullen te wachten,' antwoordde hij. 'Al die zware houten troep met knoppen. Dit zijn de jaren zestig. Was dat je soms niet opgevallen? Iedereen doet dit soort meubels de deur uit. Het is ouwe troep.'

Hij had gelijk. Formica was tegenwoordig in de mode.

'Wacht,' zei ze. 'Ik weet al iets.'

Ze haalde het kleine sleuteltje uit het potje in de keuken en rende naar haar slaapkamer, waar ze de kluis onder haar bed had geschoven. Er zaten parelsnoeren in, en de gouden oorbellen met pareltjes, waarvan het goud een blaadje vormde waar de pareltjes als een dauwdruppel op lagen, precies in het midden, de broche met diamanten en saffiertjes, de dasspeld met amethist die van haar nonna moest zijn geweest en die waarschijnlijk niets waard was, nonna's ringen – haar trouwring (waarschijnlijk had ze een andere, minder waardevolle ring ingeleverd toen Mussolini in 1935 zijn oproep voor Goud voor het Vaderland deed), haar eeuwigheidsring met kleine diamantjes rondom. Ze waren allebei te groot voor Chiara's vingers, maar ze bewaarde ze omdat Daniele ooit zou trouwen en dan zou hij deze aan zijn vrouw kunnen geven. Maar dat deed er nu niet toe, want de nood was hoog.

Hij riep haar na: 'Ma! Ma, wacht!', maar hij kwam niet achter haar aan.

Ze dacht dat dit de laatste keer moest zijn. Iedereen zei altijd dat ze hem niet steeds weer de hand boven het hoofd moest houden, en dit was ook echt de allerlaatste keer, echt. Hij moest nu echt het rechte pad op. Ze had hem zijn vaders kostbare gouden ring al gegeven, maar die was van zijn vinger verdwenen.

Ze trok de kluis onder het bed vandaan. Hij was leeg. Er zat alleen een papiertje in, met daarop: *Ma, ik betaal het terug.*

Toen ze terugkwam in de zitkamer, zat hij met zijn hoofd in zijn handen. Ze had dit keer geen idee wat ze moest zeggen. Ze vulde de stilte niet op.

'Heb je verder niks meer?' vroeg hij.

'Je hebt alles al gekregen,' antwoordde ze.

Dan was hij er geweest, zei hij.

En nu stond die kluis de hele tijd al vlak onder haar neus. Nog steeds leeg.

Die avond nam ze een paar slaappillen en viel meteen in een zwarte bewusteloosheid. Het was geen echte slaap, het was het misvormde zusje van slaap.

Op de derde dag waren Danieles dochter en de onthouding van sigaretten onlosmakelijk met elkaar verweven geraakt. Chiara snakte naar een telefoontje.

'Signora Ravello,' zei het meisje op haar voorzichtige, huilerige toon. 'Ik hoop niet dat u het erg vindt dat ik weer bel.'

En in plaats van vreugde of genoegdoening voelde Chiara een enorme irritatie. Een insectachtig stemmetje in de buurt van haar oor zei haar dat dat weleens iets te maken kon hebben met haar nicotinebehoefte, maar ze sloeg het van zich af.

'Ja?' zei ze, alsof ze een drukbezet iemand was die feitelijk geen tijd had voor dit soort gesprekjes, in plaats van iemand die al dagen op dit telefoontje zat te wachten en die er de rest van haar leven voor in de wacht had gezet.

'Het spijt me dat ik u moet lastigvallen,' zei het meisje. 'Ik weet dat u maar gewoon zijn hospita was, maar' – ze ging nog zachter praten – 'Daniele Levi was echt mijn vader.'

Chiara liet zichzelf weer zo degraderen. Ze was absoluut niet van plan om het meisje de treurige geschiedenis te vertellen. Ze wilde alleen zijn naam weer eens horen en uitspreken. Nieuws over Daniele, ook al kwam het uit de derde hand of was het al gedateerd. Ze had alleen wel een sigaret nodig bij dit gesprek, want ze kon het niet alleen.

Ze deed haar best om zich te concentreren op dit onbekende meisje in het verre Wales dat op fluistertoon verhalen vertelde over dingen die waren gebeurd vóór haar geboorte maar onder Chiara's neus, verhalen die zij wel kende, en Chiara niet. Het meisje legde uit hoe Daniele haar moeder had leren kennen, en Chiara dacht terug aan die verschrikkelijke winter, toen Rome bedekt was onder een laag sneeuw en ijs. En toen de dooi inzette, zoefde Daniele steeds maar weer weg op die motorfiets die hij altijd leende. Ze wist dat hij de bochten te hard nam.

'Rij voorzichtig,' zei ze altijd.

'Supervoorzichtig,' zei hij dan.

Soms, voor hij wegging, pakte hij haar op en draaide hij een rondje met haar. Had ze hem gezien met dat blonde meisje, op de motor over de Via dei Cappellari zoevend? O, dat was de zomer dat hij weer lief deed. Ja.

'Pardon?' vroeg ze, weer met haar aandacht bij het meisje.

Hoewel het dag was, en het dus buiten licht was, gaf de gedempte toon waarop het meisje sprak iets nachtelijks, iets stiekems aan het gesprek, en Chiara stelde zich voor dat ze ineengedoken in een donkere kamer zat.

'Mag ik u misschien een paar vragen stellen?' vroeg het meisje.

'Wacht heel even.' Chiara ging een kruk uit de keuken halen, zodat ze kon zitten om te luisteren. 'Toe maar, Maria,' zei ze, en ze bedacht dat dat wel een heel erg christelijke naam was voor een kind van Daniele.

'Was hij knap? Dat zei mijn moeder namelijk,' zei het meisje.

Hij was beeldschoon, en hij kon heel lelijk zijn.

'Ja, ik geloof het wel,' antwoordde Chiara. 'Hij was vrij knap. En hij was blond, dat vindt men hier heel mooi.'

'Ik ben ook blond,' zei het meisje opgewonden. 'Wat voor werk deed hij? Hoe kwam hij aan de kost? Weet u dat ook?'

Chiara dacht hard na. Diefstal. Afpersing. Loopjongen voor criminelen. Dealen. Of erger. Maar die zomer, de zomer van 1956, had hij een klein autootje gekocht waarmee hij koerierswerk deed. Tenminste, dat zei hij. Ze had er maar niet naar doorgevraagd. Het leek haar toen een goedbetaalde en bijna een nette baan.

'Hij werkte als chauffeur,' zei ze voorzichtig. 'En hij studeerde aan de universiteit.' Nou ja, hij stond er ingeschreven. Wie weet had hij ooit weleens een college gevolgd. 'Filosofie,' voegde ze eraan toe.

'Filosofie,' zei Maria ademloos, als in trance. 'Waarom' – ze zweeg en slikte hoorbaar – 'waarom schreef u dat u niet weet of hij nog wel leeft?'

'Omdat ik nooit meer iets van hem heb gehoord.'

'Maar had u dat dan verwacht?' Een korte stilte. 'Waarom zou hij contact houden met een voormalige hospita?'

Chiara probeerde na te denken. Ze moest op haar woorden letten. 'Hij heeft hier nog spullen liggen. Die zou hij op komen halen, maar ik heb hem nooit meer gezien,' zei ze.

'Zijn spullen,' riep het meisje opgewonden. 'Wat voor spullen? Zit er iets bij wat u me kunt opsturen?'

'Het spijt me,' zei Chiara. 'Het is alweer jaren geleden. Ik kon het niet allemaal bewaren.' En met die woorden opende zich ineens de vliering boven de rommelkamer, alsof ze die ook in haar eigen hoofd dichtgetimmerd had. Ze zag de werklui de planken over de balken leggen en Simone, die toezicht hield op het ophijsen van de kratten.

'Nee, nee. Natuurlijk niet,' zei het meisje. Ze deed moeite om niet weer te gaan huilen. 'O, god,' zei ze, en ze hing op.

Chiara keek naar de hoorn. Wat een vreemd en onbevredigend slot was dat. Ze had zichzelf meer beloofd. Dit was net als die eerste allerlaatste sigaret. Het telde niet.

Ze bleef zitten waar ze zat en dacht dat het meisje zo wel weer terug zou bellen.

Ze staarde naar de foto van haar ouders tegenover zich. Antonella en Alfonso in 1907. Ze lachten geen van beiden. Antonella leek wel een kind. Dikke zwarte krullen tot haar middel. Ze droeg een korte kanten sluier, die meer weg had van een kanten hoofddoek dan van een bruidssluier, op zijn plaats gehouden met speldjes waar bloemen in gestoken waren.

'Ze had helemaal niets toen ik met haar trouwde,' mocht haar vader graag grappen, 'alleen de kleren die ze aanhad, haar eeuwige parasol en een koffer vol vooroordelen.'

Terwijl Chiara naar de foto keek zag ze iets wat haar nog nooit opgevallen was. Ze haalde de lijst van de muur om hem van dichterbij te kunnen inspecteren. Haar moeder had een boeketje vast met dezelfde bloemen als in haar haar, donkere rozen, omringd door wolken piepkleine witte bloemetjes, en de middelvinger van de hand die het boeketje vasthield, was onmiskenbaar over de wijsvinger gekruist. Ze vroeg zich af wat dat betekende. Haar moeder die haar vingers gekruist hield op haar trouwdag.

Ze hing de foto op zijn plek en ging weer op de kruk zitten. De telefoon rinkelde.

'Het spijt me dat ik u alweer stoor, signora Ravello,' zei het meisje.

'Geen probleem,' zei Chiara.

'Ik wilde niet onbeleefd zijn, maar mijn moeder kwam binnen. Ik kon niet praten met háár in de buurt.'

Er klonk minachting door in de manier waarop het meisje refereerde aan haar moeder. 'Weet je moeder wel dat jij mij belt in Italië?'

'Nee,' zei het meisje.

'Dus jij bent in 1957 geboren?' vroeg Chiara.

'Ja,' antwoordde het meisje vol verwachting.

'Ik weet niet hoe het in die tijd in Engeland of in Wales was. Het was er misschien niet zo, hoe zal ik het zeggen, benepen, nee, erger dan dat, verstikkend, ja, als in Italië, want zoals je weet hebben we hier de katholieke kerk. Maar een ongetrouwd meisje dat zwanger werd, mijn god, je kunt je niet indenken hoe beschamend dat was. Een vreselijke schande.'

Het meisje zei niets.

'De druk,' zei Chiara.

'Druk?' vroeg Maria.

'Ze stuurden je weg. Stopten je in een klooster. En dan moest je de baby laten adopteren. Ze vonden namelijk dat je ongeschikt was. Ongeschikt om een kind op te voeden.'

'O, ik geloof niet dat het hier ook zo was,' zei het meisje.

'Vraag het maar eens aan je moeder,' zei Chiara. 'Vraag maar of ze moest vechten om je te mogen houden.'

Weer bleef het stil.

'Daniele hield veel van jazz,' zei Chiara. 'Hij luisterde altijd naar Amerikaanse West Coast-jazz. De trompet was zijn lievelingsinstrument. Miles Davis, Chet Baker, Dizzy Gillespie. Hij had een paar platen en die mocht hij 's avonds op mijn platenspeler draaien.'

Dan nam hij haar in zijn armen, volkomen stoned en naar whisky stinkend. 'Kom op, ma, dans eens met me', en dan strompelden ze door de zitkamer, voortdurend tegen de meubels op botsend.

‘Ik ken die platen,’ zei het meisje. ‘Mijn moeder heeft er ook een paar.’

‘Verder heb ik je niets te vertellen,’ zei Chiara. ‘Zo goed kende ik hem niet.’

Ze vroeg zich af of dat waar was. Het moest wel, anders zou ze nu weten waar hij was, óf hij nog ergens was.

‘Wat zou u doen als u hem wilde zoeken? Hoe zou u dat aanpakken?’

‘Ik zou passen.’

‘Pardon?’

‘Passen.’

‘Opgeven?’

‘Ja.’

‘O,’ zei Maria met een verslagen stemmetje. ‘U denkt dat hij dood is, hè?’

Er viel een stilte, waarin Chiara luisterde naar hoe het meisje ademhaalde en meer wilde zeggen maar dat niet deed. Ze was geschrokken van haar eigen hypocrisie. Passen, ja hoor. Ze was heel goed in het geven van advies, maar er zelf naar luisteren was niet bepaald haar fort. Zij, die nooit had opgegeven.

‘Het spijt me vreselijk,’ zei ze. ‘Maar ik moet weer aan het werk. Dus ik wil graag ophangen.’

‘Dag, signora,’ zei Maria.

Op weg naar Gianni’s bar feliciteerde Chiara zichzelf met het feit dat ze het meisje had weten af te wimpelen. Ze voelde zich opgelucht. Ze wist best dat ze straks verdrietig zou zijn, maar het was waarschijnlijk een prima te hanteren soort verdriet. Het soort verdriet dat je voelde als de hond van de buren zoek was, of het kabinet viel.

Toch knaagde er iets aan haar. Die naam, Levi. Dat Daniele zijn geboortenaam aan het meisje had verteld.

Ze ging bij het raam zitten met een cappuccino en de krant.

‘Nog steeds gestopt met roken?’ vroeg Gianni.

‘Ja,’ antwoordde Chiara, maar ze wilde meteen naar de tabakswinkel rennen om een pakje te kopen. ‘Al drie dagen,’ zei ze.

‘Ik ben onder de indruk,’ zei Gianni.

Ze had het kind, dat op dit moment erg kwetsbaar was, haar eigen pijn in kunnen trekken, maar dat had ze niet gedaan. Ze had graag foto’s uitgewisseld, maar zo was het beter. Maria had nu een beeld van Daniele, de muziekliefhebber, de knappe man, en daar moest ze het maar mee doen. En zelf wist ze dat Daniele een kind had en dat hij, volledig van haar gescheiden en zonder dat zij er iets aan hoefde bij te dragen, voortleefde in Maria.

Na een paar dagen zonder sigaretten voelde Chiara zich lichamelijk een stuk beter. Ze leerde eindelijk eens te matigen, dacht ze. Alles viel op zijn plek. Ze kon de draad van haar leven nu weer oppakken, en er misschien zelfs iets nieuws aan toevoegen. Niet de tango leren. Zinvol vrijwilligerswerk. Maar niets politieks meer. Ze kon doen wat Simone deed, en volwassenen leren lezen.

Simone had uiteraard het voordeel dat ze geen salaris meer nodig had en dus meer tijd had, en bovendien zou Simone zeggen dat elke daad een politieke daad was. Hoe dan ook, ze had weer dat gevoel van ruimte om keuzes te kunnen maken wat haar vrije tijd betrof.

Gianni was de tafeltjes aan het afnemen.

‘Wat een mooie dag, hè?’ zei Chiara.

Gianni keek om zich heen. ‘Wat is er met u aan de hand?’ zei hij.

‘Geen idee,’ zei ze. ‘Maar alles voelt ineens weer hoopvol.’

‘O ja?’ zei hij, en hij wees op de krant, waarin een foto stond van een barricade van brandende auto’s op de Via Merulana.

Ze ging naar de pauselijke bibliotheek, waar ze met grote

voortvarendheid en efficiëntie de drukproef doorwerkte, en alles in drie uur wist af te ronden. Het postkantoor was dicht omdat het personeel van de post staakte uit solidariteit met de autovakbonden in Turijn, en dus nam ze de bus naar de uitgeverij om de gecorrigeerde proef persoonlijk af te geven.

Ze zat bij haar redacteur in het kantoor toen een van zijn collega's binnenliep, aan wie ze werd voorgesteld. Zijn vertaler was ziek geworden en nu zat hij met een half vertaald manuscript.

'Ik heb wel tijd,' zei ze.

De man keek haar weifelend aan. Het ging om een nieuwe vertaling van de brieven van Keats.

'Ik ben gespecialiseerd in Keats,' zei ze.

Dit was haar droomklus. Als er ergens een deur dichtgaat, gaat er een andere deur open, dacht ze toen ze weer naar huis liep met het pakket in haar tas.

'Dus je bent weer terug in het land der levenden?' vroeg Simone toen ze belde.

'Ja, ik ben er weer,' zei Chiara.

'Mooi zo, want het is een heel stuk saaier zonder jou,' zei Simone. 'Kom je zaterdag eten? Umberto de Derde kookt.'

'Wie is Umberto de Derde?'

'Je bent er veel te lang uit. Dat is mijn nieuwe schoonmaker. Hij komt uit de Filippijnen en hij kan fantastisch koken. Sterker nog, hij is overal goed in. Hij maakt iets met vis en kruiden.'

'Mag ik mijn neefje meenemen?' vroeg Chiara.

Haar neefje was uit Calabrië naar Rome gekomen om architectuur te studeren. Haar was gevraagd een oogje in het zeil te houden. 'Je weet wel, de zoon van mijn neef, Beppe?'

'Toch niet je neef de fascist?'

'Ex-fascist. Hij heeft zijn zweepje en zijn fez alweer jaren geleden afgezworen.'

'Is hij goed gezelschap?'

'Dat weet ik nog niet. Ik heb hem pas net leren kennen. Maar hij is wel erg decoratief.'

'Neem hem dan maar mee, uiteraard. En hoe zit het met je geheime minnaar?'

'O, die is vertrokken,' zei Chiara. 'Ik bedoel: die heb ik de laan uit gestuurd.'

'Werd hij je te vrijpostig?'

'Zoiets, ja.'

'Ik denk weleens,' zei Simone peinzend, 'dat het met mannen net zo is als met specerijen: je moet ze pletten om er alle smaak uit te halen.'

'Ik heb al een week niet gerookt,' zei Chiara.

'Aha, vandaar die eenzame afzondering! Ik begrijp niet dat je zo verslaafd kunt zijn als je pas rond je veertigste bent begonnen met roken.' Simone was duidelijk niet onder de indruk.

'Dat is nog altijd ruim twintig jaar.'

'Mijn hemel,' zei Simone, 'en je bent nog wel zo tenger. Hoe kan dat?'

Chiara lachte. 'Ik ben anders heel trots op mezelf,' zei ze.

Dat ze deze beproeving, wat die ook maar behelsde, zo relatief ongeschonden had doorstaan was ronduit wonderbaarlijk. Zij, die nooit ergens mee wegkwam. Ze voelde dat haar uitgeputte levenskracht terugkwam.

Het meisje was volkomen overstuur en snikte in de telefoon. Ze was nauwelijks te verstaan.

'Wat is er aan de hand?' vroeg Chiara.

Eigenlijk had ze moeten zeggen: 'Waarom bel je mij in godsnaam? Ik weet niet wat er verder aan de hand is, maar ik heb er niets mee te maken. Ben ik soms niet duidelijk geweest?'

Maar het kind was zo verdrietig. Een verschrikkelijke ruzie, zei ze. Met haar moeder en die man, haar zogenaamde vader.

Terwijl het meisje in de telefoon jammerde en snikte, drong

het tot Chiara door dat alleen in háár hoofd de boel opgeklaard was. Het was niet bij haar opgekomen dat het meisje contact zou willen houden met iemand die zij zag als Danieles voormalige hospita. Het arme kind. Ze was zo overstuur. Chiara moest nu heel duidelijk zijn en er geen doekjes om winden dat ze niet meer op dit soort telefoontjes zat te wachten.

'Ze zijn erachter gekomen,' zei het meisje.

Door de telefoonrekening had haar familie ontdekt dat ze naar Italië had gebeld, en ook nog tijdens piekuren, wat het nog veel duurder maakte. Het kostte een fortuin.

'O jee,' hoorde Chiara zichzelf zeggen. Ze zou eerst het meisje aanhoren en dan zou ze het zeggen.

En Maria was niet naar haar examens gegaan, centraal schriftelijke examens, dus heel belangrijk. Daar waren haar ouders ook achter gekomen.

Chiara hoefde niet te vragen waarom. Ze kende ze maar al te goed, de protesten van de machtelozen, het soort protesten waarmee je jezelf in het gezicht slaat. Jammer dan. Ze moest zich hier niet door laten meeslepen. Ze zette zich schrap.

'Het spijt me, Maria,' begon ze. Ze aarzelde. Ze moest nu bedenken hoe ze dit kind kon afwimpelen. Danieles dochter.

'Mag ik bij u komen logeren?' vroeg het meisje.

'Wat?' zei Chiara.

Ze voelde het bloed uit haar gezicht trekken. Ze zocht een argument, wat dan ook, om het kind die rare ideeën uit haar hoofd te praten, maar de woorden kwamen niet. Ze was helemaal niet bedacht op zo'n verzoek. Haar hersenen gingen op slot. Het kind was haar gevoel voor perspectief helemaal kwijt. Ze raaskalde. Helemaal naar Italië komen om bij een wildvreemd iemand te logeren! Alsof haar ouders dat zouden toestaan.

'Natuurlijk niet,' zei Chiara uiteindelijk.

Maar het meisje zei dat haar moeder de reis zou betalen als ze voor haar herexamens keihard zou werken. Haar moeder had zelfs een oude vriendin gebeld die in Rome woonde, maar die had geen ruimte, want haar huis was te klein, en toen dacht ze aan signora Ravello en dat haar vader bij haar had gewoond, en dat zij misschien nu ook bij haar zou mogen logeren.

Chiara schudde haar hoofd om haar gedachten op een rijtje te krijgen, en er begon iets te gonzen. Ze hield zich staande tegen de deurstijl. Ze was als een kleine planeet die uit zijn baan vloog, losgetrokken door sterke magnetische krachten. 'Maar wij kennen elkaar helemaal niet,' zei ze. 'Niet echt. We zijn vreemden voor elkaar.'

Maria liet zich niet uit het veld slaan. Ze huilde niet meer en bleef aandringen. Het leek wel of ze wist dat Chiara, wat ze ook zei, niet vond dat ze het recht had om haar krankzinnige verzoek af te wijzen.

'Alstublieft,' zei Maria. 'Alleen deze zomer maar. Ik loop u niet voor de voeten. Ik zou Italiaans kunnen leren. Ik ben zelfs al een beetje bezig. En ik zou u kunnen helpen met uw Engels.'

Chiara's verdedigingslinie vertoonde gaten. Er was een geheime tunnel die ze vergeten was te barricaderen, omdat niemand er meer gebruik van maakte, maar op de een of andere manier had Maria hem weten te vinden. Het meisje had haar nodig. Danieles kind vroeg haar om hulp.

'We kunnen een proefperiode afspreken,' opperde Maria. 'Van twee weken. En als het dan goed gaat blijf ik de hele zomer, gaat het niet, dan stuurt u me weer weg.'

Met die woorden was de zaak beklonken. Stuurt u me weer weg. Chiara dacht aan alle keren dat ze had gewenst dat ze Daniele weg kon sturen. 'Dus veertien dagen op proef?' vroeg ze.

'Ja. Bedankt, bedankt, bedankt! Wilt u nu mijn moeder even spreken?' vroeg het meisje, en Chiara hoorde zichzelf Maria's moeder geruststellen dat het absoluut geen punt was, dat ze wel wat hulp kon gebruiken bij haar vertaalwerk en dat ze de voorwaarden zou opstellen in een formele brief. Die brief schreef ze meteen, voor ze zich kon bedenken. Het meisje kwam over een maand, want ze moest eerst nog die herexamens doen.

Een maand was lang. Misschien veranderde het meisje nog wel van gedachten. Of misschien verzon Chiara nog wel iets om het allemaal alsnog af te blazen. Er kon nog van alles gebeuren. Er waren wel honderd ontsnappingsclausules. Ze ging er voorlopig niet over nadenken. Ze zette het van zich af. Het was immers pas over een maand.

7

De wijn is Chiara naar het hoofd gestegen. Groggy staat ze op en staart over de ineengezakte lichamen van de dommelende reizigers door het raam naar het perron en verder. Ze doet haar uiterste best te geloven dat het kind ergens is waar het veilig is. Ze weet niks, dus kan ze dat net zo goed aannemen. Dat hij door een of ander mysterieus fenomeen is weggetoverd. Bovendien had ze hem nooit mee moeten nemen. Niet met Cecilia erbij.

Er dendert een trein voorbij met hoge snelheid, waardoor de lampen heen en weer zwaaien. De schaduwen in het wachtlokaal worden eerst langer en krimpen dan weer. Ze slaat haar deken om zich heen en gaat op haar zij liggen, met gebogen benen en haar voeten tegen iemands koffer in het gangpad. Ze kijkt de schemerige onderwereld onder het bankje in. Een wereld van in kousen of broekspijpen gestoken benen, een bungelende, schoenloze voet, opgestapelde koffers, opgerolde jassen en hier en daar een lichaam dat uitgestrekt of opgekruld op de grond ligt. Met af en toe een plasje licht tussen grotere blokken duisternis.

Ze wordt zich bewust van een licht op- en neergaan op rechts, een subtiele beweging aan de rand van haar blikveld. De deken schuurt tegen haar wang als ze haar hoofd schuin houdt om naar een wel heel donkere plek onder de bank te kijken, een plek waar dat donker niet statisch is. In dat donker kan ze nu een lichtere plek onderscheiden, een plek die zich langzaam tot een klein gezicht vormt. Haar adem stokt, en ze zuigt kleine beetjes lucht door haar mond naar binnen, als snikken, en houdt haar adem dan in. Haar hart spartelt als een vis op het droge. Zodra ze het gezicht herkent, kan ze ook in de rest van de vorm een kind zien, en ze voelt en ziet de glans van zijn ogen, en weet dat die wijd open zijn. Ze realiseert zich dat hij zo stil ligt als een rusteloos jongetje maar kan opbrengen. Hij ligt nog geen meter bij haar vandaan, plat op zijn buik, met zijn haar tegen de onderkant van de bank.

Ze laat wat adem ontsnappen. 'Slimme jongen,' fluistert ze.

Hij moet precies op het moment dat Cecilia begon te kreunen en Chiara zich omdraaide naar de soldaat onder de bank zijn gekropen of gerold. Cecilia's toeval was perfect getimed als dekmantel voor zijn grote verdwijntruc.

'Je mag daar nu wel weer onder vandaan komen,' zegt ze. Het jongetje reageert niet. Ze kan hem nu ook horen ademen. Snel en oppervlakkig

'Ze zijn weg,' fluistert ze, 'je kunt weer tevoorschijn komen.'

Hij beweegt niet en hij zegt niets.

Het waren niet alleen de soldaten aan wie hij wilde ontsnappen.

Met dit besef komt een intense bedroefdheid. Het vormt een kanaal tussen al haar eerdere poelen van verdriet, zodat die in elkaar overlopen en ze op drift raakt in dat koude, woelige water. Ze ligt aan de voeten van haar onnozele, afhankelijke zusje, en vlak voor haar ligt het kind dat verder niemand in de wereld heeft behalve haar, maar dat haar toch afwijst. Ze voelt weer de kilte in het midden van haar ruggengraat en weet zeker dat die zich naar buiten toe uitbreidt om haar helemaal in beslag te nemen. Als ze nu een hand naar hem uitstak, zou hij die niet aanpakken. Als ze haar zusje zou wakker maken en om begrip zou vragen, zou ze dat niet krijgen. Ze zouden allemaal in hun eigen poel verdrinken, en ze kan er niets tegen doen.

Ze draait zich om naar de muur en trekt de deken over haar hoofd. Maar in plaats van de schrale troost van de hopeloosheid, komt er een zin bovendrijven uit een boek dat ze heeft gelezen. Een oud, uit elkaar vallend boek met brieven van Keats dat ze met bruin papier heeft gekaft, voor het geval iets in het Engels lezen als subversief werd gezien door de autoriteiten in dit deel van Italië.

Ik verkeer in zo'n stemming dat ik, als ik me onder water zou bevinden, nauwelijks zou trappelen om boven te komen.

Die woorden drukken zo precies uit hoe zij zich voelt dat het gevoel zelf een luchtbel in het water lijkt, die meteen weer knapt. Ondanks die gevoelens is ze al aan het trappelen.

Hij is nog maar zo klein, denkt ze. Een verloren jongetje. Er zijn mensen die totaal ongeschikt zijn voor het ouderschap, en die redden het ook. Dus zij zou het zeker moeten kunnen. Ze denkt aan haar eigen, waardeloze moeder, en heeft een kort visioen van hoe die tegen een deurstijl geleund stond te jammeren als een verwend kind. Dat kan zij beter. Ze denkt aan alle kinderen met misvormingen of aandoeningen, en hier is een kind dat zo schokkend perfect is, een jongen die gezond en goed verzorgd en geliefd is geweest. En zij is toch zeker goed met verdriet? Ze heeft er genoeg ervaring mee.

Als ze zich weer moeizaam omdraait in het donker en zich in de nauwe ruimte op haar knieën probeert te werken, stelt ze zich boven haar poel van verdriet de zachtblauwe lucht voor, ingelijst en bij elkaar gehouden door de purperen heuvels om het huis van haar oma. Ze denkt weer aan die veelkleurige lagen en haar idee dat het iets was wat hen kon verbinden, haar en de jongen en Cecilia. Boven het frisse groen van de weiden bewegen de vuurrode kammen van de kippen die er rondzwerven en graantjes pikken, en de scharlakenrode glanzende rozenbottels waar nonna een soort thee van maakt. Daar zijn ze nu naar op weg. Naar een plek waar de buitenlucht, het bevrijd zijn van de stad, het puin en de ontbering hun allemaal de kans geeft om de oorlog uit te zitten, een plek die een enclave van vrede zal zijn.

Ze haalt de andere deken uit haar zusjes koffer en schuifelt achteruit het gangpad in. Dan maakt ze de slaapplek schoon die ze heeft vrijgemaakt en wurmt zich op een plek tussen de bundels in het pad, waar ze achterstevoren in gaat liggen, gerold in de laatste deken. Ze fluistert tegen de jongen onder de bank, dit keer tegen de bovenkant van zijn hoofd. Ze zegt dat hij zich onder de bank uit moet zien te wurmen en dat daar dan een bedje voor hem is, aan Cecilia's voeten, en dat hij het koud zal krijgen als hij blijft liggen waar hij nu ligt.

Hij verroert zich niet.

Ze zegt dat zijn moeder niet zou willen dat hij kouvat, en wacht dan stilletjes op wat er gaat gebeuren. Maar er gebeurt nog steeds niets, en de mensen om haar heen in het lokaal zuchten en ademen en murmelen. Ze ziet het gezicht van de moeder van de jongen voor zich, achter op de vrachtwagen. In plaats van signora Levi's onverbiddelijke blik vast te houden stelt ze zich voor dat ze, heel gewoon, haar eigen ogen dichtdoet en wacht tot het voorbij is.

'O,' zegt ze hardop, terwijl een stortvloed aan mogelijke uitkomsten door haar hoofd tuimelt.

En dan, alsof het stille kind haar verraderlijke gedachten kan horen en omdat ze niet wil meedoen aan zijn stiltepact en zich ook niet door hem van streek wil laten brengen, begint ze te praten.

'Ik ben een keer, toen ik ongeveer net zo oud was als jij, met mijn vader met de trein geweest,' fluistert ze. 'Of nee, ik moet ietsje ouder zijn geweest. Ik was negen, want Cecilia was elf. Ze is twee jaar ouder dan ik, maar dat zou je niet denken, want ze is kleiner, en haar gezicht is zo glad, maar dat heb je nu eenmaal met grote mensen. Sommige stoppen eerder met groeien dan andere, en sommige hebben nu eenmaal een liever gezicht.'

Ze duwt een monsterlijk beeld van Cecilia en haar rollende ogen naar de achtergrond.

'Ze had steeds maar dit soort toevallen, zoals vandaag, de ene na de andere, en ze lag die zomer in het ziekenhuis.'

Ze zwijgt, want deze herinnering heeft ze nog nooit in een context geplaatst. Het was altijd een vrolijk, opzichzelfstaand moment, en pas nu dringt het tot haar door dat Cecilia leed terwijl zij genoot van het zeldzame genoegen van haar vaders onverdeelde aandacht. Dat was de prijs.

'Ik was dus alleen met mijn babbo op reis, en we hadden het hele rijtuig voor ons alleen. De zon scheen naar binnen en het licht door het raam van de trein was wit als rook.'

Nu ze het verhaal zo vertelt, blijft er niet veel van over, maar het is haar toch al heel lang heel dierbaar. Het beeld kan ineens opdoemen, alsof er een schuifdeur opengaat in haar gedachten, en daar is haar vader, dommelend in een bundel zonlicht, tegenover haar in de trein. Hij is er altijd, achter die schuifdeur. Later op diezelfde reis, als ze aan de roze toren waar ze langsrijden kan zien dat ze bijna bij hun bestemming zijn, maakt ze hem wakker met een kus op zijn voorhoofd en dan doet hij zijn ogen open en zegt: 'Dank je wel' en ze antwoordt: 'Graag gedaan' en dan schieten ze allebei in de lach.

En op het station stappen ze niet meteen op de wagen, maar gaan ze eerst de cafetaria in om een koffie voor hem te bestellen. Een dubbele koffie, om wakker te worden, en voor haar een aardbeienijsje. En dan vraagt ze: 'En Cecilia?' Want ze heeft nog nooit een ijsje gekregen zonder dat Cecilia er ook eentje kreeg.

En hij antwoordt: 'Als ze weer beter is, koop ik er voor haar ook eentje.'

'En voor mij niet?' zegt ze. En hij tikt met zijn vinger tegen het puntje van haar neus en vraagt: 'Wil jij er dan ook eentje, of niet?'

En dan zegt zij: 'Ja, graag.'

Ze weet nog steeds niet of haar vader haar toen bedankte voor de kus of voor het feit dat ze hem liet slapen of omdat ze over hem waakte toen hij sliep of misschien alle drie die dingen of nog iets anders. Maar ze weet wel dat ze inderdaad over hem had gewaakt. Ze stond voor hem, heel dichtbij, en ze pakte de hand die in zijn schoot lag en aaide die. Ze schoof de ring aan zijn pink recht. Ze ging met haar vingers langs de opbollende aderen op de rug van zijn hand en drukte die heel zachtjes in om ze daarna weer te laten opveren. Ze onderzocht de kant van zijn gezicht die naar het zonlicht gekeerd was. Ze bekeek de rimpeltjes om zijn mond en de donkere stoppels vlak onder zijn huid die klaar zaten om omhoog te komen als een klein woud als ze niet gemaaid zouden worden. Het was alsof zij de koningin was en hij in haar macht was en alleen haar toebehoorde. Ze was koninklijk en genadig en oneindig teder.

'Ik was alleen met mijn babbo,' zegt ze, 'en we aten aardbeienijs en we waren gelukkig.'

Het kind wurmt zich onder de bank vandaan. Ze hoort hem hijgen. Ze hijst zich nog een keer op haar knieën, draait zich moeizaam om en slaat de deken over zijn kleine, huiverende gestalte. Op enig moment wordt ook de lamp buiten uitgedaan en wordt het te donker om hem nog te kunnen zien. Er schiet haar nog een zin uit haar boek te binnen, over hoe troostrijk het is als je je door anderen kunt laten helpen, en dat dat is als *de albatros die al vliegend slaapt*. Ze hangt boven hem en ziet hem niet als een albatros, maar als een klein vogeltje, een kneutje misschien, een jong dat uit het nest gevallen is.

Iemand schudt haar wakker uit een droom over ondergrondse spelonken en onverlichte tunnels. Ze knippert met haar ogen in het zwakke ochtendlicht alsof het haar pijn doet. In haar droom was ze een nachtdier. Ze kon in het donker zien. Ze komt overeind en kijkt naar de hoek achter de bank. Zowel Cecilia als de jongen is weg. Ze slaat haar hand voor haar mond en haar hart slaat wild.

‘Maak je geen zorgen,’ zegt een mannenstem, ‘ze maakt het prima, je zuster. Ze is met mijn vrouw naar de toiletten.’

Ze herkent de heer die haar gisteravond de wijn heeft gegeven. Hij ziet er verkreukt en bleek uit. ‘Er staat een flinke rij voor,’ zegt hij.

Ze komt overeind. ‘Waar is de jongen?’ vraagt ze.

‘Welke jongen?’ zegt de man.

In haar droom was ze een vleermuis, herinnert ze zich, en ze sliep ondersteboven hangend aan haar tenen. Het gaf haar een ander perspectief. Ze steekt haar hoofd omlaag en kijkt onder de banken, maar de jongen is weg. Als ze weer overeind komt staat de man daar nog naar haar te kijken.

‘De trein naar Rome is net aangekomen,’ zegt hij. ‘Hij vertrekt over tien minuten.’

Ze komt overeind. Het lokaal stroomt leeg. Mensen pakken hun spullen in en trekken hun jas aan, en ze ziet dat er buiten een trein staat te wachten.

‘Dank u,’ zegt ze, en ze scant de ruimte nog een keer voor het geval er een spleet is waar de jongen zichzelf in geperst heeft, ‘maar wij gaan niet naar Rome.’

‘O, wij wel, en ik dacht jullie ook,’ zegt hij. ‘Ik weet eigenlijk niet waarom ik dat dacht.’ En dan, terwijl hij toekijkt naar hoe zij haar laarzen ophijst, zegt hij: ‘Wat een rare toestand, hè, gisteravond?’

‘Ik moet...’ zegt ze, en ze pakt haar kleine tas op en gooit hem over haar schouder.

‘Maakt u zich geen zorgen, signora. Ze is bij mijn vrouw in goede handen. Neemt u nu maar rustig de tijd om uw spullen bij elkaar te zoeken en u klaar te maken.’

‘Dat is het punt niet,’ zegt Chiara. ‘Ik, eh, ik moet zelf ook.’

‘Het was onze zoon, ziet u...’ zegt hij vertrouwelijk.

'Het spijt me,' zegt ze, en ze sloft bij hem weg zonder zelfs maar de veters van haar laarzen te strikken.

Ze duwt de deur open. Buiten staat de locomotief van de trein te sissen en te puffen. Rook en stoom stijgen op in de koude lucht en ze ruikt de brandende kool. De deuren staan open en er zijn al een paar mensen aan boord. Ze kijkt over het perron naar een luidruchtig groepje vrouwen en kinderen dat voor de toiletten in de rij staat. Alle contouren worden verzacht door de stoom en de rook, maar toch kan ze Cecilia en de vrouw van de oude man vooraan in de rij zien staan. Ze verdwijnen net naar binnen. Ze kijkt een microseconde lang naar elk individu, laat ieder gezicht doordringen tot haar bewustzijn, en loopt dan verder.

Dan kijkt ze de andere kant op. Bij het waterfonteintje houdt een wat oudere jongen zijn vinger op de kraan om het water te laten spuiten terwijl een andere jongen zijn hoofd eronder houdt en doornat wordt. Hij komt omhoog om lucht te happen en schudt zijn hoofd, zodat de waterdruppels alle kanten op vliegen. Haar blik blijft op hen gericht, ook al zijn ze te groot.

Verderop op het perron komt een man tevoorschijn uit het gebouw helemaal aan het eind. Hij maakt zijn riem vast en trekt zijn jas recht onder het lopen. Het is de man die gisteravond zoveel misbaar maakte en ze voelt een golf van weerzin, alsof alles zijn schuld is. Ze loopt snel op hem af, en dan langs hem, haar laarzen om haar enkels flappend, zich ervan bewust dat hij in de trein springt. Een snelle blik leert haar dat er verder niemand achter het gebouwtje is waar de man net uit kwam. De natte plek op de muur tussen de vuilnisvaten en de ammoniaklucht geven alleen aan dat dit de plek is die de mannen als urinoir gebruiken.

Ze loopt vlug het perron af. Weer heeft ze het gevoel dat ze wordt bekeken. Ze kijkt opzij en verwacht dat ze de man daar naar buiten zal zien kijken, maar er zit niemand bij het raam. Ze hoort haar adem met moeite haar lichaam in en uit gaan, alsof het lopen ineens buitenproportioneel veel energie kost. De paniek heeft haar in haar greep.

Er stappen twee conducteurs uit een kantoortje. Het zijn andere dan die van gisteren. Ze kijkt achter hen langs het kantoortje in. Er is geen spoor van de soldaten. De trein met de manschappen is waarschijnlijk vannacht gekomen en vertrokken. Als ze nu om hulp vraagt, worden ze dan achterdochtig? Ze durft geen aandacht op zichzelf te vestigen.

De conducteurs blijven staan om te overleggen en Chiara gaat achter hen op een knie zitten, en gebruikt hen om zich achter te schuilen als Cecilia en de dame langslopen op weg terug naar het wachtlokaal. Ze kan zich nu niet laten ophouden met beleefde gesprekjes. Ze moet het kind vinden. Cecilia's arm haakt in die van de dame en haar gezicht is rood, alsof haar wangen zijn schoongeboend. De dame probeert Cecilia door te laten lopen. Cecilia houdt niet van gehaast.

Chiara bindt snel haar veters vast en komt overeind als de conducteurs de andere kant opgaan en langs de trein lopen om de deuren dicht te gooien. Ze blijft nog een tel staan waar ze staat, terwijl het gekletter van de deuren, metaal op metaal, door haar lichaam dreunt. Ze moet nu in beweging komen, nu iets doen, maar wat ze moet doen, waar ze naartoe moet gaan, dat weet ze niet, en terwijl ze daar staat te aarzelen valt de ene deur na de andere dicht.

Ze draait haar hoofd naar links en scant nogmaals de mensen die op het perron rondlopen. Dan kijkt ze naar rechts en doet hetzelfde, maar ineens gaat haar hoofd met een ruk naar links: zag ze daar niet een klein gezichtje verschijnen, bij het raampje waar ze net langsliep?

Ze begint het perron af te hollen, en eerst voelt het als rennen in een droom: een hoop moeite en beweging van ledematen zonder een stap vooruit te komen en voeten die op het asfalt vastgeplakt lijken. Dan breekt ze door een onzichtbare barrière en racet ze. Haar lichaam heeft zijn cadans gevonden, haar sterke, flexibele, lichte lichaam dat haar dag in dag uit van vroeg tot laat van dienst is. Ze haalt de conducteurs in, springt aan boord bij de eerstvolgende open deur en dendert dan door het gangpad het tweede rijtuig in.

Het jongetje staat bij de deur van het verder lege rijtuig. Hij deinst achteruit als zij binnenstormt.

'Dit is de verkeerde trein,' schreeuwt ze.

Ze ziet de donkere holtes van zijn waakzame ogen, de grote vieze veeg aan de ene kant van zijn gezicht, een matje van stof en spinrag dat tegen de mouw van zijn jas geplakt zit, zijn gekromde schouders, zijn gebalde vuisten die hij voor zich uit houdt alsof hij een stomp wil uitdelen. Een slappe jongetjesstomp. De belachelijk ouderwetse muts met de oorflappen zit op zijn hoofd gedrukt.

Ik moet hem niet opjagen, denkt ze. Niet schreeuwen.

Ze steekt haar armen uit.

'Kom maar mee,' zegt ze.

Vanaf de voorkant van de trein komt een onmiskenbare stoot stoom, en het sissen en tjoeken van de locomotief, alsof de trein zijn keel schraapt. Het momentum.

'Alsjeblieft,' zegt ze.

Nog even en de fluit zal klinken. Er is geen tijd voor argumenten en uitleg. Bovendien is hij duidelijk al niet meer voor rede vatbaar. Hij verkeert, stom van verbijstering, in zijn eigen niemandsland.

Ze schiet naar voren en grijpt hem. Hij spartelt tegen en weet zich om te draaien zodat hij nu met zijn rug tegen haar aan gedrukt staat, maar ze blijft hem stevig vasthouden, en terwijl hij blijft tegenspartelen en zij hem vastklemt om zijn borst, begint ze achteruit te lopen. Ze probeert zichzelf te zien als een brandweerman die een krankzinnige uit een brandend gebouw moet redden.

'Het spijt me,' zegt ze.

Ze wil eigenlijk haar verhaal herhalen over wat zijn moeder van hem had gewild, maar terwijl ze hem door het gangpad sleurt, begint hij met zijn hoofd tegen haar borst te beuken, keihard met zijn schedel tegen haar borstbeen.

De deur van het rijtuig zit dicht. Ze durft het kind niet los te laten. Hij zet nog steeds alles op alles om los te komen van haar, al houdt hij zijn hoofd inmiddels stil. Ze probeert de hendel met haar elleboog omlaag te duwen, maar heeft niet genoeg kracht, zo, met één arm, lamgeslagen, en met haar gezicht de verkeerde kant op. Daar heb je het gebonk en geratel van koppelingen die uit elkaar getrokken worden, en de trein komt met een schok en gepiep in beweging. Ze schreeuwt om hulp.

'We zitten in de verkeerde trein!' schreeuwt ze.

Ze kan dit niet laten gebeuren. Ze kan niet terug naar Rome en Cecilia achterlaten. Haar ademhaling gaat over in enorme wanhopige snikken, hete tranen springen uit haar ogen en ze denkt: Laat hem gaan. Laat hem gaan voor het te laat is. Draai je om, doe de deur open en ga, nu.

Maar dan steekt een man zijn arm langs haar en zegt: 'Wacht maar' en 'Voorzichtig springen, signora' en de deur vliegt wijd open.

Tegen de tijd dat de deur tegen de zijkant van de trein klapt, vliegen ze al door de lucht, zij en het jongetje. Hij is op de een of andere manier toch nog bij haar, zijn hand in de hare, en ze grijpt hem vast. Het voelt alsof hun jassen als vleugels achter hen wapperen, alsof de grond van hen wegvalt in plaats van op hen afstormt, alsof ze zouden kunnen opstijgen, als ze daar toevallig zin in zouden hebben.

Ik laat hem nooit meer los, denkt ze.

Ze bevinden zich in een grote wolk grijze rook en ze vliegen.

Dan landen ze en kunnen niet stoppen met bewegen, een lompe galop. Ze vallen gek genoeg niet. Hun benen halen hun lichaam in, en ze vertragen hun pas en komen tot stilstand terwijl de trein vaart maakt en het station fluitend en puffend uit rijdt.

Ze zijn nog steeds omhuld door een wolk grijze rook. Ze zakt op haar knieën en pakt de onwillige handen van het kind in de hare. Haar gezicht gloeit en ze ademt moeizaam. Nu, snel, nu er nog glans in zijn donkere ogen is van de zweefsprong en het rennen, moet ze iets zeggen in heldere, eenvoudige en ware woorden die een jongetje van zeven kan begrijpen.

'Luister,' begint ze. 'Ik sta aan jouw kant.'

In de verte fluit de trein twee keer.

'Ik wil alleen maar voor je zorgen.'

Dit zijn niet de juiste woorden. Hij doet iets met zijn ogen: hij slaat zijn oogleden half neer, en het lijkt alsof zijn geloken ogen dof worden, en ze vraagt zich af waar hij dat heeft geleerd. Of hij die truc al in zijn repertoire had of dat hij het pas sinds gisteren kan, toen hij in haar keuken stond. Hij lijkt wel een hagedis. Of weet hij soms niet eens dat hij het doet?

'Ze zijn niet in Rome,' zegt ze, 'jouw familie. De stoute soldaten hebben ze meegenomen, weet je nog? En je mama heeft je aan mij gegeven zodat ik voor je kan zorgen. Dat weet je toch ook?'

Ze geeft een rukje aan zijn handen.

'Hoor je me?' Ze trekt, niet hardhandig, maar om te zorgen dat hij luistert. 'Hoor je me?'

Hij knikt.

'Dus voorlopig doen we alsof ik je mama ben.'

Ze heeft die woorden nog niet gezegd of ze wenst al dat ze ze kan inslikken. Hij schudt licht met zijn hoofd. Dit bedoelde ze helemaal niet.

'Niet echt, natuurlijk,' zegt ze. 'We doen maar alsof, zodat die stoute soldaten ons niet pakken.'

Mensen hechten te veel aan woorden om iets over te brengen, denkt ze.

De rook om hen heen verdwijnt langzaam. Ze laat zijn ene hand los, maar houdt de andere vast, gaat rechtop staan, kijkt om zich heen en ziet dat ze helemaal niet zo ver weg zijn. Ze staan maar een paar meter bij het laatste spoorweggebouwtje vandaan, de plek die de mannen als urinoir gebruiken.

Ze wil naar het perron lopen, maar hij heeft zijn voeten op de grond geplant, zijn benen uit elkaar, en hij weigert om in beweging te komen. Hij kijkt niet naar haar, maar naar hun ineengeslagen handen die zich tussen hen in bevinden. Met zijn vrije hand begint hij aan haar vingers te plukken om ze een voor een los te maken. Ze denkt aan zijn moeder, die gisteren zijn gekromde vingers van haar jas losmaakte. Chiara staat er zwijgend bij en kijkt naar hem met het gevoel dat de redelijkheid haar ontglipt. Telkens als hij een vinger optilt, valt die weer terug, maar toch gaat hij door en begint koppig van voren af aan.

Het is alsof zijn hand een klein beest is dat in een val zit en dat hij probeert te bevrijden.

Haar hand springt open en ze laat hem vrij. Dan draait ze zich van hem af, haar ogen even verblind door de tranen. Ze trekt haar mouw over haar hand en veegt ze daarmee weg. Verderop op het perron ziet ze het oudere echtpaar uit het wachtlokaal schuifelen met hun koffers, en met Cecilia tussen hen in.

'Grote god,' zegt ze.

Ze draait zich weer om naar het kind.

'Ik wil je niet meesleuren en ik wil je niet dragen, maar als het moet, dan doe ik het,' zegt ze. 'Je hoeft mijn hand niet vast te houden, maar we moeten nu rennen. Wil je anders mijn sjaal vasthouden?' vraagt ze.

Ze trekt de sjaal van haar nek en gooit hem het uiteinde toe. Hij mist maar buigt zich om hem op te rapen.

'Kom,' zegt ze en ze holt het perron weer af.

Misschien is het de beweging, iets in de fysieke inspanning wat hem in actie krijgt en hem ontwortelt, want ze rennen nu samen, en al trekt zij hem half mee, zijn benen bewegen als een bezetene om haar bij te houden. Misschien moet je hem wel elke dag goed uitlaten, als een puppy. Ze weet dat ze allebei het liefst vaart zouden maken en weg zouden lopen. Dan komen ze bij Cecilia en haar metgezellen, in de stationshal bij het loket.

'Hier ben ik,' zegt Chiara, en ze tikt de man op zijn schouder.

Hij draait zich langzaam om en toont haar zijn lange, mistroostige gezicht. Zijn zoon, denkt ze, en ineens snapt ze wat hij haar net had willen vertellen. Zijn zoon was epilepticus en hij is overleden. Cecilia slaakt een kreet als ze Chiara ziet, de dame maakt sussende geluidjes van 'rustig maar, rustig maar' en Chiara trekt zonder naar de jongen te kijken aan de sjaal en houdt hem achter zich.

'We wilden u net laten omroepen,' zei de man. 'We wisten niet waar u was gebleven.'

'Ik ben er weer,' zegt Chiara. Ze weet niet wat ze er nog aan moet toevoegen. Ze heeft het kind achter zich en haar hoofd is gespannen maar leeg.

'We hebben uw koffers achtergelaten bij een aardige jongen in het wachtlokaal. We hebben hem een fooi gegeven.'

'We konden haar niet achterlaten,' zegt zijn vrouw, en ze klopt op Cecilia's arm, die nog altijd in de hare gehaakt is. De hoogrode kleur van daarnet is uit Cecilia's gezicht getrokken.

Chiara weet dat ze haar excuses moet aanbieden voor het feit dat deze mensen door haar schuld hun trein hebben gemist, dat ze hen moet bedanken voor hun vriendelijkheid, maar de man staart verwondert naar het kind, dat ondanks haar eenarmige poging om hem uit het zicht te houden, zijn hoofd achter haar langs steekt. Ze ziet hen niet als weldoeners maar als bemoeiallen. Als ze nu beleefd zou doen, zouden ze vragen gaan stellen, dingen willen weten. En ze kent hen niet. Ze kan hen niet vertrouwen.

'U had haar best alleen kunnen laten,' zegt ze.

Ze is zich ervan bewust dat ze over de man heen praat. Dat hij, heel vriendelijk, heeft gevraagd wie deze kleine man wel mag wezen. Ze slaat een autoritaire, laatdunkende toon aan.

'Ze kon heus wel even alleen blijven. Ze is geen kind meer. Ze wist best dat ik weer terugkwam,' zegt ze. 'Maar goed, dank u. Ik neem haar weer van u over.'

'Maar ze wist het helemaal niet,' zegt de vrouw. 'Ze huilde om u.'

'Je wist toch wel dat ik weer terug zou komen, lieveling?' zegt Chiara tegen haar zusje.

Cecilia kijkt haar aan en knippert met haar ogen. Ze wacht even en zegt dan uiteindelijk: 'Ja, voor altijd en eeuwig.' Het zijn Chiara's eigen woorden, haar eeuwige belofte. Cecilia maakt zich los van de vrouw en haakt haar arm door die van Chiara.

'O,' zegt de vrouw, ineens heel verdrietig.

De man mompelt iets over kijken wanneer de volgende trein gaat. Zijn vrouw lijkt ineen te zakken aan zijn zij. Hij pakt haar bij de elleboog en duwt haar voor zich uit naar het loket.

'Tot ziens,' zegt Chiara.

Ze wilden alleen maar aardig zijn. Het zijn geen fascistische spionnen. Het zijn maar gewoon een stel op de proef gestelde mensen die iets aardig willen doen en daar weinig voor terugvragen.

'Heel hartelijk dank,' roept ze hun na, maar het is al te laat.

'Dat akelige jongetje volgt ons,' zegt Cecilia als ze hun koffers gaan halen.

Hij sloft achter hen aan met het uiteinde van de sjaal in zijn hand.

'Hij is niet akelig. Hoe kun je dat nu zeggen?'

'Zeg dat hij weg moet gaan.'

'Nee, liefje, dat doe ik niet.'

Cecilia draait zich naar hem om. Ze wappert met haar handen zijn kant op alsof hij een duif is. 'Weg,' zegt ze. 'Weg jij. We willen jou niet.'

'Dat willen we wel!' zegt Chiara, en ze kijkt om zich heen om te zien of iemand het heeft gehoord. 'Begrijp dat dan, Cecilia. Hij gaat met ons mee.'

'Vieze jongen,' zegt Cecilia. 'Hij stinkt.'

8

Een contrabas ploinkte een diepe, trillende noot. De stem van de heldin was in het halfdonker te horen, terwijl een volgspot haar probeerde te vinden. Hij verlichtte een stapel stenen, een bord dat waarschuwde voor graafwerkzaamheden, wat onkruid met roze bloemen en bladeren vol met bouwstof voor hij Clytemnestra vond, met blote armen en in een paars gewaad. Ze rondde haar monoloog af, pakte de zoom van haar jurk op en verdween snel achter een pilaar.

Simone en Chiara woonden een spektakel bij tussen de ruïnes van het Theater Marcellus. Het toneelstuk was een zogenaamd moderne versie van de mythe die, volgens het programma, 'een provocerend commentaar op de hedendaagse machtspelletjes' was.

Simones enthousiasme voor avant-gardehappenings kende geen grenzen. Zo waren ze de afgelopen tijd, op een avond met volle maan, naar Villa Celimontana gegaan voor een gemaskerd bal, naar Cinecittà om auditie te doen voor rolletjes in een epos over de twintigste eeuw (Simone werkte regelmatig als figurant in films en had ook wat grotere rolletjes gespeeld in lowbudget-arthousefilms), en naar een sit-in op de Piazza Cavour om te protesteren tegen voorgenomen wijzigingen van het arbeidsrecht. Hun aanwezigheid daar deed de gemiddelde leeftijd aanzienlijk stijgen.

'Leeftijd doet er niet toe,' verklaarde Simone.

Maar Chiara had het gevoel dat het er wel degelijk toe deed als je bijna twee uur lang op een klapstoeltje moest zitten, in de schemering op een vrij koude lenteavond, om te luisteren naar volhardende jonge mensen die de hele tijd achter pilaren vandaan kwamen om een tirade tegen je af te steken.

Chiara dacht dat ze misschien wel weg konden glippen tijdens de pauze, maar nog voor ze dat kon opperen, zei Simone: 'Fantastisch, hè?' en vervolgens: 'Als jij nu eens onze gratis glaasjes wijn gaat halen? Met je jonge benen?'

Op weg naar de wijntafel moest Chiara even blijven staan en met haar hand steun zoeken tegen een pilaar, en ze bleef even zo staan. Ze voelde zich licht in het hoofd. Het was alsof de grond opzijschoof, als een voorbode van een aardbeving, maar het leek verder niemand op te vallen. Ze haalde een paar keer diep adem en liep door. Toen ze terugkwam, hield Simone tegen de mensen naast haar een betoog over de kracht van mythologie en dat het toneelstuk het begrip democratie een geheel nieuwe betekenis gaf in dit post-Vietnamtijdperk. Chiara deed alsof ze het programma bestudeerde.

Ze wilde met Simone praten. Zich verzekeren van Simones aandacht, zodat ze haar kon vertellen over de komst van het meisje. Ze snapte niet dat ze al bijna drie weken voorbij had laten gaan zonder erover te beginnen.

Die ochtend was er een brief gekomen. Hij zat in haar handtas. De brief bevatte de bevestiging van de dag en het tijdstip waarop het meisje zou aankomen en er zat een foto bij opdat Chiara haar zou herkennen. Het gaf haar een schok. Zowel de afbeelding – een lachend, blond meisje dat in de tuin stond en dat absoluut op hem leek, maar veel blonder was en blauwe ogen had – als het feit dat ze al zo snel zou arriveren. Over vijf dagen. Het was te laat om haar nog te schrijven dat ze niet moest komen, en dat Chiara voor iets dringends uit Rome weg moest. Ze zou moeten bellen. Maar dat had ze niet gedaan.

Ze stond op en keek om zich heen, op zoek naar afleiding. Aan het eind van dat onverlichte pad dat bezaaid was met brokstukken uit het antieke Rome lag het getto. Niet zichtbaar, om de hoek, maar op nog geen honderd meter van hier was de plek waar de joden dertig jaar geleden afgevoerd waren. Daniele Levi, dacht ze.

Haar hoofd was een warboel. Ze dwong zichzelf weer te gaan zitten en dronk haar azijnachtige wijn.

De bogen van het Theater Marcellus werden van onderaf zacht bijgelicht, waardoor ze leken op holle oogkassen.

Ze dacht terug aan de tijd vóór de oorlog, vóór de enorme opgravingen die in 1926 begonnen (om het fascistische Rome in een directe glorieuze lijn met zijn keizerlijke verleden te verbinden; ze herinnerde zich de krijgshaftige muziek die ze op de radio draaiden om de aankondiging dat er weer een nieuw deel van Rome was blootgelegd kracht bij te zetten), toen ze nog een kind was. De grond was toen veel hoger – de plek waar het optreden plaatsvond lag toen nog begraven – en in die bogen waren kleine winkeltjes en bedrijven. Achter de plek waar ze nu zaten, waar inmiddels de straat liep, waren smalle huizen en nauwe straatjes en een plein in het midden. Piazza Montanara heette het. Daar kwamen de boeren met hun groente en fruit naartoe om ze rechtstreeks vanaf hun kar te verkopen.

Ze kwam er altijd met haar nonna, die haar eigen potjes en bakjes meenam in haar groene tas om ze te laten vullen bij een stalletje dat walnootsaus en ingelegde walnoten verkocht en een romige loopkaas die rook naar nat gras. Ze zou eens proberen om zelf zo'n walnootsaus te maken. En toen, alsof ze in die herinnering verscholen was, kwam er een andere herinnering boven: haar vader die haar op zijn schouders tilde en het gevoel van zijn donkere jas die ze met haar gebalde vuistjes vasthield als eenvoudige teugels. Alsof hij haar paard was.

De tweede helft was nog erger dan de eerste. Chiara deed haar best om niet te luisteren, om zich vast te houden aan die herinnerde sensatie van haar kin boven op haar vaders hoofd. Het nihilisme waar het stuk op stoelde, boezemde haar angst in, alsof deze jonge mensen, die zich de oorlog niet konden herinneren, die toen zelfs nog niet geboren waren, maar die wel alles op zijn kop wilden zetten, hen terug konden brengen naar die verschrikkelijke tijden.

Na afloop gingen ze naar een *trattoria* verderop in de straat voor een bord spaghetti carbonara. De buren uit het publiek, een stel luidruchtige jongelui, kwamen ook, en er was geen gelegenheid voor een privégesprek. Chiara zat er ongelukkig bij, zonder deel te nemen aan het gesprek, dat steeds levendiger en politieker werd naarmate er meer rode wijn gedronken werd. Haar hoofd deed pijn. Ze had al in geen eeuwen fatsoenlijk geslapen. De slaap bevond zich in een ruimte waartoe zij geen toegang had. Ze lag met opgetrokken benen in het voorportaal, als een oude hond of een plichtsgetrouwe bediende, half binnen en half buiten. De slaappillen had ze afgezworen, want volgens haar waren die de oorzaak van het misselijke, duizelige gevoel dat haar op onvoorspelbare momenten overviel.

'O nee,' zei Simone toen Chiara fluisterde dat ze hoofdpijn had en dat ze naar huis wilde. 'Niet weggaan, liefje. We hebben nog helemaal niet kunnen kletsen.'

Simones oogleden waren roze. Ze was behoorlijk aangeschoten. De wijn werd lang voor de pasta geserveerd.

'Ga weer zitten en neem een kop koffie – dat is goed tegen hoofdpijn. Kom, dan bestellen we er eentje,' zei ze, en ze zwaaide met haar hand in de richting van de verschillende kleuren chilipepers die boven de keukendeur hingen.

De jongeman naast haar hield een lang betoog over het naoorlogse verraad van de ambities die mensen hadden. 'De Rode Brigades stammen direct af van het partizanenverzet,' verkondigde hij.

‘Toe nou, bestel een koffie,’ zei Simone. ‘Nee,’ zei ze tegen de anderen aan tafel, ‘het is volkomen anders, want de omstandigheden zijn anders. Het ene mag niet worden gebruikt om het andere te rechtvaardigen.’ Ze kon zich niet inhouden en mengde zich in het dispuut. ‘Ik zie ook wel dat de katholieke kerk een verderfelijke rol heeft gespeeld,’ zei ze toen Chiara de deur uit glipte.

Ze lag al in bed toen de telefoon ging. Ze zwiepte haar benen op de mat, zocht met haar tenen onder het bed naar haar pantoffels, schoof haar voeten erin en slofte de gang door naar de telefoon.

‘Je bent weggegaan!’ zei Simone.

Chiara gaf het vermoeid toe.

‘Wat ontzettend jammer. Het duurt een eeuwigheid voor we elkaar weer zien, want ik ga in Frankrijk logeren bij mijn nichten.’

Chiara bleef stil en liet dit op zich inwerken. Simone zou er niet zijn.

‘De clan komt over uit Algerije, en de *grande dame sans merci* heeft een samenzijn georganiseerd. Ik ben ontboden,’ zei Simone. Ze had het over haar stokoude, heerszuchtige en steenrijke peettante.

‘O,’ was het enige wat Chiara kon uitbrengen. En vervolgens: ‘Voor hoelang?’

‘Een dikke week.’

‘O,’ zei Chiara weer.

Het bleef even stil. ‘Wat een ontzettend interessant toneelstuk, vond je ook niet? En die jongelui, zo fascinerend. Zo *engagés*.’

‘Hm,’ antwoordde Chiara.

‘Gaat het wel goed met jou, schat?’

‘Ik ben gewoon erg moe.’

‘Dus je bent niet boos op me?’ vroeg Simone.

En Chiara, die zich realiseerde dat ze wel degelijk boos was maar geheel ten onrechte, zei: 'Nee, ik ben boos op mezelf.'

'Vertel eens.'

Chiara slaakte een zucht. 'Omdat ik in een moment van onoplettendheid heb afgesproken dat ik deze zomer onderdak biedt aan zo'n Brits meisje.'

'Wat voor meisje?'

'Ze is iemands dochter.'

'Tja, dat zijn we allemaal,' stelde Simone.

'Van iemand die ik nog ken van vroeger.'

'Van het instituut?' vroeg Simone.

Chiara maakte een instemmend geluid. Het was geen regelrechte leugen, want Daniele kwam inderdaad weleens op het instituut. Ze herinnerde zich dat hij een keer ziek was en niet naar school kon. Ze had hem toen mee naar haar werk genomen, en hij had onder haar bureau op een kussen liggen slapen. Toen was hij al een grote jongen. Een jaar of elf. Maar niemand had door dat hij er was. Zijn verhitte gezicht terwijl hij daar zo sliep. Hoe zijn ogen altijd op een kiertje stonden, alsof hij zich nooit helemaal kon ontspannen.

'Ja, een jongen van daar. Hij is daar niet lang geweest. Zijn dochter woont nu in Groot-Brittannië, en ze wil Italiaans leren, dus hebben ze mij gevraagd of ik een slaapplek voor haar had.'

'Maar je hebt geen zin in haar.'

Ze zou het nu kunnen zeggen. Het meisje is de dochter van Daniele, kon ze zeggen, en Simone zou het begrijpen. 'Niet echt,' zei ze. 'Dat is het probleem.'

'Waarom heb je dan ja gezegd?'

'Geen idee,' zei ze. Maar ineens wist ze het wel.

'Jij bent veel te inschikkelijk. Dat is het probleem met jou,' zei Simone. 'Het is natuurlijk ook de reden waarom je zo geweldig bent. Bel die mensen op en zeg dat je je hebt vergist en dat je toch geen plek hebt. Wat trouwens ook zo is. Je hebt maar één slaapkamer, en je zou misschien de zitkamer kunnen gebruiken, maar je zit niet op haar te wachten. Punt uit. Zeg het ze nu maar gewoon. Je bent die mensen niets verschuldigd.'

Ze was hun wel degelijk iets verschuldigd, Edna en Maria Kelly, dacht ze toen ze ophing. Ze kon zich precies herinneren wanneer het was dat iemand hem Daniele Levi noemde: 1960, midden in de economische opleving van Italië. In maart 1960, om precies te zijn.

Ze zit in de zitkamer te roken, en doet alsof ze de krant leest. De christendemocraten hebben een deal gesloten met rechts. Dat is voorpaginanieuws. Ze leest de kop een paar keer, maar de buitenwereld kan haar niet schelen. Want in haar eigen kleine wereldje heeft zij een heel ander soort deal gesloten, en ze is er kapot van. Ze heeft haar jongen naar een kliniek gestuurd. En hij kon niet geloven dat het voor zijn eigen bestwil was en dat hij dood zou gaan als hij niet zou stoppen en dat het haar hart brak. Maar hij had gelijk, ze was een leugenaar en dus had ze, misschien wel voor het eerst in hun leven samen, niets gezegd. Niets uitgelegd.

'Je hoeft niet terug te komen als je niet clean bent,' had ze tegen hem gezegd, en toen had hij haar zo'n verschrikkelijke blik toegeworpen.

O, hoe zou ze ooit moeten bekomen van die blik? Alsof hij haar haatte. Simone zegt dat ze de juiste keuze heeft gemaakt. Een dappere, geweldige keuze. Dat hij weer zal terugkomen, bevrijd van zijn verslaving, en dat hij haar dankbaar zal zijn.

Maar op dit moment, alleen in haar enorme, lege appartement, weet ze wel beter. Dat hij helemaal niet gered wil worden. Dat hij nooit echt gered wilde worden.

Hij is weg en hij haat haar.

Er wordt aangebeld. Ze doet niet open. Ze wil nu niemand spreken.

De bel gaat nog eens, en nog eens. En tussen het bellen door hoort ze, iets vager, het zoemen en rinkelen van andere deurbellen, als een echo. Iemand drukt op alle bellen van alle appartementen in het gebouw. Ze loopt naar de intercom. Hij of zij moet weg.

'Ja?' zegt ze.

'Is Daniele Levi daar soms?' vraagt een vrouwenstem.

Niemand noemt hem Levi.

Ze antwoordt zonder nadenken. 'Nee,' zegt ze, 'er woont hier niemand die zo heet.' En ze gaat weer zitten en zakt weg in haar apathie.

Dagen later, als ze haar bovenbuurvrouw op de trap tegen het lijf loopt, signora Persighetti, vertelt die haar dat ze met de radeloze jonge vrouw beneden aan de deur was gaan praten. Ze had een kind bij zich, een klein meisje met blonde krullen. Ze leek wel een engeltje, zei signora Persighetti.

Ze stond belachelijk vroeg op. Ze zou gaan ontbijten bij Gianni en daarna een stukje gaan lopen om haar gedachten op een rijtje te krijgen en dan zou ze het meisje bellen en uitleggen dat ze beter niet kon komen. Ze zou zeggen dat ze ziek was. Ook dat was niet echt een leugen. Die duizeligheid overviel haar steeds vaker. Er was iets mis met haar. Ze lag met zichzelf overhoop.

Op het plein waren ze de markt aan het opbouwen. Er werden kraampjes opgezet; de geraamtes ervan werden in elkaar geklikt. Vrachtladingen groente en fruit werden uitgeladen en mensen stonden tegen en naar elkaar te schreeuwen. De bloemenkoopvrouw waar ze altijd kwam, die alleen maar een tafel op schragen had en geen ingewikkeld kraampje, was bezig haar koopwaar uit te stallen. Ze had emmers vol met lathyrussen, en Chiara werd misselijk van de weeïg zoete geur, zo voor haar eerste kop koffie.

Ze sloeg de Vicolo del Gallo in en liep naar Gianni's bar. Ze was ruim een uur vroeger dan normaal, en er was een andere clientèle. Haar tafeltje bij het raam was bezet. Er was alleen binnen nog ruimte, waar de marktkooplui zaten te roken en te kletsen. Er lag een pakje Marlboro open op de tafel naast haar, en er lag een sigaret te smeulen in de glazen asbak. Het verlangen om die op te pakken en haar longen vol met rook te zuigen was heel sterk. Ze keerde zich om en worstelde zich door de drukte naar buiten. Gianni had het druk met het groepje rond de bar, mensen die hun koffie dronken, om water riepen, een koekje, een croissant, en hij zag haar helemaal niet. Twee oude mannetjes die ineengezakt aan de tafel in het midden zaten, dronken grappa, bij wijze van een pousse-café. Chiara liep weer naar buiten en had het gevoel geen spoor te hebben achtergelaten.

Onzichtbaarheid is iets wat zich langzaam meester van je maakt. Je kunt niet precies zeggen wanneer het begint. Op latere leeftijd dan je denkt als je nog jong bent. Een vrouw van veertig, bijvoorbeeld, is nog best aantrekkelijk. Misschien dat het rond de vijftig begint. Chiara had gedacht dat zij er immuun voor zou zijn. Maar de laatste tijd leek ze te vervagen. Een gevoel dat ze opgebruikt was, een soort sluipende zinloosheid die om een onverklaarbare reden samenhing met het stoppen met roken en met het dilemma ten aanzien van het meisje. Er was een tijd dat ze haar best deed om niet te worden opgemerkt. Nu hoefde ze er geen enkele moeite voor te doen.

Ze stak de Piazza Farnese over, waar de straatvegers net klaar waren met hun werk en de keien zilvergrijs glommen. Een paar jonge en niet meer zo jonge mensen zaten geleund tegen of rondom de fontein. Ze scande hun gezichten, wat ze altijd deed, zelfs nu nog, maar ze herkende geen van hen.

Ze liep de Via dei Giubbonari af, waar de winkels nog niet open waren. Ze kocht een krant bij de kiosk op de hoek van de hoofdstraat en liep in de richting van de rivier. De bar bij het

Gramsci Instituut ging net open. En jongeman had de metalen luiken losgemaakt en duwde ze nu omhoog met een soort gebogen stok, die hij ondertussen ronddraaide. Het leek haar een complexe en uitdagende klus.

'Gaat u maar naar binnen, signora,' hijgde hij, 'ik kom er dadelijk aan.'

Chiara dook onder het halfopen luik door, de schemerige bar in. Ze kwam hier niet vaak, maar er hing een rustige sfeer, een soort prettige oubolligheid, een besloten, naar koffie geurende warmte die overal van afstraalde: de tafeltjes en stoeltjes, de bar met een blad van glas, de glazen die er aan rekken op hun kop boven hingen, de flessen daarachter, de gewelfde toog met het houten blad aan het andere eind, en de planken vol met sigaretten. Hier hing niet de pittige geur van koffie-om-wakker-te-worden, maar iets veel comfortabelers en gezelligers, en heel even waande ze zich in de zitkamer van het huis in de bergen, waar nonna de kopjes op tafel zette.

De jongen die buiten nog steeds met de luiken aan het worstelen was, maakte een geluid. Het was een korte grom, maar toch hoorde Chiara zijn veranderde toon. Ze liep snel naar buiten. Hij helde achterover in een onmogelijke hoek en leek het hele gewicht van het luik op de kromme stok te dragen, alsof hij een hengel vasthad en een ongehoord grote vis aan de haak had.

'Ik heb het niet goed gedaan,' zei hij.

Ze zag dat hij eigenlijk nog maar een jongen was. Een dikke bos zwart haar, een schoon wit overhemd met een schort ervoor, donker dons op zijn bovenlip. Wanhopig keek hij haar aan. Hij leek te jong om al te werken.

'Wat gebeurt er als je loslaat?' vroeg ze.

'Dan valt hij kapot,' zei hij moeizaam. Hij rolde wanhopig met zijn ogen. Ze bekeek het mechanisme, maar ze had dit nog nooit bij de hand gehad. 'Het valt kapot en dan zal signor Bellucci…' – zijn stem sloeg over – 'dan ontslaat Bellucci me,' zei hij. Hij maakte weer dat geluid.

'Laat los,' zei Chiara gebiedend, en dat deed hij, waarna hij een sprong naar achteren deed, weg van de catastrofe die zou volgen, maar het luik gleed tamelijk zachtjes op zijn plek, en stopte daar.

'Gelukt,' zei ze.

Ze liepen naar binnen en de jongen nam zijn plek in achter de bar.

'Wat kan ik voor u doen, signora?' vroeg hij.

Terwijl hij de espressomachine aanzette, de stoompijpjes afveegde en de stalen filterbakjes eruit nam om ze te controleren en ze vervolgens weer in de machine draaide, leek hij weer wat tot zichzelf te zijn gekomen en begon hij wat meer zelfvertrouwen uit te stralen.

Hij heette Luca en hij was veertien jaar oud. Hij was in de leer als barman en werkte hier nu twee weken. Het was een uitzondering dat hij in zijn eentje de zaak moest openen – de baas had hem gisteravond laat gebeld om te zeggen dat er een noodgeval was. Iedereen was ziek. Ze rekenden op Luca. Hij was die ochtend vroeg bij het huis van zijn baas langsgegaan om de sleutel te halen en om te horen hoe de luiken werkten, maar hij had het niet goed begrepen. Hij kon de instructies van zijn baas niet praktisch toepassen.

'Je had eerst een keer moeten zien hoe het moet,' zei Chiara. 'Ik vind dat je het uitstekend hebt gedaan.' Ineens bedacht ze dat ze best goed was in de omgang met jongelui.

'Gaat u zitten, signora.' Hij wees naar de tafeltjes. 'Ik reken niets extra.'

'Daar komt niets van in,' zei ze, en ze glimlachte om haar woorden te verzachten.

Ze scande de koppen. In Amerika ging de commissie die zich bezighield met het Watergateschandaal verder met haar verhoren, en die werden op televisie uitgezonden was. Premier Andreotti was daar een paar maanden geleden geweest, en had er gedineerd in het Witte Huis met Nixon en Frank Sinatra. Daar had ze een foto van gezien op de voorpagina.

'Oplichters en schurken,' zei ze terwijl de jongen een dampende kop op tafel zette.

'Pardon, signora?' zei hij.

'Politici,' zei ze, 'en maffiosi.'

Zoveel wat onder de pet bleef. Zoveel verbroken beloften. En de christendemocraten gingen gewoon door en probeerde een nieuwe coalitie te vormen. Altijd maar dealtjes sluiten. En niemand die een visie leek te hebben.

De bakkersknecht stond bij de deur. 'Neemt u me niet kwalijk, signora,' zei de jongen.

Samen met de knecht laadde hij de bakken met brioches, broodjes, *medaglioni* en het dungesneden brood voor sandwiches uit. Ze dacht aan de vreemde, ondoorgrondelijke winden die mensen een bepaalde kant op bliezen en vroeg zich af of het wel zo verstandig was dat Luca tot barman werd opgeleid en of daar wel toekomst in zat.

'Wil je ooit je eigen bar?' vroeg ze hem toen de bakkersknecht weg was en Luca al het lekkers in de glazen vitrine legde.

Hij schudde verwonderd zijn hoofd. Ze kon zien dat zijn verbeelding niet zo ver reikte en dat ze hem van zijn stuk had gebracht.

Hij stortte zich op het beleggen van de sandwiches. Hij zei dat het snel druk zou worden met mensen die op weg naar hun werk waren, en dat hij daarom nu de broodjes moest doen, want straks was daar geen tijd voor.

'Er was hier vroeger een bar, iets verderop, aan de andere kant van de straat,' zei ze.

'In het getto,' zei de jongen zonder op te kijken van zijn werk.

'Ja,' zei ze, en ze viel stil.

Ze dacht aan het gezicht van een man. Er waren twee mannen geweest, maar ze kon zich maar één gezicht herinneren. Ze hadden tegen de muur geleund gestaan. Ze leken niet klaar om toe te slaan. Ze leken eerder klaar om weg te slenteren of misschien achteloos een sigaret op te steken en die loom op te roken. De ene, wiens gezicht ze zich nog voor de geest kon halen, had donker haar en was gladgeschoren. Tegenwoordig beeldden ze alle Duitse soldaten af als blond en arisch, maar dat klopte niet. Deze soldaat was slank en donker, en hij had een haviksneus. Goed, de meesten waren een stuk vleziger dan de Italianen, maar deze kon je zo verwisselen met een van de mensen die werden afgevoerd en dan had niemand vreemd opgekeken.

Ze probeerde zich dat even voor te stellen. Dat de rollen omgekeerd waren. Dat de vervolgers van hun uniformen en wapens ontdaan werden, en dat ze in plaats daarvan de bij elkaar geraapte plunje van de inwoners van het getto aan moesten. Dat de rabbijn hen met de loop van zijn machinegeweer de vrachtwagens op joeg. Ze had gezien dat ze een vrouw met een pakketje tegenhielden. Ze hadden met een bajonet in het pakje geprikt en de deerniswekkende inhoud was op de keien gerold: haar kleren, een in een schort gerolde Thora.

'Was het die kleine met de brievenbus?' Hij prakte met een vork tonijn in een glazen kom.

'Nee, ik heb het over dertig jaar geleden,' zei ze.

'Maar die bar met de brievenbus is heel oud,' zei Luca. 'Die zit daar waarschijnlijk al eeuwen. Aan de ene kant is een echte brievenbus, en aan de andere kant zit een gleuf in de muur waar je geld in kunt stoppen voor de wezen.'

'Klopt, dat is Bar Toto.'

Daniele flitste door haar gedachten. Ze zag de geconcentreerde blik terwijl hij zijn briefje in de bus stopte.

'De bar waar ik het over heb is nu geen bar meer,' zei ze. 'Het is een soort winkel. Een groothandel in elektronica, of zoiets.'

Ze wist niet waarom ze over Gennaro's bar was begonnen. Die arme, dappere Gennaro. Een kogel door het achterhoofd, in maart 1944.

Luca wachtte af tot ze meer zou vertellen. Ze keek demonstratief op haar horloge. 'Ik moet gaan,' zei ze.

'Dank u voor uw hulp, signora,' zei hij.

'Graag gedaan,' zei ze.

Ze bleef even staan op de drempel en draaide zich om naar Luca. De vage onderstroom die bij de duizeligheid hoorde roerde zich in haar hoofd, en ze hield een hand op de deurklink. Luca stond inmiddels glazen te spoelen en zette die ondersteboven op een witte doek die hij op de bar had gedrapeerd. Ze dacht weer aan de briefjes die ze altijd aan Danieles moeder stuurden, en ook aan de brief die ze naar Maria's moeder had verzonden. Ze leek te wachten tot zich een link, een soort bruggetje tussen die twee dingen zou openbaren.

Luca, die ineens merkte dat ze nog niet weg was, keek op. 'Komt u nog eens langs, signora,' zei hij.

'Er komt een meisje bij me logeren uit Wales,' zei ze ineens.

'Wales?' vroeg hij.

'Ja, dat ligt in Groot-Brittannië, bij Engeland en Schotland en Ierland. En ze komt hier om Italiaans te leren. Ze is niet veel ouder dan jij bent.'

'Neemt u haar eens me,' zei hij. 'Als u tussen zes en zeven 's avonds komt, serveren we wat hapjes bij het aperitief. En we hebben ook frisdrank.'

'Zal ik doen,' beloofde ze. 'Ik zal haar dinsdag meenemen, als ze niet te moe is.'

'Dan ben ik er ook,' grijnsde hij.

'Afgesproken,' zei ze.

Het was druk op straat, overal verkeer en mensen die op weg waren naar hun werk. Er schoten bussen en auto's voorbij en daartussendoor zag ze de toegang naar de Via Portico d'Ottavia en het getto, maar ze liep in de richting van de rivier.

Ze zou eerst naar de basiliek van Santa Cecilia gaan, in Trastevere. Op een heldere dag als vandaag zette het licht dat door de hoge boogramen naar binnen viel het beschilderde plafond in een gloed en dat had een verkwikkend effect op haar. Maar dat was niet de enige reden waarom ze er kwam. Onder het altaar stond een marmeren heiligenbeeld. Men beweerde dat dit beeld was gemaakt op basis van wat men had aangetroffen toen de tombe duizend jaar na haar martelaarschap werd geopend en bleek dat ze nog helemaal intact was, en de wonden in haar hals er nog vers uitzagen. Dit beeld van de heilige Cecilia, op haar zij gelegen, haar gezicht naar de aarde, blote voeten, haar armen voor zich uit, haar handen met de kuiltjes en ringloze vingers licht gekromd, ontroerde Chiara altijd weer. Ze ging daar naartoe om een kaarsje te branden voor haar zusje, en om vrede te hebben met haar beslissing om Danieles dochter te laten komen. Ze liet het goed bezinken zodat ze geen uitvluchten meer zou verzinnen.

Daarna zou ze de Gianicoloheuvel opgaan, langs de botanische tuinen, helemaal naar boven naar het monument voor Anita Garibaldi. Van alle plekken die Daniele uitkoos om briefjes voor zijn moeder neer te leggen, was het deze die ze bleven bezoeken. Lang geleden, maar vele jaren achter elkaar, gingen Daniele en zij hier elke eerste vrijdag van de maand 's middags naartoe, vaste prik. Dit keer ging Chiara ernaartoe om een briefje achter te laten voor haar verloren jongen. Ze zou hem vertellen dat hij een dochter had. Het sloeg nergens op, maar dat kon haar niet schelen. Ze ging het toch doen. Ze keek in haar tas of ze een pen en haar notitieboekje bij zich had.

Als ze daar klaar mee was, haar briefje opgevouwen had en

dat net zoals ze vroeger altijd deden in de nis in de fries aan de achterkant van het monument had gestoken, zou ze de bus naar huis nemen en daar de komst van het meisje voorbereiden. Ze versnelde haar pas. Er was nog veel te doen.

9

Assunta zette haar mand boven aan de trap, legde één hand plat tegen de muur en de andere tegen haar onderrug. Ze nam de tijd om op adem te komen en bekeek de middelste van de drie deuren op de overloop alsof ze die niet al heel vaak had gezien.

Ze vond de stenen trap griezelig steil. Er stegen etensgeuren op in het trappenhuis, een sudderende vleessaus. Het was vroeg op de dag om een vleessaus te koken. De twee buitenste deuren vormden een identieke tweeling: eeuwenoude, fijn generfde houten panelen met koperen knoppen en druk bewerkt beslag, terwijl de deur in het midden, ook al was hij even breed en had hij eenzelfde soort klink, van een andere houtsoort was gemaakt. De nerven vormden krullerige patronen en in de contouren, had Assunta een keer eerder ontdekt, kon je de rug van een olifant zien.

Op een gegeven moment, wanneer wist ze niet precies – in elk geval na de oorlog, maar nog voordat ze hier zeven jaar geleden was komen werken – was het appartement van signora Ravello, waar Assunta dadelijk naar binnen zou gaan, gesplitst en was de andere helft verkocht. De olifantendeur was de ingang van het afgesplitste appartement en was moderner. Assunta wist wel dat het nergens op sloeg, maar ze wilde graag geloven dat het hout uit Afrika kwam en dat een olifant zijn afdruk in de nerven had gemaakt.

Abessinië, misschien, in die korte periode dat dat in handen van Italië was. Ze zag een beeld voor zich van gewapende inboorlingen, lang en vreselijk dun, die hun bossen beschermden tegen de Italiaanse indringers. Misschien had ze zoiets ooit weleens gezien op het nieuws in de bioscoop. Of Libië, want de vader van signora Ravello deed daar zaken, en misschien importeerde hij wel hout. Of was Libië een woestijn?

Assunta's geheime olifant herinnerde haar er elke keer als ze dit trappenhuis in kwam aan dat we allemaal schepsels van God zijn, en dat de wereld een vreemde, prachtige schepping is, naar Zijn ontwerp. Dus nam ze altijd even een moment, als ze toch op adem stond te komen, om stil te staan bij deze waarheid.

Assunta's taken bleven normaal gesproken beperkt tot het strijken van blouses en beddengoed, het aanvegen en dweilen van de tegelvloeren, en het schoonmaken van het toilet (op dinsdag) en de keuken (op donderdag). Maar vandaag was het zaterdag, en ze was gekomen op speciaal en dringend verzoek van signora Ravello, om het appartement voor te bereiden op de komst van het buitenlandse meisje dat kwam logeren.

Ze dacht dat signora Ravello wel een briefje voor haar had neergelegd met instructies. Zo niet, dan was ze van plan om alle lambrisering af te nemen, de kattenharen van de meubels te vegen, de lichtere meubelstukken in de zitkamer te zetten, of de salon, zoals de signora het zelf graag noemde, en onder alle meubels te vegen, ze in de was te zetten, en de kleden aan de lijn te hangen om die eens flink uit te kloppen. Veel meer viel er niet te doen, aangezien er twee keer zoveel meubels in het appartement gepropt waren als er in feite in pasten, en het tot de nok toe vol stond met alles wat het had geërfd van zijn vroegere, chiquere zelf.

Aan het eind van de gang die doodliep stonden zelfs twee meubelstukken op elkaar gestapeld, wat heel dom was, omdat ze nu in feite allebei onbruikbaar waren. Door het kastje kon de kist niet meer open en door de kist stond het kastje te hoog om erbij te kunnen. Assunta wilde er liever niet aan denken wat daar allemaal in zat. Maar het had geen zin om de signora hierop te wijzen. Ze zei altijd dat nut niet de enige maatstaf was als het om erfstukken ging, wat dat ook mocht betekenen. Nee, in dit appartement kon je alleen heel oppervlakkig schoonmaken. Het idee van een grote schoonmaak was gewoon idioot.

Ze stak haar sleutel in het slot, maar nog voor ze die om kon draaien zwaaide de deur open en daar stond signora Ravello in oude kleren met verfspatten en een plastic regenkapje om haar hoofd. De verharende kat gleed tussen haar benen door, de overloop op, waar hij tegen Assunta's rug begon te blazen.

'Ik dacht: ik help mee, dan krijgen we meer gedaan,' zei ze geforceerd opgewekt.

Assunta had zin om weer om te draaien en naar huis te gaan. Haar andere werkgevers lieten haar altijd alleen, of deden op zijn minst alsof ze onzichtbaar was als zij haar werk deed. Zo hoorde het ook: haar werkgevers hun bezigheden en zij de hare. Ze had geen idee waarom signora Ravello dacht dat zij de uitzondering op deze ongeschreven regel was. Ze vermoedde weleens dat signora's neiging om achter haar aan te lopen door het huis, haar aanwijzingen te geven of haar in de weg te lopen te maken had met het feit dat ze een linkse rakker was, misschien zelfs een communiste. In elk geval liet ze wel altijd de krant, de *Manifesto*, slingeren door het huis, zodat Assunta die moest opruimen.

Ze pikte het niet. Mensen die haar vertelden hoe ze haar werk moest doen. Het was waarschijnlijk haar eigen schuld, want ze had het toegelaten dat de signora te familiair werd. Was zelfs regelmatig met haar blijven lunchen, al deed ze dat tegenwoordig nooit meer. Het was niet haar slag mensen, de signora en die rare oude vriendin van haar, madame Simone, die hen trouwens nog had gekoppeld. Het waren twee rare ouwe besjes, en het was hoog tijd dat ze dat zelf eens inzagen, in plaats van tot diep in de nacht in de stad aan de boemel te gaan.

Assunta herinnerde zich de woorden die de signora tegen haar had gezegd alsof ze met een heet ijzer op haar voorhoofd gebrand stonden.

'Je moet linnen altijd eerst natmaken om de kreukels eruit te kunnen strijken.'

Dat was de druppel. Assunta had de was gedaan en stond een berg stijve stof te strijken die de signora in de rommelkamer had gevonden. De signora had het idee dat dingen wegdoen inhield dat je ze dan op een rommelmarkt moest verkopen. Maar als Assunta op dinsdag kwam werken, stond er vaak weer een of ander nieuw *objet* – een druk bewerkte vaas, een klein beschilderd kastje, een glazen presse-papier – en dan wist Assunta dat de signora inderdaad die zondag naar de Porta Portese was geweest, maar dat ze meer had gekocht dan verkocht.

De lap in kwestie was helemaal geen linnen, maar doodgewone bedrukte katoen. Signora Ravello's zus, die vroeger als coupeuse werkte, had er waarschijnlijk patroontjes uit willen knippen voor schoolschortjes, maar het was het geld en de moeite niet waard om het te wassen, op te hangen, van de lijn te halen en te strijken. Maar de stof rook nog naar naftaleen, wat Assunta een gevoel van troost en hoop gaf. Alsof haar oude moeder ergens in de buurt was, en de winterdekens in de doos aan het stoppen was die ze altijd onder het bed bewaarde. De vlekken gingen er niet uit, en de kreukels al helemaal niet; het was tijdverspilling, maar zij mocht er verder geen vragen bij stellen.

Ze had het niet erg gevonden dat de signora er was, want die vertelde een verhaal over de jurken die haar zusje maakte voor de dikke tweeling van een of andere hotemetoot, en Assunta vond de signora toch ook wel een vermakelijk vrouwtje, ondanks haar heidense, socialistische en bazige manieren. Ze kon zo levendig vertellen, en dat was toch een soort gave, een talent dat je niet voor jezelf mocht houden.

Ze had net lopen denken dat je vrouwen had die dat inderdaad deden, en dat je vrouwen had die wél iets deden met hun talenten, en dat de signora op een bepaalde manier, net als Assunta, eerder in die eerste categorie viel. Maar toen was de signora dus met die opmerking over het natmaken van linnen gekomen.

En nog voordat een van hen misschien had gemerkt dat dit gevaarlijk terrein was, was de signora naar de wasbak getrippeld, had een glas met water gevuld, haar vingers erin gedoopt en druppels over het doek op de strijkplank gesprenkeld. Assunta voelde dat haar gezicht rood aanliep. Niet, wat de signora eerst leek te denken (al werd ze meteen op haar nummer gezet), uit schaamte omdat ze deze methode niet spontaan had gebruikt. Er waren harde woorden gevallen en boze blikken gewisseld, en sindsdien maakte de signora zich altijd uit de voeten als Assunta kwam. Ze wilde niet zeggen dat het tot een breuk tussen hen had geleid, maar er heerste een kilte die er daarvoor niet was. Ze vond het niet leuk, maar het was niet anders.

En nu liep de signora, met haar idiote hoofddeksel, opgewonden om Assunta heen terwijl die haar jas ophing. Ze vertelde dat ze had geprobeerd om wat ruimte vrij te maken voor het meisje, maar dat ze alleen nog maar meer troep had gemaakt. Dat zag Assunta zo ook wel; over de hele lengte van de brede gang lagen stapels troep. Het kastje op de kist aan de andere kant hing erbij alsof de signora tevergeefs had geprobeerd om het van zijn voetstuk te tillen.

Assunta haalde haar rozenkrans en heiligenboek uit haar tas en stopte ze in de zak van haar schort.

'Laten we eens zien wat het allemaal is,' zei ze.

'O, ruik ik aangebrande koffie?' zei de signora, en ze holde naar de keuken en liet Assunta alleen op haar inspectie.

'Heilige Maria, Moeder van God, bid voor ons zondaars,' zei Assunta toen ze de zitkamer overzag.

Ze voelde aan de rozenkrans in haar zak en leunde vermoeid tegen de deurpost. Het deed haar denken aan de verwoesting die haar jongste kleinzonen aanrichtten als ze hen hutten liet bouwen in de kamer. Assunta herinnerde zich dat ze weleens had gehoord dat de zus van de signora niet helemaal goed bij haar hoofd was en ze vroeg zich af of het soms in de familie zat, of de signora symptomen begon te vertonen.

De pianola was naar het midden van de kamer getrokken, en de poten hadden onderweg het kleed meegenomen, dat nu opbolde als een bevroren, logge golf. Het logeerbed, dat Assunta alleen in opgeklapte staat had gezien, was een massa springveren in een scheef ijzeren frame. Op en rondom de pianola, tot in de stijve plooien van het kleed, lag troep uit alle hoeken van de kamer. Twee half ontmantelde naaimachines; een stuk of tien fotolijstjes met houtworm, met daarin afschuwelijke tekeningen in verschillende stadia van verval; allerlei tinnen en houten kisten en doosjes vol met stukken draad, snoeren en andere elektra; het koperen hoofdeind van een eenpersoonsbed; een gigantische poef van weelderig groen fluweel, waar bijna alle vulling uit was. Aan één kant lag een stapel houtsplinters, als aanmaakhoutjes. Het leek wel een brandstapel.

Ze deed een stap naar voren en leunde tegen de pianola, die ze nog nooit ergens anders had zien staan dan in de hoek. Van het vergeelde papier van de muziekrol in het instrument sloeg de chemische geur van verrotting af, als die van zwart geworden bananen. Ze liep snel terug naar de deur. Haar impuls was om haar biezen te pakken. Ze wilde hier niets mee te maken hebben, al betaalde de signora haar het dubbele omdat ze op zaterdag kwam werken.

Toch knaagde er iets aan haar, en ze voelde zich geroepen om haar heiligenboek tevoorschijn te halen en te lezen. Ze las langzaam, maar ze hield vol. Ze las over de heilige Nereus en Achilleus, wiens naamdag het nu was, en hoe die hun schilden, wapens en bebloede speren afwierpen. Ze wist niet wat ze daaraan had, maar het kalmeerde haar gemoed.

Ze keek nog eens naar de chaos. Kennelijk had de signora geprobeerd om de pianola van zijn onhandige plek achter de sofa weg te rollen om plaats te maken voor het opklapbed. Maar door de bank te verschuiven waren die stapels beschimmelde tekeningen en dikke oude boeken met stinkende kaften tevoorschijn gekomen die daar al God weet hoelang onaangeroerd lagen. De signora was ze waarschijnlijk allang vergeten, maar Assunta veegde er wekelijks omheen.

Zoveel kon Assunta nog afleiden en begrijpen. Maar vervolgens was er nog iets anders gebeurd, een wild geschop en getrek, een bijzettafeltje dat versplinterd was alsof iemand er met een bijl op ingehakt had, opengescheurde kussens waarvan de veren in het rond waren gevlogen alsof er een vos in het kippenhok was geweest. Dat alles nam ze in zich op en toen ineens begreep ze het.

Assunta, die normaal nooit ging zitten als ze werkte, liep naar de keuken en nam plaats op de stoel tegenover de signora. De keuken was tenminste nog intact.

De signora schonk hun allebei een klein kopje koffie in en schoof haar kopje over tafel.

'Wat denk je?' vroeg ze.

Assunta roerde drie schepjes suiker door haar koffie. Wat ze dacht was dat dit weken geleden had moeten gebeuren, dat er een gespecialiseerd bedrijf moest komen om al die stokoude, logge en kapotte meubels af te voeren, en dat twee vrouwen op leeftijd dit onmogelijk voor elkaar konden krijgen in een ochtend. Wat ze dacht was dat de signora, die jonger was dan Assunta zelf, nog altijd een dikke vijftig jaar te oud was voor dit soort fratsen.

Maar omdat ze had gezien en begrepen dat de signora op een heftige en onaangename manier met het afnemen van haar eigen krachten geconfronteerd was, hield ze dat allemaal voor zich. Ze wist dat de signora, tot dat vreselijke besef net tot haar doorgedrongen was in de zitkamer, nog had gedacht dat het allemaal een kwestie van wilskracht en doorzettingsvermogen was, en dat had ze bij bakken. Maar ze had het bij het verkeerde eind, en de illusie was als een zeepbel uit elkaar gespat.

Dus vroeg Assunta voorzichtig: 'Waar moet het meisje slapen?'

'Ik was plan om haar het logeerbed te geven, in de zitkamer, maar toen ik dat openklapte, viel het uit elkaar.'

'Dat zag ik,' zei Assunta.

De signora, die over haar koffiekopje gebogen zat, keek naar haar op van onder het regenkapje. Het was zo'n kapje van doorzichtig plastic dat je onder je kin vastbindt en dat je opgevouwen in een klein zakje meeneemt. Perfect voor als het ineens ging regenen, maar totaal ongeschikt voor het huishouden. Het zat losjes vastgebonden om de springerige bos haar van de signora – haar dat de zwaartekracht trotseerde – niet plat te drukken. Wat Assunta op het schrandere gezicht onder al dat haar zag was vertrouwen.

Ze haalde haar heiligenboek tevoorschijn en legde het op tafel. Toen keek ze de signora weer aan. Die blik was er nog steeds, onwrikbaar. Ze liet haar vinger langs de lijst glijden en las hardop de overgeleverde woorden van Juliana van Norwich.

'"Hij heeft niet gezegd: gij zult nooit stormen doormaken, gij zult geen beproevingen kennen, gij zult niet ziek worden; maar Hij zei: alles komt goed."' Toen stond ze op. 'Ik heb drie uur. Laten we maar zien wat we kunnen doen.'

Ze wasten de koffiekopjes af, zetten ze in het afdruiprek en gingen samen naar de zitkamer.

Assunta nam de ravage voor de tweede keer in zich op, terwijl de signora nerveus aan haar zij stond. Ze had zich afgevraagd waarom de signora niet een van haar vriendinnen had gevraagd om te komen helpen, want hier was een ander soort werk aan de winkel dan schoonmaken. Maar toen ze daar zo stonden begreep ze het. Zij, Assunta, werd deelgenoot gemaakt van iets. Dat zou ook kunnen betekenen dat ze er niet toe deed, maar ze wist dat dat niet waar was.

'Ik wilde fijn wat ruimte maken,' zei de signora.

'Genoeg gepraat,' zei Assunta. 'We moeten er maar het beste van maken. Ik zal zien of mijn oudste kleinzoon langs kan komen om alle rommel af te voeren, dan maken we wat ruimte vrij, halen we desnoods de rommelkamer leeg. Dat kan alleen niet deze week, want hij doet een cursus.'

Het meisje zou dinsdag al komen.

'Ik kan haar mijn eigen slaapkamer geven. Dan slaap ik wel op de bank,' zei de signora.

'Maar, signora,' zei Assunta, 'nee.'

Ze wierp haar een blik toe waaruit duidelijk bleek dat dat een belachelijke suggestie was.

De signora kroop rond en trok aan het kleed terwijl Assunta de hoeken ervan optilde en ermee schoof, en zo bevrijdden ze de pianola, reden hem naar de rommelkamer en duwden hem daar naar binnen. Het verroeste scharnier van het bed was doormidden gebroken, en de overgebleven schroeven die het eigenlijke bed bij elkaar moesten houden waren deels afgebroken en deels losgesprongen. De signora werd naar de ijzerwarenzaak gestuurd, twee straten verderop, om nieuwe schroeven, een schroevendraaier en stevige vuilniszakken te gaan kopen. Assunta trok het kleed recht, veegde de veren op, en toen de signora weer terug was begon Assunta de vuilniszakken te vullen terwijl de signora zelf met het opklapbed aan de slag ging.

Het leek Assunta beter om niet te vragen wat weg kon en wat bewaard moest worden, maar om zelf te beslissen. Ze stopte de elektrische snoeren terug in de dozen en stapelde die op elkaar achter de deur. Andere onhandige voorwerpen – de kapotte naaimachines en de grotere schilderijen – zette ze bij de deur van de rommelkamer. Voor de pianola was geen ruimte meer in die kamer, en je kon niet verder naar achter, waar misschien nog wel hier en daar plek was. In plaats daarvan zette ze alles keurig op een rijtje. Het moest maar even wachten. De stapeltjes die ze bij binnenkomst had gezien bestonden uit mottige jassen en sjaals, kranten en naaipatronen, sentimentele oude troep, en kapotte lampen. Alles ging in zakken, die ze op de overloop zette.

In de zitkamer zat de signora op haar hurken, met haar knieën bij haar oren, de laatste schroef op zijn plek te draaien. Assunta vond de houding niet bepaald damesachtig, maar toch indrukwekkend voor een vrouw van in de zestig. Ze kon zich niet herinneren dat haar eigen lichaam ooit zo lenig was geweest.

'Zo,' zei de signora, en ze kwam krakerig overeind.

Ze keken samen naar het moeizaam in elkaar geschroefde geval. Je kon het nooit meer opklappen, maar als bed kon het ermee door.

'Laten we hopen dat het geen dikkerdje is,' zei Assunta, en het drong tot haar door dat ze geen idee had wie het meisje eigenlijk was en waarom ze kwam logeren. Dat kwam waarschijnlijk doordat ze wekenlang nauwelijks een woord hadden gewisseld, vanwege het strijkincident, nam ze aan.

'Dat is ze niet,' zei de signora.

De signora liep vijf keer naar beneden met de vuilniszakken, die ze in de grote vuilnisbak op de hoek van de straat gooide, vijf keer die twee trappen op en af, terwijl Assunta het bed opmaakte. Met lakens en een kussen erop zag het er niet eens zo slecht uit. Toen kwam de signora weer boven, en ze zag er doodmoe uit.

'Ik zou het vanmiddag maar kalm aan doen,' zei Assunta.

'Kunnen we voor je gaat samen nog even deze dingen bij het vuil zetten?' vroeg de signora.

Ze doelde op de naaimachines en de grote schilderijen.

'Dat kan ik niet,' zei Assunta.

De signora sloeg haar handen ineen. Ze wilde gaan smeken, maar Assunta was haar voor. 'Daar ben ik niet toe in staat,' zei ze. 'Ik ken mijn grenzen.'

Het was niet bedoeld als een verwijt. Niet echt.

'U zou ook wat van die andere spullen weg moeten doen,' zei ze.

En de signora schoot niet in de verdediging en begon niet over erfstukken of rare ideeën over de schoonheid die deze objecten voor haar bezaten, maar zei gedwee: 'Ik weet het.'

Haar regenkapje zat helemaal scheef. Ze trok het van haar hoofd, waardoor haar haar weer terugsprong in haar springerige kapsel, en Assunta knikte instemmend met dat wat niet gezegd werd.

In een van de andere appartementen waar Assunta schoonmaakte, had de heer des huizes zijn eigen kleedkamer, met allerlei accessoires met emaillen handvatten die op een notenhouten ladekast uitgestald lagen: een instrument waarvan ze geen idee had waar het voor diende maar dat leek op een kleine vuurtang, drie borstels van verschillende groottes (met de kleinste zou hij zijn snor borstelen, ware het niet dat hij gladgeschoren was), een kam, een scheermes en een scheerkwast. Alleen die kam leek ooit weleens te worden gebruikt. Assunta was dol op de scheerkwast, want het was een miniatuurversie van het kapsel van signora Ravello, en telkens als ze hem optilde bij het afstoffen, moest ze aan de signora denken.

Nu ze zo aan die scheerkwast dacht, werd ze wat milder.

'Zal ik Marco sturen zodat die kan zien wat hij eraan kan doen?' vroeg ze.

'Ja, graag,' zei de signora.

'Uw appartement is goed genoeg voor u, dus moet het ook maar goed genoeg zijn voor een klein buitenlands meisje. Ze is toch zeker geen prinses,' zei Assunta.

Ze knoopte haar jas dicht, pakte haar mandje op en vertrok.

Chiara liep naar het raam en wachtte daar tot Assunta naar buiten kwam. Ze zag dat ze haar mandje vol schoonmaakmiddelen op haar scooter zette, en dat ze pruttelend de straat uit reed. Toen liep ze terug naar de stapel troep in de gang.

Ze boog zich en pakte het eerste schilderij vast, zette zich schrap, tilde het met beide handen op, hield het boven haar hoofd en smeet het uit alle macht over de pianola de rommelkamer in, waar het met een donderend geluid tussen de opgestapelde meubels viel. Ze pakte de keukentrap erbij, stapelde de andere spullen een voor een op de pianola en duwde ze eraf tot alles met veel gekletter een plek vond aan de andere kant. De tweede naaimachine kwam klem te zitten tussen de pianola en een oud scherm dat daar weer achter stond. Toen ze de deur dichtsmeet, hoorde ze geluiden in de kamer van objecten die zich schikten op hun nieuwe plek, gevolgd door een vreselijk geschuif en gekraak, alsof er een lawine op komst was. Ze stond met haar rug tegen de deur. Toen alles tot bedaren was gekomen, hing ze het wandkleed weer op zijn plek.

Ze vroeg zich af of het misschien toch mogelijk was om alles in haar appartement in compartimenten te bewaren. Zoals in zo'n trein waar de rijtuigen niet door een gangetje met elkaar verbonden zijn.

Het idee van zo'n trein deed haar huiveren.

10

De treinen uit het noorden komen aan en vertrekken weer, en een van die treinen zal ongetwijfeld het oudere echtpaar, dat ze niet meer terugzagen, meevoeren. Chiara koopt appels en harde broodjes tegen woekerprijzen bij een koopman met een handkarretje. Ze drinken water uit het kraantje op het perron. De conducteur vertelt dat er een niet nader aangeduide vertraging is, verderop op het spoor, en dat er momenteel geen treinen doorkomen vanuit het zuiden. Ze trekken zich terug in het wachtlokaal.

Cecilia zit op een bankje, in een deken gepakt. De dag na een toeval is ze altijd uitgeput. Ze negeert de jongen, die kiest voor een plek op de grond achterin, waar hij zijn knieën optrekt tot zijn kin. Soms valt zijn hoofd naar voren en knikkebolt hij van de slaap, maar steeds schiet hij dan weer overeind en staart hij om zich heen alsof hij niet kan geloven wat hij ziet, waar hij is. Alsof dit de droom is, of de nachtmerrie, en hij graag wakker zou worden. De irissen van zijn ogen zijn zo donker dat ze wel zwart lijken en de pupil en de iris lijken samen te smelten. Vloeibare ogen, denkt Chiara. Als hij ziet dat ze naar hem kijkt, trekt hij zijn hagedissengezicht. Als het niet zo treurig was, was het grappig. Ze zou lachen als ze niet zo intens gespannen was dat de binnenkant van haar hoofd draait als het licht van een vuurtoren, en haar dijbenen niet zo'n pijn deden van het onderdrukte verlangen om weg te rennen. En als het niet zo treurig was.

Op de momenten dat de andere twee slapen, ijsbeert Chiara over het perron, onder de overkapping, telkens even pauzerend als ze langs het wachtlokaal komt voor een blik naar binnen, om te controleren of ze er allebei nog zijn. Er komt weer een legertrein voorbijgestommeld zonder te stoppen. Hij maakt een donderend geluid maar rijdt heel langzaam. Het moet een hele Duitse divisie zijn, een reeks platte rijtuigen volgeladen met immense tanks, luchtafweergeschut en ander wapentuig, waar ze de naam niet van kent, met aan elke kant van elk rijtuig soldaten met stalen helmen en geweren in de aanslag. De perronwachter zwaait met zijn vlag en blaast op zijn fluitje.

'We hebben geen schijn van kans, hè?' merkt hij op als hij voorbijloopt.

In de namiddag komt er eindelijk een trein uit de juiste richting. Een lokaal boemeltje met maar drie rijtuigen dat in elk dorp zal stoppen en dat al vol zit. Ze klauteren aan boord en vinden een klapstoeltje in de gang voor Cecilia.

'Ga maar op mijn koffer zitten,' zegt ze tegen de jongen, en zelf staat ze in de ruimte tussen hen in. Cecilia en Daniele zien er allebei wit en doodmoe uit, ondanks hun hazenslaapjes.

'Ik ben zo moe,' zegt Cecilia.

'Je hebt gisteravond een toeval gehad, schat. Weet je nog?'

'Nee,' antwoordt ze met een bedroefd stemmetje.

Chiara staat bij het raam en kijkt over het spoor zonder iets te zien. Haar gedachten springen naar het volgende deel van de reis, en die daarna, want er is nog een vermoeiend stuk te gaan. Ze moeten een lift regelen, en een stuk lopen, in het donker zoals het zich nu laat aanzien, en ze vraagt zich af hoe ze de jongen en Cecilia op de been houdt, waar ze de middelen en de energie vandaan moet halen.

En in gedachten dwingt ze de trein om weg te rijden. Haal ons hier weg, denkt ze steeds maar weer, en dan geeft de sissende stoom hun vertrek aan. Kom op, kom op. Weg hier, scandeert ze in gedachten.

Dan kan ze gaan zitten op Cecilia's koffer en dan zal ze proberen zelf even te slapen, een halfuurtje misschien, om wat energie op te doen. En de deur in haar hoofd schuift open; ze ziet haar slapende vader en haar mondhoeken krullen omhoog. Het komt goed.

Diezelfde glimlach is er nog, ze voelt hoe hij daar vastgebakken zit, als er een andere trein, een enorm lange, een locomotief die eindeloos veel wagons meetrekt, het tegenover gelegen perron binnenrijdt. Sommige van de wagons hebben hoge zijkanten en geen dak, maar de meeste zijn afgesloten met metalen tralies. Een veetrein, registreert ze zonder nadenken. Achteraf maakt ze zichzelf wijs dat de jongen het niet gezien heeft, en zelfs al had hij het gezien, dan nog kon hij niet weten wat hij zag. Dat ze het zelf niet eens wist. Dat ze hem trouwens het uitzicht benam. Als ze eraan terugdenkt, denkt ze altijd aan hoe zij dat halve glimlachje op haar gezicht had omdat ze blij was dat ze eindelijk uit Orte vertrokken en gelukkig omdat ze bezoek kreeg van haar lief slapende vader, badend in het felle zonlicht van haar geheugen.

Ze is niet nieuwsgierig naar de trein aan de overkant. Hij staat alleen toevallig in haar blikveld, zodat ze beweging ziet achter de tralies van het rijtuig recht tegenover haar. Iets bleeks wat wappert. Zonder nieuwsgierigheid kijkt ze ernaar met haar ogen half dichtgeknepen en ziet dat het een arm is, een slanke, menselijke arm die zich tussen de metalen tralies door heeft gewurmd. Achter de tralies is het gezicht van een jonge vrouw te zien. Haar mond staat open alsof ze iets roept, of steeds dezelfde noot zingt, maar het geluid dat ze eventueel maakt wordt overstemd door de kakofonie van gerammel, gesis en gestamp van de treinen.

Chiara kijkt opzij. Er staan nog andere mensen in dit deel

van de gang, maar er is er maar eentje die, net als zij, naar buiten kijkt – een vrouw van middelbare leeftijd met een mof en een grijze jas, die zich omdraait en Chiara aankijkt, met grote ogen, open mond, vol afschuw. En het is de blik van die andere vrouw die bevestigt dat ze niet hallucineert.

Allebei kijken ze weer naar buiten. Het lawaai van de andere trein neemt af, en in de seconde voordat hun eigen trein luidruchtig vaart maakt, is er een vreemd gejammer te horen. Als je niet naar de open mond van een jonge vrouw zou staren, zou je denken dat het het schrapen van een ongeoliede rem is, of een valse fluit, of het zuchten van de rails bij het krimpen van het metaal. Maar als je wel kijkt, als je een glimp hebt gezien van die andere tegen de tralies aan gedrukte gezichten, mannen met baarden, vrouwen, oud en jong, dan hoor je het geluid van heel veel menselijke stemmen, mannelijk en vrouwelijk. En hoewel je maar een halve gesmoorde lettergreep meekrijgt voor de trein waar je zelf in zit een gefluit laat horen en een lawaaiige stoomstoot waarmee hij alle andere geluiden overstemt, herken je een woord.

Twee woorden.

Help.

Water.

De jongen staat naast haar. Ze weet niet hoelang al. Ze legt haar hand op zijn hoofd, op de stof van de rare muts, en duwt hem omlaag.

'Stoute soldaten,' fluistert ze, 'blijf maar zitten.'

Ze houdt haar hand op zijn hoofd. Ze blijft kijken terwijl hun trein wegtjoekt. Ze vormen de hoekpunten van een driehoek, zij en de vrouw in de grijze jas verderop in de gang en de vrouw in de veewagen aan de andere kant van het spoor. Ineens wordt de hoek te scherp, de hypotenusa rekt te ver uit, en de lijn breekt.

Dan schieten er alleen nog maar doodgewone huizen en bomen voorbij.

Zij en de vrouw in de gang staren elkaar aan, en dan wenden ze allebei hun blik af. Ze buigt zich om iets tegen Daniele te zeggen. Ze kijkt in zijn bedroefde gezicht. Heeft hij het gezien? Ze heeft het gevoel alsof haar eigen gezicht dat van de half geziene vrouw weerspiegelt, haar mond open, haar keel uitgedroogd. Ze slikt.

'Op nonna's boerderij, waar we nu naartoe gaan,' zegt ze met schorre stem, en ze slikt weer, 'daar is een olijfgaard. Sommige bomen zijn heel, heel erg oud. Zo oud dat niemand meer weet wanneer ze precies geplant zijn. Vier- of vijfhonderd jaar. Ja,' zegt ze, en ze tikt op zijn hoofd, zijn muts, om haar woorden kracht bij te zetten. Want ook al staart hij haar aan, hij lijkt weer door haar heen te kijken naar een duistere plek. Ze fluistert om het wat spannender te maken.

'En in die olijfgaard is één toverboom. We noemen hem de Mago.'

Ze weet niet of hij wel luistert.

'Zal ik zeggen waarom we hem de Mago noemen?'

Ze wacht niet op antwoord. Ze ratelt door.

'Om drie redenen. In verhalen over magie zijn er altijd drie redenen. Ten eerste.'

Ze haalt haar hand van zijn hoofd en telt af op haar vingers. De jongen kijkt ernaar.

'De boom is zo oud dat je denkt dat hij bijna dood is, en dat hij geen dikke olijven meer kan geven. Dat hij opgedroogd is en dat de bast zo schilferig en gerimpeld is dat je de takken er zo van af kunt breken.' Ze knipt met haar vingers en hij schrikt. 'Maar toch komt er elke drie jaar een geweldige, overvloedige oogst vanaf, waar ze heerlijke olijfolie van maken.

Ten tweede: in de stam is een holte, en daar kun je helemaal in klimmen. Toch, Cecilia?' zegt ze, en ze zoekt bevestiging bij haar zus, maar vindt in plaats daarvan zo'n woedende blik, alsof Chiara verraad pleegt, een geheim verraadt, hun zusterlijke verbond, dat ze de draad van haar verhaal kwijtraakt.

'Ten derde,' zegt ze. Ze heeft geen ten derde. Ze probeert koortsachtig iets te verzinnen.

'Die jongen heeft me geknepen,' zegt Cecilia ineens met luide stem. 'Ik lag te slapen en toen kneep hij me.'

Het is de langste zin die ze vandaag heeft uitgesproken. Ze steekt haar hand uit; er zit een rode plek op de rug.

'Dat denk ik niet, lieveling. Misschien heb je je ergens aan gestoten,' zegt Chiara.

Ze wendt zich weer tot de jongen. Ze is hem kwijt. Hij staart alweer in het zwarte gat.

'Ten derde,' zegt ze met montere fluisterstem, 'bij volle maan, als de maan groot en zilverkleurig is, kun je in de Mago klimmen en dan mag je een wens doen. Eentje maar,' zegt ze, en ze houdt haar wijsvinger op, 'dus niet drie. Denk maar eens na over wat je zou willen wensen.'

Ze voegt er een voorbehoud aan toe.

'We weten niet of de wensen uitkomen, want niemand vertelt ooit wat hij heeft gewenst. Behalve Gabriele, want die wenst altijd olijven.'

Ze wil het kind geruststellend glimlachend aankijken, maar haar gezichtsspieren werken niet mee.

Cecilia draait haar handen in elkaar en zit te wiebelen op haar stoel.

'Laat me je hand nog eens zien, Cecilia,' gebiedt Chiara.

Ze houdt de hand van haar zusje vast en laat haar andere hand rusten op het hoofd van het jongetje. Ze zoekt houvast bij hen terwijl de trein over het spoor boemelt.

11

'Gaat het, signora?' vroeg een man.

Een jeugdige man, met donkere krullen tot op zijn rug, gekleed in een donkerblauw streepjespak. Hij bevond zich al de hele tijd aan de rand van haar blikveld en stond dingen af te strepen op een klembord terwijl twee andere mannen in overals enorme kartonnen dozen met karretjes van de vrachtwagen haalden, die naast Chiara op de keien geparkeerd stond.

Chiara keek verbaasd naar de man, die eerder geïrriteerd leek dan bezorgd. Ze wilde zeggen dat er niets aan de hand was. Dat schreef het decorum voor. Dat je moest ontkennen dat er iets mis was, verontschuldigend moest glimlachen en dat je dan aan de kant moest gaan. Niet dat ze hem fysiek in de weg stond, maar haar aanwezigheid, haar huilende aanwezigheid besefte ze ineens tot haar ontzetting, hinderde het vlotte verloop van zijn werkzaamheden van die ochtend. Maar ze merkte dat ze de woorden nergens vandaan kon halen. Ze was zelfs niet in staat tot een leugentje om bestwil tegen een vreemde. Ze had het gevoel alsof ze haar hadden uitgekleed en gedwongen hadden om naakt en stom in deze straat van het getto te gaan staan, voor het gebouw waar Gennaro's bar vroeger was.

Ze keerde zich om met een bruuske beweging, en de wereld draaide. Er kwam een auto aan gehobbeld over de keien. Hij reed vrij aarzelend, alsof de chauffeur nooit van plan was geweest dit labyrint van nauwe straatjes in te gaan en een uitweg zocht, of een plek waar hij kon keren. Chiara zag de auto naderen, maar er was iets wat haar belemmerde in het verwerken van deze informatie. Ze kon de gebeurtenissen niet meer in chronologische volgorde krijgen.

Ze deed een stap naar voren. De auto raakte haar voet, ze plofte neer langs de rand van de straat, en de onderkant van haar ruggengraat kraakte tegen de stoeprand toen ze landde.

Al snel stond er een kleine menigte om haar heen en begonnen er mensen te roepen.

Chiara sloot haar ogen, dacht na over haar verwondingen, van binnenuit, in plaats van ze weerspiegeld te zien in de reacties van het publiek. Er trok een schok door haar rug. Haar voet klopte een beetje, als een zwakke polsslag, maar deed nauwelijks pijn. Nog niet.

Ze deed haar ogen weer open. Een vrouw toonde haar de binnenkant van haar vlakke hand in een no-nonsensegebaar dat 'halt' betekende toen ze probeerde op te staan.

'Nee, nee, signora,' zei de vrouw, 'geen sprake van. Bel een ambulance,' zei ze tegen iemand anders. 'De signora mag niet verplaatst worden.'

Er brak een discussie los over de verantwoordelijkheid van de bestuurder en wat er moest gebeuren als bleek dat de voet gebroken was of als het ongeluk tot andere schade had geleid. Een man met een zonnebril, een uienadem en een gelige huid knielde neer en onderzocht haar voet voorzichtig.

'Ik ben hiervoor opgeleid,' zei hij tegen niemand in het bijzonder.

Er was nog een andere man, wat ouder, die achter hem stond, alsof hij stond te wachten tot hij bij Chiara op audiëntie mocht. 'Het spijt me zo,' mimede hij.

Ze knikte met klem om aan te geven dat het goed was, dat hij zich geen zorgen hoefde te maken. De nagels van de kerel die in haar voet zat te prikken waren zwart en afgekloven.

'Volgens mij is hij niet gebroken,' mompelde hij, maar niemand luisterde. Ze waren allemaal te druk met de steeds feller wordende ruzie. De man die zich had verontschuldigd stond er middenin. Hij was de chauffeur.

Twee oudere dames van de stomerij wierpen zich op als getuigen. Zij hadden op het bankje voor hun zaak gezeten en ze hadden alles gezien, beweerden ze.

De tegenpartij was de man met de krullen en het streepjespak, die optrad als de onofficiële woordvoerder van de bestuurder. Links en rechts schoven ze elkaar de schuld toe, met het oog op Chiara's verwondingen, de bestaande en de mogelijk volgende. Men had het over hersenschuddingen en kneuzingen, breuken en shock. Mensen die gewoon hun werk doen terwijl anderen te dom zijn om uit te kijken bij het oversteken, werd er ook nog bij gehaald. Er werd gerept van ambulances en dokters, van roekeloze chauffeurs en gevaarlijke voetgangers.

Chiara zag dat er een hand als een sluipende rat op haar handtas afging, die naast haar opengevallen was. De hand bereikte de rand, en onderzoekende vingers schoten de tas in. Ze keek op. De ongezond uitziende man aan haar voeten leek haar recht in de ogen te kijken, alsof hij geen idee had wat het beestje aan het eind van zijn gehavende arm aan het doen was, alsof het zijn eigen leven leidde. Er was iets wat ze herkende.

'Kent u Daniele?' vroeg ze heel zachtjes. 'Daniele Levi.' Ze kon zijn ogen niet zien, vanwege de zonnebril. 'Of Daniele Ravello?'

Ze had zich vergist. Het was niet de man die ze herkende. Het was het gebaar.

'U kunt maar beter hier blijven zitten,' zei de man terwijl hij zijn hand terugtrok en opstond.

Zijn broek was roze met wit gestreept. Ze volgde hem met haar blik terwijl hij zich door de kleine kluwen mensen wurmde, eerst dicht bij de een ging staan, en toen bij de ander om vervolgens weg te kuieren.

Chiara's voet begon te kloppen, in een ander ritme dan het kloppen in haar ruggengraat. Ze kon niet anders dan op de weg blijven zitten. *Boem* deed haar rug, *pa-pa-te-pa* deed haar voet, *woesj woesj* deed haar hoofd, als een drumstel dat met brushes wordt bespeeld in plaats van met stokken. Er werd haar een mierzoete kop koffie in de handen geduwd, 'Voor de shock, signora', en ze dronk hem met smaak leeg.

Het ging er steeds feller aan toe. De ruzie leek boven de kwestie uit te stijgen en terug te grijpen op iets wat veel verder terugging, iets wat dieper geworteld was, iets ongrijpbaars, en wat niet zozeer te maken had met rechten en verantwoordelijkheden, maar met schuld. Chiara zat nog steeds verstomd te luisteren naar de ritmesectie in haar lichaam, maar haar gedachten schoten ondertussen alle kanten op: hoe je lot zomaar op een willekeurige straathoek kon veranderen, hoe ongrijpbaar het concept redelijkheid eigenlijk is, en rechtvaardigheid. Heel abstracte ideeën, in een heel los verband, als papieren dansers die zich ontvouwden in de wind.

Er werden pen en papier tevoorschijn gehaald, zodat de gegevens genoteerd konden worden. Het deed Chiara denken aan het briefje dat ze voor Daniele achtergelaten had bij het Anita Garibaldi-monument, en er kwam een beeld bij haar op van hoe hij naar boven zou lopen en het briefje zou vinden. In haar gedachten was hij slank en gezond, en bewoog hij energiek. Ze dacht aan alle keren dat ze het monument samen hadden bezocht en hij briefjes voor zijn moeder had achtergelaten en dat zij die dan later weghaalde.

Er werd iets gezegd, iets onweerlegbaars en sterks, terwijl Chiara ergens anders was met haar gedachten. De man met het streepjespak zweeg. Hij stond alleen in zijn strijd namens de ongelukkige chauffeur, en de dames van de stomerij hadden deze slag gewonnen. De chauffeur zelf was nog bezig met zijn excuses.

'Signora,' zei een van de stomerijdames tegen haar, 'maakt u zich geen zorgen. Wij zullen getuigen als u aangifte doet tegen deze man.'

In een opwelling van helderheid en verantwoordelijkheidsbesef vroeg Chiara zich af waarom ze daar zo zat te dromen in de zon, luisterend naar haar innerlijke jazzritme, ijdele gedachten koesterend dat haar brief aan Daniele door hem ontvangen was. Het was aan haar om een einde te maken aan deze onzin.

Voor het eerst keek ze eens goed naar de bestuurder: een man van middelbare leeftijd, een aardig, gebruind gezicht, grote neus, grijs, achterovergekamd, golvend haar tot op zijn kraag. Een blauw overhemd van zacht katoen, een gouden brilletje. Hij leek eerder een toeschouwer dan een deelnemer. Alsof hij al dit roepen om zijn bloed niet helemaal serieus kon nemen en stond af te wachten tot het vanzelf weer voorbijging.

Hij keek haar aan. 'Het spijt me zo,' mimede hij weer.

Ze stak haar hand naar hem uit. Hij stapte naar voren en pakte niet haar uitgestoken hand, maar allebei haar polsen, die hij omvatte met zijn grote handen. Ze werd voorzichtig omhooggetrokken, waarbij ze haar gewicht op haar ongeschonden voet liet rusten terwijl de chauffeur haar al die tijd ondersteunde. Hij fluisterde iets in haar oor en Chiara stemde zwijgend toe.

Hij nam de leiding en sprak voor hen allebei toen hij op luide, gezaghebbende toon zei: 'Ik breng de signora naar het ziekenhuis'. Hij had een Milanees accent.

'Deze meneer brengt mij naar het ziekenhuis,' zei Chiara, want ze voelde zich geroepen om aan de omstanders te laten weten dat ze niet gekidnapt werd. Ze schraapte haar keel, en probeerde het nog eens, wat krachtdadiger: 'Belt u de ambulance alstublieft af, als u die al hebt besteld.'

Zwaar steunend op haar redder liet ze zich naar de auto brengen, die nog steeds midden op straat stond, met het portier aan de bestuurderskant wijd open, alsof hij eruit gesprongen was. Hij had ook gewoon door kunnen rijden, dacht ze. Er waren mensen die dat deden.

Een van de dames van de stomerij slaakte een kreet.

Chiara aarzelde, maar de bestuurder duwde haar voorwaarts. 'Loop maar door,' zei hij zachtjes. 'Weer een nieuw drama. Het heeft niets met ons te maken.'

Ons, dacht ze toen hij haar comfortabel installeerde in de auto en het portier naast haar dichtdeed. Een zin van lang geleden kwam bij haar op, 'Er bestaat geen ons', maar ze dacht niet graag terug aan degene die dat tegen haar had gezegd.

De bestuurder stond nu aan zijn eigen kant van de auto met een voet op de treeplank en leunend op het dak te luisteren naar het nieuwe drama dat zich inmiddels ontspon. Chiara had geen verstand van auto's en ze reed zelf niet, maar ze bekeek het fraaie en uitzonderlijk lange voertuig waar ze in zat. Ze had er weleens een advertentie voor gezien in een tijdschrift, met een meisje in minirok op de motorkap. De nieuwste Lamborghini. Ze zag dat er in het echt plek was voor een hele horde meisjes, als die zin hadden om op de motorkap te gaan liggen. Je zag niet veel van dit soort grote auto's in Rome.

Toen stapte de bestuurder in, zette de motor aan en uit het niets zei een mannenstem: 'Skylab bevindt zich nu in een baan om de aarde.'

'Zo dan,' zei de chauffeur terwijl hij zijn hand uitstak en de stem uitzette. Hij reed de straat uit en zei nog eens: 'Zo dan', en hij keek haar met twinkelende ogen aan, met opgetrokken wenkbrauwen.

Het was alsof ze samen een bankoverval hadden gepleegd, de man en zij, en ze nu in de vluchtauto ontkwamen. Chiara had nog nooit in een auto met ingebouwde radio gezeten. De stoel kraakte van nieuwigheid toen ze ging verzitten. Er hing een geur van karamel.

Ze voegden in het drukke verkeer op de Lungotevere in.

'U moet me de weg wijzen,' zei de man. 'Ik ben hier niet bekend. Ik kom uit Milaan om te praten over een film die we misschien willen maken. Ik was op weg naar een bespreking, maar toen ben ik verkeerd gereden.'

'Zet me hier maar ergens af,' zei Chiara.

'Nee, nee,' zei hij. 'We moeten u laten onderzoeken, voor alle zekerheid.'

'Nee, echt,' zei ze, 'ik voel er bijna niets van.'

Het stoplicht bij het kruispunt met de Via Arenula stond op rood. Hij keek even opzij. 'Dan bent u een stuk taaier dan u eruitziet,' zei hij, en hij schudde zijn hoofd alsof hij zich verwonderde over haar dapperheid.

Ze weerstond de verleiding om zichzelf omlaag te halen door iets te zeggen over taai oud vlees. 'Dat ben ik zeker,' zei ze.

'Hier is goed, zet u me hier maar af.' Ze reden de Mazzinibrug op. Als ze hier naar rechts ging, was ze binnen tien minuten thuis.

'Hier?' vroeg hij.

Hij zat vast in het drukke verkeer op de middelste baan. Hij remde af, draaide zijn raampje omlaag, stak zijn linkerarm uit en maakte er draaiende bewegingen mee. Misschien had dat gebaar een andere betekenis in Milaan. Hier ontketende het een geloei van claxons. Er schreeuwde iemand tegen hem dat hij gestoord was.

'Ik kan hier niet stoppen,' zei hij zonder haar aan te kijken, 'die verdomde Romeinen willen me er niet door laten.'

Ze reden een poosje in stilte door. Hij bleef maar omkijken om te zien of hij naar de andere baan kon komen, terwijl ze de Lungotevere helemaal afreden, langs alle bochten van de rivier. Als het zo doorging zou ze een bus moeten nemen. Chiara had het gevoel dat de stad met duizelingwekkende snelheid aan haar voorbijtrok.

'Ik stop zodra het kan,' zei hij.

Uiteindelijk zwenkte hij naar de rechterbaan, manoeuvreerde de grote auto naar rechts en parkeerde half op de stoep.

Hij keek haar aan. 'Luister,' zei hij. 'Ik kan niet met een gerust hart wegrijden als ik niet zeker weet dat u niets gebroken hebt en geen blijvend letsel hebt.'

De term 'blijvend letsel' bleef in haar hoofd hangen.

'Het gaat prima,' zei ze. 'Echt.' Ze deed het portier open en zwaaide haar benen naar buiten.

'Laat me eens kijken,' zei hij. Hij sprong de auto uit, liep eromheen en knielde aan haar voeten. 'Laat maar eens zien,' zei hij.

Chiara droeg de schoenen die Simone haar 'nonnenschoeisel' noemde, veterschoenen met een lage hak, die heel geschikt waren om op rond te banjeren en die zelfs, mocht ze graag denken, een zekere subtiele élégance hadden. Ze zag nu in dat dat een idiote gedachte was. Maar ze stak haar benen uit en ze keken allebei naar haar slanke enkels. Dat zou tenminste nooit uit de mode raken, dacht ze, een fraaie enkel.

'Hij lijkt me niet gezwollen,' zei hij. 'Loop eens een stukje.'

De man ging aan de kant staan, met achter hem de muren van de gebouwen en daartussen de voetgangers die zich voorbijhaastten. Aan de andere kant waren de stoeprand, een groene lantaarnpaal en een stenen verkeerspaaltje. Dat was allemaal normaal. Wat anders was, was haar aarzeling over de onderneming. Ze wilde zich ergens aan vast kunnen houden.

Ze zette twee stappen en trok ineens opzij. Het was niet zozeer dat haar voet het niet meer hield, maar de grond leek van haar weg te duiken, en de lantaarnpaal op links leek een eind naar voren te zijn gekomen. Het was net alsof ze, heel even maar, de aarde voelde draaien en het strompelen niet zozeer kwam doordat ze zelf uit balans raakte, maar doordat ze probeerde om overeind te blijven in een wankele wereld.

Op de spoedeisende hulp zwachtelde een verpleegster Chiara's enkel in en gaf haar een getypt blaadje met wat oefeningen die ze zou moeten doen.

'In beweging blijven,' zei de zuster.

Chiara wilde eigenlijk een omweg maken om de spreekkamer uit te komen, zodat haar vingers steeds even de muren aan konden raken. Maar de verpleegster keek haar na, en dus lanceerde ze zichzelf de ruimte in, en schuifelde in plaats van te lopen, zodat haar voet grotendeels contact hield met de grond.

'Niet hinken,' zei de verpleegster. 'Zet uw gewicht er maar op.'

Chiara concentreerde zich op de deurpost, die moest ze zien te halen. De duizeligheid was minder, maar toch hield ze zich aan de deur vast voor ze zich langzaam omdraaide. Geen onverhoedse bewegingen, dat leek haar het verstandigst. Ze was verbaasd toen bleek dat de verpleegster vlak achter haar stond. Zo dichtbij dat Chiara kon zien dat wat een wrat op haar neus leek eigenlijk een klontje terracottakleurige make-up was. Ze had het waarschijnlijk aangebracht zonder het uit te smeren. Chiara vroeg zich af of ze misschien iets moest zeggen over haar duizeligheid. De blessure aan haar voet was maar een gevolg van het eigenlijke probleem.

De zuster tilde het horloge op dat op haar borstzak gespeld was, keek erop en liet het weer vallen. Ze wachtte tot Chiara wegging, zodat zij ook weg kon.

'Zou ik misschien krukken mogen?' vroeg Chiara.

'Er is niets gebroken,' zei de verpleegster.

'Of een stok. Een wandelstok?' verduidelijkte Chiara.

Misschien was de zuster wel bijziend. Misschien had ze haar bril afgedaan om de make-up op te doen, en kon ze dus niet zien wat ze deed. Ze keek Chiara aan met half toegeknepen ogen.

'We doen niet aan stokken,' zei ze. Ze glipte langs Chiara heen en liep snel de gang door op haar geluidloze schoenen.

Chiara bleef een poosje zo leunend staan. Een man met zilverkleurig haar die met een lege rolstoel liep knipoogde naar haar. 'Ik zal eens zien wat ik voor u kan doen,' zei hij geheimzinnig, en hij duwde de rolstoel door de klapdeuren.

De filmmaker uit Milaan zat niet meer in de wachtkamer, en de man van de rolstoel kwam naar haar toe. 'Uw man is even gaan telefoneren. Hij komt zo weer terug,' zei hij. 'Neemt u deze maar. Die ligt al een jaar bij de gevonden voorwerpen.' En hij gaf haar een wandelstok. Hij had precies de juiste lengte voor haar.

Chiara, die ongelofelijk vrolijk werd van de aanname van de rolstoelman, ging even naar het toilet om wat lippenstift op te doen en haar haar te kammen. Ze zag er gehavend maar zelfverzekerd uit in de spiegel. De stok had een prachtig uitgesneden handvat dat precies in haar handpalm paste. Als ze het moest zien te redden in deze overhellende wereld, dan was deze stok precies wat ze nodig had. Ze was dronken van opwinding. Ze kon niet stilstaan.

'Alles oké?' zei de man toen hij weer terugkwam. 'Geen gips, geen krukken?'

Ze zwaaide met haar stok.

'De bespreking is verzet. We gaan lunchen, wat trouwens veel beter is. Gaat u anders mee?'

Ze zag niet in waarom niet. Thuis was alles klaar voor de komst van het meisje: het bed was opgemaakt, de keukenkastjes zaten vol met lekkere dingen.

'Toe, u zou me er een dienst mee bewijzen. Bovendien moet u wat eten. Dan zet ik u daarna wel af,' zei de man.

En daar ging ze weer, ronkend door de straten van Rome in de auto van deze vreemde. Ze wees hem de weg naar de Via Ostiense, naar een restaurant waar ze zelf nog nooit was geweest, maar waar hij het adres van had genoemd. Al Biondo Tevere, heette het. De duizeligheid was weg, maar ze voelde nu een ander soort draaierigheid.

Zijn naam was Dario Fulminante en hij maakte documentaires, maar wilde graag een speelfilm maken.

'Kent u die andere Dario?' vroeg ze. 'Degene die horrorfilms maakt?'

Maar die kende hij niet.

'Die staat volgens mij hier in Rome wel in aanzien,' zei Chiara. 'Vernieuwende montagetechnieken. Zijn gebruik van muziek.' Ze maakte een luchtig handgebaar.

Deze informatie had ze van Simone.

Dario Fulminante zei dat de Italiaanse cinema een heel nieuwe richting insloeg, een post-Fellini-richting.

'Maar Fellini is toch nog altijd heel goed?' vroeg Chiara.

Dario wiegde een beetje met zijn hoofd, alsof hij wilde zeggen: 'Dat hangt ervan af wat je goed noemt.' Chiara was plaatsvervangend beledigd.

Hij vond een plek achter het restaurant om zijn grote wagen te parkeren en ze liepen over de Via Ostiense, waar de bussen, auto's en grote vrachtwagens voorbijschoten in de andere richting, een stortvloed aan verkeer dat de stad uit wilde. Hij nam haar bij de arm en leidde haar door de zwarte gietijzeren hekken een binnenplaats op met tegels op de grond en grote vetplanten in rode potten rondom ronde tafeltjes met rood met wit geblokte tafelkleedjes erop.

Het leek haar duidelijk dat haar in deze korte pauze voor Danieles dochter kwam, de kans werd gegund om iets te vieren, om alles wat ze in zich had aan vrede, vreugde en acceptatie te voelen, om haar glas te heffen op haar vertrokken geliefden en zich geestelijk voor te bereiden op de komst van Maria en alles wat dat met zich meebracht.

De boom die daar uit een gat in de rode tegels groeide, dwars door het houten raamwerk dat een overkapping vormde, stond daar voor haar genoegen, en stilletjes schonk ze hem een glimlach. De wijnranken die een baldakijn vormden over dat raamwerk, hun frisse, intense vroegzomerse groen, en de zon die ertussendoor scheen als talloze kleine spotlichtjes op roze bloemen of glanzende bladeren, zagen er uitnodigend uit. Het rook er druifachtig naar wijn en naar eten.

Verrukkelijk, dacht ze. Het had iets weg van ziek zijn, echt ziek, maar niet levensbedreigend, wanneer je al je zorgen en verplichtingen van je af liet glijden en gewoon alleen maar mocht zijn. Dat was wat ze nu deed. Ze wás gewoon. Ze bevond zich in dit niemandsland in de tijd, dit tussenmoment, en deze man, Dario, met zijn vochtige bruine ogen, zoals de hond die ze altijd zo graag had gewild maar nooit had mogen hebben, was precies op het juiste moment opgedoken om haar gezelschap te houden.

De mannen met wie hij de afspraak had droegen pakken en zonnebrillen. Totaal niet de bohemiens die ze zich voorgesteld had. Financiers, dacht ze. Hij stelde haar aan hen voor als zijn nieuwe, maar dierbare vriendin. Ze kreeg een glas strokleurige wijn in handen en ze liepen met zijn allen een klein trapje op dat naar het terras leidde met uitzicht op de rivier.

Ze stonden op een kluitje te wachten terwijl de ober hun tafeltje gereedmaakte: de mannen, die hartelijke beleefdheden uitwisselden voor ze ter zake zouden komen, en Chiara, die erbij was maar nauwelijks luisterde. Ze leunde op haar prachtige stok, dronk dromerig van de gelige wijn, en keek naar de ober. Hij pakte het witte linnen tafelkleed zo op dat het licht ving en even leek het daar een besneeuwde toendra met blauwige hellingen en donkere schaduwen, voor de sneeuw zich over het tafelblad stortte.

'U vindt dit toch niet erg, hè?' vroeg Dario fluisterend, waarmee hij vermoedelijk doelde op het feit dat ze het over zaken hadden. En ze zei nee, absoluut niet. Het clubje neeg dichter naar elkaar terwijl Chiara aan de periferie bleef. Ze keek uit over de rivier en leunde op haar stok, heerlijk overdreven.

Deze rivier was heel anders dan de rivieren die door andere hoofdsteden stroomden. Heel anders dan de Seine, of de Donau of de Theems. Dit was een landelijke rivier. Er kwam een familie eenden voorbij. De rivier stroomde hier sneller dan in het centrum, omdat het water hier door een nauwer stuk getrechterd werd. De oevers waren een warboel van struiken, lisdodden, slierten winde, groepjes varens, en hier en daar een vijgenboom. Het was een smalle strook pastorale wildernis binnen de stadsgrenzen.

Er rende een man door het hoge gras, op blote voeten en in aardebruine kleren. Ze bedacht dat de aanblik van deze man tot twee dagen geleden, vrijdag, de dag dat ze het briefje voor Daniele had achtergelaten, bij haar nog tot grote innerlijke onrust zou hebben geleid, een rauwe, verstikkende pijn. Ze zou de man angstig hebben gadegeslagen, zichzelf kwellend met de gedachte dat hij deel uitmaakte van een groep outcasts die Daniele kenden of weleens van hem hadden gehoord, dat ze moest uitvinden waar hij naar op weg was, op onderzoek uit. Dat het misschien Daniele zelf was, want die was goed in zich verstoppen waar je bij was, in camouflage. Ze zou erachteraan zijn gegaan. Ze zou zinloos door de bosjes hebben gestampt.

Maar nu niet meer. Ze had dat allemaal laten gaan. Het was op. Ze was als een transparant bootje, een glazen potje dat heel even door de stroom van de rivier werd meegenomen terwijl het water om haar heen kolkte, het schitterende water.

Rechts, aan de kant van het stadscentrum, stak de zwarte cilindervorm van het gasreservoir af tegen een azuurblauwe hemel. Ze zette haar wijnglas op tafel en pakte een glas water, zich bewust van zowel haar intense dorst als de wens om nuchter te blijven. Ze wilde zich bewust zijn van het rijke, gelaagde nu;

deze nieuwe nieuwheid waarin, in de vorm van het gouden licht en de opgebruikte emotie, Danieles afwezigheid en de komst van Danieles dochter samenstroomden.

Op de ochtend van de dag dat het meisje kwam, ging ze naar Gianni voor een cappuccino en een croissant.

'Niks aan de hand,' zei ze, toen hij informeerde naar het verband om haar enkel. 'Een dom ongelukje, maar niets ernstigs.'

Dit was niet de reden waarom ze hier nu was. 'De komende twee weken komt er een jong Brits meisje bij me logeren,' zei ze. 'Welsh, eigenlijk. De dochter van een oude vriend.'

Gianni streek over zijn snor en keek haar aan. 'Welsh?' vroeg hij.

'Ja. Je weet wel, uit Wales, naast Engeland.'

'Ah. Engeland,' zei hij. 'Dus je gaat thee voor haar zetten.'

'O ja, goed idee,' zei ze. 'Ik zal wat thee kopen.' Chiara dronk zelf geen thee, alleen af en toe wat kruidenthee, maar geen echte thee. 'Ze drinken het met melk, toch?'

'In het noorden van Engeland wel, maar in Wales niet. In Wales drinken ze het met citroen, en ze willen er graag een schoteltje bij,' zei Gianni alsof hij er verstand van had. 'Neem haar maar een keer mee voor een borrel,' zei hij.

Chiara herinnerde zich de afspraak die ze had met Luca van de bar bij het Gramsci Instituut. 'Zal ik doen,' beloofde ze, 'maar vanavond nog niet, want ze zal wel moe zijn van de reis.'

Ze ging naar Ruggeri's en kocht een klein geel pakje Liptonthee. 'Er komt een meisje uit Groot-Brittannië bij me logeren,' vertrouwde ze de winkelbediende toe. 'Daar drinken ze heel veel thee.'

'Ik weet het,' zei de winkelbediende. 'Mijn broer werkt in Londen, in een restaurant. U moet het heel lang laten trekken.'

'Zal ik doen,' zei Chiara, die alle informatie opsloeg.

Ze stak haar hoofd om de hoek van de foyer van de Farnese

Cinema. 'Vertonen jullie weleens buitenlandse films in de oorspronkelijke taal?' vroeg ze aan het meisje achter de kassa, die haar nagels intens rood aan het lakken was. 'Of zijn ze altijd nagesynchroniseerd?'

Het meisje fronste en blies over haar nagels.

'Want ziet u, er komt een jong Welsh meisje bij me logeren, en haar Italiaans is niet zo goed, dus ik vroeg me af of...'

Het meisje schudde haar hoofd. 'We hebben nooit films in het Welsh,' zei ze. 'Tenminste, niet dat ik weet.'

'Ha ha, nee. Ik dacht: in het Engels. Films in het Engels. Dus dat kunnen Amerikaanse of Britse, of zelfs Australische zijn, denk ik.'

'Dan zou ik de Pasquino in Trastevere proberen,' zei de vrouw.

'U hebt gelijk,' zei Chiara. Dat wist ze best. Ze kwam vaak in de Pasquino. 'Ik haal wel even een krant om te zien wat er draait.'

Ze slingerde op de terugweg dwars over de markt op de Campo dei Fiori. Ze kocht wat vijgen bij een kraampje, verderop een bosje bloemen, en weer bij een andere kraam een meloen. En iedereen kreeg te horen dat het meisje kwam. Ze ging de winkel op de hoek in voor wat brood en ze vertelde het de bakker en de dame bij de kassa.

Ze nam haar aankopen mee naar huis. Daar schikte ze de bloemen in een vaas en ging bij het raam naar de straat staan kijken. Naar de mensen die er liepen en de manier waarop het licht weerkaatst werd in het stuur van de scooters die tegen de muur van het gebouw aan de overkant geparkeerd stonden.

Ze had een beginnetje gemaakt. Maar nu moest ze het ook vertellen aan iemand die er voor haar toe deed. En bij afwezigheid van Simone was dat Antonio.

Alle mensen die daarbeneden langsliepen, de etalages bekeken, leken te roken. Ze had al een maand geen sigaret meer aangeraakt, maar ineens had ze dringend behoefte om te roken. Het was precies wat ze nodig had, niet zozeer om haar moed te geven, want waarom was er moed voor nodig om met haar dierbare vriend te praten, maar het zou haar helpen haar gedachten te ordenen, haar ervan overtuigen dat ze hier goed aan deed. En vooruit, misschien gaf het haar ook een klein beetje moed, want ze moest door de stevige barrière van stilte heen breken die wat het onderwerp Daniele betrof tussen haar en Antonio was ontstaan.

Ze keek op. Aan de overkant, schuin boven haar, stond een man in een hemd bij het open raam te roken en te kijken naar wat er allemaal beneden op straat gebeurde. Ze kende hem niet, maar ze had hem 's ochtends weleens zien vertrekken met een tas vol gereedschap. Ze had het idee dat hij uit het zuiden kwam. Een arbeider. Een metselaar. Zoiets. Het gebouw waar hij in woonde was twee verdiepingen hoger dan dat van haar, en er was veel verloop onder de bewoners. Naast elk nummer bij de voordeur stonden minstens tien namen. Ze leunde tegen de reling voor het raam, en observeerde de rookpluim uit zijn mond, die vervolgens de blauwe lucht in verdween. Hij keek gefascineerd naar iets beneden op straat, maar Chiara besefte dat ze zijn blik niet kon volgen om te zien wat dat was. Ze hield haar hoofd nu al zo schuin dat ze nog net niet duizelig werd. Ze voelde dat die duizeligheid dichtbij was, als een schaduw in haar hersenen, een inktvlek. Om daar op een veilige afstand van te blijven, moest ze haar hoofd naar links en omlaag houden. Ze bracht haar hand naar de zijkant van haar hoofd om het te ondersteunen, maar bang voor het draaierige gevoel waar ze nog niet helemaal klaar voor was, bleef ze naar de man staren alsof ze volkomen in zijn ban was, alsof ze naar een schilderij keek dat ze tot in detail in zich wilde opnemen.

De man keek even Chiara's kant op en hij trok zijn hoofd verbaasd naar achteren. Chiara merkte dat ze twee vingers van haar andere hand, de hand die ze niet gebruikte om haar hoofd op zijn plaats te houden, tegen haar lippen hield alsof ze een sigaret aan het roken was. Voor ze zich kon terugtrekken in de kamer, herhaalde hij haar gebaar. Ze knikte even en zwaaide met een vinger van haar rechterhand, in de hoop dat hij dat als instemming zou opvatten. Hij verdween even en kwam terug met een sigaret in zijn hand, die hij enthousiast over de straat heen haar kant op gooide. Maar hij viel recht naar beneden op de keien, waar hij waarschijnlijk vertrapt zou worden. Hij gebaarde dat hij zo terugkwam en verdween weer. Hij was snel terug, en gebaarde, wapperend met de rug van zijn hand, dat ze uit de weg moest gaan. Ze stapte naar achteren, hield zich vast aan de boekenkast en maakte van de gelegenheid gebruik om haar hoofd recht te zetten. Er gebeurde niets. Geen draaierigheid. Alles bleef op zijn plek.

Er vloog een projectiel door het raam, dat op de bank landde. Het was een balpen waar een sigaret op vastgeplakt was met plakband. Ze zwaaide naar de man om hem te bedanken en hij maakte een schrijfgebaar. Hij wilde de pen terug. Ze maakte een werpgebaar, maar hij schudde zijn hoofd. Hij had gelijk. Ze zou ongetwijfeld hebben gemist. Hij draaide een spiraal met zijn hand. Een andere keer, wilde hij daarmee zeggen. Toen zwaaide hij en verdween. Wat een enig gesprek, vond Chiara. Er was geen woord gewisseld. Misschien dacht de man wel dat ze doofstom was.

Ze dacht aan Daniele en zijn zwijgen dat drie maanden had geduurd. Later was ze erachter gekomen dat het electief mutisme heette. En dat het een reactie was op een trauma.

Ze ging in de stoel bij het raam zitten en stak de sigaret op. Dit zou de laatste sigaret van haar leven zijn. Echt.

Het was zo vreemd dat Daniele nooit had geïnformeerd naar het lot van de brieven die hij voor zijn moeder had achtergelaten. Het was begrijpelijk dat hij er niet naar vroeg toen hij nog klein was, toen alles nog een onverklaard mysterie was. Hij postte zijn briefjes in de nis bij Anita Garibaldi's arm, op het bas-reliëf aan de achterkant van het monument. En als ze dan een maand later terugkwamen, was het briefje weg. Ze had ze allemaal nog ergens in een doos, die waarschijnlijk op de afgesloten vliering boven de rommelkamer stond.

De sigaret smaakte smerig. Het was niet de moeite waard en ze putte er ook geen enkele troost meer uit. Ze was klaar met sigaretten.

Ze vond Antonio in de kerk, waar hij de mis opdroeg. Het was waarschijnlijk een of andere verplichte feestdag, want er waren vrij veel kerkgangers. Assunta zou het wel weten. Toen de mensen in de rij stonden om de kerk weer te verlaten, liep zij langs hen naar het altaar. Hij was bezig de lange kaarsen te doven, en er hing een sterke geur van hete was.

'Chiara,' zei hij, en hij draaide zich met een glimlach naar haar om, met de koperen kaarsendover voor zich uitgestoken, 'wat een aangename verrassing. O, maar je bent gewond,' zei hij. 'Arm kind, wat is er gebeurd?'

'Niets ergs. Het komt goed. Ik moet even met je praten,' zei ze, 'over iets anders.'

'Ik ga nu de biecht afnemen,' zei hij, en hij knikte naar de biechtstoel, waarnaast een paar kerkgangers geknield in de bankjes zaten. 'Maar over een uurtje ben ik vrij.'

'Ik kan geen uur wachten,' zei Chiara. 'Ik moet om twee uur op het station zijn.'

'Ga dan maar mee de biechtstoel in,' zei hij. 'Kijk nou niet zo geschrokken. Ik bedoel alleen dat we dan meteen even rustig kunnen praten. Loop maar mee, dan leg ik wel uit aan de dames die zitten te wachten dat jij dispensatie hebt en meteen aan de beurt bent.'

Er zat al iemand in de stoel die er niet uit wilde. 'Tien minuten,' fluisterde Antonio tegen Chiara. 'Zodra deze weg is, kun je binnenkomen.' Hij had de kaarsendover nog in zijn hand. Hij zette hem tegen de muur van de kerk en dook zijn kant van de biechtstoel in. Chiara staarde naar de deur van uitgesneden hout, waar cherubijntjes met dikke buikjes op jachthoorns bliezen tussen de eikenhouten bladeren. Ze wilde helemaal niet wachten. Ze wilde dat dit gesprek voorbij was.

Ze ging zitten en liet de gedachten aan die laatste keer de revue passeren. Ze waren in het kantoortje in de pauselijke bibliotheek. Er stond een pennenhouder op het bureau, een albasten vogel, met een gat in zijn rug waar de pen in rustte, en een van zijn gegroefde vleugels was in zijn geheel afgebroken. De gordijnen waren dicht en het was warm en klam. Ze herinnerde zich de pennenhouder en de gordijnen en een bureaulamp en een soort schaaltje of bakje waar enveloppen, papier en paperclips in zaten. Daniele zat naast haar en Antonio zat tegenover hen. Als ze had geweten dat ze Daniele nooit meer zou zien, had ze misschien de kracht wel gevonden zich om te draaien en hem nog eens goed in zich op te nemen. Dan had ze dat beeld van hem in haar hoofd gehad. Maar ze wist het niet. Tussen het briefpapier in dat schaal-bakje lag de afgebroken vleugel, zorgvuldig bewaard, alsof iemand hem er op een dag weer aan zou plakken. Ze had geen duidelijke herinnering meer aan die bijeenkomst. Wat er gezegd werd. Hoe de besluiten waren genomen. Op een gegeven moment was Daniele vertrokken met Antonio om nog wat spullen uit het appartement op te halen, en vervolgens kwam Antonio in zijn eentje terug en gaf hij haar Danieles sleutels. Daniele was weg en zou haar niet meer lastigvallen, en ze hoefde zich geen zorgen te maken, ze moest nu alleen nog maar goed voor zichzelf zorgen en beter worden. Ze herinnerde zich het gevoel dat ze op de terugweg had, het gevoel van volkomen eenzaamheid, en ze dacht aan de chaos die haar thuis wachtte. Ze had een deel van het huis verkocht om de schulden af te lossen en alles was gewoon haar kant op geschoven. Er was nergens plek meer, geen ruimte, geen lucht. En de spullen die Daniele niet essentieel had gevonden, in die twintig minuten die hem gegund waren om te pakken, lagen overal verspreid. Ze was in haar bed gaan liggen en had de dekens over haar hoofd getrokken.

En uiteraard was Simone langsgekomen. Die had opgeruimd, alles min of meer geordend, en een timmerman in de arm genomen om een vliering boven de rommelkamer te maken voor Danieles spullen, omdat ze die niet mocht wegdoen van Chiara. Chiara woonde tussen de troep, en leefde verder met het idee dat hij vroeg of laat wel weer terug zou komen. Later, toen ze besefte dat helemaal niemand wist waar hij was, zelfs Antonio niet, ging ze regelmatig naar de vlooienmarkt bij de Porta Portese, zogenaamd om eens te kijken wat al de antieke meubels met houtworm waard waren, maar eigenlijk om Daniele te zoeken; het leek haar de plek waar hij zou kunnen opduiken met een of ander handeltje. Ze nam altijd iets moois mee van de markt, een object dat haar tripjes rechtvaardigde, en ze raakte geïnteresseerd in de aanschaf van en het zoeken naar deze kleine dingetjes tot het leek of dat de reden was waarom ze erheen ging. Om weer een nieuw ding aan haar verzameling toe te voegen. En het appartement raakte steeds voller. En nog steeds voegde ze nieuwe dingen toe aan al die zinloze, nutteloze objecten. Alsof een overdaad aan spullen de leegte kon vullen. Een poos lang was het linnen, prachtig oud linnen met borduursel en kant, dat ze waste en steef. Later, toen ze weer een inkomen had en Assunta had aangenomen, liet ze het Assunta doen, die alles voor haar in de toch al overvolle lades moest proppen. En dan de kleding. Ze was dol op die kleding, en een van de dingen die het splitsen van het appartement had opgeleverd was een vreemde kleine ruimte, niet echt een kamer, vlak naast haar slaapkamer; die ruimte vulde ze met schitterende kleren, die haar niet eens pasten. Het was ook de plek waar ze de rollen stof bewaarde die Cecilia had nagelaten. Kleine sleuteltjes, daar was ze ook een poos gek op geweest. En toen dingen van blauw porselein. Naaimachines met gietijzeren pedalen, ook al kon ze helemaal niet naaien. En nu dus muranoglas.

Het had heel lang geduurd voor het tot haar doordrong. Dat het in het kantoortje van de pauselijke bibliotheek, na een litanie van laatste keren, echt de laatste keer was geweest.

Ze keek opzij naar de deur van de biechtstoel, die potdicht bleef. Er waren toch zeker al ruim tien minuten voorbij. Ze richtte haar blik op de kaarsendover. Het was een miniatuurversie van de dover die de lampopsteker uit haar jeugd gebruikte om de gaslantaarns te doven als de zon opkwam. Ze keek weer naar het altaar, waar één enkele kaars brandde, die Antonio blijkbaar vergeten had. Hij heeft zijn best gedaan, dacht ze, maar hij heeft niet al het licht weten te doven.

De biechteling kwam eindelijk de stoel uit.

Ze knielde neer in het houten hokje, waar ze van Antonio werd gescheiden door een sierlijk traliewerk. Ze herinnerde zich de zinnen van lang geleden – Vergeef me, Vader, want ik heb gezondigd – en ze voelde hun aantrekkingskracht, de kracht en troost van een ritueel, een formule, van voorschriften, van regels. Ze zou zich eroverheen moeten zetten, maar het viel niet mee om te beginnen. Ze had iets bedacht, een vreselijke vergelijking die haar de mond snoerde. Als ze haar mond opende, zouden de verkeerde woorden eruit rollen.

'Ik luister,' zei Antonio.

Ze dacht aan de joden die ook twintig minuten kregen om hun spullen te pakken, toen de SS hen in oktober 1943 uit hun huizen haalde. Er was een lijst van dingen die ze geacht werden mee te nemen en dingen die ze achter moesten laten. Ze wist dat velen van hen niet eens de tegenwoordigheid van geest hadden gehad om zich aan te kleden. Ze wilde Antonio vragen of hij Daniele ook een lijst had gegeven, toen hij hem die twintig minuten gaf om te pakken. Ze wilde zeggen dat Daniele nooit zijn trompet en zijn leren jack zou hebben achtergelaten als hij helder had kunnen nadenken.

Aan de andere kant van het traliewerk slaakte Antonio een zucht.

Die arme, lankmoedige Antonio, dacht ze. Hij zou het haar niet in dank afnemen als ze de woorden de vrije loop zou laten. Ze schraapte haar keel. 'Daniele,' zei ze. 'Daniele heeft een dochter.' Ze was blij dat ze Antonio's gezicht niet kon zien. Zo hoefde ze geen rekening te houden met zijn reactie en nu ze eenmaal van wal gestoken was, vond ze de anonimiteit van de biechtstoel erg bevrijdend. Ze was op dreef, en vertelde het verhaal van de brief en de telefoontjes uit Cardiff.

Plotseling schoof het traliewerk opzij en daar was Antonio's gezicht, rood en gespannen, en zo ongemakkelijk dichtbij dat ze zijn pepermunt-en-tabaksadem kon ruiken.

'Ik wist niet dat dat open kon,' zei ze geschrokken.

'En ze komt?' vroeg hij. 'Dat meisje komt?'

'Ja,' zei ze. 'Ik heb om twee uur met haar afgesproken.'

Hij duwde zijn handpalmen tegen elkaar en bracht zijn vingertoppen naar zijn mond terwijl hij zijn hoofd langzaam naar voren en naar achteren bewoog en hij zijn mond opende en weer dichtdeed. Ze keek naar de geborduurde mouw van zijn soutane, een patroon van wit op wit, alleen van zo dichtbij te zien. Cecilia had zoiets kunnen maken, dacht ze, al deed het niet ter zake.

Het duurde even voor Antonio zijn hoofd schudde en zijn kin op zijn handen liet rusten. 'Hoe kwam je er in vredesnaam bij om ja te zeggen, Chiara?'

'Ze is Danieles dochter,' zei ze. 'Mijn jongen. Zijn dochter.' En plotseling was het haar zonneklaar.

'Jouw jongen,' zei hij. 'Aha.' Hij bracht zijn handen weer

naar zijn mond en staarde omlaag, alsof hij op de rand van een hoog gebouw stond.

'Wat is het probleem?' zei ze. 'Het komt heus wel goed.'

'En wat ga je dat meisje vertellen over "jouw jongen"?'

Zijn toon stond haar niet aan. 'Maria,' zei ze. 'Ze heet Maria. En ik ga haar de waarheid vertellen.'

'Welke waarheid? Dat hij een junk was, dat hij je heeft bestolen, je aan de rand van de financiële afgrond heeft gebracht, dat hij een crimineel was? Ga je haar vertellen over die keer dat hij met zijn maten heeft ingebroken bij de apotheek?'

Ze wist niet hoe ze het had. Antonio was altijd zo aardig. Ze kon zich niet herinneren dat hij ooit iets lelijks had gezegd. 'Niet meteen,' zei ze, 'en niet zoals jij het nu zegt.'

'De afpersingsbende? De nacht dat hij neergestoken werd? Die keer dat hij Gianni's sleutels heeft gestolen en de kluis heeft leeggehaald en hij deed alsof er was ingebroken? Al die keren in het ziekenhuis als hij weer eens een overdosis had genomen?'

'Dat zijn niet de eerste dingen die ik haar zal vertellen,' zei ze. Waarom deed hij zo gemeen? Ze was helemaal niet voorbereid op deze wreedheid.

'Wacht, ik weet het al,' zei hij. 'Je gaat haar natuurlijk vertellen dat je zou willen dat je hem nooit had gered. Dat hij jouw leven heeft vergald.'

Ze zei niets. Dit was Antonio, haar vriend.

'Enfin, dat is ook de waarheid,' zei hij, en hij kneep zijn lippen samen.

'Laat maar, Antonio,' zei ze, en trillend stond ze op. 'Ik heb jouw goedkeuring niet nodig. Ik ben hier niet gekomen voor advies over de vraag of het wel verstandig was om Maria te laten komen. Ik wilde je alleen informeren dát ze kwam, en eerlijk gezegd begrijp ik nu niet waarom ik die moeite nam.' Ze had nog veel meer willen zeggen, maar ze kon het niet.

‘Wacht, Chiara,’ zei hij. ‘Niet weggaan. Wacht even. Pax,’ zei hij, en hij bewoog zijn handen sussend op en neer. ‘Pax.’

Ze wachtte.

Antonio leek niet te weten wat hij moest zeggen. ‘Het punt is dat hij je leven wel degelijk heeft vergald. En zijn eigen leven. En wat hij heeft gedaan, hoe hij jou heeft behandeld, was onvergeeflijk,’ zei hij uiteindelijk. Hij wapperde weer met zijn handen.

Ze keek wel uit om verzachtende omstandigheden aan te voeren voor Daniele. Antonio was per slot van rekening de man die het op zich had genomen om hem weg te sturen, zonder een lijntje met hem te houden. ‘Niets is onvergeeflijk,’ zei ze. Ze hoopte vurig dat dit waar was.

‘O nee?’ vroeg hij, en heel even meende ze een wanhopige blik te zien op zijn anders zo kalme gezicht en ze vroeg zich af wat hij op zijn geweten zou kunnen hebben dat zoveel vergiffenis vergde. ‘Kijk dan hoe goed het met jou gaat zonder hem,’ zei hij, terwijl hij zijn eigen zorgen, wat die ook maar waren, opzijschoof. ‘Hoe je alles opnieuw hebt opgebouwd. Wat een rijk, vervullend leven je hebt.’

Dario Fulminante, gouden wijn bij de glinsterende rivier, al haar vrienden, Assunta en haar heiligenboek, haar grappige neef Beppe uit het zuiden en zijn zonderlinge vriend, haar geliefde werk, haar heerlijke, rommelige huis, de schitterende kleur van haar rode glazen kom, wel honderd gezellige uitjes met Simone. En dan had je nog Asmaro, een prins onder de katten, die stiekem haar gedachten in sloop.

‘Laat dit meisje dat niet allemaal verpesten. Zodra je haar meer vertelt dan wat ze al weet, is het hek van de dam. Dan komt alles weer boven, door haar gevraag.’

‘Vragen gaat ze hoe dan ook stellen, lijkt me, wat ik ook vertel of verzwijg. Ik ben er niet bang voor. Ik ben doodziek van alle leugens en halve waarheden.’

Antonio zei niets. Hij keek haar terneergeslagen aan en beet op zijn onderlip.

Ze snapte niet dat hij het niet wilde inzien. 'Luister. Dit is een kans voor mij om alles achter me te laten en opnieuw te beginnen. Om dingen op te helderen. Om Danieles dochter te begroeten en te verwelkomen – die trouwens niet Daniele is...' Ze zwaaide berispend met haar vinger naar Antonio. 'Ja, ik heb inderdaad een nieuw leven opgebouwd, dat is zo, en dat wil ik ook niet op het spel zetten, maar ik wil geen leven waarin zijn naam nooit uitgesproken mag worden. Ik wil een nieuwe weg inslaan, en dit meisje is de sleutel tot die nieuwe weg. Waarom zou je dat mij, en haar, willen ontzeggen?'

'Ik hou mijn hart vast,' zei hij. 'Dat is alles. Je hield te veel van Daniele.'

'Je kunt niet te veel van iemand houden,' zei ze.

'Jawel, Chiara. Jawel. En daarom is het fout om dit meisje alles te vertellen. Om al die oude liefde op te rakelen.'

'O, Antonio,' zei ze, 'begrijp je dan nog steeds niet dat dat gevoel nooit is weg geweest?'

De blik op zijn gezicht leek gekwelder dan zich door haar uitspraak liet rechtvaardigen.

'De liefde voor je kind gaat nooit over, wat hij ook heeft gedaan,' zei ze. Wat jij hem ook hebt aangedaan, voegde ze er in gedachten aan toe.

Antonio had zijn ogen neergeslagen en schudde zijn hoofd, met zijn handen ineengeslagen voor zich.

'Ik heb al tien jaar taal noch teken van Daniele gekregen,' zei ze, 'en ik denk ook niet dat dat nog zal gebeuren.' Er ontsnapte een geluidje aan haar mond. 'Wist ik maar wat er van hem geworden is. Ik bid dat hij veilig is. Soms stel ik me voor dat hij in een of andere geïsoleerde gemeenschap woont, ergens in de bergen. In de frisse lucht. Dicht bij de natuur. Ik kan me niet voorstellen hoe hij anders van de drugs af zou kunnen komen en blijven.' Ze viel weer stil. Haalde diep adem. 'Maar diep in mijn hart weet ik dat hij waarschijnlijk dood is.' Zo. Dat had ze nog nooit hardop gezegd. Was er maar een stoel in dit hok, en niet alleen een bidbankje. Ze leunde moeizaam op haar stok. 'Ik rouw al tien jaar om hem. Het is nu tijd om hem te begraven.' Ze voelde zich opeens heel oud en breekbaar.

Antonio bracht zijn hand omhoog en leunde er met zijn hoofd tegen.

Ze wachtte tot hij iets zou zeggen, maar hij zei niets. 'Wat is er aan de hand?' vroeg ze. 'Zeg het dan.' Ze had het vreemde gevoel dat de rollen omgedraaid waren, alsof zij de pastoor was en hij de zondaar die gebukt ging onder de dingen die hij had misdaan en die hij niet kon vertellen.

Hij keek op en wreef over zijn gezicht alsof hij tranen wegveegde. 'Oké,' zei hij. 'Dus het meisje komt.'

Ze knikte.

'Mag ik je dan vragen om nog even te wachten voor je het haar vertelt? Ik zou er graag bij zijn als je dat doet, want...' – hij schudde kort met zijn hoofd alsof de reden hem ontschoten was – '... want ik heb ook een aandeel in dit verhaal.' Hij vouwde zijn handen in elkaar. 'Maar ik ga eerst een paar dagen weg.'

'Goed,' zei ze. Ze was toch al niet van plan om het hele verhaal al op het station uit de doeken te doen.

'Ik heb het beste met je voor, Chiara,' riep hij haar na.

Ze was blij met de wandelstok toen ze naar de grote weg liep voor een taxi. Deze ontmoeting met Antonio had haar behoorlijk uitgeput.

Antonio schoof het traliewerk weer dicht. 'Mea culpa, mea culpa, mea maxima culpa,' mompelde hij, en hij klopte zachtjes op zijn borst met gesloten vuist. Door dat gebaar kwam er wat slijm los, en hij schraapte zijn keel. Hij had de beste bedoelingen gehad, bracht hij zichzelf in herinnering. Hij had in ieders belang gehandeld. Hij had hem willen redden van zichzelf. Ze waren gedoemd ten onder te gaan, allebei. Chiara hield te veel van hem. Ze stelde nooit grenzen aan de jongen, behalve die ene rampzalige keer dat ze hem naar de kliniek had gestuurd en hij er alleen maar beroerder aan toe was toen hij terugkwam; altijd maar toegeven, altijd hem zijn zin geven, excuses voor hem verzinnen, altijd maar weer beweren dat zij de enige was die wist hoe hij had geleden. En iedere keer weer het hoofd op het hakblok. Heb uw naaste lief als uzelf, had de Heer gezegd, maar waar was Chiara's liefde voor zichzelf gebleven in die vernedering? En die jongen, die de hand sloeg die hem voedde? Iemand moest het doen.

'Heer,' zei hij, 'help me.'

Hij stapte de biechtstoel uit. 'Ik ben weggeroepen,' vertelde hij de wachtende parochianen. 'Een noodgeval. De biecht kan vandaag niet doorgaan. Zeg elk maar een akte van berouw op en vijf Weesgegroetjes.' Hij sloeg een kruis, sprak een algemene zegen, en haastte zich toen de kerk uit.

Antonio was niet blij geweest toen Daniele na vier jaar afwezigheid weer contact zocht. Chiara deed het zo goed. Ze leek gelukkig. Ze sprak nooit meer over hem. Hij had Daniele opgezocht, die beweerde dat hij in Israël was geweest, waar hij een poos in een kibboets had gewerkt. Maar te oordelen naar hoe hij eruitzag, had hij zonder enige twijfel op straat geleefd. Hij was er slecht aan toe. Antonio had meteen gezien dat de man nog steeds verslaafd was. Niet dat hij dat ontkende, eerlijk is eerlijk. Hij wilde van de drugs af en hij wilde weer naar huis, zei hij. Antonio sloot een deal met hem. Hij zou Daniele helpen, maar dan moest hij wegblijven uit Chiara's leven. Als het hem zou lukken om een heel jaar clean te blijven, dan zou hij, Antonio, een ontmoeting regelen. 'Als ze me nodig heeft, ben ik er meteen. Dat weet ze toch wel, hè?' had Daniele een keer gezegd.

Ze stonden op het strand in Ostia, aan de rand van het anarchistische dorpje waar Daniele woonde. Waar zou zij ooit een verslaafde joodse jongen voor nodig hebben? had Antonio toen gedacht. Maar hij had zijn reactie beperkt tot knikken.

Terug in de pastorie was hij op zoek gegaan naar het nummer van het pension waar hij altijd berichten achterliet voor Daniele en waar ze elkaar drie jaar geleden voor het laatst hadden gezien. Hij wist dat het aan de binnenkant van zijn adresboek stond met alleen een D. ervoor. Maar hij had inmiddels een nieuw adresboek. Dat had Chiara hem met kerst gegeven.

Hij knielde naast zijn bed en trok er de koffer onderuit die hij als extra lade gebruikte.

Nu hij toch op zijn knieën zat, deed hij een schietgebedje voor Daniele, zoals wel vaker. 'Heer, laat hem geen terugval hebben,' zei hij. Toen, als in een visioen, zag hij Daniele zoals hij was geweest tijdens hun laatste gesprek, en hij ging op zijn hielen zitten en kreeg het ineens heel warm.

'Het is me gelukt,' had Daniele gezegd. 'Een heel jaar.' Hij stond midden in de voorkamer van het pension, met opgerolde mouwen en de binnenkant van zijn pezige armen naar voren gedraaid, alsof hij ze aanbood ter inspectie.

Antonio zag dat het waar was. Daniele was als een man die een berg beklommen had zonder uitrusting en die zich nu vasthield aan de rotsachtige bergtop. Hij zag hoe dicht Daniele bij de afgrond stond, die gevaarlijke donkere gloed van hem, het idee dat hij het feit dat het hem nu een jaar gelukt was wel kon gaan vieren door te gaan spuiten, of hoe ze dat ook noemden. Maar ook: dat hij dat niet zou doen.

Antonio keek naar Daniele in zijn vreemde bijbelse houding, en een stem in zijn hoofd die hij niet als de zijne herkende zei: 'Nee.'

Daniele deed twee stappen achteruit. Zijn armen vielen langs zijn lichaam en hij balde zijn vuisten. Hij stond met zijn rug tegen het raam, waarbij de zee hem blauw omlijstte, en staarde door de kamer naar Antonio. Het licht scheen achter hem en Antonio kon zijn gezicht niet zien, maar hij voelde de priemende blik.

In Antonio's herinnering volgde er een lange, ongemakkelijke stilte waarin hij de ogen van de ander voelde branden, en hij keek langs hem heen naar het glinsteren van de oceaan. Een man op een vissersbootje gooide zijn netten uit en de zwarte veeg die dat veroorzaakte, spleet de horizon heel even.

'Ik zou mezelf ook niet meer willen zien,' zei Daniele uiteindelijk.

Antonio werd zich ervan bewust dat hij zijn hoofd schudde. Hij stopte. Hij zette een vriendelijke stem op. 'Het spijt me,' zei hij.

Daniele had hem bedankt voor alles wat hij voor hem had gedaan, maar zei dat hij niet meer hoefde te komen.

Antonio had het gevoel dat hem iets ontglipte, alsof hij een breekbaar kristallen glas vasthield met klamme handen. 'God sta me bij,' zei hij, wiegend op zijn hielen.

Daar was het boek, en daar was het nummer.

Hij moest zich vasthouden aan het nachtkastje, want zijn benen sliepen. Hij had te lang op zijn hurken gezeten. Toen de pijn was weggetrokken, haastte hij zich met trillende benen naar beneden, naar de telefoon in de hal. Laat hem daar zijn. Laat Daniele Levi nog steeds in dat armoedige deel van Ostia wonen. Dan zou hij, Antonio, door het stof gaan.

De eigenaresse van het pension nam op. Ze had Daniele al drie jaar niet meer gezien. Ze had geen idee wat er met hem gebeurd was. Weg, verdwenen. Antonio slikte. Hij voelde iets hards en stekeligs achter in zijn keel. 'Gebruikte hij weer?' dwong hij zichzelf te vragen. Ze wist het niet. Ze kon het zich niet herinneren. Waarschijnlijk wel. 'Ze vallen allemaal weer terug,' zei ze.

'Dan komen ze uit hun hol, maar er is altijd wel iets wat hen er weer in trekt.'

Daniele was niet getrokken. Hij was geduwd. Toen Antonio ophing, had hij een beeld van Daniele, die vanaf zijn bergtop achterover het ravijn in viel. Antonio had zelf het mes dat zijn reddingslijn doorgesneden had in zijn schuldige hand. Hij stond in de hal van de pastorie te staren naar de patronen in de vloertegels alsof die een code waren die hij kon ontcijferen en dat die code hem dan zou vertellen wat hij moest doen. 'Mea culpa,' mompelde hij zachtjes.

Hij liet berichten achter voor zijn collega-priesters waarin hij hen informeerde dat hij weggeroepen was, dat er iemand in ernstige nood verkeerde, en of zij zijn taken de komende dagen konden overnemen. Hij zou in Ostia op zoek gaan naar Daniele of nieuws over Daniele, tussen het menselijke wrakhout waar de kustlijn vol mee lag. Hij zou naar het dorpje gaan dat ze op de oude watervliegtuigbasis bij de monding van de Tiber hadden gebouwd. Hij zou er de krotten afgaan die altijd konden overstromen of instorten, mocht er een storm opsteken waardoor de rivier zou opzwellen. Hij zou vragen stellen. Als Daniele ergens te vinden was, zou hij hem vinden, en anders zou hij erachter komen wat er met hem gebeurd was.

12

Met haar ogen half dichtgeknepen tegen het licht van de lage novemberzon, probeert Chiara Danieles contouren te onderscheiden, bewegend door de takken. Hij helpt de oude Gabriele door de rijpe vruchten uit de boom te schudden. Een regen van paarse, groene en gele olijven landt op een deken die onder de boom ligt uitgespreid. De jongen en de boom hebben dezelfde kleurtinten; groenbruin, bruingroen, zachte grijzen. Hij staat op een dikke tak, houdt zich met zijn armen boven zijn hoofd vast aan een hogere tak, en gebruikt zijn hele lichaam om de boom te laten schudden en buigen. Ze ziet dat hij zo volkomen opgaat in zijn taak dat hij alles om hem heen is vergeten. Hij is alleen nog maar zijn fysieke zelf. Geluk zou ze het niet noemen, nee, maar toch, hij is een doodgewoon jongetje dat een boom laat veren. Dat door de boom geveerd wordt.

Ze is alert op dit soort momenten. Ze merkt ze op. Ze slaat ze op, en als het kan wakkert ze de kleine vlammetjes ervan aan. 'Gisteravond zijn we op slakkenjacht geweest,' zegt ze tegen Gabriele terwijl ze hem helpt de deken bij de punten op te tillen en de olijven in de laatste zak te schudden. 'Toch, Daniele?' roept ze omhoog naar de takken. Ze verwacht geen antwoord. Sinds hij die eerste dag stilviel, heeft hij geen woord gesproken.

'Bar en boos, dit jaar, de slakken,' zegt Gabriele. 'Ze houden van nat.'

De olijven van verschillende grootte tuimelen over elkaar de zak in. Ze geniet van de intense kleur van de groene vruchten. Ze ruikt hun lichte aroma. 'Hij wilde eerst niet mee. Hij bleef liever gezellig met nonna bij het vuur, en wilde mij in mijn eentje laten gaan,' zegt ze, zo hard dat het gecamoufleerde jongetje dat nog in de boom staat het kan horen.

Halverwege de moestuin had hij haar ingehaald. Met vaste tred, in het donker. Hij volgde haar door de rijen met kolen, broccoli, late sla, witlof, spinazie, langs de witte koepeltjes van de venkel die uit de grond staken. De zaklantaarn scheen op het donkere veervormige blad. Ze richtte hem op de kleine, modderkleurige slakken, en liet hem zien waar hij naar moest zoeken: de rafelige gaten in de bladeren waar ze hun feestmaal aanrichtten. 'Het is zij of wij,' zei ze tegen hem. Elke slak die ze vond, kneep ze fijn tussen duim en wijsvinger, om hem daarna te laten vallen in de pot azijn die ze bij zich had. Ze scheen omlaag naar de pot zodat hij het smerige klonterige slakkenvocht kon zien. Bij de tweede rij trok hij aan haar mouw en wees haar op een slak die ze had gemist. 'Als jij ze zoekt, dan pak ik ze,' zei ze. Samen werkten ze langzaam de groentebedden af, bijgelicht met de zaklamp.

'En we gaan slakken inleggen in zuur, toch?' roept ze, terwijl ze samen met Gabriele een volgende zak op de tweewielige kar legt.

Daniele laat zich uit de takken zakken. In haar ooghoek meent ze zijn gezicht te zien vertrekken als hij landt, alsof hij met zijn kin op zijn knieën terecht was gekomen. Ze herinnert zich dat het haar als kind meer dan eens was overkomen, en weet nog goed hoe de schok dan altijd door haar schedel trok, en hoe haar mond zich met bloed vulde toen ze een keer in haar tong had gebeten. Hoe roestig dat smaakte. Daniele maakt geen geluid. Er steken twijgjes uit zijn haar en er zit groen poeder, korstmos misschien, op zijn onderarmen en neus. Hij blijft gehurkt zitten, zijn hoofd gebogen. Hij lijkt iets op de grond te inspecteren.

Ze ziet dat zijn korte opleving voorbij is en dat zijn lot weer tot hem doorgedrongen is. Ze wendt haar hoofd af. Ze heeft al genoeg op haar bord. De boerderij is een puinhoop, de kippen zijn door het leger in beslag genomen, de helft van de schapen is verdwenen en er wonen vreemden in de schuren en bijgebouwtjes. Nonna, een schim van haar vroegere zelf, heeft het allemaal laten gaan. Cecilia is grillig als de wind.

Samen met Gabriele tilt ze de laatste zak op de kar. 'Ga je mee?' zegt Gabriele met een knikje in de richting van de jongen.

Daniele zit nog steeds op zijn hurken. Even ziet ze hem als een kleine bokser, knock-out geslagen in de ring. Hij staat op en veegt met de rug van zijn hand over zijn mond. Er zit een veeg bloed op zijn hand. Dat verdomde kind, denkt ze, opgesloten in de verre toren van zijn stilzwijgen. Iedereen buitensluitend. Haar buitensluitend. Er zit alweer een scheur in zijn broek. Hij draagt nu al een maand dezelfde kleren, dag in, dag uit.

'Hij kan niet mee,' zegt ze zachtjes tegen Gabriele, 'hij heeft geen papieren.'

'Ik zorg wel voor hem, signorina,' zegt Gabriele. 'Niet op de kar. Anders kiept hij,' zegt hij tegen het kind als het erop klimt. 'Kom maar hier voorop, naast mij. Dan houden we hem in balans.' De jongen neemt plaats zoals hem is opgedragen. Dan tilt de ezel zijn kop op en spitst zijn oren. Chiara haalt haar hand over de flank van de ezel en laat hem daar rusten. Ze voelt zijn warmbloedige, solide aanwezigheid, het leven dat door zijn heen stroomt. Ze wrijft cirkeltjes met haar duim over het zachte plekje achter het oor van de ezel, terwijl Gabriele de halster straktrekt. Ze wil iets zeggen. Ze weet niet wat. Dat ze voorzichtig moeten zijn. Dat ze veilig terug moeten komen. Dat ze de olijven maar bij de pers moeten laten liggen om de olie op een andere dag op te halen, mocht het druk zijn. Als ze haar hand van de ezel haalt, raakt ze de droge, harde huid van de elleboog van de oude man even aan. Die voelt als bast. Zo veilig als een boom, Gabriele. Je hoeft geen woord te zeggen.

Ze vindt het prettig hoe Gabriele met hem omgaat. Niet kortaf, zeker niet onvriendelijk, maar met een houding van graag-of-niet, waardoor het kind kan meehelpen en zich nuttig voelt zonder de druk van geforceerde vrolijkheid. Nonna gaat ook gemakkelijk met hem om, als ze alert genoeg is om aandacht aan hem te schenken. Kleine man, zo noemt ze hem. 'Ga maar slapen, kleine man,' zei ze de eerste nacht dat ze hier waren, nadat Cecilia boven in bed gestopt was en ze een bedje voor hem hadden gemaakt naast de haard, waar ze een warme baksteen in legden voor zijn voeten. 'Hier kan je niets gebeuren.'

En toen leunde nonna achterover in haar verschoten bloemenstoel, met haar haakwerk op schoot, precies zoals ze erbij zat toen ze hier aankwamen, helemaal verfomfaaid en doorweekt, als natte bladeren voortgejaagd door een gure wind. 'Jullie zijn laat,' had ze gezegd, alsof ze hen verwachtte.

Telkens als de jongen opkeek, zag hij dat nonna daar nog steeds zat, met haar haaknaald die in en uit de wol schoot. Dat maakte dat hij eindelijk zijn stevige en gespannen grip op zijn waakzaamheid kon laten vieren.

Chiara zou graag meer zijn zoals Gabriele of nonna, rustgevend en onverstoorbaar en weloverwogen sprekend, maar sinds die avond in de trein kan ze zich niet ontspannen in Danieles aanwezigheid. Ze is een borrelende beek, een woordenstroom die over en langs hem heen gutst, alsof zijn stilzwijgen een paraplu is die hij opgestoken heeft en zij de regen is die erop tikt en langs de rand omlaag valt. Ze vertelt hem verhalen, verzuipt hem erin, om hem terug te halen naar deze wereld, de wereld waarin zij leven.

'Neem maar wat goede olie voor ons mee,' roept ze hen achterna als ze het pad afrijden. 'Ik ga nu brood bakken, voor als jullie terugkomen.'

De kar rolt achter hen aan en de hoeven van de ezel schoppen tegen losse steentjes, die kletterend doorrollen. Daniele heeft zijn hand onder de halster geschoven, in de nekvacht van de ezel. Ze is blij met de warmte die het dier hem geeft. Ze kijkt hen na tot ze boven op de eerste heuvel rijden. Daar zijn ze, tegen de hemel geëtst, de oude man, de jongen en de ezel. En dan verdwijnen ze uit het zicht.

Op het erf staat een jongeman in legerbroek en -laarzen, met alleen een hemd om zijn bovenlijf, zijn blote armen glimmend bleek en onder de modder, de gevallen bladeren op te vegen. Als hij hoort dat de klink van het hek wordt opgetild, veegt hij extra hard, en slaat een laatste tegenstribbelend blad van onder de stenen drempel om hem naar de hoop in het midden van het erf te vegen. Het is een samengeraapt zooitje dat zijn toevlucht heeft gezocht in en om nonna's huis. Een deel bestaat uit vaste bewoners, een ander deel verblijft er tijdelijk, weglopers, zoals deze man. Ze slapen in de schuur, blijven een paar dagen om bijgevoed te worden, uit te rusten, hun uniforms te laten vermaken zodat ze meer op burgerkleding lijken, en dan, of ze nu willen of niet, trekken ze weer verder.

'Nog andere klusjes voor me, signora?' roept de man.

Hij is hier twee dagen geleden aangekomen en maakt zichzelf overal nuttig. Soms komen ze alleen, maar vaker met zijn tweeën. Sommigen hebben een vastomlijnd plan en een helder doel; ze willen zich bij de partizanen voegen, of bij de Esercito Cobelligerante. Velen van hen, vooral de mannen uit het zuiden, zijn van plan om door de vijandelijke linie heen te breken en naar huis te gaan. Degenen die vinden dat voor hen de oorlog erop zit. Allemaal willen ze voorkomen dat ze door een van de fascistische milities worden geronseld of gevangengenomen en naar de interneringskampen gestuurd worden door het Duitse leger.

'Nee, ik geloof het niet,' zegt ze. 'Maar als je het koud hebt, kun je wel even binnen komen wachten.'

'Ik blijf liever bezig,' zegt hij. 'Ik ben goed in...' Hij kijkt het erf rond, naar de hoop bladeren die als bodembedekking dienst gaat doen, de mand met kastanjes bij de deur, de houtblokken die onder een zeil opgestapeld liggen, de kruiwagen die tegen de muur leunt, de terracotta dakpannen op het bijgebouw, het hek naar de moestuin dat nog maar aan één scharnier hangt. '... hekken repareren,' zegt hij. 'Waar bewaren jullie het gereedschap? Dan maak ik hem.'

Ze kan het zich niet veroorloven om bij hem in het krijt te staan. Er is niet genoeg te eten om iedereen hier te houden. 'Het punt is,' zegt ze, 'alle klusjes zijn al zo'n beetje vergeven.'

Hij monstert haar van top tot teen. Zijn blik is wellustig, en ze voelt dat het haar iets doet. Ze is bang dat hij een suggestieve opmerking gaat maken en zet zich schrap. 'Het is vast eenzaam, zo zonder uw man', krijgt ze vaak te horen. 'Mijn regiment...' zegt hij plompverloren. 'We waren in de buurt van Venetië gelegerd. Ik was er met een paar mannen op patrouille, de ochtend van 8 september.'

Hij heeft het over de dag dat de regering de overgave tekende in Cassibile. 8 september was de dag dat het bekendgemaakt werd. Ze weet wat hij gaat zeggen, want ze kent deze verhalen al van anderen, maar ze moet het hem laten vertellen. Dit is zijn verhaal. Ze willen niet allemaal hun geschiedenis vertellen. Ze zitten er nog middenin, en het is te vroeg om het te delen. Het zijn degenen die denken dat die tijd nooit komt die er toch mee komen.

'Ja,' zegt ze.

'Toen we weer terugkwamen, was de basis omsingeld door de Wehrmacht. We wisten niet wat er aan de hand was. Niemand had ons iets verteld. We hadden geen bevel gekregen. We stonden aan dezelfde kant, maar toch schoten ze ons dood.'

Wat het doel ook was dat hem ertoe had aangezet om op de vlucht te slaan, het laat hem nu in de steek. Hij denkt dat hij misschien op de plek van bestemming is. Sommigen vluchten niet naar iets toe, alleen maar van iets vandaan. Soms bieden ze haar geld, maar er is hier in de heuvels niets te koop. Beneden in de steden waarschijnlijk ook niet. Voedsel is nu het betaalmiddel.

'Morgen zijn we misschien allemaal dood,' zegt hij. Hij doet een stap in haar richting, de bezem achter zich aan slepend over de stenen.

Ze likt haar droge lippen, houdt voet bij stuk. Ze herinnert zich zijn naam en slaat haar hospitatoon aan. 'Maar Goffredo,' zegt ze, 'het is je gelukt om te ontsnappen. Jij hebt het overleefd. Daar gaat het om.'

Hij reageert niet. Hij leunt op de bezem en bijt op zijn lip. Als ze bij de deur is, draait ze zich om, om nog iets te zeggen. Hij heeft de bezem tegen de muur gezet en staat daar met zijn gezicht naar de muur, in zijn hemd en broek, zijn armen werkeloos langs zijn lijf. Ze wil hem zeggen dat het haar spijt, maar bedenkt zich. Wat heeft hij aan haar verdriet?

Onder het lage plafond van de zitkamer lijkt het kouder dan buiten. Cecilia zit aan een klein tafeltje te naaien, bij het zijraam aan de andere kant van de kamer. Tegenover haar, aan de andere kant van het zware, ouderwetse bed dat de keukentafel heeft verdrongen, zit nonna naast de koude haard. Ingepakt in sjaals en met haar haaknaald en bolletje wol op schoot, voert ze een gesprek met de lege stoel aan de andere kant van de haard. 'Nog geen mekkertje,' zegt ze op het hoge, zachte toontje dat ze tegenwoordig gebruikt. Voor de zoveelste keer vertelt ze het verhaal van die nacht dat de halve kudde verdween.

In de kamer hangt de troosteloze geur van de as van gisteren. Het fornuis in de keuken wordt brandend gehouden, maar de grote haard gaat alleen nog 's avonds aan.

'Zelfs Gabriele heeft geen idee,' zegt nonna hoofdschuddend, want wat haar vooral zo verwondert is dat Gabriele, bron van alle boerenkunde en -kennis, even verbijsterd is als zijzelf over de verdwijning van de schapen.

'Misschien komen ze nog wel terug, nonna,' zegt Chiara terwijl ze om het enorme, logge bed heen loopt en even op de rand van het matras neerploft, dat een zucht laat horen. 'Zoals dat ene verloren schaap.'

'Daar is de goede herder naar op zoek gegaan,' zegt nonna. 'Die zat niet af te wachten tot hij weer kwam opdagen.'

'Gabriele heeft een boel op zijn bord,' zegt Chiara.

'Ik weet het,' zegt nonna. 'Ik ben niet gek. Ik weet dat het oorlog is. Ik vertelde *nonno* net over de schapen,' zegt ze, en ze zwaait met haar hand naar de lege stoel.

Chiara staat weer op en loopt naar de hoek waar haar zusje zit. Ze buigt zich om Cecilia op haar hoofd te kussen, en ziet dat het haar van haar zusje niet alleen ongekamd is, maar dat er zelfs klitten in zitten. Iedereen is een beetje groezelig nu ze zo op een kluitje leven met ontoereikende sanitaire voorzieningen waar te veel mensen gebruik van moeten maken, maar bij Cecilia, die altijd zo goed verzorgd is en lekker ruikt, valt het meer op. Na haar eerste zware toeval in het wachtlokaal, heeft ze nog een hele reeks kleinere toevallen gehad, lichte spasmen die bijna onopgemerkt voorbijgingen. Soms is het niet meer dan een lichte huivering, alsof er een spin in haar nek kriebelt. 'Zal ik je haar voor je wassen, voor het avondeten?' vraagt Chiara.

Cecilia's ogen schieten omhoog en kijken dan weer omlaag naar haar werk. Ze schudt haar hoofd, niet zozeer als weigering, maar om het voorstel van zich af te schudden, alsof dat nogal dom is. Haar brillenglazen zijn vettig.

'Wacht, ik maak ze even schoon,' zegt Chiara terwijl ze de bril van haar zusjes neus tilt. Ze veegt ze af met haar schort, één glas tegelijk, en Cecilia kijkt haar aan alsof ze wazig ziet, ook al is de bril voor dichtbij, en kan ze prima zien zonder.

'Ik kan die man op het erf vragen om wat water te pompen.'

Ze geeft de bril weer terug. 'Goed idee, toch, nonna?' zegt ze, op zoek naar een bondgenoot, maar nonna is in slaap gesukkeld.

'Wat ben je aan het naaien?' vraagt Chiara, al ziet ze zelf ook wel dat dit het jasje van Goffredo is en dat Cecilia de insignes van het Koninklijke Italiaanse Leger eraf geknipt heeft en de losse draden eruit getrokken heeft. Ze wil Cecilia aan de praat krijgen, de woorden uit haar trekken, want Cecilia lijkt de spraak opgegeven te hebben, of de spraak heeft haar opgegeven. Het lijkt wel alsof ze Danieles voorbeeld volgt, hoewel hij van het ene op het andere moment ophield met praten, terwijl Cecilia eerder met horten en stoten stopt. In plaats van te antwoorden houdt ze het jasje waar ze aan werkt omhoog, zodat Chiara het kan bekijken.

Cecilia heeft er handigheid in gekregen uniforms te transformeren tot nieuwe burgeroutfits, insignes te verwijderen, de militaire knopen te vervangen, de binnenste naden los te tornen en een halfrond stuk stof weg te knippen aan elke kant voor een andere snit om de overtollige stof te gebruiken voor revers. De uiteindelijke kledingstukken moest je niet van te dichtbij bekijken. En het zou beter zijn als ze ze ook nog konden verven. Nonno's garderobe is al geplunderd. Het werk is niet veel anders dan wat Cecilia in Rome al deed. Daar stond ze erom bekend. Vrouwen brachten hun ouderwetse jurken en pakjes bij haar, de japonnen van hun moeders of grootmoeders, en Cecilia maakte er iets moderners van. Ze moet nu alleen met grovere stoffen werken, en haar klanten zijn mannen.

Chiara gaat tegenover haar zitten en kijkt hoe Cecilia de stof door nonna's oude naaimachine haalt. Cecilia zet haar voet op de pedaal en ze begint te neuriën. Het is geen herkenbare melodie, eerder een echo van het geluid dat de naald maakt.

'Schiet het al op met de kleren voor het jongetje?'

Cecilia is bij het eind van de naad. Ze knipt de draad door, maakt een knoopje, draait het jasje om, en strijkt de andere kant glad.

'Het jongetje over wie ik je vertelde, dat geen kleren heeft?'

Cecilia stopt en kijkt op. 'Waar is die vieze jongen?' zegt ze. Ze kijkt gretig.

'Hij stinkt anders niet, zoals jij,' zegt Chiara in het Engels. 'Ik ga brood bakken,' zegt ze, en ze staat op.

In de keukenhoek pakt ze het deeg dat stond te rijzen en kwakt het op het houten werkblad. Ze duwt erin met de vingertoppen van haar ene hand en duwt de muis van haar andere hand naar het midden en rekt het deeg van zich af. Dan veegt ze het allemaal bij elkaar en herhaalt de procedure: deeg oppakken, neersmijten, uitrekken.

Ze tilt een dunne lap deeg op tussen haar handen om de consistentie te voelen. Het is rimpelig en half doorzichtig, zoals de huid op nonna's wangen. Ze maakt er een bal van en zet het weg om het nog even te laten rijzen.

Mario en Furio, twee broers uit Lombardije die in het schuurtje bij de ezel logeren, zijn de jagers binnen het huishouden. Overdag verdwijnen ze in de bossen, met hun katapulten en vallen, en 's avonds duiken ze weer op om bij de haard te komen zitten. Meestal brengen ze konijnen mee, één keer een haas, en houtduiven of magere vogeltjes die in vettere tijden al nauwelijks de moeite van het plukken waard zijn.

'Hier zijn we, signora,' zegt Mario met een vertrokken gezicht, misschien een knipoog, misschien een tic, of misschien, vreest ze, als commentaar op het feit dat ze zich door iedereen signora laat noemen terwijl ze helemaal geen signora is, en hij dat doorheeft. Ze draagt tegenwoordig de gouden zegelring van haar vader met het zegel naar binnen gedraaid, alsof het een trouwring is. Als mensen aannemen dat Daniele haar zoon is, hoeft ze verder niets uit te leggen. Maar Mario en Furio waren al hier voor ze de ring omdeed.

De laatste buit bestaat uit een paar konijnen, die Chiara meteen ontdoet van hun ingewanden, vilt en ontbeent. Ze snijdt het vlees in kleinere stukken en berekent hoeveel mensen ervan moeten eten, en wat ze moet toevoegen om er meer van te maken. Aardappelen zou geweldig zijn, maar die hebben ze niet. Ze bekijkt haar verzameling kruiden. Rozemarijn en knoflook, zout, laurierbladeren en jeneverbessen. Ze kneust wat jeneverbessen en meteen wordt de lucht geparfumeerd en opgefrist door de bosgeur; ze snuift hem op met diepe teugen en is zich ineens bewust van haar eigen relatieve jeugd en kracht.

De geallieerden komen eraan, er komt een eind aan de oorlog, de gevangenen worden vrijgelaten en er zal gedanst worden. Ze draait zich om, om naar Cecilia aan de andere kant van de kamer te glimlachen.

Het jasje is klaar en ligt op tafel, naast de naaimachine. Cecilia heeft haar bril afgezet. Haar elleboog leunt op tafel en ze laat haar hoofd in haar hand rusten, haar vingers voor haar mond. Misschien kijkt ze wel uit het raam. Ze heeft zich in elk geval die kant op gedraaid. Misschien is ze er niet bij met haar gedachten. Misschien is ze zelfs helemaal weg.

Morgen kunnen we allemaal dood zijn. De woorden dreunen na in haar hoofd als een uitnodiging. Ze zet de pan op het vuur en steekt dan de lampen in de kamer aan. Ze raapt nonna's bolletje wol van de grond en laat het in haar schoot vallen. Nonna haakt op haar gemakje door, alsof ze niet weet dat ze heeft geslapen.

'Ga je mee wat groente halen?' vraagt Chiara aan Cecilia. Ze veegt de bloem van haar handen aan haar schort en laat ze op Cecilia's schouders rusten. Dan buigt ze naar voren om haar wang tegen die van haar zuster te drukken.

'Hm,' zegt Cecilia.

'Kom. Snel, voor het te donker wordt om ze nog te kunnen zien.'

Maar Cecilia verroert zich niet. Ze heeft niet ingestemd. Het was gewoon het geluid dat Cecilia maakt ten teken dat ze zich bewust is van de aanwezigheid van een ander, meer niet. Chiara loopt snel in haar eentje naar de moestuin. Goffredo is niet meer op het erf. Ze pakt twee grote kolen en kijkt omhoog naar de heuvel. De zon gaat onder. Ze voelt een koude steek van ongerustheid achter haar borstbeen. Gabriele en de jongen hadden al terug moeten zijn. Had ze hem maar nooit laten gaan.

Als ze terugkomt, zit Cecilia daar nog roerloos.

'Waarom ga je niet even liggen?' oppert Chiara. 'Je bent moe. Ik roep je wel als we gaan eten.'

Cecilia laat zich de smalle trap op leiden naar hun kamer onder het schuine dak. Er staan twee bedden, een groter bed en een laag bed op wieltjes, met een klein kastje ertussen. Chiara steekt een kaars aan en zet hem in het glazen windlicht op het kastje. 'Dan weet je waar je bent als je wakker bent voor ik bovenkom, en het al donker is,' zegt ze.

Cecilia zit op de rand van het grote bed. 'Ik weet niet,' zegt ze.

Haar gezicht is bleek en ze heeft kringen onder haar ogen. Van onderen bijgelicht door het flakkerende vlammetje lijken haar ogen op diepe holtes. Ze weet niet wát ze niet weet. Ze weet alleen dat ze het niet weet.

Chiara knielt neer en maakt de gespen van Cecilia's schoenen los. 'Je voelt je beter als je even een dutje hebt gedaan,' zegt ze.

'Niet weggaan,' zegt Cecilia, en dus gaat Chiara op het lagere bed zitten en houdt Cecilia's hand vast. Ze staart naar het crucifix aan de muur, maar denkt aan de afbeelding van Jezus die vroeger boven hun bed hing. Dat er, toen die van de muur was gevallen, een nieuwe smeekbede aan hun gebeden werd toegevoegd als hun moeder met de waspit kwam om de rode lamp te ontsteken: 'En wendt uw gezicht niet van ons af, Jezus.'

Ze herinnert zich hoe alert ze werd op de geringste verandering in Cecilia's ademhaling. De eerste geluidjes, een soort geblaat, drongen Chiara's eigen slaap en droom binnen, zodat ze aanvankelijk dacht dat ze hier was, op de boerderij van nonna en nonno, en dat het een verdwaald schaap was. Dat was voor haar het signaal. Dan werd ze met een ruk wakker, glipte uit bed, en greep het voeteneind vast, klaar voor wat komen ging. Als de toeval begon, duwde ze met haar hele gewicht het bed klem tegen de muur, zodat Jezus niet los zou trillen, en niemand doorhad wat er gebeurde. Als de toeval voorbij was en Cecilia sliep, controleerde ze of haar zusje haar tong niet zou inslikken. Daarna ging ze weer liggen, met Cecilia's hand in de hare om ervoor te zorgen dat ze niet het bed uit ging. De volgende ochtend was Cecilia dan altijd moeilijk wakker te krijgen, en zat ze slaperig en zwijgzaam aan het ontbijt. 'Ging het goed met haar, vannacht?' vroeg mama altijd, en dan knikte Chiara. 'Ja, maar het was zo lawaaiig, dus we konden niet slapen.' Dat was waar. Buiten waren mannen in de stoep aan het boren, ze haalden alles overhoop. Alsof ze de stenen omploegden. Niet om dingen te planten, maar om bloot te leggen wat daaronder schuilging. De rijke schat van het antieke Rome. Rome werd weer naadloos met zichzelf, met zijn verleden, verenigd, zei de radio. Met zijn hoogtijdagen. Mama kneep dan haar ogen tot spleetjes en keek eerst naar de knikkebollende Cecilia en vervolgens naar Chiara, die ook begon te gapen om overtuigender bewijs te leveren van hun uitputting. 'Doe je hand eens voor je mond,' zei haar moeder soms. 'We hoeven niet allemaal je amandelen te zien.'

Chiara kijkt naar haar slapende zusje. Ik ben zelf ook zo ontzettend moe, denkt ze.

Ze steekt de overloop over naar de slaapkamer van nonna en nonno. Het is er koud en het ruikt er naar schimmel. Er zijn wat dakpannen van het dak gevallen aan deze kant van de schoorsteen, en de zware regen die ze in oktober hadden gehad was de kamer in gedrongen. Vanaf de schoorsteenmantel breidt een groenige vlek zich uit naar de zijkanten. Tegenwoordig is alles of te droog of te nat. De balans is zoek. Nonna kan de trap niet meer op, vandaar dat het bed uit elkaar is gehaald en beneden weer in elkaar gezet is. De jongen slaapt naast haar op de grond in een nestje van dekens.

'We doen de schuif nooit op de deur,' zei nonna de eerste nacht.

'Nu wel,' antwoordde Chiara en ze schoof hem voor de deur en draaide de sleutel in het slot.

'Wat als we vannacht naar de wc moeten?'

'Dan gebruik je de po.'

Als ze tegenwoordig 's ochtends beneden komt, is nonna altijd al op en ligt de jongen in het bed te slapen.

De plankenvloer piept en kraakt als Chiara de kamer door loopt. Ze kijkt even uit het raam, in de hoop dat ze Gabriele en de jongen over de heuvel ziet lopen. Het is gaan waaien, en de granaatappelbomen buigen hun hoofden. Ze huivert. Ze voelt binnen in zich iets zachtjes afbrokkelen. Het is somber, zowel buiten als binnen.

Ze keert zich om en pakt een boek van het nachtkastje. *Een gids voor Italiaanse bergvogels*. De bladzijden plakken aan elkaar. Ze peutert ze los en de vage geur van haar opa's sigaren stijgt op van een bladzijde met een afbeelding van een blauwborst op een takje. Ze verlangt naar hoe hij was toen zij nog klein was, en hij het pad af kwam lopen met Gabriele en de mannen uit het dorp, met zijn geweer over zijn schouder, zijn juten tas met de buit aan zijn riem, zijn spijkerlaarzen, zijn broek in de dikke wollen sokken gestoken, die nonna op vijf naalden voor hem breide.

Maar het beeld dat bij haar opkomt, is dat van de oude, oude man, de bedroefde oude man die zijn enige zoon had overleefd.

Ze loopt de kamer uit en stommelt voorzichtig de donkere trap af.

'Ik moet naar de wc,' zegt nonna. 'Help me eens overeind.'

Nonna heeft twee stokken, die Gabriele voor haar gemaakt

heeft. In huis gebruikt ze er altijd maar eentje, maar als ze zonder hulp naar buiten gaat, gebruikt ze ze allebei. Chiara geeft nonna haar arm, en ze lopen langzaam het erf over, naar het privaat. Ze wacht bij de deur totdat nonna klaar is. De zon is nog niet helemaal onder, en de lucht in het oosten is stralend paars. Ze zien het eerste schijnsel van de maan. Ergens, ver weg, hoort ze knallen. Donder kan het niet zijn, want er is geen wolkje aan de lucht.

'Ik ben blij dat je er bent, Chiara,' zegt nonna als ze teruglopen naar het huis. 'Ik kan hier niet meer alleen zijn. Dat is niet goed. Ik ben zevenentachtig, en ik hoor niet meer goed en mijn benen werken niet. Zevenentachtig. We zijn je vrienden, zeiden die mannen. We zullen een goede prijs voor je schapen bedingen. Maar ik ken ze helemaal niet.'

'Welke mannen?' vroeg Chiara.

'De mannen die zo graag dingen doodmaken,' zei nonna. 'Alfonso is de laatste tijd zo stil. Ik maak me zorgen.'

'Wie?' vraagt Chiara. Ze helpt nonna over de drempel, en zet haar weer voor de haard neer. Alfonso was de naam van haar vader.

'Maar waar is hij nu eigenlijk?' vraagt nonna terwijl ze zich in haar stoel installeert. 'Mijn kleine man?'

'Hij is met Gabriele naar de olijfpers, weet je nog? Ze komen zo thuis.' Ze hadden al terug moeten zijn.

Chiara loopt naar de keuken, staart naar de stoofpot die daar staat te pruttelen en roert erin. Dan loopt ze de trap af, de koude voorraadkelder in. Ze tilt haar schort op en houdt hem tegen haar ogen. Een minuut later komt ze de keuken weer in. Ze verhuist de pan met de stoofpot naar de oven. Het brooddeeg verdeelt ze in twee porties, die ze nog een keer goed kneedt en dan op een bakplaat in het andere, hetere deel van de oven schuift.

Bij Cecilia's tafeltje zet ze het deksel over de naaimachine en pakt ze Goffredo's jasje op. 'Ik ben zo terug,' zegt ze tegen nonna, en ze schiet het huis uit.

Ze steekt het erf over en loopt het pad op. De man uit Viterbo, die met zijn vrouw in de graanschuur slaapt, heeft een vreselijke hoestbui. Als het gerochel voorbij is, spuwt hij. Chiara glipt erlangs en volgt het pad naar de schuur. Zachtjes doet ze de deur open en zet een stap naar binnen, haar ene hand op de klink, en in de andere hand het jasje. Goffredo heeft de lamp niet aangestoken, maar ze ziet hem in het gestreepte schijnsel, en de gloed van zijn sigaret. Hij ligt in het hooi te roken, en staart met zijn armen achter zijn hoofd naar de balken. Zijn hemd vormt zich naar zijn ribben, en zit strak om zijn ingevallen buik. 'Ik kom je jasje brengen,' zegt ze.

Hij schrikt en draait zijn gezicht haar kant op. Hij haalt een arm achter zijn hoofd weg en neemt de sigaret uit zijn mond. Hij duwt zichzelf omhoog op een elleboog. 'Bedankt,' zegt hij.

Ze trekt de deur dicht en doet de klink omlaag. 'Wil je het niet even passen?' vraagt ze, en ze komt wat dichterbij en reikt hem het jasje aan.

'Het past wel,' zegt hij, 'het is mijn jasje.'

'Maar toch,' zegt ze, en ze loopt naar hem toe en knielt naast hem in het hooi. Ze ziet hoe jong hij is. Ze zou hem negentien of twintig schatten. Onder zijn oksels groeit zwart haar.

Hij bekijkt haar gezicht onderzoekend. 'Dus uw man zat aan het Russische front?' vraagt hij.

Ze weet niet hoe hij daarbij komt, maar waarom ook niet, denkt ze. 'Ja,' zegt ze, en ze huivert bij het idee van de kou, daar op de ijzige steppes.

'Hebt u al nieuws van hem?'

'Nee,' antwoordt ze. Ze tilt de hand met de sigaret erin omhoog en houdt hem bij haar mond, neemt een trek, proeft de rook en zijn zilte vingers op haar lippen. Hij haalt de sigaret weg, knijpt hem uit tussen duim en wijsvinger, en stopt de peuk in een blikje dat naast hem ligt. Dan steekt hij zijn hand naar haar op, maar laat hem halverwege hangen in de lucht. Zij steekt zelf haar hand uit, pakt zijn pols en brengt zijn hand naar haar borst, naar de plek in het midden waar haar hart als een bezetene slaat.

'Dit wil niet zeggen dat je kunt blijven,' zegt ze, haar stem gesmoord doordat ze zich tegen hem aan duwt. 'Dat is niet wat dit betekent.' Maar ze weet dat hij niet luistert en dat het hem niet kan schelen wat het wel en niet betekent.

Het is de ezel die de terugkeer van Gabriele aankondigt, zijn klepperende hoeven en zijn gebalk, de 'Ik ben weer thuis, haal de haver'-roep die hij altijd laat klinken als hij onder aan het pad is, waar het afbuigt naar het huis.

Chiara bijt hem tot bloedens toe als hij zijn hand tegen haar mond drukt om haar kreten te smoren.

Bloed om bloed, denkt ze.

Als ze naar buiten loopt, het erf op, en haar schort gladstrijkt, sleept Gabriele met hulp van twee mannen die ze nog nooit heeft gezien het eerste vat olie de deur door.

'Nog twee eters erbij, vanavond,' zegt Gabriele. Hij stelt hen voor: Manfredo en nog een andere man, wiens naam ze niet meekreeg, omdat ze de jongen achter hen zag staan, met ogen als brandende kooltjes. Het is weer een van die momenten waarop hij weer bij de wereld is, echt aanwezig. Het regende momenteel van dit soort momenten, denkt ze, voor hen allebei. Ze kijkt hem grijnzend aan. Hij lacht niet terug. Hij lacht nooit, praat nooit. Maar er komt een dag, denkt ze, en dan zal hij dat wel doen, en dan zal zij er zijn.

Haar handen ruiken naar de man; het is een sterkere geur dan die van de jeneverbes en het deeg, het vlees en het bloed en de aarde. Hij verhult alles, zelfs het verval. Morgen kunnen ze allemaal dood zijn, maar vandaag leven ze.

‘Zegt nooit een woord. Hij trekt alleen aan mijn mouw, en ik kijk omlaag, denk dat hij wil stoppen om te pissen, neem me niet kwalijk dat ik het zo uitdruk, signora, signori, en hij houdt zijn vinger tegen zijn lippen, om me het zwijgen op te leggen. Dus ik kijk waar hij naar kijkt en ik zie ze staan, met zijn tweeen, op het hogere pad.’

Gabrieles stem slaat over, kraakt als de wind in de bomen, en hij hoest om zijn keel te schrapen.

‘Ik zat met mijn hoofd omlaag. Ik had ze niet gezien, niet gehoord,’ zegt hij, op een zachtere, vriendelijker toon. Hij kijkt de kring gezichten voor het haardvuur rond, ze zitten met hun borden op schoot. Er drupt jus van het stuk brood in zijn hand. ‘Het waren er twee,’ herhaalt hij, ‘en eentje doet een zaklamp aan en begint ermee om zich heen te schijnen. Hij en ik’ – hij wijst met zijn duim naar Daniele – ‘sluipen samen achter een struik. Ik en die kleine man, met zijn arendsogen.’

Ze ruikt Goffredo aan haar vingers, al had ze haar handen voor het eten afgespoeld, en ze voelt zijn blik op haar gericht. Maar zij kijkt naar Daniele, aan de andere kant van de haard. Hij trekt zich verder terug in de donkere ruimte die hij verkiest, tussen nonna’s armstoel en de haard.

‘We kunnen de ezel niet verplaatsen zonder geluid te maken, dus laten we hem daar staan, op het pad, in zijn eentje. Hij had elk moment kunnen...’ Gabriele schudt zijn hoofd omdat het onmogelijk uit te leggen valt wat er allemaal had kunnen gebeuren. Dat die alleen gelaten ezel had kunnen balken, of een hoef had kunnen verplaatsen, of had kunnen snuiven of snurken, of de kar een stukje voort had kunnen trekken. Dat de zaklantaarn hem had kunnen vinden, en dan hadden ze hen kunnen ontdekken, na de avondklok. Dat ze gepakt hadden kunnen worden, gearresteerd, of erger. De olie, God verhoede, ze hadden de olie in beslag kunnen nemen. ‘Maar dat is niet gebeurd,’ zegt hij.

Ze zijn vanavond met zoveel dat het vol is in de kamer. Het is goed dat ze de olie en het brood hebben als maagvulling. De onverwacht smakelijke stoofpot – die had kunnen aanbranden, aangezien ze er niet meer naar omgekeken had, maar die juist precies goed was – was zo gemakkelijker te delen. Ze kent Gabriele, de herder, al jaren. Haar hele leven zelfs. Hij kwam en ging altijd zoals het hem uitkwam en hij had weleens wat brood en kaas gegeten aan hun tafel. Maar tot deze oorlog had hij nooit met hen meegegeten, avond aan avond, als een gelijke.

'Hij zegt niet veel, maar hij is een verdomd slimme sodemieter, neem me niet kwalijk dat ik het zo uitdruk, signora, signori,' zegt Gabriele. 'Signorino,' voegt hij eraan toe, met een soort buiging in de richting van Daniele. Hij veegt zijn laatste jus op met zijn brood, kauwt ernstig op de korst en staart in het vuur, zijn moment van ongebruikelijke geestdrift is weer voorbij.

Ze hebben de lampen uitgeblazen en eten bij het licht van het vuur, want ze willen niet dat het huis oplicht als een baken, mocht de Duitse patrouille deze kant opkomen.

Alles smaakte al beter met zovelen in een kring gezeten waar maar plek was – op de bankjes en op de grond, met zijn tweeën een houten stoel delend – en met de dikke, peperig zoete olie om alles mee weg te werken. En nu ze hebben gehoord hoe ze de met moeite gewonnen olie bijna kwijtgeraakt waren, smaakt alles nog lekkerder. Ze scheuren stukken van het verse brood af en dopen die in de groengouden vloeistof. Hij stroomt door hun kelen omlaag. Hij maakt hun tongen glad en los.

De vrouw uit Viterbo, signora Morelli, die nu meedeelt dat haar naam Beatrice is, zit koket bij het vuur op de hoek van het bankje waarop ook Goffredo en de nieuwkomers zitten, en ze begint een verhaal over haar eigen confrontatie met een voorpost van de Duitse soldaten, op de dag van de slag om Rome. Chiara, die maar half oplet, voldaan op een nieuwe, ongekende manier, hoort het woord 'standhouden' en heeft de indruk dat

Rome misschien nooit was gevallen als er meer mensen zoals Beatrice geweest waren.

Ze kijkt naar de gezichten rondom het vuur en blijft iets langer hangen bij Goffredo, die voorovergeleund zit en zachtjes praat met Manfredo en diens vriend. Misschien gaat hij wel samen met hen optrekken. Niemand wil immers alleen zijn. Hij slaat zijn blik naar haar op, en ze kijkt snel weg. Een van de broers uit Lombardije doet een duit in het zakje en zegt iets over de kippen die hij en zijn broer in de vallei hebben gezien, bij het Duitse kamp. Hij vertelt over hun gewaagde plan om die kippen een voor een terug te stelen.

En ze denkt: Niet doen, dat zou heel dom zijn. Nooit de aandacht trekken.

Mensen komen met nieuwe versies van hun verhalen, die ze van een doorgezakte plank hebben gehaald en eens flink opgepoetst hebben en die ze omdraaien, om ze van hun beste kant te laten zien. De hoopvolle kant.

Ze zoekt Cecilia in de opflikkerende gloed, en dan realiseert ze zich dat Cecilia er niet is. Ze is vergeten haar te wekken.

13

In de trein op weg naar Italië had Maria een plek bij het raam, waar ze onrustig sliep, ingepakt in haar paarse jas van gekreukt fluweel. Ze was de laatste in een dicht opeengepakte rij van zes achteroverliggende lichamen.

Haar moeder had een couchette voor haar besproken. 'Ik wil zeker weten dat je veilig bent,' had ze gezegd, alsof een krap stapelbedje in een coupé met alleen vrouwen de oplossing was. Maria had geen bezwaar gemaakt, want ze sprak alleen met haar moeder wanneer dat strikt noodzakelijk was. Maar ze was de volgende dag teruggegaan naar het reisbureau om het kaartje om te ruilen voor een goedkopere plek in een wagon waarin zogenaamde ligstoelen waren. Ze dacht daarbij aan lijzige dames in zijden avondjurken, die loom op chaises longues lagen, maar wat het betekende was alleen dat de stoelen een stukje naar voren konden schuiven zodat de hele coupé in een groot ongemakkelijk en incompleet bed veranderde.

Tot Parijs waren ze met zijn vijven, wat al erg genoeg was, maar toen was er nog iemand ingestapt, die over de anderen heen klom en zich in de stoel naast haar wrong. Zijn kousenvoeten streken langs haar wang.

Maria was niet gewend aan slapen met andere mensen. Ze had altijd haar eigen kamer gehad. De inspanning die het haar kostte om de nieuwkomer niet te hoeven aanraken deed haar denken aan die keer dat ze een bed had moeten delen met haar oma. Dat was lang voordat haar broertje en zusje geboren werden. Toen was ze wakker geworden, klam van de warmte, plakkerig van het zweet, en haar nylon nachtpon kleefde aan haar huid alsof ze koorts had. Oma had de elektrische deken aan gelaten. Ze waren allebei doorstoofd, en hadden hun sappen losgelaten tijdens het braden. Oma stonk roze en muf, als gedroogde rozen met een ondertoon van afbladderende vochtplekken, zoals de hoek in de voorraadkast waar de regen doorlekte. Haar eigen geur was iets subtieler. Ze had hem herkend zonder hem echt goed te kunnen ruiken. Op dat moment werd het haar duidelijk dat zij iets anders was, iets wat afgescheiden was van de anderen, en telkens als dit weer in haar opkwam, was dat het bijbehorende gevoel. De klok die tikte op de overloop, en zij, die alleen, apart en afgezonderd in het hoge, warme bed lag. Ze moet een jaar of drie zijn geweest. Ze had altijd gedacht dat dit haar vroegste herinnering was, maar nu ze er zo aan terugdacht, had ze het gevoel dat er iets was van nog langer geleden, iets waar geen woorden voor waren, iets wat nog dieper verstopt zat. Het was felrood, en het wapperde in het zonlicht, een vlieger of een vlag. Telkens als ze het wilde pakken, glipte het weg.

Oma. Waarom hadden ze haar eigenlijk achtergelaten bij die vrouw die, naar nu bleek, niet eens haar echte grootmoeder was? Ik vind oma niet lief, dacht ze altijd. En nu pas begreep ze dat het oma was die háár niet lief vond.

De voormalige oma, de ex-oma. Ha! Ze hoefde nooit meer naar haar toe, op donderdagavond, voor haar stoofpot met schapenvlees en parelgort.

Ex-oma was natuurlijk ook medeplichtig aan het bedrog. Dat zelfvoldane ervan. Dat trouweloze. Ze had haar niet-biologische vader, Barry, gedwongen om alle mensen op te noemen die het wisten. Maar niemand had zo'n groot verraad gepleegd als haar moeder.

'Ik heb het haar vergeven. Kun jij dat niet ook doen?' had

Barry een keer gezegd op een van zijn vredesmissies naar haar kamer, waar ze hem op de drempel liet staan en hem de verdere toegang belemmerde.

'Wat moest jij haar nou vergeven?' had ze hem gevraagd, maar nog voor hij antwoordde, wist ze het ineens zelf al. 'Mij,' had ze gezegd. 'Jij hebt het haar vergeven dat ze mij kreeg, dat was het, hè?'

De trein reed rammelend door een tunnel. Ze bracht de kromming van haar elleboog naar haar neus, drukte de binnenkant tegen haar huid, maar ze kon haar eigen unieke geur, dat wat haar háár maakte niet meer ruiken.

Ze werd wakker van een bepaalde druk. Ze lag op haar rug. De jongen naast haar had waarschijnlijk per ongeluk zijn arm zijwaarts gebracht, in zijn slaap. De arm lag over haar dijen en had zich een weg gebaand onder haar jas, als een mol die op zoek was naar zijn burcht. Voorzichtig pakte ze de arm op bij de mouw, alsof er inderdaad een klein wild dier in zat. De jongen snurkte. Ze duwde de arm in de spleet tussen hun stoelen. De jongen slaakte een huiverende zucht, alsof hij naar droomde over iets wat hij kwijt was geraakt.

Toen viel ze in zo'n diepe slaap dat ze, toen iemand haar wakker schudde, nauwelijks doorhad waar ze was. Bij de deur van de coupé stonden twee mannen in uniform, de anderen zaten al rechtop en beantwoordden hun vragen. Het licht was aangeknipt, en iedereen zag er vreselijk uit in die gloed. De mannen hadden een hond. Ze keken nu naar haar en wachtten op een verklaring. 'Ik heb mijn paspoort afgegeven aan de conducteur,' zei ze. Maar misschien was het helemaal geen conducteur. Misschien was hij wel een bedrieger, en stal hij Britse paspoorten om die aan oplichters en criminelen te verkopen. De voorste van de twee mannen in uniform had een stapeltje paspoorten in zijn gehandschoende hand, waaronder twee donkerblauwe met een gouden reliëf erop. Ze begreep niet wat hij zei. Als ze nerveus was, kwam er altijd een soort doofheid over haar, en was ze niet meer in staat om welke taal dan ook te verstaan, inclusief haar moedertaal. Vooral als die werd uitgezonden over een intercom, radio of luidsprekers, en vooral als het belangrijk was.

Toen begreep ze dat ze haar naam noemden, en ze knikte.

'Dat ben ik,' zei ze. 'Maria Kelly.'

Misschien zou ze haar naam wel officieel laten veranderen. Ze kende een jongen die zijn naam van Jones in Gilmour had veranderd, zodat het leek of hij familie was van de gitarist van Pink Floyd. De mannen in uniform schoven de deur dicht en vertrokken.

'Ze doen soms een steekproef bij de grens,' zei de jongen naast Maria met een licht bekakte stem.

Hij was waarschijnlijk de andere Brit. Er piepte een rode ooievaarsbeet boven zijn overhemd uit, die zijn sleutelbeen en de onderkant van zijn kin bedekte. Zijn haar was sluik. Het exotische feit dat hij in Parijs was ingestapt maar niet Frans was, werd tenietgedaan door zijn uiterlijk. Ze lachte vaag naar hem, en had medelijden met hem vanwege zijn verdrietige dromen en zijn mismaaktheid. Hij glimlachte terug alsof hij haar kende, en ze wendde haar blik af.

Iedereen schoof weer op zijn plek.

Maria zat tegen het raam gedrukt met haar jas over haar knieën. Ze probeerde het wonder te voelen dat ze nu in Italië was, waar ze nog nooit geweest was. Dat dit haar derde land was in nog geen vierentwintig uur, en dat ze ver van huis was. Ze zag de spaarzame lichten van een anonieme stad voorbijflitsen. Ze keek door haar eigen spiegelbeeld heen. Toen concentreerde ze zich op haar hologige weerspiegeling, en keek dwars door zichzelf heen. Ze was een geestverschijning in de Italiaanse nacht. 'Me and My Shadow' speelde klagelijk door haar hoofd, steeds maar weer.

Ze haalde de zegelring die van Daniele Levi was geweest uit haar zak. De ring was zwaar, massief goud, en er was een patroon van zonnestralen in de ovalen voorkant gegraveerd, zeven schuin gekante lijnen die vanuit een centraal punt naar buiten liepen. Aan de binnenkant waren de letters AFR nog net zichtbaar. De randen waren afgesleten in de loop der tijd. Om de letters te kunnen zien, moest je de ring in een bepaalde hoek houden. Ze schoof hem aan haar wijsvinger en draaide hem om zodat het ronde, platte gedeelte aan de binnenkant zat. Ze sloot haar vuist eromheen, drukte hem stevig tegen haar handpalm en voelde het gewicht.

Toen leunde ze weer achterover, trok de jas over haar hoofd en stak haar duim in haar mond bij wijze van troost.

Toen ze weer wakker werd, waren de lijven weer anders gerangschikt. De jongen met de ooievaarsbeet zat nu tegenover haar. Er scheen een zwak, gelig licht in de coupé. Hij staarde haar aan. Zijn adem rook naar tandpasta. Maria deed haar ogen dicht om hem buiten te sluiten en draaide zich moeizaam om, zodat ze met haar gezicht naar het raam zat. Hij was te dichtbij en dat vond ze maar niets. Ze viste in het gat tussen de stoelen naar haar handtas, trok hem tevoorschijn en klom over de anderen naar de gang. Ooievaarsboy had zijn slaapzak over zijn gezicht getrokken.

De gang was gestreept door het vroege ochtendlicht dat door de blindering scheen. Maria ging tegen de wand staan in een van de donkere stukken en trok haar pakje Player's No. 6 uit haar tas. Er zaten er nog maar twee in. Ze had willen investeren in een slof van tweehonderd stuks, op de veerboot vanuit Dover, maar het leek haar veel geld om in één klap uit te geven. Ze blies de rook uit en keek naar de pluim die zich vormde in de reep zonlicht die door het vuile raam naar binnen viel. Had ze maar nooit een sigaret gegeven aan een of andere onbekende jongen op de veerboot. Ze deed een stap opzij, zodat ze in het licht kwam te staan. Ze sloot haar ogen en liet zich beschijnen. Er scheen een oranje gloed achter haar oogleden.

Ze had helemaal niet geslapen op de veerboot. Ze had in de felverlichte cafetaria op dek F gezeten, met een draaierige maag en omringd door mensen, hordes mensen, die thee en bier dronken en de binnenkant van hun monden lieten zien. Aan het tafeltje naast haar zat een kind dat moest overgeven.

Ze was zo ver mogelijk de trap opgeklommen, had een zware deur opengeduwd en was een smal looppad opgegaan waar een felle rukwind haar bijna omver had geblazen – een windvlaag die zo intens en koud was dat het pijn deed aan haar hoofd en haar ogen deed tranen. Maar hij blies wel de misselijkmakende stank van brandstof en vet van haar af. Ze had zich tegen die wind in richting het eind van de boot geworsteld maar de luchtstroom werd een virtuele muur, een onzichtbaar krachtenveld. Toen ze erdoor wilde, naar de andere kant, leek het alsof ze door een poort een andere dimensie ingestapt was, waarin men de wind had verbannen. Ze was naast een reddingsboot ineengezakt en had haar handen over haar geteisterde en ijskoude oren geslagen, in een zelfontdekt toevluchtsoord tussen de opwindend hoge, donkere opspattende golven, en ze rookte een sigaret op dat plekje, dat helemaal van haar alleen was.

Maar toen ze opgestaan was om verder te gaan, zag ze dat daar waar ze vandaan was gekomen, en weer langs terug wilde, een man met een capuchon over de reling stond geleund. Ze was weer op haar hurken gezakt en had bedacht dat ze zou wachten tot hij weer wegging. Maar toen kwam hij voor haar staan, zijn gezicht verborgen in de capuchon van zijn duffelse jas.

'Pardon,' had hij gezegd. 'Mag ik misschien een sigaret van je bietsen?' Hij zei dat hij misselijk was en naar buiten was gegaan voor wat frisse lucht, en vroeg waar zij naar op weg was. Ongevraagd bezoek. Ze had hem die sigaret gegeven. 'Je hebt er eentje van me tegoed,' riep hij haar na.

Ze deed haar ogen open. Ze drukte de sigaret uit in de metalen asbak die aan de wand geschroefd zat. De conducteur kwam eraan. Hij stopte bij elke coupé, schoof de deuren open en gaf de paspoorten terug. De gang vulde zich in zijn kielzog met mensen.

'Je hebt er nog eentje van me tegoed,' zei een stem. De ooievaarsjongen stond naast haar.

Ze keek naar de uitgestoken sigaret, en toen naar hem. Dan was hij dus de jongen op de boot geweest. Het was wel fijn om een extra sigaret te hebben. 'Die bewaar ik voor later,' zei ze.

'Sorry, dat ik je zo geplet heb,' zei hij 'Ik heb me omgedraaid omdat mijn voeten stonken. Ik dacht dat je niet zat te wachten op mijn stinkvoeten in je gezicht.'

De conducteur kwam dichterbij. Het was een andere man dan die van vannacht. Jonger en knap, met een stoer soort zelfvertrouwen. Hij gaf een duwtje tegen zijn pet en sprak haar naam uit. 'Maria Kel-ly', waarbij hij de r in Maria liet rollen en bleef hangen op de dubbele l, alsof haar naam een muziekinstrument was en hij de snaren bespeelde.

Ze lachte naar hem. 'Si,' zei ze.

Hij sloeg het paspoort open, keek naar de foto, keek naar haar en hield het opengeslagen paspoort voor zijn borst en drukte het tegen zijn hart. Hij zei een paar woorden die iets weg hadden van een gedicht. Toen stak hij het paspoort naar haar uit, en trok het speels terug op het moment dat zij het wilde aanpakken. Hij zei nog iets.

'Hij vraagt wat je ervoor overhebt,' zei de ooievaarsjongen.

Maria schudde haar hoofd. Ze had geen idee hoe ze moest reageren.

De conducteur lachte, overhandigde het paspoort en liep door.

'Fijne rollende r had hij,' zei de jongen.

Maria vroeg niet wat hij daarmee bedoelde. 'Wat zei hij net?'

'Volgens mij citeerde hij Petrarca,' antwoordde de jongen.

Maria keek de conducteur na, die perfect in balans meedeinde met de bewegingen van de trein toen hij verder liep.

'Een veertiende-eeuwse dichter,' voegde hij eraan toe. 'Hij schreef liefdesgedichten voor een vrouw van wie hij wist dat ze nooit de zijne zou worden.'

De conducteur verdween uit het zicht.

'Ben jij dan niet ingestapt in Parijs?' vroeg ze.

'Nee,' zei hij, en hij schudde onschuldig zijn hoofd. 'Ik ben daar alleen van rijtuig gewisseld. Waar ik eerst zat, was het vol.' Hij wendde zijn blik af en keek uit het raam, waar de elektriciteitspalen voorbijflitsten.

Hij had haar dus gevolgd.

'We zijn zo in Milaan,' zei hij. 'We zouden een kop koffie kunnen drinken.'

Ze was verbijsterd om zijn voortvarendheid, voor iemand die zo lelijk was. 'Ik ga naar Rome,' zei ze.

'O, jammer,' zei hij. Er viel een stilte.

'Hoe kan het dat jij Italiaans spreekt?' vroeg ze uiteindelijk.

'Mijn vader woont in Milaan. Ik kom net terug uit Londen, van mijn mamma, die Italiaans is, maar mijn babbo, een Engelsman, werkt in Italië.' Hij snoof alsof hij de spot wilde drijven met de omgekeerde wereld van zijn familie.

'Babbo?' vroeg ze. Ze vond het een mooi woord.

'Dat betekent vader. Maar je kunt ook *papà* zeggen.'

'Dus jij bent half Italiaans?' vroeg ze voorzichtig, en ze voelde een trilling in haar ruggengraat, een wiebelende duikplank onder haar voeten, ze hield zich bewust weg van de rand.

'Ja, officieel wel, maar ik voel me geen Italiaan. Ik ben in Engeland opgegroeid. Dus ik ga nu bij mijn vader wonen om mijn *Italiano* kant te ontdekken.'

En profil zag hij er beter uit. Zijn neus was kaarsrecht. Nu hij zo snel al zou uitstappen, had Maria eigenlijk niet meer zo'n moeite met hem.

'Ze spraken nooit Italiaans tegen me toen ik klein was.'

De mijne hebben het me niet eens verteld, dacht ze. De woorden brandden op haar tong als knetterkauwgom. Ze zou hem toch nooit meer zien. Ze kon het best vertellen.

'Ze hadden me tweetalig kunnen opvoeden. Wat zou ik daar veel voordeel van gehad hebben, een stevige voet aan de grond in twee culturen,' zei hij.

Maria stelde zich voor dat de morsige Theems om haar ene voet klotste, met rioolwater en vettige oude troep tussen haar tenen stromend, en dat ze met de andere voet in de Tiber stond. Ze had geen idee wat voor dingen er in de Tiber zouden kunnen drijven, of onder de waterspiegel verborgen konden zijn, maar in haar reisgids werd de rivier 'De blonde Tiber' genoemd. Dus het water moest er wel goudkleurig en kristalhelder en verkwikkend zijn, als vloeibaar licht. Ze stelde zich voor dat ze in die wateren zou drijven en dat dit zware gevoel zou verdwijnen.

'Het schijnt dat een kind vijf talen kan aanleren tijdens de vroege kinderjaren,' zei hij. 'In het begin halen ze die allemaal door elkaar, en het vertraagt de spraak met een halfjaar tot zelfs een jaar, dus een meertalig opgevoed kind kan misschien pas praten als hij twee, of zelfs drie is, maar dat komt alleen maar doordat de hersenen alle informatie aan het opslaan en organiseren zijn. En als ze dan eenmaal losgaan, is het geen enkel probleem meer om tussen de verschillende talen te schakelen. Moet je je voorstellen hoe dat je horizon zou verbreden. Het is net zoiets als vijf verschillende instrumenten kunnen bespelen. Maar dan elk instrument op het niveau van een solist.'

Maria voegde muziekinstrumenten toe aan haar heldere visioen. Een harp.

'Wat heb je voor missie in Rome?' vroeg hij.

Dat vond ze een mooi idee, dat ze een missie had. Maar het moment dat ze had gedacht dat ze misschien uit de school zou klappen tegenover een vreemdeling met een ooievaarsbeet was voorbijgegaan. 'Ik heb een zomerbaantje bij een Italiaanse dame. Ik ga haar gezelschap houden, en ik ga haar helpen met haar uitspraak van het Engels, want die is...' – ze zocht naar het woord dat signora Ravello in haar brief had gebruikt – '... verfoeilijk.' Maria had het moeten opzoeken in een woordenboek, maar ze vermoedde dat deze jongen geen uitleg nodig had. Signora Ravello zou Maria opwachten op Roma Termini voor de krantenkiosk. Ze zou een exemplaar van *Il Messaggero* onder haar arm hebben, en ze zou een 'champignonkleurige' hoed dragen. Wat vreemd eigenlijk dat ze bij deze onbekende dame mocht logeren.

'Klinkt interessant,' zei de jongen. 'Ik moet nu mijn spullen pakken. Ik heet trouwens Tom. Tommaso.' Hij glimlachte verontschuldigend, misschien om aan te geven dat hij best wist dat die Italiaanse naam totaal niet paste bij de lappendeken van rood en wit die zijn huid was en bij de kleur van zijn haar, als die van het stof dat zich ophoopt onder je bed.

De stoelen in de coupé waren in hun dagstand geduwd, en mensen waren bezig hun spullen bij elkaar te pakken. Kennelijk stapte iedereen uit in Milaan behalve Maria. Toen de trein het station binnenreed, overhandigde Tommaso haar een stuk papier dat hij heel vaak dubbelgevouwen had. 'Als je ooit nog eens in Milaan komt,' zei hij, en hij voegde eraan toe: 'Misschien kom ik nog weleens naar Rome', net op het moment dat zij zei: 'Ik zou graag *Het Laatste Avondmaal* een keer willen zien.'

Het was het enige wat ze wist over Milaan. Dat Leonardo's schilderij daar hing, in een refter. Even zag ze een schoolkantine voor zich, met kletterende messen en vorken, kinderen die worstjes en jus naar binnen schoven, zich niet bewust van de zegening van het beroemde schilderij dat boven hun hoofden aan de muur hing te schitteren.

'Het is vreselijk vervaagd,' zei hij. 'Er zijn zelfs delen helemaal verdwenen. Het zit onder de witte vlekken.' Hij boog zich om zijn veter vast te maken, en begon over de verschillende bindmiddelen waar Leonardo mee geëxperimenteerd had, en Maria's ogen vulden zich met tranen, alsof ze het een onverdraaglijke gedachte vond dat het schilderij zou oplossen voor zij de kans kreeg het eens te zien. Iedereen gaat bij me weg, dacht ze, en ze was boos op Tommaso omdat hij nog steeds orakelde over tempera en gesso, terwijl ook hij haar ging verlaten.

Ze drukte haar gezicht tegen het raam van de coupé om te kijken hoe Tommaso verdween in de massa onder de enorme koepel van het station van Milaan. De zon scheen door de hoge gietijzeren bogen op de hoofden en gezichten van de luidruchtige mensen die zich op het perron verdrongen.

Na Milaan probeerde de familie waar Maria de coupé mee deelde, drie pubers en een stevige dame met een snor, die te oud leek om hun moeder te kunnen zijn, maar te jong om voor hun grootmoeder door te gaan, een gesprek met haar aan te knopen.

Maria had zichzelf wat Italiaans geleerd. Ze had een oud grammaticaboek gekocht bij het boekenantiquariaat in de winkelgalerij in de stad, en had een serie platen geleend van de bibliotheek. Urenlang had ze in haar slaapkamer gezeten, zogenaamd om te leren voor haar examens, terwijl ze in werkelijkheid naar die platen luisterde, steeds maar weer de zinnetjes herhalend, hele dialogen in zich opslaand. Die woorden hadden haar in haar dagelijks leven vergezeld zodat ze ze in haar hoofd afspeelde als liedjes als ze van de bushalte naar huis liep, of als ze haar avondeten at met de gespannen conversatie van haar ouders op de achtergrond. Wat ze voelde was dat er ergens vanbinnen een bron was vol met taal, en dat die zou opborrelen als ze in Italië was. Maar nu, met al die pure, geconcentreerde Italiaansheid om zich heen, verstond ze geen enkel woord. 'Hebt u die handtas ook in een andere kleur?' was de enige zin die bij haar opkwam.

Ze gaven haar een sandwich. Het niet-beboterde brood was

droog, taai en stevig. Er zat iets heel smerigs op. Weke slierten die meteen tussen haar tanden gingen zitten. De familie maakte zuigende geluiden tegen haar, als in een overdreven toneelstukje van mensen die van hun eten genoten. Er kwam veel gekauw bij kijken, een ongebruikelijke zijdelingse beweging van de kaak om van het brood iets te maken dat je door kon slikken. Ze bekeken haar geïnteresseerd, alsof ze tegen een hek om een weiland geleund stonden en zij in het gras lag te herkauwen. Het slijmerige ding zat nu tegen de achterkant van haar tanden geplakt.

De vrouw zei iets.

'Ik begrijp u niet,' zei Maria in het Engels. 'Ik begrijp u niet,' herhaalde ze, in het Italiaans dit keer. De zinnetjes van de platen kwamen weer boven. Ze liet ze een voor een boven komen, en plakte het begin van de ene zin aan het eind van de andere.

'Kunt u herhalen?' zei ze, misschien. 'Ik praat slecht?' Dat was een retorische vraag, wilde ze eraan toevoegen, maar alle subtiliteit was weg. 'Wat is dit?' vroeg ze, wijzend op het beleg op haar broodje.

De vrouw noemde het woord voor ham.

Maria haalde haar Collins-zakwoordenboek tevoorschijn om het op te zoeken. Ja, dat woord betekende echt ham. Ze liet het aan de jongere zoon zien, die naast haar zat. Hij keek en knikte, en voegde toen nog een woord toe, zocht het op in het woordenboek en liet het aan haar zien. *Crudo*. Rauw.

Ze staarde uit het raam. Ze had rauw vlees gegeten. Ze was bang dat ze misselijk zou worden. Ze bracht haar servetje naar haar mond en spuugde het stukje slijm dat aan de binnenkant van haar wang gekruld zat uit, veegde haar lippen af, verfrommelde het servet en stopte het in haar tas.

De jongen ging weer aan de andere kant zitten, want kennelijk kon hij haar dan beter bekijken. Als hij niet de mand op de knie van de oudere dame doorzocht, of haar iets in het oor fluisterde, of vooroverleunde om de krant te lezen die op zijn schoot lag, keek hij met grote ogen naar Maria. Ze begon zich af te vragen of hij misschien niet helemaal goed bij zijn hoofd was. Staren is onbeleefd, zou ze willen zeggen. Zijn moeder of oma zou hem een standje moeten geven. Maar ja, die vrouw zat zelf met haar benen wijd, zodat de aderen boven haar kousen te zien waren, en ze gaf haar familie rauw vlees te eten.

Toen ze uitgegeten waren, hadden ze een soort onbeholpen gesprek, waarbij ze gebruikmaakten van het woordenboek, gebarentaal en de halfslachtige zinnetjes die Maria bij elkaar kon puzzelen. Ze wilden weten waar ze naar op weg was, waar haar familie was, met wie ze had afgesproken, waarom ze zo ver van huis was. Blijkbaar was het een bron van verwondering en mysterie dat zo'n jong meisje in haar eentje op reis mocht en ze konden er niet over uit. Ze riepen allerlei dingen die ze niet begreep, maar ze schudden ook met hun hoofd en mompelden misprijzend, en dat begreep ze prima. Ze hoorde het woord mamma vaak voorbijkomen. Het begon haar op haar zenuwen te werken. Mijn mama is het met jullie eens dat ik te jong ben, niet dat dat jullie wat aangaat, had ze willen zeggen.

Maria beet op haar lip om niet te huilen.

'Ik snap wel dat je ons wilt straffen, je vader en mij,' had haar moeder tegen haar gezegd toen de school hun had laten weten dat Maria niet was komen opdagen voor de examens, 'maar dit gaat om jou, en jouw toekomst.'

Ze zat aan het bureau in de achterkamer met de brief van de directrice voor zich. Ze probeerde Maria over te halen om de rest van de examens wel te maken. Ze had kennelijk vergeten om haar jasschort aan te doen onder het koken, want ze had een jusvlek op de voorkant van haar kleren.

Maria kon het letterlijk voelen. Dat haar hart verhardde, alsof het een onkraakbare noot werd, een paranoot. 'Hij is mijn vader niet,' zei ze.

Haar moeder legde haar hoofd in haar handen. 'Ik weet niet wat ik met je aan moet,' zei ze, en ze begon te huilen.

Het scherpe bovenste randje van Maria's paranoothart prikte van binnenuit tegen de onderkant van haar keel. Ze slikte, maar het bleef steken. 'Ik weet het ook niet,' kon ze uitbrengen. Maar toen wist ze het ineens toch. 'Laat me naar Italië gaan,' had ze gezegd.

Ze verzonk in gedachten. Ze had zo hard gestreden. Ze had gedreigd om haar herexamens te saboteren, om weg te lopen. Ze had onderhandeld en geschreeuwd. Ze had hen gedwongen om haar te laten gaan. Om haar in haar eentje in een buitenlandse trein te laten stappen. Helemaal alleen.

Ze keek uit het raam. Gele en groene weilanden met hier en daar een perzikkleurige boerderij. Bomen vol met bloesem. Een oude tractor, en een hond met een ingedeukte zwarte kop en een rode halsband die aan een hek vastgebonden was. Ze dacht aan haar moeder, die naast de trein meerende op Victoria, haar verdrietige gezicht op en neer deinend.

Prima, had ze gedacht. Weet jij ook eens hoe het voelt.

Ze probeerde dat gevoel van triomf weer vast te grijpen, maar het ontglipte haar. Ik wou dat... maar ze kon de gedachte niet afmaken. Er viel niets meer te willen. Het kon niet meer ongedaan gemaakt worden. Zodra je iets wist, kwam je nooit meer van de wetenschap af.

14

Het is licht in de slaapkamer dankzij de maan, en er is iets mis. Chiara denkt meteen aan Cecilia, want Cecilia komt tegenwoordig 's nachts uit bed. Chiara heeft haar al twee keer uit de oude slaapkamer van nonna en nonno aan de andere kant van de gang gehaald, waar ze midden op de inzakkende vloer stond te zwaaien, met uitgestoken armen, als een koorddanseres in de wind. Chiara denkt dat het misschien door haar medicatie komt, en dat die bijgesteld moet worden. Een andere keer was het nonna's uitroep die Chiara wakker maakte, en toen ze naar beneden holde was ze op de een of andere manier minder verbaasd om Cecilia daar aan te treffen die vruchteloos aan de voordeur rammelde, met open ogen maar zonder iets te zien, dan om nonna en Daniele naast elkaar rechtop in bed te zien zitten. Met grote ogen, en een licht schuldige blik, als een stelletje dat op heterdaad betrapt wordt. Maar haar zus ligt dit keer diep in slaap naast haar, een hoopje onder de dekens.

Ze staat op, loopt naar het raam en tilt een gordijn op. Het is volle maan, waardoor de steile weide en de heuvel op ijshellingen lijken. De olijfbomen steken zwart af tegen het zilver. Het lijkt buitenaards, maar toch is er niets vreemds te zien. Niets anders dan anders.

Ze keert zich weer om, houdt het gordijn omhoog om het zilveren licht binnen te laten, en kijkt naar haar zusje, die er zacht en vredig uitziet. Ze luistert naar de bewegingen van het huis, de zachte kraakjes en piepjes. Het sissen en puffen van lucht door de schoorsteen, het zuchten van oud roet, het vage roepen van een nachtelijke vogel, het geschuifel van kleine klauwtjes op het dak. Niets wat er niet zou moeten zijn.

Ze keert zich weer om naar het raam. Haar blik wordt naar de rand van de boomgaard getrokken, waar de olijfbomen vervangen zijn door eiken, platanen en esdoorns, en de bomenrij dichter wordt. Daar staat de alleroudste boom, de Mago, waar ze Daniele over had verteld tijdens hun treinreis. Onder in de knoestige en gedraaide stam is een holte die groot genoeg is om er in je eentje in te passen, of met zijn tweeën, als je nog klein bent.

Ze trekt haar schoenen aan, slaat een deken om zich heen bij wijze van cape. Het is de koudste nacht tot nu toe. Ze neemt de lantaarn mee naar de overloop en steekt hem daar pas op, om haar zusje niet wakker te maken. Ze houdt de lantaarn zwaaiend voor zich uit als ze de trap afloopt, waardoor er vreemde schaduwen op de hobbelige witte muren vallen. Ze loopt naar het bed en houdt de lamp hoog. Danieles nest van dekens ligt op het bed naast nonna, die zachtjes en diep ademhaalt, met een klein fluitje als ze uitademt. Chiara hoeft niet in de hoop dekens te porren om te weten dat hij leeg is.

De voordeur zit nog op slot, met de grendel ervoor. Die is trouwens ook veel te zwaar voor Daniele om zonder hulp te openen. En ze houdt de sleutel boven bij zich. Zonder te bewegen stuurt ze haar gedachten alle kanten van de benedenverdieping op, en ze voelt aan de ramen. Ze licht de hele lengte van de kamer tot de keuken bij, duwt de deur van de voorraadkast open en kijkt naar binnen. Het hoge, kleine raampje beweegt heen en weer, en er staat een krukje onder. Ze klimt op het krukje en steekt haar hoofd naar buiten, richting het erf. Ze ziet dat de houtstapel die onder het raam tegen de muur ligt zo is opgestapeld dat die een trappetje vormt.

Zachtjes schuift ze de grendel van de voordeur en stapt het erf op. De lucht is bijtend en een nachtelijke wind ruist door het weinige blad dat nog aan de vijgenboom zit, rammelt aan de vruchten die als gedoofde lantaarns aan de verder kale dadelpruimenboom hangen, en veroorzaakt gekraak onder de pas gevallen bladeren. Ze gaat bij de stenen muur achter een van de steunpilaren staan. Die zijn gebouwd nadat het huis door elkaar geschud was door een aardbeving, stenen stutten om het gebouw tegen de heuvel gedrukt te houden. Ze heeft het gewicht van het huis in haar rug, en voelt de verleiding in de eeuwenoude steen en het afbrokkelende cement om er de brui aan te geven. Om ineen te storten tot puin en gruis, de heuvel af te glijden als een kleine lawine, daarbij de houtstapel en het privaat, de lagergelegen moestuin en de schuur met zich meeslepend. Rollend en tuimelend, blijven hakend aan bomen en graspollen en ouden stenen muurtjes, om vervolgens snelheid te maken en in het riviertje onder aan de heuvel te storten.

Ze schudt haar hoofd om het beeld uit te bannen, en haar adem maakt spookachtige witte pluimen voor haar gezicht. Ze kijkt naar het hek, vanwaar ze de olijfgaard in zou kunnen kijken, maar ze blijft staan waar ze staat. Het hek wordt bijgelicht door bundels zilverkleurig maanlicht die op de heuvel vallen. Als ze daar zou gaan staan, zou het kind haar zien en dan zou ze hem van zijn geheim beroven. Ze ziet hem zo voor zich, ineengedoken in de holle boom, badend in de manestralen.

Laat hem maar, denkt ze.

Haar blote voeten bevriezen bijna op het koude steen. Haar drang om hem te bespioneren vervliegt. Ze wil alleen maar weten dat hij veilig is. Snel loopt ze naar binnen en vergrendelt de deur. Bij het licht van de lamp kijkt ze even bij haar nonna. Zij is de echte steunpilaar, en zolang zij er nog is, rustig ademend, de longen van het huis, blijft het overeind. Ze blaast de lamp uit en verdwijnt om de hoek, de trap op. Daar blijft ze wachten.

Na een poosje hoort ze hem buiten tegen de muur opklimmen en zijn gehijg als hij zich ophijst door het raampje, en dan gekletter alsof hij de kruk omvergegooid heeft en valt. Ze houdt haar adem in. Ze meent dat ze gesmoorde snikken hoort, maar hij slaakt geen kreet.

Dit kind zal mijn hart breken, denkt ze.

Ze wacht af, met gespitste oren. Ze wil net naar beneden op onderzoek gaan als ze de deur van de voorraadkast open en dicht hoort gaan, en een paar seconden later de plof van schoenen die uitgeschopt worden, zijn snuffende ademhaling, het gekraak van de beddenspiraal.

Ze sluipt de trap verder op en glipt onder de dekens. Ze heeft de neiging om een gebed op te zeggen, en weet dat dat niet geldt vanuit haar comfortabele bed. Ze moet er op de een of andere manier voor lijden.

Dan stapt ze weer uit bed en tilt haar nachtpon op zodat ze met haar blote knieën op de harde, koude vloer zit.

'Gun het hem, Lieve-Heer, alstublieft,' mompelt ze. Wat het ook maar is dat hij heeft gewenst, dat wenst zij ook voor hem.

Op winterochtenden zijn de geuren minder in aantal maar scherper, en ze lijken verder te reiken. Chiara wordt wakker van het aroma van koffie dat opstijgt langs de trap en van de geluiden van een langzaam rondschuifelende nonna. Ze weet, liggend in haar bed, precies wat nonna allemaal doet, dankzij die geluiden. Het gerammel en geschraap als ze wat houtblokken in het fornuis doet en in het vuur pookt. Het gekletter van de metalen ovendeur, het gerinkel van porselein als ze twee kopjes op tafel zet, het gepruttel van de koffie.

Soms doet Chiara haar ogen open en kijkt naar de gele gordijnen bij het beslagen raam, ruikt de koffie en voelt heel even puur geluk. Cecilia ligt veilig naast haar. Ze is zelfs, eindelijk, begonnen om kleren te maken voor het kind. Tenminste, ze heeft hem al een paar keer meegenomen naar hun slaapkamer om te passen, al is er nog geen spoor van daadwerkelijke kleding. Hij vindt die passessies niet prettig. Wat hij prettig vindt, is over het land zwerven.

Het kind en nonna zijn beneden. Gabriele is ergens buiten, waar hij ruikt uit welke richting de wind waait, de hekken maakt, voor de dieren zorgt. Ze moet zuinig omspringen met hun voorraden, maar ze hebben geen honger, nog niet. Goffredo heeft plaatsgemaakt voor een stroom andere mannen op de vlucht – Paolo, Luigi, Sergio, twee Mario's, Filippo en nog een hele reeks anderen. Ze komen en gaan, lopen in elkaar over. Maar voor ze hen doorstuurt, schenkt ze elk van hen een beetje liefde.

Vandaag ligt ze vol vreugde te luisteren naar haar grootmoeder, die beneden aanrommelt. Ze weet niet precies waarom, tot ze zich ineens de nachtelijke escapade van het kind herinnert. Je doet alleen een wens als je hoop hebt. Het kind is hoopvol.

Binnenkort zal ze gaan zaaien voor de lente, samen met Gabriele en misschien ook met Daniele.

In zekere zin is het leven nog nooit zo eenvoudig geweest. Het is een kwestie van overleven, het beste maken van de omstandigheden, zorgen voor de mensen die aan haar zorg zijn toevertrouwd. In de ochtenden, als ze het meest te doen heeft en moet bakken, koken en wassen en voor de moestuin moet zorgen, loopt Daniele vrij rond of houdt hij Gabriele gezelschap. In de middagen zitten ze aan de keukentafel en leest zij voor uit de enige drie boeken in het huis (los van het Engelse boek met brieven van Keats dat ze meegenomen hebben) – het *Compendium van kinderpoëzie* uit 1913 dat werd gebruikt om de gammele tafel te ondersteunen en dat na elke voorleessessie teruggelegd moet worden, nonno's vogelgids en de bijbel. Ze laat hem zinnen overschrijven en is verrast hoe snel hij dat onder de knie heeft. Hij is pas zeven en is dus, als joods jongetje, nog nooit naar school geweest vanwege de rassenwetten die in 1937 ingevoerd werden.

Dat eerste deel van de ochtend, als zij met haar grootmoeder koffiedrinkt, de jongen nog in het grote bed ligt te slapen, is nonna op haar levendigst.

'Ik zei tegen de kleine man dat hij in mijn bed mocht kruipen om warm te blijven toen ik opstond,' zegt ze altijd, en ze blijft net doen alsof ze elk in hun eigen bed slapen.

Ze kijken daarbij allebei naar het kind, dat in de dekens verstopt ligt. Het lijkt alsof hij vanaf een grote hoogte op de rand van het bed neergeploft is. En nonna haalt herinneringen op aan de tijd dat Chiara's vader nog een kleine jongen was. Soms vallen Alfonso en Daniele daarbij samen. 'Weet je nog?' vraagt ze over gebeurtenissen die dertig jaar voor Chiara's geboorte plaatsvonden. De tijd is als een harmonica in elkaar geschoven, zodat wat nonna betreft iets wat vijftig jaar geleden plaatsvond haar helderder voor de geest staat dan recentere gebeurtenissen.

Na de koffie helpt Chiara haar grootmoeder met wassen en aankleden. Ze brengt haar een kom warm water, en nonna doet een kattenwasje onder haar wollen onderrok, die ze weigert uit te trekken.

'Ik wil niets uittrekken, ik wil dingen aantrekken,' zegt ze steevast als Chiara haar in lagen kleren verpakt, alsof ze een baby inzwachtelt.

Deze ochtend, als Chiara zachtjes de trap afloopt, ziet ze dat nonna naar het slapende kind staat te staren.

'Hij droomt naar,' zegt ze alleen.

Ze drinken hun koffie staand bij het fornuis.

'Nog even uitstellen,' zegt nonna. Als ze eenmaal in haar leunstoel zit, komt ze er gewoonlijk niet meer uit, behalve om even naar het privaat te gaan.

'Zijn de knoppen laat dit jaar?' vraagt ze.

'Nee, nonna, het is pas december.'

'Echt? Ik dacht dat het al later was.' En vervolgens: 'Als ik hier in de lente nog ben, dan doe ik mijn onderrok uit.' En Chiara kijkt haar aan en glimlacht om het beeld van eigenaardige feestelijkheden waarbij oude dames naakt tussen de groene loten dansen.

'Waar zou je anders zijn dan hier?' vraagt ze.

Haar nonna haalt een gekromde hand los van het koffiekopje en wijst naar de tegelvloer. 'Daaronder,' zegt ze.

'O, nonna,' zegt Chiara. 'Hou op.'

'Je zorgt wel goed voor de kleine man, hè. Ik maak me zorgen over wat hij moet als ik er niet meer ben.'

'Maar je bent er toch gewoon,' antwoordt Chiara.

'Ik blijf niet meer lang op deze wereld,' zegt nonna. 'Het ligt allemaal in de kast in mijn slaapkamer.'

'Wat bedoel je?'

'Alle documenten, eigendomspapieren, mijn testament. Ik heb alles aan Alfonso nagelaten, maar hij zal ervoor zorgen dat jullie ook je deel krijgen. Jij en Ceci. Waarom mag zij hem eigenlijk niet? Let goed op haar. Zorg dat ze geen zonde begaat.'

'Wie, nonna? Wat voor zonde? Ik kan je niet volgen.'

'In de kast. Ga maar kijken.'

'Zal ik doen, maar wat voor zonde?' vraagt Chiara.

'Ooo.' Nonna schudt haar hoofd, draait zich om en kijkt naar het andere eind van de kamer, vertrekt haar gegroefde lippen in een nog diepere groef. 'Een van de hoofdzonden, denk ik.'

En dan, voor Chiara kan uitzoeken hoe dit precies zit, voor ze kan ontrafelen wat ervan klopt en wat niet, wat toen was en wat nu is, roept nonna: 'Goedemorgen, kleine man,' en daar is hij, rechtop in bed, met de deken opgetrokken tot zijn kin, als een slab. Hij fixeert hen met zijn donkere, ondoorgrondelijke ogen. En zoals zo vaak vraagt Chiara zich af hoelang hij daar al zo stilletjes zit te kijken en te luisteren.

Chiara pakt de grote pan met kikkererwten die vannacht hebben liggen weken, vist de bruine en grijze uit de berg, doet er vers water bij, zet de pan op het fornuis en brengt de erwten aan de kook. Een donkere schaduw, twee donkere schaduwen, glijden langs het raam en ze kijkt op, ze kan niet zien wie het zijn, maar iets – het klikken van de laarzen op de stenen, de vorm van de gehelmde hoofden, of misschien een vertraagd besef van het geluid van een motor in de verte, niet lang daarvoor – brengt haar plotseling in beweging. Ze schiet de kamer door, een bol knoflook in haar hand, in de wetenschap dat zij eerder bij de deur moet zijn dan zij. Stilletjes, doodsbang, probeert ze het schrapende geluid dat de grendel soms maakt te voorkomen terwijl ze hem voor de deur schuift. Ze bonzen op de deur. Daniele, die aan tafel zit en een tekening uit het vogelboek natekent, zijn voeten boven de vloer bungelend, zijn linker grote teen die als een gele kikkererwt uit een gat in zijn sok steekt, kijkt op.

'Verstop je,' zegt ze.

Hij glijdt van de stoel af, en blijft verwoed zoekend om zich heen kijken.

'Niet in het huis,' zegt ze. Ze gebaart richting de voorraadkast en geluidloos schiet hij op zijn kousenvoeten over de tegels, en weg is hij.

'Doe open,' blaft de Duitse stem buiten. Weer wordt er gebonsd.

'Ik kom eraan,' roept ze, 'de grendel loopt stroef.'

Ze rammelt een keer aan de deur om haar bereidwilligheid te tonen en schiet dan als een vloedgolf door de kamer, grist Danieles schoenen onder de tafel weg en duwt ze de schoorsteen in, onder het kleine randje om de hoek, veegt zijn tekening, boek en potlood in de la, en trekt het uniformjasje uit Cecilia's naaimachine, waarbij ze de grove stof scheurt en de naald afbreekt. Het gebons klinkt feller, er wordt nu niet meer een vuist gebruikt maar een wapen.

'Ik kom,' gilt ze om boven het geluid en Cecilia's bange kreten uit te komen. Ze holt naar de voorraadkelder, haalt snel de kruk weg, duwt het raam dicht, holt weer naar boven en begint de grendel te verschuiven, hijgend.

'Ik kom eraan, rustig maar,' roept ze, en dan ziet ze dat ze het uniformjasje nog in haar handen heeft.

Ze draait letterlijk om haar as en holt naar nonna, die bedremmeld vraagt: 'Wat is er nou aan de hand?'

Chiara duwt haar het jasje in handen en holt weer naar de deur, die ze opentrekt. Ze zijn met zijn drieën en ze stappen meteen naar binnen, haar voor zich uit duwend. 'De grendel klemt,' zegt ze. 'En hij moet op de grendel, want we zijn hier alleen met drie vrouwen.'

'Alleen met drie vrouwen,' onderstreept nonna met een schril stemmetje. 'Het is een schandaal,' zegt ze terwijl ze haar buitenste sjaal steviger om zich heen trekt en wegstopt in een van de lagen. Ze heeft het jasje daar ergens tussen gepropt.

De voorste soldaat kijkt de kamer rond en ziet Cecilia jammerend bij haar kapotte naaimachine zitten, en nonna dik ingepakt bij de koude haard. 'Wie is hier nog meer?' vraagt hij.

'Niemand,' zegt Chiara.

Hij draait zich om en kijkt haar aan. Zijn ogen zijn zachtblauw. 'Niemand?' herhaalt hij.

'Er is hier verder niemand behalve wij,' zegt ze. Ze denkt snel. 'In een van onze bijgebouwen wonen nog mensen. Een zieke man en vrouw die hun huis kwijt zijn.'

De broers uit Lombardije zullen nu uit jagen zijn en die laten overdag geen sporen van hun aanwezigheid achter in de ezelstal. Voor de mannen in de schuur kan ze niets doen behalve hopen dat ze weg zijn.

De soldaat knikt naar de twee andere mannen. De een stormt de trap op, de ander begint de kamer te doorzoeken, loopt de voorraadkelder in en weer uit, tilt het deksel van de pan met kikkererwten en deinst achteruit. Ze tonen de man hun identiteitspapieren. Door de open deur ziet Chiara nog twee soldaten over het pad lopen met de man die in de schuur sliep tussen hen in.

Ze wordt door alle drie de soldaten naar buiten geleid.

'Wie is dit?' vragen ze.

Ze kijkt naar hem. Hij is twee dagen geleden aangekomen. Hij is de jongste zoon van een boer uit Toscane. Gisteravond vertelde hij haar dat hij altijd dacht dat zijn vader de beste olie van het hele land produceerde, tot hij hun olijfolie had geproefd. Op zijn linkerschouder zit een moedervlek. Zijn grote teen en die ernaast zijn tot de eerste knokkel aan elkaar vastgegroeid. Eendenpoten, noemt hij ze. Zijn jasje zit in nonna's sjaal verstopt. Hij is Filippo Pistelli uit Panzano.

'Geen idee,' zegt ze.

'Hij zat bij u in de schuur.'

'In de schuur,' zegt ze met ingehouden adem, en ze klemt haar handen tegen haar borst. 'Bedankt dat u hem hebt gevonden. Er zijn zoveel landlopers in de heuvels. Daarom houden we de deur ook vergrendeld.'

'Landlopers,' zegt nonna. Ze is naar de voordeur gelopen, krakend op haar stok. 'Ze hebben mijn schapen gestolen.'

'Het is een overtreding om onderdak te bieden aan voortvluchtigen,' zegt de leider tegen haar.

'Ik wist helemaal niet dat er iemand in de schuur zat. We gebruiken die schuur nooit meer.' Ze weet dat daar sigarettenpeuken, lakens en een lamp liggen. 'Ik zal beter opletten,' zegt ze, en nu doet ze het, voor het eerst in haar leven brengt ze de fascistische groet.

Hij groet terug, en lijkt erbij met zijn hakken te klikken. 'Hebt u hier ook een telefoon?'

'Nee,' zegt Chiara.

'Kunt u ons dan op een andere manier inlichten als er hier

nog meer "landlopers" komen? Is er niet een kínd dat u met een boodschap naar het dorp kunt sturen?'

Komt het door zijn accent dat hij de nadruk op vreemde woorden legt? Ze wil protesteren dat er helemaal geen kind is. Maar ze doet het niet. Ze schudt alleen haar hoofd.

'Houdt u kippen?' vraagt hij.

Ze schrikt. Het was die vervloekte kip, denkt ze. De Lombardische broers zeiden dat ze haar langs de weg hadden gevonden. Ze beweerden dat ze waarschijnlijk ergens ontsnapt was, en dat ze door een passerende vrachtwagen geraakt moest zijn. Overreden, zeiden ze. Chiara had hen niet geloofd. Niemand zou een gratis maaltijd afslaan, zelfs een Duitse patrouille niet. Maar het was nu eenmaal gebeurd, en ze zat met een dikke kip, waar ze een soort *cacciatore* van had gemaakt. En nu was het die verdomde kip die hen gealarmeerd had.

'Niet meer,' zei ze.

'Maar u wilt toch wel een bijdrage leveren aan de oorlogsinspanningen?' oppert de man.

'Pardon?' vraagt ze. Ze volgt zijn blik naar de wei, waar ze een van de overgebleven schapen kan zien grazen. Gabriele heeft de rest van de kudde gisteren meegenomen naar hoger gelegen weiden, maar dit schaap is lam.

'Uiteraard,' zegt ze.

Twee van de soldaten voeren Filippo af over het pad en trekken de ooi achter zich aan. De anderen lopen het hek door in tegengestelde richting, de olijfgaard door. Ze verspreiden zich in het bos.

Chiara blijft stokstijf stilstaan bij het hek. Ze houdt haar blik strak op de holte van de Mago gericht.

Kom er niet uit, denkt ze vurig. Achter zich hoort ze het eenzame geblaat van het schaap dat met geweld de Duitse auto in geduwd wordt, verderop achter de bergrand, en dan sterft het geluid weg en daalt er een stilte neer over de heuvel. Het voelt als de stilte van een klok die niet wordt geluid; de klepelbol hangt stil in de oorverdovende afwezigheid van geluid.

Dan klinkt het schuifelen en tikken van nonna's stokken over de keien, en Chiara begint weer te ademen. Haar oma zet een van haar stokken tegen het hek en pakt Chiara's arm vast. 'Hij is gedoopt,' zegt ze.

Chiara rukt heel even haar blik los van de Mago. 'Wat?' zegt ze.

'De kleine man.' Nonna knijpt in Chiara's arm met haar benige vingers en knikt alwetend.

'Wat bedoel je?' zegt Chiara. 'Wat probeer je te zeggen, nonna?'

Ze kan nonna niet aankijken, ze moet haar aandacht bij de Mago houden, want misschien is het wel haar starende blik die hem daar houdt.

'Vertel het dan,' zegt ze.

Ze hoort nu het geschreeuw van de soldaten in het bos. Ze moeten beneden bij de rivier zijn, stampend door het kreupelhout, met hun wapens om zich heen maaiend, diepe voetafdrukken van hun zware laarzen achterlatend in de modderige oevers.

'Ze kunnen hem niet weghalen. Hij is nu een christen,' zegt nonna.

'Maar de pastoor is al in geen weken langs geweest,' zegt Chiara met haar blik onafgebroken gericht op de holte tussen de gerimpelde bast, de gladde bovenrand, de blekere kronkel die de donkere holte in het midden omringt.

Oog om oog, denkt ze.

'Niet de pastoor. Ik. Ik heb het gedaan. Ik heb water over zijn hoofd gegoten en ik heb hem gedoopt in de naam van de Vader en van de Zoon en van de Heilige Geest.' Nonna haalt haar hand van Chiara's arm en slaat een kruis.

Ze ziet voor zich hoe nonna het kind in haar krachteloze

greep heeft en dat ze water over hem sprenkelt uit een zilveren kom.

'Maar wat betekent dat dan?' vraagt ze. Ze heeft geen idee wat nonna weet over Daniele, en hoe ze aan die kennis komt.

'In geval van nood mogen leken de sacramenten toedienen,' fluistert nonna, 'dus dat heb ik gedaan.' Ze pakt haar stok. 'Het moest van hem.'

'Van wie?'

De soldaten komen terug uit het bos. Met lege handen. Ze lopen langs de Mago zonder die een blik waardig te keuren en komen in het midden van de olijfgaard bij elkaar, waar hun leider hen toespreekt en naar de heuvel wijst. Gaan ze nu weg? Was dit het?

Chiara kijkt even opzij naar nonna, die haar stokken in stelling brengt voor de terugtocht over het erf.

'Van wie moest dat, nonna?'

Nonna schudt haar hoofd even en loopt weg. 'Daar gaan we,' zegt ze.

'Deed hij niet moeilijk?' vraagt Chiara.

Nonna staat ineens stil. 'Of hij moeilijk deed? God? Hoe zou dat eruitzien?'

Chiara schiet tot haar eigen verbazing in de lach. 'Ik had het over de jongen,' zegt ze.

'Alfonso,' zegt nonna over haar schouder, 'is geen moeilijk kind.'

De leider van de soldaten loopt naar het hek. De anderen marcheren in formatie door de olijfgaard, een snellere, maar steilere weg naar de heuvelrand. Ze doet een stap naar achteren om de man door te laten.

'We komen terug,' zegt hij, en dan vertrekt ook hij, en hij neemt de langzamere, maar waardiger route langs het pad.

Terwijl Chiara nog steeds op het erf staat te wachten en te luisteren tot de motorgeluiden wegsterven, komt de vrouw uit

Viterbo tevoorschijn met de mededeling dat het echt niet meer kan, onderdak bieden aan de deserteurs. Het is te gevaarlijk en ze lopen zo zelf risico. Chiara doet haar best om boven de donderende stem van de vrouw uit te kunnen horen. Als haar arme Ettore er niet zo beroerd aan toe was, zei Beatrice, hadden ze hem waarschijnlijk ook afgevoerd. Chiara kan haar nu niet aanhoren.

'Sorry,' zegt ze, 'kunnen we het hier een andere keer over hebben?'

Maar de vrouw laat zich niet het zwijgen opleggen, en Chiara draait zich om, duwt het hek open en rent de olijfgaard in, de heuvel op, holderdebolder over het gras tussen de bomen.

Hijgend bereikt ze de heuvelrand. Ze wil zeker weten dat de mannen echt weg zijn en dat ze geen spion hebben achtergelaten. Ze inspecteert de bandensporen en de voetafdrukken, overal om haar heen in de modder. Daar plant ze haar voeten en ze staart langs het pad omhoog, naar waar het een scherpe bocht naar rechts maakt en langs de glooiing van de heuvel uit het zicht verdwijnt. Ze ziet weer voor zich hoe de man en het schaap werden afgevoerd, en ze moet daarbij denken aan de zinsnede 'als een lam naar de slachtbank'. Ze schudt haar hoofd om niet te hoeven denken aan het feit dat ze betrokken is geweest, of zelfs een rol heeft gespeeld, bij een goddeloze overeenkomst.

Ze keert zich om naar de boerderij en begint de heuvel af te rennen. Ze moet Danieles gezicht zien. Ze stelt het zich voor tot in het kleinste detail: zijn donkere ogen die naar haar opkijken, de sproetjes op zijn neus, zijn vooruitgestoken kin. En ze weet zo zeker dat hij ineengedoken in de Mago zit dat ze, als ze de rand vastgrijpt en haar hoofd in de holte in het hout steekt, eerst niet kan geloven dat de boom leeg is. Ze steekt haar hoofd verder naar binnen en kijkt naar het kleine modderplasje onderin, waar een twijgje en twee doorweekte bruine bladeren in drijven.

Ze trekt haar hoofd terug en kijkt om zich heen. 'Daniele,' roept ze.

En dan holt ze het bos in, onderwijl om zich heen kijkend. Ze stopt af en toe om zijn naam te roepen en dendert dan weer door, helemaal tot aan de rivier.

Ze staat in het dalletje, waar de druppels van de bladeren vallen als trage regen, en het water van de stroom klaterend en fluisterend over de stenen stroomt. Ze schreeuwt zijn naam steeds maar weer, tot ze schor is.

Uiteindelijk komt Gabriele, op de terugweg van de hoge weide, en neemt haar mee naar huis. 'Hij had geen schoenen aan,' zegt ze.

Gabriele vertelt haar over twee plekken die hij kan bedenken waar Daniele zich misschien zou kunnen verstoppen: een eik waar de jongen graag in klimt en een kleine grot in de heuvels die ze hebben ontdekt, die avond van het olijfolieavontuur.

'Dat is goed,' zegt ze, 'twee.' Maar ze denkt dat drie beter zou zijn geweest. Bovendien ziet ze het kind rennen, eindeloos doorrennen, als een opwindspeeltje met een kapot binnenwerk. Hij stopt pas als hij neervalt, en dan weet hij niet waar hij is.

Gabriele vergezelt haar terug naar de boerderij en gaat dan zelf op zoek.

Cecilia heeft de kapotte naaimachine opzijgeschoven en heeft een naaiwerkje op schoot. Nonna hangt onrustig in haar stoel naast de haard, die niet brandt.

Chiara kijkt naar de rommel van de half bereide maaltijd. Ze haalt de bol knoflook uit haar zak en legt hem naast de homp ongekneed deeg, de uien, wortels en het bosje rozemarijn.

Ze laat zich in de stoel tegenover nonna glijden.

'Het was niet genoeg, hè?' zegt ze na een poosje.

Nonna lijkt net een oude marionet als ze bibberig haar hoofd schudt. De beweging is waarschijnlijk niet bedoeld als antwoord, maar als het wel zo was bedoeld, was het antwoord: 'Nee.'

Chiara stort zich weer op haar berekening. Filippo en het schaap waren niet genoeg, als prijs. Ze probeert iets te bedenken wat de balans weer in Danieles voordeel zou doen uitslaan, maar ze weet het niet precies. Als Mario en Furio ook opgepakt worden – hun bron van vlees – is dat dan voldoende wisselgeld? Maar wat nu als Mario en Furio inderdaad degenen waren die bewust of onbewust de Duitsers naar hun kleine leefgemeenschap hadden geleid, daar hoog in de heuvels? Viel de rekensom dan juist in Danieles nadeel uit?

Beatrice en Ettore komen aan de deur.

'Mogen we binnenkomen?' vraagt Beatrice, en ze loopt door voordat iemand iets heeft gezegd. Ze neemt de stille, koude kamer in zich op. 'Ga eens wat hout halen,' zegt ze tegen Ettore. 'Ik neem het koken van je over, goed?' zegt ze, en ze rolt haar mouwen op. Ze stort zich op het werk in de keuken, en mompelt dingen tegen Ettore als hij het huis in en uit loopt om haardblokken en aanmaakhoutjes te halen.

'Wat gebeurt er nu met Filippo?' vraagt Chiara.

Ettore, die aan haar voeten geknield zit om het vuur aan te maken, kijkt haar zijdelings aan en haalt zijn schouders op.

'Die gaat waarschijnlijk op transport naar Duitsland,' zegt Beatrice. 'Naar een werkkamp.'

'Misschien dwingen ze hem wel te gaan vechten,' zegt Ettore. Chiara is nog nooit zo dicht bij Ettore in de buurt geweest. Hij heeft een bleke, pokdalige huid, ingevallen wangen en een klam voorhoofd. Als hij ademhaalt, reutelt er iets in zijn borst.

'Je denkt toch niet...' zegt Chiara, maar dan houdt ze zich in, ze voelt dat ze rood wordt, en beseft wat voor onderhandeling zich weer in haar gedachten afspeelt. Als Filippo sterft, is dat dan voldoende tol om de jongen terug te krijgen? Ze biedt een leven voor een leven, alsof zij daar iets over te zeggen heeft. Vol afschuw staat ze op, met haar hand voor haar mond geslagen.

'Nee,' zegt Beatrice geruststellend. Ze zal wel denken dat Chiara zo ontzet is om Filippo's mogelijke lot, niet om de verderfelijkheid van haar eigen hart. 'Hij zal op een of andere manier wel tewerkgesteld worden. Ze hebben meer aan hem als hij blijft leven.'

'Het wil niet branden,' zegt Ettore met een blik op het dovende vuur.

'Laat mij maar,' zegt Beatrice. Ze helpt Ettore overeind, en hij schuifelt aan de kant, in de richting van Cecilia's hoekje. 'Laten we hopen dat Gabriele de jongen voor het donker vindt,' zegt Beatrice terwijl ze de haardblokken en aanmaakhoutjes uit elkaar trekt. 'Als hij is gevallen en gewond is, kan hij immers niet om hulp roepen.'

Nonna jammert zachtjes, een wanhopige uitademing.

Beatrice stapelt de blokken op met meer ruimte ertussen.

De mogelijkheid dat het kind, dat zo stevig op zijn benen staat, zou kunnen vallen en zichzelf zou kunnen verwonden was nog niet bij Chiara opgekomen. Ze ziet hem uit de eikenboom waarover Gabriele het had vallen, en dan in een diep gat achter in de grot, steeds verder omlaag door de koude aarde, tot hij bij de brandende kern is beland.

'Hij kan praten, hoor,' zegt ze. Haar toon is scherp.

Beatrice kijkt verbaasd. 'Echt waar?' vraagt ze. 'Wat dom van mij.'

Chiara kijkt naar Beatrice als ze opstaat, naar de oven loopt met de vuurtang in haar hand, een brandend stuk hout pakt en dat in het midden van de piramide in de haard steekt. 'Dat moet dadelijk wel aanslaan. Kom mee, Ettore,' zegt ze. 'Dan laten we de dames met rust tot we gaan eten.'

'Uw zuster is kleren aan het maken voor het kind,' zegt Ettore op verzoenende toon, en hij voegt zich bij zijn vrouw bij de deur. Hij probeert te glimlachen.

'Hij praatte vroeger wel gewoon,' verklaart Chiara, net als Cecilia iets onbegrijpelijks uitroept vanuit haar hoekje.

Beatrice laat zich niet vermurwen. 'Niet kunnen praten, niet willen praten,' zegt ze.

'Hij geeft zich niet graag bloot,' zegt Ettore sussend.

Beatrice maakt een misprijzend geluid. 'Ach, we weten heus wel dat je van hem houdt en dat je je zorgen maakt. We zullen voor je bidden,' zegt Beatrice.

Van hem houdt, denkt ze als ze de deur achter hen dichtdoet.

'Ik zei nee,' schreeuwt Cecilia als ze weg zijn.

'Wat, nee?' vraagt Chiara, die zich omdraait om haar zus tot de orde te roepen. Cecilia steekt bij wijze van antwoord een klein overhemdje de lucht in en begint ermee te wapperen. 'Wat bedoel je?' vraagt Chiara.

Uit haar ooghoek ziet ze ineens dat nonna nog dieper in haar stoel onderuitgezakt is. Ze houdt haar handen bij haar slapen en wiegt heen en weer. Nonna praat met een klein stemmetje uit een mondhoek. Misschien praat ze zo al een tijdje.

Chiara buigt zich om haar te kunnen horen. 'Wat is er, nonna?' zegt ze.

Van dichtbij lijkt nonna's gezicht op een lege papieren zak die aan de ene kant verfrommelder is dan aan de andere. 'Bed,' lijkt ze te zeggen, en dan nog iets.

Chiara helpt haar nonna uit de buitenste lagen, waaronder Filippo's jasje, draagt haar half naar het privaat, waar ze voor het eerst mee naar binnen moet om haar te helpen met het optillen van haar rokken en onderrokken, het omlaag trekken van haar onderbroek, en om haar in balans te houden. Nonna herhaalt de zin van zojuist, maar ze praat met dubbele tong. Het klinkt als: 'Ik heb te lang geleefd.'

'Je bent gewoon doodmoe, nonna,' zegt Chiara.

Ze stopt haar in het grote bed in het midden van de kamer. 'Kom eens een slaapliedje zingen voor nonna,' draagt ze Cecilia op. Cecilia legt haar werk neer en gaat aan de andere kant van het bed zitten. Ze neuriet een melodietje, maar de woorden schieten haar niet te binnen. Nonna ligt een hele poos bewegingloos op haar zij naar het vuur te staren tot ze eindelijk haar ogen sluit. Chiara en Cecilia blijven op het bed zitten en kijken naar de vlammen. Af en toe staat Chiara op om er nog een haardblok op te gooien.

Rond zonsondergang komen Beatrice en Ettore binnen en steken de lantaarns op. Gabriele komt vlak daarna thuis, net als ze de *minestra* opdienen. 'Geen spoor,' zegt hij, en hij gaat somber bij het vuur zitten.

Zo eten ze de maaltijd, verspreid door de kamer, met nonna slapend te midden van hen. Het echtpaar uit Viterbo eet snel. Ze ruimen hun kommen op en zeggen welterusten. Als ze weg zijn zitten de anderen er zwijgend bij, Chiara op de hoek van nonna's bed, tegenover Gabriele, die in de stoel bij het vuur zit, Cecilia aan haar naaitafeltje bij het raam. Het enige geluid komt van het knappende vuur en nonna's krakerige gesnuif. Buiten is het donker.

Chiara wacht op het moment dat Gabriele opstaat en weggaat. Ze is er bang voor, want het is hun witte vlag. Het teken van hun overgave. Het betekent dat de jongen niet meer terugkomt.

Alstublieft niet, bidt ze in stilte. Ze kijkt of er tekenen zijn dat hij op wil staan, maar het is Cecilia die gillend opspringt. Ze krijst en gebaart in de richting van het raam. 'Nee!' roept ze.

Gabriele springt op, maar Chiara is hem voor. Ze is de deur al uit en neemt het kind in haar armen, bij de boom waar hij staat. Dan draagt ze hem mee naar binnen en plant hem op de mat voor het vuur. Er druipt zwart slijm van hem af.

Daniele is verschrikkelijk smerig. Hij zit van top tot teen onder de aangekoekte modder.

'Ik dacht dat je in de Mago zou zitten,' zegt ze.

Hij schudt zijn hoofd. Hij heeft een andere plek.

'Wat ben je toch een slimme jongen,' zegt ze. 'Je bent een kei in verstoppen.'

Ze wil hem tegen zich aan drukken, hoe vies hij ook is. In plaats daarvan legt ze haar hand op zijn schouder en grijpt hem stevig vast.

'Dus je had je verstopt in de modder?' vraagt ze. 'Modderjongen?'

Het valt moeilijk te zeggen in het schemerdonker en vanwege de modder op zijn gezicht, maar ze denkt dat ze even zijn tanden ziet flitsen. Ze kijkt nog eens. Nee, zijn gezicht is uitgestreken als altijd. Ze heeft het zich vast verbeeld.

Nonna is wakker geworden van het gegil. Ze staart verwonderd naar het bemodderde kind en prevelt iets.

'Ze is ongelooflijk moe. Maar ze is zo blij dat je weer terug bent,' vertaalt Chiara. 'Wij allemaal,' voegt ze eraan toe.

Ze kijkt even naar Cecilia, die haar hoofd op de naaitafel heeft gelegd en een dreinend geluid maakt, iets wat het midden houdt tussen neuriën en kreunen. Gabriele, die nog met zijn kom in zijn hand naast het vuur staat, gaat weer zitten.

'Kleine man,' zegt hij. Hij knikt naar de jongen en begint weer te eten.

'Tijd om te gaan slapen, Cecilia,' zegt Chiara.

'Als jij klaar bent met eten, ga ik je eens goed in bad stoppen,' zegt Chiara tegen de jongen. 'En dan mag je morgen de nieuwe kleren aan die Cecilia voor je heeft gemaakt.'

Haar hand ligt nog op zijn schouder en de huivering die door hem heen trekt slaat over op haar. Morgen, denkt ze, zullen we knopen moeten doorhakken. Maar nu nog niet.

'Ik zet meteen water op het vuur,' zegt ze, 'anders vat je nog kou.' Ze legt een stuk papier op nonna's leunstoel, zodat die niet vies wordt, zet de jongen neer tegenover Gabriele, veegt zijn handen schoon met een natte doek en brengt hem zijn eten.

Ze is blij dat ze weer iets kan doen na al die uren niets doen. Ze vult de pannen met water en zet ze op het vuur, terwijl Gabriele en de jongen kameraadschappelijk tegenover elkaar zitten te eten. Ze haalt de zinken tobbe van de muur bij het privaat, spoelt hem schoon met een emmer water, sleept hem mee naar de keuken en zet hem voor de haard.

Toen ze nog klein waren, Cecilia en zij, was het bad een wekelijks ritueel als ze bij nonna en nonno logeerden. Nonna haalde water uit de put en zette het in de grote koperen pan op het vuur. In die tijd was er nog geen kraan op het erf. Ze gingen om beurten in bad. Eerst gingen Cecilia en zij, want zij waren 'onschuldig vies, niet vies vies', zei nonna altijd. Nonno ging als laatste want die was het vieste vies.

Ze speelden altijd een spelletje als ze bij elkaar in de tobbe zaten, met het warme water tot aan hun borst, hun benen in elkaar verstrengeld. Dan grepen ze elkaars polsen vast en schoven ze heen en weer over de bodem van de zinken tobbe, die langs hun billen schraapte, ondanks het fluwelige water. Ze waren als twee helften van hetzelfde waterwezen dat het water opstuwde en golven maakte die in tegengestelde richting bewogen. En onder het heen en weer glijden zongen ze hun Glibberliedje. Tenminste, Chiara zong, want Cecilia, die de woorden altijd vergat, tralalade de melodie mee. Hun buiken deden pijn, zo vaak herhaalden ze de beweging en zo hard lachten en zongen ze. Als de golven over de rand klotsten, bleven ze even stilzitten, en dan veranderden ze hun ritme. De truc was om een soort turbulentie in het water te creëren, hun eigen draaikolk, zónder het water op de plavuizen te laten plenzen. Want dan werd nonna woedend, en moesten ze na afloop alles opdweilen.

Ze waren de boeg en het achterdek van een kleine menselijke boot die de woelige baren bevoer.

'Ga naar bed, Cecilia,' zegt ze op weg naar buiten voor de

laatste emmer. 'Je kunt zo toch niet meer goed zien bij het naaien.' Want Cecilia heeft haar schaartje vast en maakt knippende bewegingen. Als ze terugkomt, is Cecilia verdwenen. Ze schudt Gabriele wakker.

'Ik kom je morgenochtend halen, kleine man,' zegt hij, en hij vertrekt.

'Doe alles maar uit,' draagt ze Daniele op. 'Spring maar in de tobbe. Ik moet je kleren wassen, en jij jezelf, en dan was ik straks je haar wel. Je begon toch al naar oude schapenkaas te ruiken, al voor je door de modder had gerold. Weet je wat? Ik noem je voortaan Pecorino.'

Ze schuift de kruk die hij heeft gebruikt om uit het raam te klimmen naast de tobbe. 'Gebruik die maar om erin te komen,' zegt ze. 'Ik kijk de andere kant op, en ik tel tot twintig. Als ik me omdraai zou ik maar in het water zitten, als ik jou was.'

Ze draait zich om en begint te tellen.

Er hangt een vreemde geur in de kamer. Ze dacht eerst nog dat Beatrice misschien iets ongebruikelijks in de soep had gedaan. Maar de geur wordt sterker en er slaat rook uit de schoorsteen, scherpe dampen. Ineens herinnert ze zich Danieles schoenen in de schoorsteen. Ze pakt de tang, vist ze eruit. Ze zijn verkoold en hard geworden, maar ze hebben nog geen vlam gevat. Hij heeft niets anders om aan zijn voeten te doen, maar om de een of andere reden vindt ze het verschrikkelijk grappig. Ze zet de schoenen buiten zodat ze kunnen afkoelen, en proestend van het ingehouden lachen kijkt ze naar hoe ze daar op de stoep staan te smeulen, als verbrande offergaven.

Als ze weer binnenkomt, hoort ze dat hij in bad stapt en dat hij plotseling zijn adem inhoudt, alsof hij pijn heeft. Dan volgt een lange zucht waarin hoorbaar een soort opluchting klinkt.

Het water komt tot boven zijn schouders. Hij is nog op zo'n leeftijd dat zijn hoofd te groot voor zijn lichaam lijkt. Zijn nekje, dat uit het water steekt, lijkt wel een takje, breekbaar. Ze schept een kan vol water om er zijn haar mee te spoelen.

'Wil je onder water om je haar nat te maken?' vraagt ze.

Hij duikt. Hij blijft langer onder water dan ze denkt dat goed is. Ze telt tot twintig en moet zich inhouden om hem niet omhoog te trekken. Dan komt hij weer boven, zijn gezicht uitgestreken als altijd.

'Ben je wezen zwemmen?' zegt ze, en ze wrijft de zeep in zijn dikke haar. 'Heb je nog wat gevangen, daarbeneden? Je had een lekker visje mee moeten nemen voor het avondeten.' Ze pruttelt allerlei onzin, want ze denkt dat geluid en geklets en gewoon doen hem misschien geruststellen. Zijn haar is goudbruin van kleur, veel lichter dan het haar bij haar in de familie.

Hij zit met gebogen rug in het water, zijn schouders opgetild tot aan zijn oren. Waren ze maar wat vertrouwelijker met elkaar, dan zou ze een kus geven op zijn magere schoudertje.

'Maak je geen zorgen, ik kan het niet zien. Het water is zo vies dat je niets hoeft te verstoppen, kleine Pecorino,' zegt ze. Ze heeft belachelijk genoeg het gevoel dat hij ervoor gekozen heeft om terug te komen. Ze ziet hem voor zich in het modderige hol waar hij zich in verstopt had, en waar hij als een worm onder de aarde zou blijven zitten. Of hij kon eruit komen, in zijn nieuwe bruine gedaante, zijn modderkleren die hem onzichtbaar maken in de gewone mensenwereld, en dan naakt en lichtvoetig door de heuvels trekken, als een kleine wolf.

Dank je wel dat je teruggekomen bent, denkt ze, maar ze zegt: 'Help me eens om de zeep erin te wrijven.'

Hij tilt zijn armen op en ze schrikt. Ze pakt een van zijn handen vast. Hij trekt zich los. Ze pakt hem nog eens en houdt zijn arm in de lucht.

'Wat is dit?' vraagt ze.

Het lijkt of er knoopjes aan de binnenkant van zijn bovenarm zitten. Inkepingen in de vorm van halvemaantjes, sommige met een korstje erop, andere roze en rauw, met paarse bloeduitstortingen eronder. Met haar andere hand pakt ze de lamp en houdt hem bij voor wat meer licht.

'Wie heeft dit gedaan?' zegt ze, maar ze weet het al. Ze zet de lamp neer, laat zijn arm los, spoelt zijn haar uit, pakt zijn glibberige lichaam op en tilt hem op een handdoek. Ze laat hem op de kruk staan en bet hem droog. Hij laat haar begaan. De littekens en wonden zitten over zijn hele lichaam, op plekken die normaal bedekt zijn met kleren. Op zijn billen zitten langere snijwonden, alsof ze met een mes zijn aangebracht. Of met een schaar.

Cecilia heeft waarschijnlijk met de nagel van haar rechterwijsvinger de halvemaantjes gemaakt – de nagel van haar linkerwijsvinger is kortgeknipt, omdat ze daar altijd haar vingerhoedje op doet. Ze moet hem net zo lang geknepen hebben tot ze dwars door zijn tere huid ging en vervolgens heeft ze in het vlees eronder gedrukt en gedraaid.

Chiara wikkelt hem stevig in de handdoek en neemt hem op schoot. Ze houdt zijn gespannen lichaam in haar armen en wiegt hem. Hij ruikt schoon en zoet, de geur van de kindertijd. 'Toen je moeder je aan mij gaf,' zegt ze, 'heb ik beloofd dat ik voor je zou zorgen. En dat zal ik ook doen.'

Ze trekt het nachthemd over zijn hoofd en stopt hem naast nonna in bed.

'Ga maar slapen,' zegt ze. 'Veilig naast nonna. Morgen weer een nieuwe dag.'

Ze houdt de lamp boven hen, nonna en Daniele. Ze zal het morgenochtend meteen bij de koffie met nonna bespreken, als nonna op haar best is. Ze zal vragen hoe het moet, hoe je onder deze omstandigheden zorgt voor dit kind. Want zelf ziet ze niet hoe het moet.

De jongen staart haar aan. Hij wil zijn ogen niet dichtdoen als zij naar hem staat te kijken.

'Ga maar slapen,' zegt ze, en ze loopt weg.

Onder aan de trap valt het licht op de hoop stof op Cecilia's naaitafeltje. Cecilia is anders altijd zo netjes. Chiara blijft even staan, zet de lamp weg, en pakt een stuk van de stof op, en dan nog een stuk. De kleren die Cecilia voor het kind had gemaakt, zijn aan flarden geknipt. Chiara laat ze door haar vingers glijden en weer op tafel vallen.

Keihard gebonk op de voordeur verstoort haar slaap, en ze springt op nog voor ze goed en wel wakker is. Ze denkt dat ze weer terug zijn, nu al, terwijl ze had gedacht dat ze iets meer tijd hadden om op adem te komen. Waar moet ze hem nu verstoppen, waar moet hij naartoe? Ik had weg moeten gaan, denkt ze. Ik had hem gisteravond zijn oude kleren en verbrande schoenen aan moeten trekken en ik had moeten vluchten. Ik heb te lang gewacht.

Ze trekt haar vest aan over haar nachtpon en vliegt de trap af. Het is al bijna licht buiten. De jongen ligt naast het stille smalle hoopje dat nonna is, wakker maar roerloos. Zijn donkere ogen volgen Chiara terwijl ze de kamer door loopt. Buiten staat iemand te roepen. Ze herkent Gabrieles stem en haalt weer adem.

'Ik wilde kastanjes gaan zoeken met de jongen,' zegt Gabriele als ze de deur opendoet. 'Het leek me goed om hem vandaag bij me in de buurt te houden.'

'Hoe laat is het?' vraagt ze. 'Kom erin. We zijn laat. We hebben allemaal uitgeslapen.'

Nonna slaapt nooit uit.

'Daniele,' roept ze, 'kom eens uit bed. Gabriele is hier voor jou.'

Ze gaan kastanjes zoeken, denkt ze. Daar kan ze kastanjemeel mee maken voor brood en pasta. Het tarwemeel is bijna op.

'Je drinkt toch nog wel een kop koffie?' vraagt ze.

De haard is bijna uit en er hangt een bittere kilte in de kamer.

'O,' hoort ze Gabriele achter zich. 'O, zit het zo? Sta eens op, kleine man.'

Ze draait zich naar hem om, kijkt de kamer door alsof het een theater is en zij het publiek. Ze brengt haar hand naar haar keel en voelt de tranen opwellen. Haar maag verkrampt, want haar lichaam begrijpt dat nonna er niet meer is nog voor haar hoofd kan verwerken wat ze ziet.

Gabriele buigt zich en tilt de jongen uit bed. Hij draait zich om in Gabrieles armen en samen kijken ze omlaag naar nonna, die daar nog op haar zij gekruld ligt. Als een dood blad.

15

'Welkom,' zei het dametje. Vervolgens hield ze haar gezicht naar haar toe, en Maria begreep dat het de bedoeling was dat ze een kus op de uitgestoken wang gaf en zelf ook een kus kreeg en toen, onverwacht, ook nog een op de andere wang.

'Kom, Maria, kom,' zei de signora. Ze sprak het uit als 'komma,' alsof ze Maria erop wees dat ze interpunctie in haar zinnen moest gebruiken.

Toen ze het station uit liepen, hield de signora zich met een hand vast aan Maria's onderarm om in balans te blijven, en ze liepen langzaam. Maria sleepte haar koffer achter zich aan en de druk bewerkte wandelstok van de signora bungelde aan haar pols tussen hen in, sloeg af en toe tegen Maria's schenen, en deed haar bijna struikelen. Zodra ze haar zag, had Maria geweten dat het de signora was, ook zonder paddenstoelkleurige hoed.

Buiten stond een taxi te wachten in de brandende zon. Hij stond al klaar, ze hoefden hem niet te roepen, maar de signora stapte erop af en zwaaide gebiedend met haar stok. De chauffeur stapte uit en legde Maria's koffer in de kofferbak. Ze was zich vaag bewust van honderden gele bussen en een enorme mensenmassa, maar ze keek naar de grond zodat het een vage vlek aan de rand van haar blikveld bleef en niet tot haar doordrong.

De auto reed weg in een gouden gloed van zonlicht, tussen luid getoeter door.

'Excuus,' zei de signora. 'Ik heb een, hoe zeg ik dat...' – ze maakte een draaiend gebaar met haar vinger – '... in mijn hoofd, en ik heb een ongeluk gehad.' Ze vertrok haar mond naar één kant en keek Maria hoopvol aan.

'O jee,' zei Maria.

'Geen zwaar ongeluk,' zei de signora. Ze gebaarde naar haar ingezwachtelde enkel.

Ze keken er allebei naar. 'O jee,' zei Maria weer.

'Maria,' zei de signora, ze begint opnieuw.

'Ja,' zei Maria. Ze was blij te kunnen reageren op die rollende Italiaanse versie van haar naam.

'Ik ben vandaag niet helemaal mezelf. Vanwege het ongeluk. Mijn Engels op deze dag is...' De signora zweeg en zocht naar het woord. Ze trok rimpels in haar gezicht en blies haar wangen bol. Ze maakte een wapperend gebaar met een hand en drumde op het raam van de taxi met een gemanicuurde nagel '... is heel gering,' zei ze uiteindelijk. Ze hield haar duim en wijsvinger dicht bij elkaar om aan te geven hoe weinig er van over was. 'Praat tegen me. Vertel me over je reis,' zei ze.

Maria ging in gedachten haar reis na. Ze koos voor Tommaso.

'Er was een jongen, die uitstapte in Milaan,' zei ze.

'Wees voorzichtig met die Italiaanse jongens,' zei de signora. Ze zat achterovergezakt in de bekleding, maar ze zwaaide waarschuwend met haar vinger. 'Ze eten je op.'

'Hij was maar half Italiaans,' zei Maria.

'Ja, maar wélke helft?' zei de signora, en ze lachte verrassend schalks.

Maria, die dacht aan hoe Tommaso vannacht tegen haar aan had gelegen, lachte met haar mee. Ze vertelde de signora over het rauwe vlees.

'Rauw vlees?' vroeg de signora. '*Prosciutto crudo?*'

'Ja, dat was het,' zei Maria.

'Dat is een delicatesse,' zei de signora. 'Het is iets... hoe zeggen jullie dat ook weer?' Ze vouwde haar handen open alsof ze dacht dat het juiste antwoord er vanzelf in zou vallen. 'Iets wat je moet leren eten,' zei ze.

Maria trok haar neus op.

'En weet je wat?' zei de signora, en ze begon weer te lachen. 'Het is wat we vanavond gaan eten.' Ze sloeg haar hand tegen haar hoofd en ging weer achteroverzitten. 'Kijk naar buiten,' droeg ze Maria op.

De hete middagzon brandde in Maria's gezicht. Ze keek net naar buiten toen de taxi de nauwe winkelstraat uit reed, en een grote, open ruimte in draaide. Het was een plek met zo'n verbluffend gouden en witte praal en grandeur dat Maria alles verder vergat. Ze bracht haar handen samen alsof ze bad, en drukte haar vingers tegen elkaar. Ze maakte kleine, zuchtende geluidjes. Ze bleven er maar een fractie van een seconde. Een enorme vlakte vol met auto's en bussen, verkeerspolitie en mensen die overal tussendoor schoten, met achter hen een enorme witte trap die naar een hooggelegen paleis leidde. Ruïnes van nog oudere gebouwen aan de zijkant, nog meer gebouwen met prachtige koepels waar je maar keek, een veelvoud aan oud en schitterend en dingen van nu, allemaal samengebracht in een overdaad die je onmogelijk op je in kon laten werken.

'Wow,' zei ze en in haar hoofd maakte ze een sprongetje. 'Wat was dat?' vroeg ze.

'We gaan er morgen heen,' zei de signora. 'Na school.'

School. Zei de signora nou school? De taxi dook weer een donkerdere straat in, waar de gebouwen er aan weerszijden hoog boven uitstaken, en kwam toen op een lichtere plek uit. Grote zuilen en bomen verrezen vanuit een lagergelegen gedeelte in het midden van het plein.

Ze reden door keienstraatjes die nauwelijks breed genoeg

waren voor een auto, en in zo'n straatje parkeerden ze onder een overdekte galerij.

De straat zelf was beschaduwd, maar hoger, bij de daken, baadden de amberkleurige gebouwen nog in het zonlicht. Een heerlijk aroma van warm deeg dreef door de lucht.

Gaan we hier echt naar binnen? Is deze antieke poort de voordeur? dacht Maria, die achter de signora stond, die in haar tas naar haar sleutels zocht.

De baklucht deed haar watertanden. Ze haalde diep adem en ontdekte nog een andere geur, waar haar hart van oversloeg. Ze snoof nog eens. Iets bedompts, koels, licht ziltigs.

'Wat ruik ik?' vroeg ze. 'Het doet me ergens aan denken.'

Precies op dat moment zei de signora: 'We zijn er,' en de deur zwaaide open. Ze staarde langs de signora de donkere hal van het gebouw in. Ze zag een rechthoekige vorm voor zich, een onvaste rechthoek, als een raam dat nergens op uitkeek. Ze snoof nog eens, maar die vreemde vertrouwde geur was weg. In plaats daarvan kwam de geur van gekookte groente en soep uit het trappenhuis.

Ze stapte naar binnen, en de deur viel achter hen dicht. Ze knipperde met haar ogen. Recht voor hen uit was een stenen trap. De treden hadden een kuiltje in het midden, uitgesleten van de talloze voeten die er door de eeuwen heen overheen gelopen waren. Ze waren stokoud. Ze waren eerbiedwaardig. Als ze geen koffer te dragen had, en als de signora niet voor haar had gelopen, was ze de treden op gevlogen.

De signora vertelde Maria van alles, maar haar woorden verdwenen het trappenhuis in, en Maria was er doof voor, helemaal vol van het nieuwe en vreemde van dit alles. In haar ademloze enthousiasme stelde ze zich voor dat ze zelfs letterlijk omhoog had kunnen vliegen, als ze daar zin in had gehad.

Toen liep ze achter de signora aan het appartement in. Een halletje met allemaal gekleurd glas, een kapstok die vol hing met meer jassen dan een kleine dame ooit zou kunnen dragen, koele tegels op de vloer, ouderwetse meubels van donker hout. Het was er muffig en vol, maar schoon, en het rook er naar bijenwas en citroen. De keuken was vrij strak, crèmekleurig met chroom, als in een oude advertentie, met zo'n grote ijskast met een bolle deur. Een vierkant tafeltje met een geel tafellaken erover en drie houten stoeltjes eromheen.

Ze kreeg een rondleiding door het hele appartement. Er was een badkamer die vol stond met apparatuur die je eigenlijk in de keuken zou verwachten: een wasmachine en een strijkplank, maar ook – wat zou haar broertje Pat dat geweldig vinden – een heuse billenwasser. De slaapkamer van de signora, waar ze maar een glimp van had gezien, maar genoeg om een indruk te krijgen van de draperieën en wandkleden. Een doodlopend gangetje bomvol meubels. En, aan het andere eind, om een hoekje, een gigantische zitkamer die signora Ravello de salon noemde. Maria wilde niet vragen waar haar kamer was. Ze had het vast verkeerd begrepen of ze had iets gemist. Er was waarschijnlijk nog ergens een deur.

'Waar sliep Daniele Levi vroeger?' vroeg ze.

De signora, die in het midden van de salon een beschilderd kamerscherm rechtzette en uitlegde hoe je het moest uitvouwen, stopte waar ze mee bezig was en bleef heel stil staan. Toen rechtte ze haar rug en keek Maria aan alsof ze iets heel wonderlijks had gezegd.

'Pardon?' vroeg ze.

'Daniele Levi,' zei Maria. 'U weet wel, uw voormalige huurder.'

De signora knipperde met haar ogen alsof ze geen idee had hoe ze moest reageren. 'O,' zei ze uiteindelijk, 'het appartement was destijds veel groter.'

Ze glimlachte even en vouwde het scherm in elkaar om een vreemd meubel te tonen waar een soort bed aan vastzat.

'En hier hebben we Asmaro die je komt begroeten,' zei ze terwijl een slanke zwarte kat achter het meubel vandaan kwam. 'Hij is een prins onder de katten.'

Ze zakte op haar hurken om het dier te aaien, nog steeds met haar stok in de hand, zodat het leek alsof ze hem gebruikte als een attribuut in een dansnummer. Ze sprak Italiaans tegen de kat. '*Amore*,' zei ze, 'amore', en ze begroef haar gezicht in zijn vacht. Ze rekte het woord 'amore' uit op een manier die Maria een gevoel van plaatsvervangende schaamte bezorgde.

'Pak jij je spullen maar uit, dan zet ik thee voor je,' zei de signora. 'Drink je graag thee?'

Maria knikte.

Al tikkend met haar stok liep de signora de kamer uit. De kat bleef wat langer hangen, bekeek Maria eens goed en liep toen de signora achterna.

Maria deed de deur achter hen dicht. Achter de deur stond een wankele toren van dozen en kratten.

In alle voorstellingen die ze zich had gemaakt van Rome – en dat waren er niet veel, want het was gemakkelijker om zich in dit avontuur te storten zonder te veel ideeën vooraf – had Maria in geen miljoen jaar gedacht dat ze geen kamer voor zichzelf zou hebben. Maar kennelijk moest ze in de hoek van de gemeenschappelijke woonkamer slapen, en ook nog op een soort bedgeval dat uit een donker meubel stak dat elk moment dicht kon klappen. En hoe kon een appartement trouwens krimpen?

Maria's kamer thuis was een kleine, compacte ruimte aan de voorkant van het huis en zelfs haar broertje en zusje wisten dat ze moesten kloppen als de deur dicht was. De enige die die regel ooit overtrad was haar voormalige vader, Barry, die, als hij 's avonds een beetje gedronken had, de deur op een kier opende, zijn hand naar binnen stak en het licht uitdeed.

'Slapen, Maria,' zei hij soms, maar meestal zei hij niets en stommelde over de overloop naar de badkamer of waar hij ook maar naar op weg was.

Haar eigen moeder, op het hoogtepunt van al het gedoe, had alleen met de vlakke hand op de deur geslagen en gesmeekt, en als Maria dan niet reageerde, was ze weer weggegaan.

Haar blik schoot door de kamer, stuiterde van de druk bewerkte vergulde spiegel naar de leunstoel met luipaardbekleding, de enorme groene bank, het fluwelen voetenbankje, het dikke, groen-gouden vloerkleed, de donkere houten kast vol met paperbacks, de beschilderde hoge ladekast waar zij haar kleren in moest doen. Het was net een museum. Het was een bij elkaar geraapt rommeltje, maar het had wel iets. Er stonden asbakken op de gammele tafeltjes, gekleurd glas, verschillende tinten groen, eentje met kleine belletjes in het glas. Op een plank onder de spiegel stond nog meer van dat gekleurde belletjesglas. Kommen van verschillende grootte en met extravagante, golvende vormen.

Op een klein rond tafeltje met een versierd leren tafelblad stond een doosje van licht hout. Maria klapte het open. Het zat helemaal vol met sigaretten: lange, slanke sigaretten. Ze zagen er chic uit. Er lag zelfs een klein pakje piepkleine lucifers in met een waslaagje en een plaatje van het Colosseum erop.

Ze stak voorzichtig een sigaret tussen haar lippen en aarzelde. Mocht ze er eentje nemen? Maar ze stonden hier waarschijnlijk voor gasten, dacht ze, en zij was een gast. Toch? Zou ze het moeten vragen? De lucifers waren zo kort dat ze haar vingers brandde. De sigaret smaakte geparfumeerd. Ze ging op de bank zitten en tikte haar as af in de groene asbak.

De signora tikte met haar stok op de deur en stormde toen de kamer in. 'Niet roken,' riep ze. 'Nee, nee, alsjeblieft. Uitmaken, nu meteen.'

Maria deed mak wat er van haar werd gevraagd.

De signora pakte de doos met sigaretten op. 'Kom, dan gaan we theedrinken,' zei ze.

Maria bleef nog even staan voor ze haar volgde.

Ik trek dit niet, dacht ze, en toen liep ze naar de keuken, waar een grote pan met water op het vuur stond te koken.

De signora deed een beetje in een klein kopje, legde een theezakje met een koordje eraan op het schoteltje en zette het voor Maria. 'Thee, op de Engelse manier,' zei ze. 'Ik weet dat jullie het graag kokendheet drinken,' voegde ze eraan toe.

Hoe kwam ze daarbij? vroeg Maria zich af. Ze keek vol afschuw toe hoe de signora de sigarettendoos opendeed en de inhoud in een vuilniszak schudde, waar ze een stevige knoop in maakte. 'Zo,' zei ze, en ze schonk Maria een triomfantelijk lachje. 'Jij,' – ze wees naar Maria – 'bent te jong om te roken. En ik,' – ze wees met dezelfde vinger naar haar eigen neus, – 'ben gestopt.'

Ze keek Maria gespannen aan, alsof ze een felicitatie verwachtte. Maria hield zich in en zei niet: 'Knap hoor.'

'Weet je moeder dat je rookt?' vroeg de signora.

Maria gaf geen antwoord. Bemoei je met je eigen zaken, dacht ze. Ze zou nu eigenlijk moeten vragen of ze even naar huis mocht bellen. Maar ze had geen zin om haar moeder te spreken.

'Jij denkt natuurlijk: waar bemoeit ze zich mee? Je hebt gelijk.' De signora stak haar handen in de lucht, met de handpalmen naar buiten, in een gebaar van overgave. 'En het spijt me. Ik weet dat ik, hoe noem je dat?' Ze bracht haar hand omhoog in een soort saluut. 'Autocratisch ben. Dat is waar. Maar, Maria,' zei ze, en ze bleef even stil.

'Ja?' zei Maria.

'Hier in huis wordt niet gerookt, oké?' Ze leunde met haar kin op haar hand en glimlachte naar Maria.

'Oké,' zei Maria opgelucht.

Dat was te doen. Ze lachte terug.

'Uiteraard. Rookte Daniele Levi ook?' vroeg ze, en ze deed

haar theezakje in het hete water en draaide het rond.

De signora zuchtte even. Ze deed haar hand omhoog en duwde haar vingertoppen tegen haar jukbeenderen zodat ze een soort muilkorf vormden over haar mond, alsof dit iets was wat ze niet mocht doorvertellen. Maar toen bedacht ze zich en liet haar vingers weer omlaag glijden.

'Ja,' zei ze. 'Hij rookte.'

'Welk merk?'

Maria wilde hetzelfde merk halen als ze wat geld had gewisseld en een pakje Italiaanse sigaretten voor zichzelf zou kopen.

'Ik moet je iets uitleggen over Asmaro,' zei de signora.

Klaarblijkelijk had Asmaro heel veel plekken in huis waar hij weleens sliep, maar achter de bank in de salon was een van zijn lievelingsplekken. En dus begreep Maria dat ze niet alleen geen eigen kamer had, maar dat ze in feite in de slaapkamer van de kat gestald was, en dat de kat voorging. Ze probeerde nonchalant te kijken. De signora gaf haar een setje sleutels en legde uit hoe het slot werkte en dat ze bij de deur beneden de sleutel eerst erin moest steken en die dan weer een stukje terug moest trekken, anders werkte hij niet.

'Ik ga nu even een halfuurtje liggen, terwijl jij je spullen uitpakt,' zei de signora, 'en dan gaan we ergens een aperitief drinken, goed?'

Zodra ze weg was, maakte Maria de knoop uit de vuilniszak los om de sigaretten te redden.

Ze ging naar buiten in wat ze aanhad. Ze ging niet eens op zoek naar haar jasje. Het was toch bloedheet. De eerste sigaret stak ze op de overloop op en toen holde ze de trap af, het smalle, eeuwenoude straatje in, dat ze snel uit liep. Thuis zouden de winkels nu dichtgaan, maar hier was alles nog open. Ze liep het straatje op en neer, met een wild bonkend hart. Ze wilde niet te ver weg, anders zou ze nog verdwalen. Iemand riep iets naar haar vanuit een open raam, maar ze durfde niet op te kijken.

Ze liep naar het eind van de straat, waar een heerlijke baklucht hing, en waar de straat uitkwam op een bredere ruimte. Ze draaide zich om en liep langs de ingang van een bar. Ze kwam langs een donkere boog, een soort tunnel die haar straat met een soortgelijke verbond. Elektriciteitskabels en verdeeldozen hingen als decoratie aan de muren. In een donkere nis stond een handkar geparkeerd. Aan de rand van deze schaduwplek bleef ze hangen en rookte nog een van signora's geplette sigaretten.

In de met bomen omzoomde laan in een buitenwijk van Cardiff waar Maria met haar familie woonde was het 's avonds heel erg stil. Niets verstoorde er de rust. Er kwam niemand langsgelopen. Als ze in de vroege uurtjes haar slaapkamerraam omhoogschoof, wat ze weleens deed als ze rusteloos was, hoorde ze heel soms een auto voorbijrijden, op de hoofdweg, onder aan de heuvel, maar verder niets.

Op donkere winterochtenden was het eerste geluid dat de stilte verbrak het gerammel van het wagentje van de melkboer die zijn ronde deed, en het gepingel als hij de flessen op de stoep zette. In de lente en de zomer, als de zon weleens op was voordat de melkboer kwam, waren het getsjilp en gekwetter van vogels die heen en weer vlogen tussen de takken van de bomen, landden en weer opstegen, de eerste geluiden van de dag.

Als ze haar hoofd uit haar raam stak, keek ze op het betegelde tuinpad, de struik in het midden van het kleine gazonnetje, de stenen muur om de voortuin die doorliep naar de huizen aan weerszijden, en als ze haar nek uitstak zag ze een glimp van het meer aan de andere kant van de hoofdweg. En of ze het meer nu wel of niet kon zien, altijd werd haar blik gekleurd door de sensatie van de aanwezigheid van die enorme watervlakte.

Maar hier, op de Via dei Cappellari, leken het geluid en de drukte de hele avond aan te houden. Ten eerste de menselijke geluiden, mensen die riepen en schreeuwden in de straat beneden, en later het geratel van wielen over stenen. En nog weer later, wanneer ze door een kier onder aan de luiken kon zien dat de nacht overging in de dageraad, was er een waterig gesuis dat eindeloos herhaald werd en dat vergezeld ging van een schrapend geluid. Raadselachtige en aanhoudende geluiden die een beeld bij haar opriepen van dwergachtige figuren die vaten wijn over keien rolden.

Ze lag op het provisorische bed als een verdoofde zeester, haar armen en benen alle kanten op, een zoute laag zweet op haar huid, overspoeld door nieuwe ervaringen. De onvoorstelbaar heerlijke, exotische smaken van de maaltijd die ze met de signora had gegeten; de methode voor het drogen van parmaham die de signora haar tot in detail had uitgelegd; het geklok van de bleke wijn die in blauwe glazen flûtes geschonken werd; het lichte kloppen dat ze nu als gevolg daarvan achter haar ogen voelde.

'Drink je wijn?' had de signora gevraagd, staand in de omlijsting van de rechthoek geel licht uit de ijskast, een groene fles in haar hand. En Maria, die alleen nog maar een keertje bier had gedronken in de enige pub waar ze haar en haar vrienden wilden bedienen, en af en toe wat cider bij een bijzondere gelegenheid – de zondagse lunch thuis – en die alleen ooit de gestolen restjes uit de glazen tijdens feestjes van haar ouders had gedronken, knikte. Natuurlijk dronk ze wijn. Ze sloeg het kennelijk wel iets te snel achterover.

En toen versoepelde de signora haar rookverbod in huis enigszins, want ze beweerde dat niets haar ooit nog kon verleiden om weer te gaan roken. Wat was de signora nieuwsgierig naar Maria's moeder – die gebeld had en gerustgesteld was dat haar dochter beneden op straat was – maar Maria wilde niet over haar praten. Hun geweldige gesprek ging over de meest uiteenlopende onderwerpen, en ze had de signora ook haar levensverhaal verteld terwijl ze de afwas deed en Maria al paffend uit het raam hing, dat uitkeek op een mysterieuze donkere schacht. En daarvóór de bar waar ze naartoe gegaan waren voor een aperitief, de eerste olijven van haar leven, en haar vastbeslotenheid om ze lekker te vinden, en een jongen die daar werkte, een kind nog, die haar begroette alsof ze een beroemdheid was.

De signora had met haar snelle bewegingen iets weg van een fladderend vogeltje: hoe ze vertelde over de vreemde kwaal die ze ineens had, de manier waarop ze soms haar hoofd vastgreep alsof het er anders af zou vallen omdat ze voelde dat de draaierigheid weer opkwam, haar verbijsterende uiteenzetting van Maria's 'programma' voor de komende twee weken. En hoe ze soms stopte met waar ze op dat moment mee bezig was en ineens 'Maria' uitriep. Ze was ook al twee keer de kamer door gevlogen om Maria een kus op haar voorhoofd te geven, en het vreemdst van alles was: dat vond Maria helemaal niet erg.

Ze lag op haar gammele bed, het was te warm voor zelfs maar een laken, en schoot steeds even wakker, om dan weer verder te dromen. Het was alsof ze op een vlot lag op diepe, donkere wateren. Heel anders dan het meer thuis. Er zwommen kronkelende figuren onder haar, tussen het wier door. Telkens als ze wakker werd, kwam dat door de geluiden buiten.

Ze werd echt klaarwakker doordat de kat bij haar oor lag te spinnen en de signora op de deur tikte.

'Maria. Ik ben even weg. Ik ga *cornetti* kopen voor het ontbijt,' riep de signora.

'Oké,' zei Maria.

Cornetti. Een soort croissantjes.

Ze dacht aan Tommaso, de jongen uit de trein. Ze luisterde naar het klikken van signora's hakken op de tegels, het dichtvallen van de deur. Ze viste zijn briefje uit het zijvakje van haar tas. Hij had haar geen zoetsappige liefdesbrief geschreven, zoals ze had verwacht. In plaats daarvan had hij een stripverhaal getekend, met scènes uit Milaan: een kathedraal met vele torenspitsen, een theater, een park met een soort kasteel, een pad langs een kanaal. En bij al die dingen stond een jongen met een gestreept gezicht te zwaaien.

'Bel me maar een keer,' zei de jongen in een tekstballon. Zijn adres en telefoonnummer stonden onderaan.

Ze liep naar het raam. Alleen al de handeling van het opengooien van de luiken, in plaats van gordijnen open te trekken, had haar subtiel veranderd, zodat ze terwijl ze zo in haar nachtpon stond anders was, ronder, sexyer, op het randje van méér zijn in plaats van minder. En dat was voor het eerst sinds twee maanden. De winkeltjes waren al open. De lijstenmaker rookte zijn pijp, streek langs zijn snor en bewonderde zijn etalage; voor de bar waren de ronde tafeltjes en smalle stoeltjes neergezet; twee belachelijk knappe jongens in een strakke spijkerbroek en opengeknoopt overhemd hingen onder een overkapping; de geur van pijptabak vermengd met die van versgebakken brood. Zelfs de vage rioolgeur had iets exotisch. Andere riolering, buitenlandse riolering, háár riolering. Ze keek op en zag dat de lucht al blauw en uitnodigend boven de daken uitstak, en de warmte dartelde al om haar heen. Ze deed even haar ogen dicht en was er duizelig van. Toen ze ze weer opende, was alles er nog. Recht tegenover haar was een raam, dat even dichtbij was als de andere kant van de kamer. Er hingen ivoorkleurige kanten gordijnen voor.

Toen ze het rechterluik vastmaakte zag ze een piepkleine beschilderde Madonna in een nisje, onder het vuil en de duivenpoep, met plastic bloemen aan haar voeten. Flarden taal dreven omhoog, onverstaanbaar en aanlokkelijk. Er liep iemand voorbij die ongegeneerd hard iets opera-achtigs zong. Maria verdreef de gedachte aan het meer thuis en de stilte daar met een zwierig handgebaar.

'Mag ik meedoen?' fluisterde ze tegen de straat.

Ze ging door de kleren die ze had meegebracht – jeans met rafelige wijde pijpen, blouses met pofmouwen en lange manchetten met knoopjes, een polyester midirok die haar moeder in de uitverkoop had gekocht, en een maxirok met bloemen die ze zelf had gemaakt, haar tuinbroek. Alles leek haar veel te warm en veel te Brits. Het drukte allemaal niet uit hoe ze nu was, een Italiaanse in de knop. Ze koos de roze hotpants en haar witte blouse met smokwerk.

'Nee,' zei de signora toen ze Maria's outfit zag, en ze schudde haar hoofd even, zodat haar oorbellen heen en weer zwaaiden. 'Kom eens mee.'

En Maria liep mak achter haar aan de gang door, door signora's eigen slaapkamer een ander klein kamertje in (dus zij had twee kamers, terwijl Maria in een hoek van de zitkamer gepropt werd!), dat vol stond met kledingrekken, planken met stapels schoenen- en hoedendozen, sjaals aan hangers.

'Wow,' zei ze, 'wat een hoop spullen.'

'Je kunt lenen wat je maar wilt,' zei de signora. 'Het zijn oude dingen, de meeste tweedehands, maar van uitstekende kwaliteit en netjes gewassen.'

'Maar dat staat mij toch niet?' zei Maria.

'Ja, ja,' antwoordde de signora, 'deze jurken hier.' Ze haalde haar hand langs een rij japonnen. 'Ze staan jou anders. Ik laat je, Maria. Dan zet ik koffie. Deze, Maria. En haast je, ja?'

Het was een jurk uit vervlogen tijden. Korenbloemblauw met een zwart met wit patroon van lijnen en krullen, strak om de borst en de taille, met een wijde rok, korte mouwen en een puntig kraagje. Hij ging van voren dicht met vijf zwarte knoopjes, en aan de zijkant zaten drukknoopjes.

'*Bella, bellissima,*' riep de signora uit toen Maria haar entree maakte in de keuken. Ze klapte in haar handen. 'Je mag pakken wat je wilt uit mijn kleedkamer,' zei ze. 'Ik draag dat nooit. Ik draag altijd dit.'

Ze gebaarde met beide handen langs haar lichaam, haar kokerrok en zijden blouse, haar wijde jasje.

'Dit is mijn gerieflijke stijl,' zei ze.

'Gerieflijk?' vroeg Maria.

'Gerieflijk, dat het gemakkelijk zit,' zei de signora, en ze lachte hees toen ze Maria's gezicht zag en gaf haar een klopje op haar arm. 'Ik bedoel comfortabel. Dat is het woord. Voor mij een comfortabele stijl.'

En Maria, die het ene moment gek werd van dit dametje en niet wist wat ze moest zeggen en het andere moment verrukt van haar was, lachte onzeker mee. Ze nam een slok van haar heerlijke koffie.

'U zei aan de telefoon dat Daniele Levi hier wat spullen had laten liggen toen hij wegging en dat u niet alles kon bewaren, maar ik vroeg me af of u toch nog iets hebt gevonden.' Ze keek naar het ernstige gezichtje van de signora aan de andere kant van de keuken.

De signora stond met haar rug tegen het fornuis met een kop koffie met melk in haar hand. Ze bracht hem naar haar mond en dronk, draaide zich toen om en zette het kopje naast de gootsteen.

'We moeten ons haasten, anders kom je te laat. We hebben het er later over.' En ze maakte een vreemd gebaar met beide handen, hield ze bij haar voorhoofd en fladderde met haar vingers als een vlucht geschrokken vogeltjes.

Ze liepen flink door, de signora tikkend met haar stok en Maria ruisend naast haar in de volumineuze, voor haar nieuwe jurk, zich bewust van de indruk die ze maakte. Tenminste, als ze op het zogenaamde flauwvalgebaar van de oude man van de winkel tegenover het huis mocht afgaan. Ze wist alleen niet of dit wel de indruk was die ze wilde maken.

De signora bleef even staan op de hoek van de piazza en wierp een blik in een zijstraatje. 'Zullen we even naar Gianni gaan om gedag te zeggen?' vroeg ze. 'Hebben we daar nog tijd voor?'

Ze keek Maria vragend aan, alsof die er een mening over had.

Precies op die plek was de geur van het hartige baksel het sterkst. Maria stapte het plein op, waar mensen zich verdrongen bij de groentekraampjes. Er liepen klanten uit de bakkerszaak met iets warms, verpakt in vetvrij papier, waar ze al een hap van hadden genomen nog voor ze de winkel uit waren, zo onweerstaanbaar lekker was het.

'Wat is dat?' vroeg ze.

'Rode pizza en witte pizza. Kom, dan gaan we even naar hem toe. Goed?' zei de signora. 'Je moet wel punctueel zijn op je eerste dag.'

'Dit is de oudste bar in deze wijk,' vertelde de signora toen ze door een rokerige ruimte liepen. 'Gianni, Gianni,' riep ze en er kwam een redelijk oude man achter de groep mensen bij de bar vandaan, in een witte jasschort. Hij had een kop met grijs haar dat deed denken aan een Russische muts, en er bungelde een sigaret in zijn mondhoek.

De signora had een stapje opzij gedaan, alsof ze Maria in de schijnwerper wilde zetten, en toen hij haar zag, zei de man iets wat Maria niet verstond. Hij schudde haar krachtig de hand. 'Aangenaam, signorina.'

Ze zei dat ze het ook heel leuk vond om hem te ontmoeten.

'Ze spreekt Italiaans!' riep hij uit tegen de signora, die verrukt keek en Maria aanspoorde om nog iets te zeggen.

'Ik spreek niet goed, maar ik wil het leren nu ik hier ben,' zei ze. Het was haar langste zin tot dan toe.

'Niet alleen mooi, maar nog slim ook,' zei hij, zowel tegen Maria als tegen de signora, maar hij sprak langzaam om haar ter wille te zijn. Maria voelde dat ze zou gaan blozen. Ze keek naar haar tenen en naar haar Ocean Pearl-nagels die uit haar espadrilles staken. Toen was het moment voorbij, de aandacht werd verlegd, en Gianni en de signora begonnen met elkaar te praten. Maria keek op en liet haar blik vluchtig langs de mensen aan de bar glijden.

Een man met een paardenstaart stond naar haar te kijken. Hij bekeek haar van top tot teen, alsof ze een veilingstuk was en hij overwoog of hij zou bieden. Ze trok een wenkbrauw naar hem op, zo hooghartig als ze maar kon, maar hij keek op dat moment niet naar haar gezicht. Ze voelde hoe de vlammen haar uitsloegen, en de blos verspreidde zich langs haar nek en borst, en toen nog lager. Toen sloeg hij zijn ogen weer op en keek haar recht in het gezicht.

'Kom, Maria,' zei de signora, 'anders komen we te laat.' En daar gingen ze weer, langs de markt, over een brede straat, snel, voor het stoplicht op rood sprong, een smal, schaduwrijk straatje in en toen weer een gigantische piazza op. En terwijl ze in hoog tempo langs fonteinen, hoge gevels en monumentale witte beeldhouwwerken liepen, wees de signora steeds kort met haar stok naar bezienswaardigheden, en Maria ruiste naast haar mee in haar jurk, warm en wezenloos. Ze kon niet blijven staan om te kijken, en ze had de keuze: of luisteren naar wat de signora vertelde, of opgaan in haar eigen gedachten, maar het kon niet allebei tegelijk, en dus bleef ze steeds een stapje achter.

Ze liepen nog meer kleine straatjes in, tussen hoge gebouwen, en staken nog een plein over, waar een enorm gebouw met een koepeldak stond, en uiteindelijk kwamen ze aan bij de receptie van de talenschool, waar de signora haar snel een kus op beide wangen gaf en haar overliet aan een knorrige receptioniste. Het bleek dat Maria te laat was. De ochtendles was al begonnen. De receptioniste nam haar mee naar een bedompt kamertje, zo groot als een bezemkast, waar het rook naar desinfecteermiddel, gaf haar een test en de instructie dat ze hem in een halfuur moest afronden, en vervolgens sloot ze haar op. Maria begreep nu pas dat dit hun doel was geweest, dat ze haar ochtenden in dit gebouw zou doorbrengen en niet zomaar wat door de straten van Rome kon gaan zwerven. Maar ondanks dat, en ondanks de achterstand aan verwarrende indrukken die ze nog moest verwerken en het gevoel dat ze daardoor nog maar een heel klein deel van haar hersenen beschikbaar had, en ondanks de ongemakkelijk strakke jurk en de drukknoopjes die in haar zij staken, verzamelde ze alle intellectuele vermogens die ze nog in zich had, en begon aan de test. Als dit dan toch moest, wilde ze pertinent niet de slechtste van de klas zijn.

Toen ze na afloop in een lokaal vol Zweedse au pairs hardop met de hele klas werkwoorden zat te vervoegen, bedacht ze dat een taal leren een combinatie van externe en interne krachten vereiste: je moest alert zijn op het vocabulaire, de grammatica en het idioom die men in de praktijk gebruikte, en je moest je, door studie en oefenen en herhaling, met al die informatie laten doordesemen en zo moest je een kern van kennis in jezelf wakker schudden die ze zeker meende te bezitten. Zoals ze altijd al half Italiaans was geweest, of ze zich daar nu van bewust was of niet, zo zat de taal misschien ook wel in haar opgeslagen, verstopt in zenuwknopen, in haar cellen, of in een tot dan toe nog niet gebruikt deel van haar hersenen. En nu ze hier was, had het iets vertrouwds, iets wat ze niet kon verklaren door alleen de zelfstudie met behulp van de platen uit de bibliotheek.

Om twaalf uur eindigde de les. De Zweedse meisjes staken onmiddellijk de straat over en gingen onder een gestreepte luifel door een ijssalon binnen. Maria stak een sigaret op, de laatste van die van de signora. Ze stond weer in een smal keienstraatje. Ditmaal bochtig. Ze sloeg een hoek om. Voor een bank stond een man in uniform met een geweer. Ze hing wat in de portiek tegenover de bank te wachten tot er iemand anders naar binnen ging, zodat ze kon zien wat het protocol was. De bank droeg de onwaarschijnlijke naam Bank van de Heilige Geest. Er ging niemand naar binnen en er kwam niemand uit. Ze vroeg zich af of het misschien geen echte bank was, maar iets religieus; misschien werd er hier wel deugd opgeslagen.

Ze drukte haar sigaret uit, liep dapper naar het gebouw toe, en stapte door de ingewikkelde deurconstructie aan de straatkant. Ze bevond zich in een tussengang, een soort luchtsluis. De deur achter haar schoof dicht en klikte vanzelf op slot. Vervolgens klonk er een piepje. Ze haalde oppervlakkig adem om niet alle zuurstof op te maken, en wachtte af wat er ging gebeuren.

Er gebeurde niets.

Ze pakte de binnendeur vast, klaar om haar gewicht ertegenaan te gooien, mocht dat nodig zijn. Maar hij zwaaide open en zij vloog erdoor en moest een klein huppeltje maken om overeind te blijven. Ze herstelde zich, overhandigde haar twee briefjes van tien pond, en kreeg er een vrij forse stapel lires voor terug. Toen ze de bank uit kwam, was ze klaar voor haar volgende missie.

Ze had verderop in de straat een uithangbord van een winkel gezien met daarop een witte T tegen een zwarte achtergrond. Ze oefende op het woord voor ze naar binnen ging.

'Ik zou graag typisch Italiaanse sigaretten willen,' zei ze.

'Wat?' antwoordde het stokoude mannetje achter de toonbank.

Ze herhaalde het.

De man, die te oud moest zijn om nog te werken, zei iets wat ze niet verstond.

'Kunt u dat herhalen?' zei ze.

Hij zei weer iets.

Hij leek te zeggen dat ze dat merk niet hadden. Ze wees een willekeurig pakje aan. 'Die,' zei ze.

Ze wilde kleingeld voor de telefoon.

'Telefoon,' zei ze hulpeloos, en ze hield de morsige biljetten op die hij als wisselgeld had gegeven. Hij wisselde ze in voor vreemd uitziende munten, met een groef in het midden.

'Wat zijn dit?' vroeg ze, maar hij negeerde haar alsof ze niets gezegd had.

Ze ging naar een telefooncel en belde het nummer van Helen, de vriendin van haar moeder. Er werd niet opgenomen.

Ze liep terug langs de ingang van de school en probeerde zich te herinneren hoe ze die ochtend was gelopen. De straat maakte een bocht en daar, aan de andere kant van een open plein, was dat gebouw met die koepel weer. Nu pas herkende ze het. Het Pantheon. Ze keek er vol bewondering naar en keek toen naar alle mensen die op het plein rondliepen. Toen liep ze terug naar de telefooncel en draaide Tommaso's nummer. 'Met mij,' zei ze, 'het meisje uit de trein.'

'Maria,' zong hij. Het klonk alsof hij van plan was het hele nummer uit *West Side Story* ten gehore te brengen, maar hij bedacht zich.

'Mijn taleninstituut staat pal naast het Pantheon,' zei ze.

'Chic, hoor,' zei hij.

'Ja, hè?' antwoordde ze. Ze wilde niet dat hij de verkeerde indruk zou krijgen, en dus vertelde ze hem over de man met de paardenstaart. 'Heb je die kerel ook echt gesproken?' vroeg hij.

'Nee.'

'Goed, dan maak ik me verder geen zorgen. Als hij zijn mond opentrekt kom je er vanzelf achter dat hij een eikel is. Dan zegt hij vast iets doms en chauvinistisch.'

'In tegenstelling tot jou.'

'In tegenstelling tot mij. Zo is het maar net.'

'Hij is vast geen feminist, zoals jij.'

'Vast niet.'

'Ik ben ook half Italiaans,' zei ze, en ineens begon ze hem te vertellen over Daniele Levi.

'Welkom bij de identiteitscrisisclub,' zei hij.

Hij zei dat hij haar een keertje 's avonds zou bellen bij de signora, als ze daar geen bezwaar tegen had.

Flarden van de opmerkingen die de signora eerder had gemaakt schoten haar te binnen toen ze terugliep. Daar had je de straat met mandenmakers en werkplaatsen.

'Mocht je ooit nog eens iets van raffia nodig hebben,' had de signora gezegd op een manier die aangaf dat ze daar zelf in elk geval nooit behoefte aan had.

Daar was de kerk waar een beroemd schilderij hing dat je niet mocht missen. En daar had je dat langgerekte plein, Piazza Navona, met de fonteinen en het water dat van de drie enorme witte standbeelden afspatte, schitterend in de felle middagzon. Het was een voetgangersgebied, maar toch was dit volgens de signora de plek waar de Rolling Stones langzaam hadden rondgereden in een witte Rolls-Royce. Dat was in 1967.

Ze vroeg zich af of Daniele Levi van de Rolling Stones had gehouden. Of dat hij meer een Beatles-man was geweest. Barry, een Beatles-man, beweerde dat je het niet allebei kon zijn. Je moest kiezen. Of misschien was jazz wel het enige waar Daniele Levi van hield.

Ze liep langs het museum over de geschiedenis van Rome dat de signora, die er zelf nog nooit geweest was, had aangeraden. En daar was het winkeltje dat paraplu's van goede kwaliteit verkocht, de bakkerswinkel, en zo was ze weer terug op de Campo dei Fiori, waar nog steeds markt was.

Daar had je het kraampje waar ze je altijd probeerden op te lichten, en daar het favoriete bloemenstalletje van de signora, en daarachter was het standbeeld van Giordano Bruno, die honderden jaren geleden iets heldhaftigs had gedaan en toen op de brandstapel was gegooid, en daar was die heerlijk pizzabakkerij. FORNO stond er in grote bruine letters boven de deur, en daar om de hoek was hun eigen schattige straatje, en daar, onder aan de trap, hing die geur.

Ze bleef staan om hem op te snuiven terwijl de deur achter haar dichtviel. Wat was het toch? Het deed haar aan iets denken waar ze geen woorden voor had.

Ze deed haar ogen open. Daar, waar de muur om de trap draaide, was een schuine rechthoek van licht. Ze staarde ernaar.

Ze had het vreemde gevoel dat ze naast zichzelf stond, alsof ze zichzelf bij de hand zou kunnen nemen. Ze keek achter zich om te zien waar het vandaan kwam. Er scheen zonlicht door een klein bovenlicht dat geen glas had maar wel spijlen. Ze zag het in het echt, maar tegelijk zag ze het als een beeld in haar hoofd. Alsof ze al had geweten dat het er was.

16

Een gedrongen man met een dikke buik en vlekkerige, rode wangen die opbollen en in een plooi over de uiteinden van zijn snor vallen, wringt zich langs de rij, de deur uit, zijn kostbare bloederige pakje tegen zijn borst gedrukt. Er wordt wat gemompeld als de rij naar voren schuifelt. Heeft hij nu meer gekregen dan waar hij recht op had?

Chiara, die buiten op straat in de rij staat op een koude, heldere ochtend in januari, ziet hem haastig wegwaggelen. Ze zou hem graag een vraag willen stellen. Er hoeft maar gefluisterd te worden dat er ergens voedsel wordt verkocht – bonen, gedroogde groente, piezeltjes zout, sardines in olie op de Piazza Vittorio, soms wat koffie onder een tunnel ergens in de buurt, meel en suiker in Tor di Nona, conserven en rijst die uitgestald liggen op provisorische marktkramen, niet meer dan een lap stof op de stoep, in de straatjes achter Termini – of ze holt van het ene deel van Rome naar het andere. Ze staat haar halve leven in de rij. Ze sluit zelfs aan als ze geen idee heeft wat er te koop is. Meestal is er helemaal niets, of het is al weg.

Ze zou die wegdribbelende man willen vragen: 'Hoe kom jij zo dik? Wat is je geheim?'

Ze kijkt omlaag naar Daniele – hij draagt een paar oude zeemleren handschoenen van nonna, een paar maten te groot, zodat zijn handen er rimpelig en oud uitzien. Hij ziet eruit als een schooiertje, maar zoveel mensen lijken op schooiers dat het niet uitmaakt. Bijna niemand woont nog in zijn eigen huis, hier in Rome. Hij houdt de rand van haar jaszak vast stevig omklemd. Geen huid op huid, dat nooit.

Ze volgt zijn blik naar de overkant, waar bij de schoenmaker een poster achter het raam hangt. Er staat een zwarte man met rode lippen op, zijn hoofd achterover en zijn mond open, maniakaal lachend terwijl hij een schone maagd gevangen houdt in zijn gigantische gespierde armen. De maagd is gekleed in een klassiek gewaad, heeft een albasten borst, dijen die kuis tegen elkaar gedrukt zijn, een beeld van bleke puurheid. DE VRIJHEDEN... VAN DE BEVRIJDER! luidt het onderschrift. Uit het geweer van de man steekt een Amerikaanse vlag. Rome hangt vol met dit soort huiveringwekkende propaganda.

De rij beweegt voorwaarts. Ze staan onder het donkerrode ovalen uithangbord met het paardenhoofd erop. Ze kan door het raam naar binnen kijken. Er hangt niets aan de haken boven het hoofd van de slager, de metalen schalen die ze kan zien zijn leeg, schoongeboend, en ook op het hakblok ligt absoluut niets meer. Maar misschien heeft de slager iets anders verstopt onder zijn toonbank. Als ze straks wat vlees hebben kunnen bemachtigen zal ze even bij de schoenmaker langsgaan om te vragen of er iets te doen is aan Danieles verbrande schoenen. De tenen krullen op, als bij een clown. Als ze vlees kan kopen, als ze vandaag iets lekkers en voedzaams voor hen kan bereiden, kunnen andere dingen misschien ook gemaakt worden.

Ze denkt aan de kippen die ze van Gennaro heeft gekregen en die door de eetkamer fladderen en op nonna's eiken buffetkast zitten. Ze denkt aan hoe ze nonno's wijnvoorraad heeft geplunderd en hoe ze zijn Treviso en zijn geliefde Barolo heeft geruild voor pasta, parmezaan, restjes. Ze denkt aan de salon, die nog vol ligt met de rollen stof die Cecilia die laatste dag optilde en liet vallen. Zij en Daniele moeten ertussen slapen, alsof er geen slaapkamers zijn, en ze nergens anders naartoe kunnen.

Ze zijn als vluchtelingen die tijdelijk in het appartement mogen wonen, alsof ze permanent op het punt staan om te vertrekken. Het is allemaal zo'n puinhoop.

Het appartement mist Cecilia, die altijd opruimde, alles netjes hield, die er altijd was, een levende aanwezigheid om voor naar huis te komen, eentje die dingen aan elkaar naaide zodat het allemaal weer logisch leek. Zij maakte er een thuis van.

Chiara drukt haar vingers tegen haar oogleden. Nu niet gaan huilen, midden op straat, waar het kind bij is.

De woorden 'niets bijzonders' komen bij haar op. De non die haar de valse identiteitspapieren overhandigde had ze gebruikt.

'Als je alleen naar buiten gaat, neem je je echte papieren mee. Maar als de jongen bij je is, neem je deze, want dan lijken jullie een gezin en dan wek je minder argwaan. Dan ben je niets bijzonders.'

Die woorden zijn haar bijgebleven. Er schuilt een kern van waarheid in en een somber soort troost. Maar dit zijn zulke vreemde tijden dat hun verhaal niet meer is dan dat. Ze hebben hun geliefden verloren, zijn verweesd, hongerig, opgejaagd, angstig. Ze zijn niets bijzonders.

Er vertrekt weer een klant. De rij beweegt naar voren. Daniele en zij zijn nu de deur door, over de drempel, echt binnen. Ze geeft een rukje aan haar jaszak om zijn aandacht te trekken.

'Ik geloof dat we vandaag geluk hebben,' zegt ze.

Hun neus vult zich met de geur van koud bloed. Zo te zien ligt er nog maar één stuk vlees op het blok, maar het is een flink stuk. Chiara bidt dat het niet op is voor zij aan de beurt zijn, dat geen van de klanten vóór haar een speciale deal kan maken. Het slagersmes suist door de lucht, en snijdt door het stuk donkerrood vlees. Ze volgt de boog van de beweging om te zien waar het terechtkomt. Iedereen doet hetzelfde. Ze zijn gelovigen bij het altaar in de vorm van een hakblok, de slager hun hogepriester.

Ze voelt een hand op haar schouder en de adrenaline schiet

langs haar ruggengraat omhoog. Ze haalt haar schouders op alsof ze de hand van zich af wil schudden.

'Chiara?' zegt een vrouwenstem.

Ze draait zich half om en kijkt in het gezicht van een vermoeide vrouw van middelbare leeftijd.

'Chiara Ravello?'

De vrouw grijpt Chiara bij beide schouders en draait haar om zodat ze recht tegenover elkaar staan. Instinctief schuift ze Daniele, zonder naar hem te kijken, achter zich, uit het zicht. Ze kan deze lange persoon nog niet plaatsen. De vrouw staart haar vol ongeloof en verwondering aan. En er is nog iets anders, een andere emotie. Ineens heeft de vrouw haar armen om haar heen geslagen. Ze snuift de geur van de vrouw om, die onmiskenbare mengeling van rozen en vanille en nog iets anders wat ze vroeger, toen ze nog een kind was, nooit kon benoemen. Toen ze ouder werd, rook ze het in haar vaders haar, en in de kreukels van zijn zakdoek. Inmiddels herkent ze het. Muskus.

Ze wil zich lostrekken, maar haar knieën trillen en de vrouw houdt haar stevig vast. Simone Gauchet, de minnares van haar vader.

'Noem me maar Simone,' zei ze toen ze elkaar voor het laatst ontmoetten. 'Je kunt altijd bij me langskomen.'

Maar dat wilde Chiara nooit. Nood breekt wet, denkt ze nu, en ze laat zich nog wat langer omhelzen. Het is al zo lang geleden dat iemand die groter en steviger was dan zij haar vasthield. Ze is de knuffelaar, en nooit meer de geknuffelde, de trooster en nooit meer de getrooste. Ze doet haar best om niet te huilen. Ze voelt de boezem van de vrouw schokken.

Dan laat de vrouw haar los, en als Chiara een stap naar achteren doet en Daniele nog wat steviger achter zich houdt, ziet ze dat de jaren Simone Gauchet geen goedgedaan hebben sinds ze haar voor het laatst zag, na haar vaders begrafenis in 1938. Ze heeft rimpels om haar mond, haar huid is bleek en vlekkerig.

Ze ziet er uitgemergeld uit. Ze is een grote vrouw, gebouwd om wat vlees op de botten te hebben.

'Ik ben zo blij je te zien,' zegt Simone. 'Ik was zo bezorgd om jullie, na dat bombardement op San Lorenzo.'

In tegenstelling tot haar gezicht lijkt haar stem immuun voor de ravage die de tijd heeft aangericht; hij klinkt hees, zangerig en laag. Een man zou het een verleidelijke stem vinden.

Het zou nu onvoorstelbaar onbeleefd zijn om zich van haar af te wenden. Chiara moet iets zeggen. 'We woonden daar toen al niet meer. Cecilia en ik zijn een paar jaar geleden weggegaan uit het appartement in San Lorenzo,' zegt ze. 'Na de dood van mijn vader.

'Ik maakte me zorgen,' zegt Simone. 'Toen ik die beelden op het bioscoopnieuws zag met de paus, die aan het bidden was bij de puinhopen, dacht ik: O nee. Niet Alfonso's meisjes. Mijn liefste Alfonso. Zijn prachtige meisjes.'

Met de top van haar middelvinger veegt ze de tranen van haar bepoederde wangen. 'Maar het gaat je goed. Je bent er nog. O', ze slaakt een enorme zucht. 'Je hebt geen idee wat een opluchting dat is.'

Chiara staart naar Simone Gauchet, die zijn naam uitsprak, de naam van haar vader. Hardop, midden in de slagerij, alsof hij van haar was, alsof zijn verlies haar wond is. En ze claimt een soort verwantschap met Cecilia en haarzelf, terwijl ze hen niet eens kende. En moet je zien hoe ze glimlacht, alsof er geen vuiltje meer aan de lucht is.

'Dan zul je het wel heel erg vinden dat mijn moeder daar wél nog was,' zegt ze.

'O,' zegt Simone uit het veld geslagen. Haar glimlach verdwijnt en haar vermoeide gezicht zakt weer in elkaar. Ze kijkt Chiara bedroefd aan. 'Dat vind ik inderdaad heel erg om te horen,' zegt ze.

Chiara bespeurt geen enkel sarcasme in de toon van de vrouw, geen teken van haatdragendheid of stiekeme tevredenheid dat haar rivale dood is.

'Ze haat me,' zei Chiara's moeder altijd. 'Die sloerie, ze kan het niet verdragen dat ik mooier ben dan zij.'

'Je arme moeder,' zegt Simone. 'Arme jij.'

Chiara kijkt beschaamd naar de grond.

'En je zus?'

'Prima, hoor,' zegt Chiara snel, maar niet snel genoeg om te voorkomen dat er een beeld opkomt van Cecilia, van haar bleke slapende gezicht, als van een kind, zo onwetend. Ze wil niet aan haar zuster herinnerd worden. 'Ze is op het platteland, op de boerderij van onze grootouders,' zegt ze stellig.

Ze gaat echt niet tegen deze vrouw zeggen dat nonna dood is, en dat ze Cecilia heeft toevertrouwd aan de zorg van iemand die ze nauwelijks kent. Dat ze tegen haar heeft gezegd dat ze binnen twee weken terug zou zijn, en dat ze de datum rood omcirkeld heeft op de kalender. Dat die omcirkelde dag allang voorbij is.

'Het is daar veiliger voor haar,' merkt Simone op.

'O ja, veel veiliger,' beaamt Chiara.

En dan komt voor het eerst de gedachte bij haar op dat dat misschien wel echt zo is. Misschien zwelgt ze wel een beetje in haar schuldgevoel omdat ze Cecilia heeft achtergelaten, en bloeit haar zusje op in haar afwezigheid. Beatrice en Ettore, die tijdelijk in de boerderij zouden trekken, hadden beloofd voor haar te zorgen alsof ze hun eigen kind was. Misschien hield zij, Chiara, Cecilia wel klein.

De volgende klant vertrekt. Chiara zet een stap in de richting van de toonbank en in de beweging wordt Daniele zichtbaar.

'Je hebt een kind,' roept Simone uit met luide, verblufte stem.

Daniele draagt de muts met de oorflappen, die hij zo ver omlaag heeft getrokken dat hij zijn voorhoofd helemaal bedekt, en zijn donkere ogen gluren omhoog naar Simone alsof hij in de schaduw van een lage brug staat.

Chiara weerstaat de drang om haar het zwijgen op te leggen. Ze denkt aan de valse identiteitspapieren in Danieles binnenzak. Zij is signora Chiara Ravello Gaspari, alsof ze Carlo's weduwe is, en hij is Daniele Gaspari.

Een gezin, denkt ze, ze houdt zich vast aan de woorden van de non. Niets bijzonders. Maar toch, de drang om de stilte te vullen, om haar opmerkingen en vragen voor te zijn, houdt haar aan de praat.

'Het is vanwege de kippen,' hoort ze zichzelf zeggen. 'We zouden weer teruggaan naar de boerderij, maar toen kregen we die kippen, dus toen, eh...'

'Sorry?' zegt Simone, maar ze let helemaal niet op. Ze kijkt glimlachend naar Daniele. 'Ik wist wel dat je verloofd was. Met Carlo, toch?' zegt ze. 'Maar ik wist helemaal niet dat je getrouwd bent!'

Het besef dat Simone niet eens weet dat Carlo dood is, dat hij een maand na haar vader is gestorven, helpt haar om de drang om te gaan ratelen in toom te houden.

'Dit is Daniele,' zegt ze.

Ze is deze vrouw helemaal geen verklaring schuldig. Het gaat Simone Gauchet niet aan dat ze haar belofte aan haar zus niet nagekomen is, en ook niet waarom ze een kind blootstelt aan de gevaren en ontberingen van de bezette stad terwijl ze een keuze had.

Maar in zekere zin kwam het wel écht door de kippen, denkt ze. Die kippen hadden haar duidelijk gemaakt dat de jongen hier in Rome veiliger was. Dat ze hier tussen de puinhopen de beste kans hadden.

Ze was bij Gennaro geweest om te vragen hoe ze aan valse identiteitsbewijzen moest komen. Niet in de bar, want die was dicht, nu het getto een spookstad was, maar thuis, vlak bij de

Gianicoloheuvel, waar hij groente verbouwde en kippen hield. Mensen hielden kippen op hun dak en in achtertuinen. Ze verbouwden groenten op piepkleine stukjes land en in de bermen.

Gennaro vertelde haar dat de nonnen van Santi Quattro Coronati valse papieren verzorgden. Toen ze wegging, vertelde hij haar ook dat hij inmiddels bij een andere verzetsgroep zat, eentje die van plan was een aanslag te plegen op een SS-regiment.

'Ik kan niet meedoen,' zei ze. 'Niet meer. Het kind komt op de eerste plaats.'

Ze was bang dat hij het haar misschien kwalijk zou nemen. Andere mensen met kinderen namen wel nog steeds enorme risico's. Maar hij knikte en zei: 'Wil je een hen? Dan heb je eieren voor de jongen.'

'Waar moet ik haar laten?' vroeg ze. 'En wat geef ik haar te eten?'

'Ze eten alles,' zei hij. 'Restjes. Geef haar maar restjes.'

'We eten zelf restjes,' zei ze.

'Je verzint wel iets,' zei hij. 'En zo niet, dan kun je haar slachten en heb je vlees. Je weet toch wel hoe je een kip slacht?' Hij bond de poten bij elkaar en stopte haar in een mand. 'Neem er nog maar een mee,' zei hij, 'dan kan die de bruine gezelschap houden. Voor de jongen,' voegde hij eraan toe.

Dus fietste ze met hoge snelheid van de Gianicoloheuvel af met twee hennen in een mand, die zo stil en rustig waren dat ze vermoedde dat ze van de schrik gestorven waren, en dat ze misschien niet eens meer de moeite hoefde te nemen ze de nek om te draaien. Ze haalde ze uit de mand en zette ze op de keukenvloer, en na een seconde of twee in een soort trance te hebben gestaan, schoten ze ineens de keuken door, rennend tussen de tafelpoten.

'Kijk eens wat ik meegenomen heb,' zei ze toen Daniele de keuken in kwam.

Toen hij de kakelende vogels zag, klapte hij in zijn handen. Hij was helemaal verrukt. Ze had even gevreesd dat hij misschien bang was voor het gefladder, maar dat was hij niet, en ze dacht aan hoe hij op de boerderij met de ezel was geweest. Hij kon gemakkelijk met dieren omgaan. Hij keek haar aan, en ze knikte, al wist ze niet precies wat de onuitgesproken vraag was. Hij wees naar de kleinste van de twee, met crèmekleurige staartveren en een gespikkelde rug.

'Vind je die mooi?' vroeg ze.

Hij knikte weer. Ze was op haar knieën gezakt en had de kip gevangen. Ze drukte de vleugels tegen haar aan tegen het fladderen en hield haar op zodat hij haar kon bekijken, om haar vervolgens in zijn uitgestoken armen te stoppen. Hij hield haar tegen zich aan, onder een arm genesteld, en aaide haar donzige rug met zijn vrije hand.

Ze waren dol op elkaar. De jongen en de kip.

'We moeten ze een naam geven,' zei ze, terwijl ze de bruine oppakte. 'Ik noem die van mij Winston. En jij?'

Daniele hield zijn hoofd een beetje schuin.

'Tok,' zei hij.

Hij sprak alsof het de normaalste zaak van de wereld was. Alsof hij niet drie maanden lang geen woord had gezegd. Hij legde zijn wang op de rug van de kip.

'Jij heet Tok, hè?' zei hij.

Voor zichzelf noemde ze het het wonder van de kippen. Een wonder dat hun zomaar overkwam, midden in hun geïmproviseerde bestaan waarin alles draaide om overleven.

'Aangenaam, Tok,' zei ze, en ze deed of ze zijn poot schudde.

'Aangenaam, Daniele,' zegt Simone.

'Ze is mijn moeder niet,' fluistert Daniele.

Chiara werpt hem een waarschuwende blik toe. Vanbinnen krimpt ze ineen. Hij spreekt nog steeds nauwelijks, maar dit is zijn refrein: *Jij bent mijn moeder niet.*

Simone zit op haar hurken voor Daniele en slaat haar armen om de jongen. 'Lieve schat,' zegt ze.

Chiara kijkt hoe de vrouw alle taboes aan haar laars lapt, het jongetje tegen zich aan drukt, de vos om haar nek zwaaiend en door het zaagsel op de vloer maaiend. Danieles voeten, in de misvormde schoenen, worden even van de grond getild.

'Signora?' zegt de slager.

Chiara draait zich met een ruk om en klapt haar mond dicht. Ze is aan de beurt. Er is nog één stuk vlees over. De slager pakt het voor haar in.

'Ik ben los,' roept hij, en hij zet zijn hakmes in het blok terwijl de boodschap wordt doorgegeven en de rij snel oplost. Het gerucht gaat dat er pens is in Testaccio.

'Sorry,' zegt Chiara tegen Simone als ze oversteken.

'Geeft niks,' zegt Simone. 'Ik heb geen kind om te voeden.'

De schoenmaker is dicht. GESLOTEN WEGENS VAKANTIE staat er op het bordje aan de deur. Misschien is de eigenaar gevlucht. Of afgevoerd. Misschien was het een jood en is hij ondergedoken.

Ze heeft ontdekt dat de bezette stad een heel netwerk van kloosters, kerken en onderduikadressen heeft waar joden die aan de razzia's van 17 oktober en de daaropvolgende acties zijn ontkomen verborgen worden gehouden. En niet alleen joden. Ook verzetsstrijders. Het nieuws is nu dat sommigen te overmoedig waren geworden na de landing van de geallieerden bij Anzio, een paar dagen geleden; ze dachten dat Rome nu ook elk moment bevrijd kon worden en veel leiders zijn gearresteerd. Maar Gennaro niet. Zijn groep is nog steeds actief.

Chiara wendt zich af van de winkel en kijkt de straat in naar een kale, winterse boom en de eruptie van keien onder aan de stam. Ze hoeft nu alleen nog maar afscheid te nemen van Simone zodat ze weer elk huns weegs kunnen gaan, en ze snapt niet waarom ze daar nog steeds zo staan, het moment voor zich uit schuiven, alsof ze elkaar nog iets te zeggen hebben.

Simone geeft haar een por. Ze houdt haar boodschappentas open en toont de inhoud.

‘Ik heb rijst en twee blikken tomaat,’ zegt ze. Haar haar, waar voor op haar hoofd strepen grijs doorheen lopen, glanst als honing in het zonlicht.

Dit is de vrouw, denkt Chiara, die mijn vader bij zijn gezin weghield met haar honingzoete maniertjes, haar zoetgevooisde stem, haar charmante Franse accent. Die schaamteloze sloerie, slet, mannendief. Die Algerijnse hoer.

Chiara weet nog hoe haar moeder tegen haar vader schreeuwde: ‘Ga dan naar die Algerijnse hoer van je!’ Chiara kende de reputatie van Simone ver voor ze haar persoonlijk ontmoette.

Ze schudt haar hoofd.

‘En een zakje kolen,’ zegt Simone. ‘Ik heb kolen.’

Daniele is naast Simone gaan staan en veegt over het vossenbont. Misschien denkt hij wel dat het een speeltje is.

Toen zij Simone voor het eerst zag, op de begrafenis van haar vader, droeg ze ook bont. Een ander soort. Ze was erin gezwachteld, door omwikkeld. Iets donkers. Nerts, misschien. Simone stond helemaal aan de uiterste rand van de rouwenden, met een zwarte sluier over haar gezicht. Ze was natuurlijk niet uitgenodigd, ook al was Chiara’s vader in háár armen overleden aan een hartaanval. Toch was ze naar de kerk gekomen. Ze was achterin blijven staan en later meegelopen naar het kerkhof. Toen ze daarvandaan kwamen was ze onder de bomen vandaan gestapt en had ze Chiara’s naam geroepen. Chiara ving onder haar sluier een glimp op van gezwollen oogleden, het gezicht van iemand die al dagen non-stop had gehuild. Ze vroeg Chiara of die misschien iets wilde komen halen van haar vader, als aandenken, en een paar dagen later was Chiara naar haar toe gegaan.

Simones ogen zijn nu ook dik. Ze heeft het gecamoufleerd met make-up, maar de huid eronder is paarsig en ziet er pijnlijk uit. ‘Ik ben blij dat je Alfonso’s prachtige ring nog altijd draagt,’ zegt ze. ‘Ik denk elke dag aan hem. Ik mis hem elke nacht. Hij was mijn liefste.’

Chiara doet een stap naar achteren. Ze wil niet dat deze vrouw zich de herinnering aan haar vader toe-eigent. 'Kom, Daniele,' zegt ze.

'Ik weet wel dat het vreselijk is. En ik schaam me ook. Echt.' Simone begint te praten met haar lage, buitenlandse stem. 'Maar het kan me niet schelen. Wat heeft het voor zin? denk ik dan. En het is ontzettend koud bij mij thuis. De wind jaagt erdoorheen. Alsof je in de mast van een schip zit. Het lijkt wel of het hele gebouw heen en weer buigt in de wind. Dat deed het vroeger nooit, dat buigen, maar nu wel. En beneden is de SS ingekwartierd. Op de tweede verdieping. En daar gebeuren slechte dingen, verschrikkelijke dingen. Ik weet het zeker. En dus stel ik me elke dag, elke nacht voor dat ik daar inbreek en red wie daar ook maar zit. Maar dat kan niet, en dus doe ik het niet, en elke dag dat ik het laat gebeuren, dat ik langs die deur loop, in hetzelfde gebouw lig als waar die dingen gebeuren, denk ik: wat is het nut van mijn bestaan?'

Dit is de vrouw die meer dan twintig jaar immens veel van haar vader heeft gehouden.

'Neem jij mijn kolen in elk geval,' zegt Simone, en ze duwt Chiara de zak in handen. Ze heeft iets vermoeids en wanhopigs over zich, alsof ze, nu ze bevrijd is van de last van de kolen en de bijbehorende noodzaak om zich warm te houden, zichzelf in de rivier zou kunnen storten.

Dit is de vrouw van wie haar vader hield.

Chiara zucht. 'Kom dan maar met ons mee naar huis,' zegt ze. 'Het is niet ver.'

'Verrukkelijk,' zegt Simone terwijl ze een hap van de stoofschotel naar haar mond brengt. 'Ik snap niet hoe je dat voor elkaar krijgt.' Ze schudt haar hoofd vol verbazing naar Chiara, aan de andere kant van de tafel. 'Op de kok,' zegt ze, en ze heft haar glas.

En Chiara, die haar eigen glas heft en onwillekeurig Simones glimlach beantwoordt, vraagt zich af hoe dit kon gebeuren. Dat de maîtresse van haar overleden vader niet alleen de maaltijd met hen deelt, maar ook nog bij hen blijft logeren. En dat ze daar blij om is.

Ze vraagt zich af of het iets te maken heeft met de manier waarop Simone op alles reageert met verwonderde en blije uitroepen. Hoe geweldig ze het grote, echoënde appartement met zijn ouderwetse meubels vindt, en dat ze zo blij is dat ze eindelijk kan zien waar haar geliefde is opgegroeid. Hoe Simone in de door de hennen kapotgepikte woestenij die ooit de eetkamer was, tussen de naar achteren geschoven meubels, de netten over de balkonreling om te voorkomen dat de kippen ontsnappen, heel hard moest lachen om de hele situatie en verkondigde dat het geniaal was. Of dat ze de geplunderde wijnvoorraad van Chiara's grootvader een 'absoluut wonder' vindt, en het feit dat Chiara de flessen wijn met de sommelier van een restaurant om de hoek bij de Piazza Navona ruilt voor parmezaan, pastakliekjes (restjes voor de kippen) – 'zo vindingrijk'. Zelfs de geïmproviseerde slaapkamer vindt ze 'reuzeverstandig'. Het is, volgens Simone, 'heel praktisch om maar één kamer te verwarmen', en ze zegt dat ze 'weer verder naar achter in huis kunnen gaan leven als er betere tijden komen'. Het is net alsof Simone Chiara als een boek opengeslagen heeft op een bont geïllustreerde bladzijde waarvan Chiara zelf niet eens wist dat hij bestond.

Maar misschien heeft het ook wel iets te maken met het feit dat ze ervan uitgaat dat ze volkomen welkom is, een aanname waar Simones gedrag van doordrenkt is, een soort gemak en zelfvertrouwen die een gevoel van vrijgevigheid oproepen in Chiara's achterdochtige hart.

Of misschien is het de manier waarop Simone Daniele op schoot trekt voor een verhaaltje, en haar hoofd in zijn nek nestelt, en hem vervolgens oppakt en hem weer op de grond zet en naar de kippen stuurt om daar te gaan spelen, alsof het de normaalste zaak van de wereld is, en dan zegt: 'Wat een droevig jongetje. Waar heb je hem vandaan?', en dat ze moet huilen als Chiara het haar vertelt.

Spezzatino di cavallo is een gerecht dat tijd nodig heeft, en na de eerste gang – een eenvoudige *risotto bianco* die binnen een kwartier na thuiskomst op tafel stond – moesten ze die tijd zien door te komen. In de loop van de middag, terwijl de spezzatino stond te stoven en het huis zich met het voedzame aroma vulde, hebben de twee vrouwen het gehad over de staat waarin Italië verkeert, het klimaat van achterdocht in Rome, en waar je het beste kousen kunt kopen op de zwarte markt. Ze hebben naar het nieuws geluisterd en gehoord dat er een 'ondoordringbare Duitse linie' is die voorkomt dat de geallieerden oprukken, sterker nog, die hen terugdringt, en ze zijn het erover eens dat dit nazipropaganda is en dat de geallieerden er nog voor het eind van februari zullen zijn. En om dat te vieren hebben ze bijna een hele fles Frascati leeggedronken uit de kostbare wijnvoorraad.

Terwijl Chiara bezig was in de keuken, gingen Simone en Daniele naar de kippenren, waar ze getuige waren van het eerste echte ei dat Tok heeft gelegd (het vorige was er een zonder schaal). Simone heeft er een soort *zabaglione* van gemaakt voor Daniele. Hij at het op met het kleinste lepeltje dat hij kon vinden.

Daniele heeft een heel vel gevuld met tekeningen van Tok. Chiara heeft het verhaal verteld van Toks eerste poging, ze imiteerde de vreemde, geconstipeerde geluiden en bewegingen die de hen maakte toen ze het ei eruit wilde persen, ze liep tokkend door de keuken en moest er zelf om lachen. Ze huilde echt van het lachen. Daniele keek haar stomverbaasd aan en ze vroeg zich af of hij haar al ooit had horen lachen.

'Wat was dat grappig, hè, Daniele?' zei ze, maar hij schudde zijn ernstige hoofd.

Tot haar verbazing had ze plezier. Niet op een manier van

we-staan-aan-de-rand-van-de-afgrond-en-morgen-gaan-we-dood, maar écht. Dus toen Simone ineens op de klok keek en zei dat ze nu weg moest voor de avondklok zou ingaan, deed Chiara snel wat van de stoofpot in een kom, die ze afdekte met een doek, zodat Simone die mee naar huis kon nemen. Ze legde uit hoelang ze het moest doorkoken, en Simone glimlachte en knikte en trok haar handschoenen aan. En pas toen ze bij de deur was, herinnerde Chiara zich ineens dat Simone geen brandstof had.

'Kom maar weer binnen,' zei ze, en ze trok haar zo ongeveer terug. 'Je kunt het helemaal niet doorkoken, toch? Blijf hier maar slapen.'

De maaltijd heeft zo lang geduurd dat Daniele met zijn hoofd op tafel in slaap is gevallen.

'En op de vader van de kok,' zegt Simone, 'Alfonso Ferdinando Ravello. De liefde van mijn leven.'

Ze kijkt Chiara recht in de ogen, alsof ze haar uitdaagt om haar tegen te spreken, maar dan glimlacht ze. Ze is opgeleefd dankzij de wijn en het eten. Ze heeft eindelijk weer wat kleur op haar wangen en haar haar is alleen nog maar honingblond. In het flauwe keukenlicht kun je het grijs niet zien.

'Babbo,' zegt Chiara, en ze heft haar glas.

Ze beginnen door elkaar heen te praten.

'Sorry, wat zei je?' zegt Chiara.

'Ik ben zo blij dat ik hier ben,' zegt Simone. Je hebt me weer tot leven gewekt, dat kan ik je wel zeggen.'

Ze kijkt de keuken rond, naar de overgebleven stoofschotel (genoeg voor morgen, denkt Chiara), naar Danieles hand met de moedervlek in de vorm van een hoefijzer, zijn vingernageltjes, zijn haar dat voorovergevallen is, en dan kijkt ze Chiara weer aan.

'Je hebt mijn leven gered,' zegt ze, 'en ik dank je vanuit de grond van mijn hart.'

Chiara voelt dat ze moet blozen onder Simones hartstochtelijke blik.

'Ik zal die kleine man maar even in bed stoppen,' zegt ze. Ze schudt Daniele een beetje wakker, zodat hij in elk geval kan lopen, en dan bonjourt ze hem met zijn ogen half dicht de kamer uit.

Simone slaapt in Cecilia's kamer. Ze zegt dat ze geen probleem heeft met de kou, omdat ze warmbloedig is en zelf veel overtollige warmte afgeeft. 'Je vader zei altijd dat hij geen kruik nodig had als hij bij mij in bed lag,' zegt ze als Chiara de keuken uit loopt. 'Sorry,' zegt ze als ze Chiara's gezicht ziet. 'Soms ga ik te ver, ik weet het.'

'Ik vind het niet erg,' zegt Chiara, en tot haar verbazing is dat waar. 'Weet je, het is fijn om zijn naam te horen.'

'Hij was een groter deel van mijn leven dan ik van het zijne,' zegt Simone. 'Hij had jou en Cecilia en jullie moeder. Hij had zelfs zijn eigen vader en moeder nog. Ik had alleen hem.'

Chiara loopt de keuken weer in, en trekt aan de ring aan haar vinger. 'Het spijt me dat ik je me deze ring heb laten geven,' zegt ze. 'Hij is eigenlijk van jou.' Ze doet hem af en houdt hem haar voor.

'Je hebt mij niet gedwongen. Je hebt me erom gevraagd, en ik heb hem je gegeven.' Simone legt haar veel grotere hand om die van Chiara. 'Geheel vrijwillig,' zegt ze.

De volgende ochtend maken ze er nauwelijks een woord aan vuil: Simone gaat naar haar eigen appartement aan de andere kant van Rome, haalt haar weinige bezittingen op, komt terug en trekt bij hen in. Tot de situatie weer beter wordt, spreken ze af.

Simone heeft een talent voor bietsen en scharrelen, en Chiara heeft een talent om iets te maken van bijna niets. Met Simone erbij zijn ze niet meer aan het overleven, maar zijn ze weer een beetje aan het leven.

'We zijn meer dan de som van onze delen,' mag ze graag zeggen als er weer een ingenieus maal op tafel komt, of als er weer een zak steenkool tevoorschijn getoverd wordt. Soms zitten ze te lachen en is het alsof Daniele de volwassene is, een oude man die gebukt gaat onder de zorgen van de wereld, en zij de kinderen zijn. Hij kijkt hen misprijzend aan, alsof ze geen oog hebben voor het feit dat het barre tijden zijn. Onze kleine memento mori, noemt Simone hem.

'Ik bewonder je wel,' zegt ze op een dag.

Chiara kijkt haar achterdochtig aan. Ze zou de uitdrukking op Simones gezicht niet als bewonderend omschrijven.

'Het moet moeilijk zijn om met Daniele te leven, in de wetenschap dat het elk moment afgelopen kan zijn.'

'Zo is het voor iedereen,' zegt Chiara. Ze wilde zeggen: 'voor iedere moeder', maar ze houdt zich in.

'Ik heb het niet over de bommen en de razzia's en de...' Ze zwaait met haar hand naar de horizon.

'Puinhoop,' vult Chiara aan.

'Ja. Je moet voorzichtig zijn met hem, maar ook met jezelf. Je moet met hem leven alsof je hem weer terug moet geven.'

'Hoe bedoel je?'

Chiara hoort hoe haar stem gevaarlijk overslaat. Ze voelt vanbinnen iets zinken.

'Wacht even,' zegt ze.

Ze staat snel op en loopt de kamer uit, gaat aan de andere kant van de deur staan en haalt diep adem. Niet nu. Denken komt later wel. Als ze alleen is, zal ze proberen na te gaan op welk moment ze meer van hem is gaan houden dan van wat ook ter wereld. Niet nu.

Ze loopt de keuken weer in, maar gaat niet zitten.

'Ik kan hier niet over praten,' zegt ze. 'Je bedoelt het goed, neem ik aan, maar ik wil het hier niet over hebben. Ik zie niet in wat daar het nut van is.'

Simone reageert niet. Ze buigt haar hoofd en steekt haar handen uit, met de handpalmen naar Chiara toe, als een verkeersagent die een vrachtwagen tegenhoudt op een druk kruispunt. Ze spreekt snel en op zachte toon. Ze duldt geen onderbreking.

Ze zegt dat ze begrijpt dat Chiara het tot haar levenswerk heeft gemaakt om dit kind te beschermen, dat ze zich met verve heeft gekweten van de taak die haar ten deel gevallen is. Dat het bewonderenswaardig is, nobel zelfs. Dat ze wel ziet dat het Chiara's bijdrage is aan de betere wereld die hierna hopelijk zal komen. En ze weet dat het moeilijk is om verder te kijken dan één dag, in deze zware tijden, maar dat dat toch precies is wat er moet gebeuren. Als de oorlog voorbij is komen ze hem halen, misschien niet zijn familie, maar zijn gemeenschap. Als wie er nog maar over is terugkomt en er wordt geoordeeld dat hij mee moet, misschien door een paar van hun leiders, mannen met baarden en keppeltjes op hun hoofd, vrouwen met sjaals, dan komen ze hem opeisen, en ze zullen haar bedanken dat ze hem beschermd heeft, maar ze zullen hem weer terug willen. En als Chiara zich daar niet op instelt, zal het haar hart verscheuren.

Chiara hoort de woorden alsof ze onder een waterval staat.

'Ik kan niet maar half van hem houden,' zegt ze. Ze schreeuwt om boven het donderende lawaai uit te komen. 'En wie ben jij om dit te zeggen? Jij hebt al je liefde aan een getrouwde man gegeven. Jij hebt je ook niet bepaald ingehouden, of wel soms?' Chiara's vuisten zijn gebald, en de tranen stromen over haar wangen.

Simones hoofd beweegt weer. Het is eerder een trilling dan schudden.

Dat vond ze niet leuk, denkt Chiara.

'We hebben het nu niet over mij,' zegt Simone. Ze tilt haar hoofd op en kijkt Chiara aan met opgetrokken wenkbrauwen.

Chiara is zich er vaag van bewust dat Simone nog iets heeft

gezegd, iets milds, iets om de angel eruit te halen. Laten we ruziemaken, denkt ze. Laten we de onuitgesproken rotzooi van de laatste jaren door de kamer smijten.

Maar terwijl zij aan het bedenken is hoe ze Simone uit haar tent kan lokken, zit een ander deel van haar brein achter een andere gedachte aan, iets wat zij weet, maar Simone niet, iets wat ze heeft achtergehouden en wat een eind zal maken aan deze discussie. Ze grijpt zich eraan vast en spreekt het uit.

'Nonna heeft hem gedoopt,' zegt ze.

Simone trekt haar neus op. 'Nou en?' zegt ze.

'Dus hij is nu een christen. Hij moet als een christen worden opgevoed.'

Simone bijt op haar onderlip. Die blik heeft Chiara eerder gezien. Ze was erbij toen de dokter kwam voor nonno en naar zijn piepende oude borstkas luisterde. Ze zag nonna's gezicht toen ze de dokter aanhoorde. Het besef dat de prognose veel erger was dan ze had gedacht. Met zo'n zelfde blik kijkt Simone nu naar haar.

Een paar minuten lang zeggen ze geen van beiden iets.

Simone haalt diep adem en opent haar mond. Ze ziet eruit als iemand die slecht nieuws te vertellen heeft. 'Wil je nu beweren dat...'

Chiara tilt haar handen op in een gebaar van overgave. 'Niet doen,' zegt ze.

Maar Simone kent geen genade. '... dat jij hem niet terug hoeft te geven omdat je nonna wat water over het hoofd van het kind heeft gegooid en een paar esoterische woorden heeft gepreveld?'

Chiara brengt haar handen naar haar gezicht en drukt haar koude vingers in haar wangen, en ze staart Simone aan over haar vingertoppen heen.

'Ik zeg niet dat je maar half van hem mag houden,' vervolgt Simone. 'Hou van hem met heel je hart. Is er een andere manier om van iemand te houden? En laten we eerlijk zijn, dat arme schaap heeft het hard nodig. Maar hou ook op de een of andere manier voor ogen dat het waarschijnlijk niet voor eeuwig is. Als dit allemaal achter de rug is en er komen betere tijden, kun je verder met je eigen leven. Dan ga je misschien trouwen en krijg je zelf kinderen.'

'En als ik dat nu niet wil?'

'Natuurlijk wil je dat. Dat willen we allemaal. Maar we krijgen het niet allemaal.' Ze kijkt Chiara gespannen aan. 'Het gaat me niet alleen om jou. Ik denk ook aan de jongen. Die hoeft niet eens in een getto te zijn, het getto zit in hem.'

Chiara stopt met protesteren. Ze laat op zich inwerken wat Simone heeft gezegd. 'Wat moet ik dan doen?' vraagt ze.

Het antwoord komt zo snel dat haar duidelijk is dat Simone er al over nagedacht heeft. 'Ik zat me af te vragen,' zegt ze, 'of het geen goed idee is als hij brieven aan zijn moeder schrijft.' Ze steekt haar hand weer op alsof Chiara haar in de rede wil vallen, wat niet zo is. 'Jij kunt erbij zitten en jij, wij, kunnen hem vragen waar zijn moeder hem altijd mee naartoe nam. Of ze een lievelingsplek had. En dan ga je daar met hem naartoe, en dan verstop je het briefje, en, ik weet niet' – ze schudt haar hoofd – 'ik weet niet of het ergens toe leidt, of het dat treurige jongetje of jou zal helpen, maar...'

17

De signora borstelde een grove stengel selderij schoon onder de kraan en wreef de viezigheid eraf met haar duimnagel. Maria keek gefascineerd toe.

Wat Maria betrof was er geen enkele reden om bleekselderij te eten. Het meest positieve wat je erover kon zeggen was dat het een zinloze niet-groente was, eerder een textuur dan een smaak. Haar moeder serveerde de stengels vaak in een glas, als een soort decoratie. Op zijn ergst was het een onderdeel van de lunch op school: gestoofd opgediend naast draderig gehakt zodat alle knapperigheid – wat het enige pluspunt was – eraf ging. Het was een belediging voor alle andere groenten dat het zo mocht heten. Soms, als er gasten kwamen en ze een koud buffet serveerde, besmeerde haar moeder de holle stengels met roomkaas, strooide er bieslook over, en sneed ze in stukjes. Dan werd het op tafel gezet naast de cocktailworstjes, de rolletjes met asperge uit blik en de pasteitjes met grijze champignonsmurrie die in Maria's herinnering slijmerig, maar lekker smaakten. Haar moeder was goed in champignonsmurrie.

'Vertel eens wat je vandaag allemaal hebt geleerd,' zei de signora.

Maria dreunde een lijst van zeven onregelmatige werkwoorden op. 'Moet ik ze voor u vervoegen?' vroeg ze.

Ze herhaalde ze in de tegenwoordige tijd, en vervolgens met hun voltooid deelwoord, terwijl de signora met de selderij naar een snijplank liep, met een scherp mesje een inkeping maakte en over de hele lengte de draden wegtrok.

'Wat ik nog wilde vragen: wat is er eigenlijk gebeurd met de champignonkleurige hoed?' vroeg Maria.

'Hè?' vroeg de signora. Ze gooide de kleingesneden selderij in een pan, die op een laag vuur stond.

'De champignonkleurige hoed die u zou dragen,' zei Maria, 'toen u me kwam ophalen van het station?'

'Het is niet het seizoen voor paddenstoelen,' zei de signora. Ze pelde een ui en ontdeed twee teentjes knoflook van hun velletjes. 'Als je er dan nog bent, neem ik je weleens mee.'

Ze keek Maria aan en knikte even als belofte voor de leuke dingen die stonden te gebeuren.

'Waar naartoe?' vroeg Maria, die zich afvroeg hoe het gesprek hier ineens op kwam.

'De beste plek in Rome die ik ken is in de tuinen boven Trastevere. Er was een, o, het woord ontschiet me, een bosje? Een troepje? Er is een heel goed woord voor in het Engels, dat weet ik zeker. Hoe dan ook, die plek heb ik twee jaar geleden ontdekt. Gigantische *porcini*. Ongelooflijk.'

Porcini. Was dat Italiaans voor kleine varkentjes? Maria had gevraagd naar een hoed en ineens ging het kennelijk over biggetjes.

De signora maakte een ronde vorm met haar hand, alsof ze een denkbeeldige bal vasthield, schoof hem toen uit tot de maat van een voetbal, knikte en ging weer door met snijden. 'Zo groot als schoteltjes,' zei ze. 'Het weer was er dat jaar ook perfect voor.'

'Porcini?' vroeg Maria.

'Ja, je weet wel, hoe noem je die in het Engels?'

'Geen idee.'

'Ik ook niet,' zei de signora. 'Zoek het eens op in het woordenboek.'

Op de boekenplank in de salon stond een hele rij woordenboeken. Een ervan was alleen Italiaans, maar het bevatte wel plaatjes. Dat nam Maria mee, en een Engels-Italiaans woordenboek.

'Kluit,' zei de signora. 'Ik weet het alweer. Een kluit. Mooi woord, toch?'

Porcini was dus een soort paddenstoel. 'Kennelijk is er geen goed woord voor in het Engels,' zei Maria aarzelend. 'We kunnen *cèpes* zeggen, maar dat is Frans, of *boletus*, en dat is Latijn.'

'Misschien groeien ze niet in Wales.' De signora deed de ui en knoflook in de pan en de geur van de selderij ging daarin op.

Maria bekeek de plaatjes. Het waren net grote bruine knopen. 'Lijkt uw champignonhoedje dan op een boletus?' vroeg ze.

'O, mijn hoed! Je hebt het over mijn hoed. Die ben ik kwijtgeraakt. Ik was hem alweer vergeten,' zei de signora. Ze liep naar de tafel en keek over Maria's schouder. 'Misschien leek hij ook wel niet op een paddenstoel. Niet echt,' zei ze. 'Ik denk dat ik hem heb verloren toen ik zondag viel.'

'O, wat zei de dokter?' vroeg Maria.

De signora liep naar de voorraadkast en pakte er een klein potje met schroefdeksel uit dat vol zat met gekrulde en gerimpelde schilfers. 'Het is iets in mijn oor. En het gaat vanzelf over.' Ze schroefde het dekseltje van het potje en hield dat onder Maria's neus. 'Vroeg of laat.'

Maria snoof een intens aards aroma van paddenstoelen op, op het randje van onaangenaam.

'Porcini,' zei de signora, 'deze heb ik zelf gedroogd.'

Ze liep weer naar de pan, roerde erin en gooide er het restje witte wijn bij uit de fles van de vorige avond.

'Dat ruikt geweldig,' zei Maria. 'Geweldig. Ik ruik de selderij niet eens meer. Ik wil wel leren koken.'

'Ik maak een risotto met groene groente voor je. Zoals nonna vroeger altijd maakte.'

Maria's eigen oma, dat wil zeggen haar voormalige oma, Barry's moeder, maakte ook risotto. Het was *vesta beef*-risotto en ze kocht het in een kartonnen pak met een plaatje van de scheve toren van Pisa erop. Je moest er kokend water bij doen en dan zwollen de rijst, de gedroogde groente en de kleine blokjes vlees op. Het was een van de betere dingen die haar oma klaar kon maken. Maar het leek totaal niet op de kleine kom plakkerige rijst met tuinbonen en doperwten (waarin de smaak van de selderij niet meer te proeven was) die de signora haar nu voorzette. Ze strooiden er goddelijk lekkere, sterk smakende kaas over. Het was *parmigiano*, zei de signora. Maria keek in het woordenboek en zag dat het parmezaan betekende. Thuis was dat van die poederkaas in een plastic potje die naar kots rook.

Tegen het eind van de maaltijd wist Maria dat dit appartement van de grootouders van de signora was geweest, haar nonna en nonno, die ook een boerderij op het platteland hadden. Het Italiaanse woord voor boerderij, *fattoria*, klonk alsof het fabriek betekende. Het was zo'n woord dat je op het verkeerde been zette, zoals het woord voor verveeld, *annoiata*, dat eerder leek op het Engelse woord voor geïrriteerd, en *caldo*, waarvan je zou denken dat het koud betekende terwijl het juist warm was.

'Ik heb maar één foto van hen,' zei de signora. 'Ik zal je hem even laten zien.'

Ze liep de keuken uit en kwam even later terug met een vervaagde sepiakleurige foto in een druk versierde vergulde lijst die ze aan Maria gaf. Er stond een echtpaar van middelbare leeftijd op, de vrouw met haar donkere haar in een knot, een lange jurk en witte handschoenen, de man in een donker pak met vestje en een soort ketting over zijn middel, zijn haar gladgekamd naar één kant, een snor, keurig en ernstig. Ze stonden voor een geschilderde achtergrond met bomen.

De signora, die koffie aan het zetten was, ratelde aan één stuk over haar nonno, maar ze sprak te snel. Maria zat loom aan tafel, zo na de maaltijd, prettig verzadigd, en ze begreep maar een paar woorden. Vogel, bijvoorbeeld, en heuvels. Ze liet haar duim over het lijstje glijden, waar de foto in gestoken was tussen het glas en het achterkantje. Ze voelde zich heel slaperig. Er stak iets anders uit de lijst, misschien een andere foto, of een randje van een briefkaart, en ze duwde het weer op zijn plek. Had ze maar een eigen slaapkamer, dan kon ze daar nu even gaan liggen, al was het maar vijf minuten.

Ineens werd de foto uit haar handen gegrist. De signora drukte hem stevig tegen haar lichaam met de ene hand, en hield haar andere hand tegen haar hoofd, alsof ze pijn had.

'O,' zei Maria geschrokken. 'Sorry.'

De signora draaide zich met een ruk om en vloog de keuken uit, nog steeds met haar hand tegen haar hoofd. Misschien dacht ze dat Maria de foto bijna had laten vallen.

'Dit is er eentje van mijn vader en moeder,' zei ze toen ze terugkwam, alsof dat de verklaring was, alsof Maria had gezegd: 'Nu heb ik deze wel gezien, hebt u niks anders?' 'Dit is hun trouwfoto.'

De koffie begon te pruttelen en de signora zette het gas uit. Maria keek braaf naar de foto op tafel. Ze pakte hem niet op, voor het geval het tegen de etiquette was om familiefoto's vast te houden, en ze die al een keer had geschonden.

'Kijk eens naar hun handen,' zei de signora. Ze sprak weer Engels.

Misschien had Maria toch niets verkeerd gedaan, en had ze de signora gewoon niet goed begrepen. Ze keek naar de foto.

'Zie je dat ze haar vingers gekruist houdt? Dat viel me laatst pas op. Ik denk dat ze het deed omdat ze geluk wenste.'

'Je houdt je vingers gekruist als je een belofte doet waar je je niet aan wilt houden,' zei Maria, die totaal niet stilstond bij wat dat zou kunnen betekenen in de context van een huwelijk, maar wier aandacht werd getrokken door de handen van de man. Ze probeerde vast te stellen of de ring aan zijn pink dezelfde was als de ring die zij in het zijvak van haar schoudertas bewaarde.

'Echt?' vroeg de signora. 'Dat heb ik nog nooit gehoord.'

'Ze ziet er heel jong uit,' zei Maria.

'Ze was zestien.'

Maria keek abrupt op. 'Dat meent u niet,' zei ze. 'Net zo oud als ik?' Ze staarde weer naar het meisje. 'Waarom trouwde ze al zo jong?'

'Ik zal je het verhaal vertellen,' zei de signora. 'Ik doe het in het Italiaans, ja, en dan geef jij het aan als ik te snel ga of als je het niet begrijpt.'

En ze vertelde het verhaal van haar vader Alfonso die haar moeder Antonella het hof maakte toen de familie van haar moeder op het punt stond te emigreren naar Argentinië.

Het was zo fijn en gezellig in de relatieve koelte van de signora's ouderwetse keuken.

'En Daniele Levi,' zei Maria. 'Mijn babbo.' Ze liet haar lippen smakken op alle b's, en staarde nog steeds naar de foto van de ouders van de signora. 'At hij ook altijd bij u in de keuken toen hij bij u woonde? Of zorgde hij zelf voor zijn eten?'

Er kwam geen antwoord, en toen Maria opkeek zag ze de signora tegenover haar aan tafel vaag voor zich uit staren, alsof ze door een scheur in de muur van deze solide keuken keek, met zijn oude vierkante tafel en zijn gele kastjes, en iets heel droevigs zag.

'Gaat het wel?' vroeg ze.

De signora knipperde met haar ogen en herstelde zich. 'Ja,' zei ze. 'Die duizeligheid. Die komt en gaat.' Ze draaide haar wijsvinger rond boven haar hoofd. Toen sprong ze op en klapte in haar handen. 'Kom,' zei ze, '*let's get this show on the road*. Zo zeggen jullie dat toch? Het Colosseum blijft niet eeuwig wachten.'

‘Kan ik zo mee?’ vroeg Maria. Ze droeg een van de jurken uit de collectie van de signora; deze was rood met witte stippen en had een hartvormig decolleté. De wijde rok deinde om haar benen als ze liep.

De signora monsterde haar van top tot teen. ‘Misschien een jasje, voor als het vanavond wat kouder wordt?’ zei ze. ‘Mochten we vertraging oplopen.’

Maria koos een linnen bolerootje van het rek in de kleedkamer.

‘Perfect,’ zei de signora, en ze liepen naar buiten, de smeltend gouden namiddag in.

Ze gingen met de bus. Het was niet nodig om een gids in te huren, zei de signora, want ze had een boek.

Ze begonnen op het Forum, tegenover het Colosseum. Maria liep achter de signora aan, die hardop voorlas uit een gedateerde Michelin-gids en droge feiten en data met haar enthousiaste voordracht tot leven bracht. Ze stonden op een grasheuveltje met de felle zon in de rug voor een rij van drie zuilen.

‘De tempel van Dionysus,’ las de signora voor. Ze maakte een weids handgebaar om de zuilen aan Maria te introduceren, en Maria aan de zuilen.

‘Ja,’ zei Maria.

De signora legde haar hoofd in haar nek om voor te doen hoe je de details op de kapitelen moest bewonderen. Toen slaakte ze een gil en viel, terwijl het boek uit haar fladderende vingers vloog. Het was alsof ze een hockeybal tegen haar hoofd gekregen had. Maria dook op haar af om haar op te vangen nog voor ze de grond raakte. Ze sloeg haar armen om de torso van de signora, onder haar oksels, en voelde haar wild kloppende hart, en ze vielen samen achterover op de grond, waarbij Maria’s wijde rok om hen opbolde op het gras.

De kreetjes van de signora stierven weg.

Wat wonderlijk om een volwassene op schoot te hebben, om

te voelen dat dit kleine mensje met haar magere ribbenkastje op de een of andere manier aan haar zorg was toevertrouwd. Maria dacht ineens aan haar kleine broertje en zusje.

'Geen zorgen,' zei ze. 'Ik ben hier, ik heb u vast.'

'Sorry, Maria,' fluisterde de signora.

Maria zag het woord voor zich alsof het handgeschreven in de lucht tussen hen in hing, met de krullerige r's. Sorry.

Ze zette de signora in een taxi.

'De dokter zei nog zo dat ik dat niet moest doen met mijn hoofd, maar ik was het even vergeten,' zei de signora. 'Ik ga thuis op bed liggen, een dutje doen. Dan gaat het straks wel weer. Je weet de straat naar huis toch nog wel?'

'De weg,' zei Maria automatisch.

'Hm?'

'Je zegt "de weg naar huis", niet "de straat naar huis".'

'Aha,' zei de signora. 'De straat, de weg, de laan, het pad. Bedankt, Maria. Nogmaals sorry.' Ze schonk haar een droevige glimlach vanaf de achterbank van de taxi.

Maria zwaaide door de lucht alsof ze iets wilde wegwuiven en lachte naar de signora. 'Het is u vergeven,' zei ze. O jee, dacht ze toen de taxi wegreed en ze het gezicht van de signora zag betrekken.

'Het Colosseum staat ook wel bekend als het amfitheater van Flavius, en het is het grootste ter wereld in zijn soort,' las ze. Er kwam een gids voorbij met een groepje Amerikanen, en ze stopte het boek weg en sloot zich bij hen aan. De groep daalde een afbrokkelende trap af en ze keken door een hek naar een ruimte waar de gladiatoren zich ooit voorbereidden op hun gevecht, maar Maria kon het niet goed zien omdat ze zo achteraan stond. De gids sprak Engels met een zwaar accent.

'Hier verkleedden zij zich,' zci ze.

Maria verliet de groep en stapte de zon weer in. Ze spreidde haar rok uit en ging op de stomp van een pilaar zitten staren naar de zuilengalerijen en bogen. Het was fijn om alleen te zijn. Ze leunde tegen een hoeksteen en voelde de warmte tegen de welving van haar rug. Die drong langzaam door haar jurk tegen haar klamme huid. Ze deed de riem om haar middel een gaatje losser om wat lucht te laten circuleren. Ze genoot van deze hitte. Ze had het nog nooit de hele tijd zo warm gehad. Over haar hele huid, en in de plooien van haar huid, in haar knieholtes, onder en boven haar borsten, op haar oogleden. Het was een nieuwe ervaring voor haar, maar toch voelde het vertrouwd, en bijna comfortabel, alsof ze het al eerder had meegemaakt, in een tijd die ze zich niet meer herinnerde.

Ze haalde Daniele Levi's ring uit haar handtas en hield hem in haar handpalm. Als het inderdaad dezelfde ring was als de ring die de vader van de signora op de foto droeg, wat kon dat dan betekenen? Had Daniele Levi hem gestolen? Zou ze hem dan aan de signora moeten teruggeven? Maar dan zou de signora weten dat hij een dief was. Misschien was er een andere verklaring.

Aan de andere kant van het pad klom een kind op de andere pilaarstomp en trok een speelgoedzwaard uit een plastic schede. Hij deed haar denken aan haar kleine broertje.

Ze stopte de ring weg. Als ze een keer alleen in het appartement was, zou ze eens beter kijken, met de foto ernaast. Die andere foto zou ze misschien ook nog eens goed bekijken, de foto die de signora uit haar handen getrokken had.

De ouders van het kind kwamen dichterbij, met een ander kind in een wagentje. Ze hadden ruzie. Het kind stond stil als een standbeeld, met zijn zwaard hoog boven zijn hoofd geheven, en toen ze voorbijliepen gingen ze zo op in elkaar dat ze zijn geweldige pose niet eens opmerkten. Hij bleef even zo staan, onbeweeglijk, en sprong toen omlaag en holde achter hen aan, tegen de zijkanten van de lage stenen aan meppend, met een vertrokken gezicht. Hij maaide met het zwaard en stak het in de wielen van de kinderwagen. Het machtige zwaard zat vast en werd vermorzeld door de spaken. De moeder gaf een tik tegen de benen van het ventje, en hij begon te krijsen.

'Je wordt in elk geval niet voor de leeuwen gegooid,' zou Barry waarschijnlijk tegen het jongetje gezegd hebben als hij erbij was geweest. En dan zouden ze hem het gruwelijke onrecht van dit alles doen vergeten door hem verhalen te vertellen over bloeddorstige menigten, brullende leeuwen, dappere strijders en ongelukkige christenen.

Ze leunde achterover en liet de zon op haar gezicht schijnen. Barry, haar voormalige vader.

Ze knipperde met haar ogen, stond op, veegde wat takjes en grasssprietjes van haar schitterende jurk die daar waarschijnlijk aan waren blijven hangen toen ze de signora opgevangen had, en liep de andere kant op.

Op de terugweg had Chiara de taxichauffeur moeten vragen om te stoppen. Ze greep zich vast aan het portier, stak haar hoofd uit het raampje en gaf over op de stoep zodat de zorgvuldig bereide lunch in de goot terechtkwam en mensen aan de kant gingen en geluiden van walging maakten. Eenmaal terug in haar eigen gebouw sleepte ze zichzelf de trap op, zwaar steunend op de trapleuning. De golf misselijkheid was gaan liggen, maar nog niet verdwenen, en er was iets losgeschoten in haar hoofd, alsof een steen die altijd voor de verborgen ingang van een grot had gelegen aan de kant geschopt was.

Dat meisje. Deze vreemde die ze in haar leven toegelaten had, met al haar vragen. Toen ze besefte dat ze Maria de geheime foto van Daniele in handen had gegeven, was ze bijna flauwgevallen.

Ze had zich een kind voorgesteld, een spichtig meiske. Ze had zich om de tuin laten leiden door het kleine stemmetje aan de telefoon, de tranen en de aarzeling. Een hanteerbaar, te sturen en weg te stoppen iemand, dat is wat ze had gedacht. Maar niet dit schaamteloze schepsel met de grote borsten en het slordige haar, dat al bijna volgroeid was. En toch, en toch, naast de misselijkheid en duizeligheid en de, wat was het, ze zocht naar het woord. Angst leek haar te sterk uitgedrukt, maar het moest maar, want het zat er niet ver naast. Angst, ja. Naast al die gevoelens, dus, was er nog een ander gevoel, een verheffend gevoel, iets wat ze al zo lang niet had gevoeld dat ze het nauwelijks nog herkende. En de naam van dat gevoel was opgetogenheid.

Danieles dochter.

Ze moest contact opnemen met Antonio en hem vertellen dat het nu moest gebeuren. De grote onthulling. Ze kon het niet langer uitstellen. Ze moest het nu aan het meisje vertellen.

Pater Pio nam de telefoon op. Antonio was weg. Hij zou na het weekend terug zijn.

'Zeg hem dat hij me moet bellen zodra hij terug is,' zei ze.

Ze vroeg zich af of ze wel tot volgende week kon wachten. Ja, als ze alles goed plande, uitjes en excursies. Het taleninstituut organiseerde dat weekend een uitstapje naar de catacomben. Daar zou ze het meisje voor inschrijven. En ze zou de hulp van de zoon van haar neef inroepen, Beppe. Ze zou het meisje zo bezighouden dat haar voeten de grond nauwelijks zouden raken.

18

Daniele heeft zijn ene hand in Chiara's zak gehaakt en de andere in zijn eigen zak gestopt, waar hij de briefjes die hij aan zijn moeder heeft geschreven vastgrijpt. Even wordt haar spanning overvleugeld door de opzwellende trots dat hij al zo goed kan schrijven en dat zij degene is die hem dat heeft geleerd.

'Ben je er klaar voor?' vraagt ze.

Hij knikt.

'Weet je waar we naartoe gaan en wat we gaan doen?'

Ze gaan eerst naar het getto en dan naar de Gianicoloheuvel boven Trastevere, de plekken die hij heeft uitgekozen.

'Heb je de documenten?'

Hun valse identiteitspapieren zitten in zijn binnenzak voor als ze staande gehouden worden. Hij knikt nog een keer.

Ze vertrekken, en daar is de spanning weer. Ze is een kluwen van angst. Ze is bang voor het effect dat het op hem heeft, op hen, als ze terugkeren naar de plek waar zijn familie afgevoerd is. Ze is bang voor de soldaten die misschien in het getto rondlopen. Ze stelt zich een eenzame sluipschutter voor die zich daar zit te vervelen en hoe hij, gehurkt achter het raam van een hooggelegen kamer, zijn geweer aanlegt. Ze is bang dat Daniele wegrent als ze op zijn geboortegrond zijn, dat hij het op een lopen zet, verdwijnt in een van de smalle steegjes van het getto, en dat hij zich dan verstopt. Die drang in hem om weg te lopen is zo sterk. En hoe moet ze hem dan ooit weer vinden?

Chiara had deze expeditie eigenlijk uit willen stellen. Twee weken geleden hadden de partizanen een bomaanslag gepleegd op een regiment van de SS waarbij talloze doden gevallen waren. De sfeer is uiterst gespannen, de geruchten legio. Er is in het hart van de stad nog niet eerder iets gebeurd van deze omvang. Ze was naar Gennaro's huis gefietst, maar hij was er niet. Ze weet niet of hij ondergedoken zat, of hij opgepakt was, of zijn groep hier zelfs maar verantwoordelijk voor was, ze houdt haar hart vast. Ze heeft horen vertellen dat de dader een van de slachtoffers is en dat een SS-soldaat iemand op straat heeft doodgeschoten, alleen omdat zijn handen trilden terwijl ze tegen hem hadden gezegd dat hij stil moest blijven staan. Er is sprake van represailles, willekeurige mensen die van de straat geplukt worden, kinderen zelfs, en oude mannetjes die er niets mee te maken hebben en die worden afgevoerd naar God weet waar. Er zijn mensen verdwenen.

Simone zei dat er nooit een goed moment zou komen en dat ze het gewoon moesten doen.

Chiara en Daniele lopen snel en doelgericht. Simone volgt op een afstandje. Ze is hun rugdekking, klaar om stennis te trappen om de aandacht af te leiden, mocht dat nodig zijn. De straten en pleinen van het getto zijn uitgestorven. Toch is Chiara zich bij elke stap bewust van de drang om Daniele op te pakken en weg te rennen. Alleen al hun aanwezigheid hier kan een provocatie lijken, een doelbewust tarten van het lot.

Ze steken de Piazza Costaguti over en lopen door de donkere passage naast de kleine tempel aan het eind van het plein. Daniele pakt een losse steen op bij de deur in de hoek van de binnenplaats, de ingang naar zijn ouderlijk huis. Daar legt hij zijn eerste briefje onder, op de plek waar vroeger altijd een reservesleutel lag. De dikke muren van de gebouwen om hen heen, de griezelige stilte, het ontbreken van een andere vluchtroute dan de steeg waardoor ze hier zijn gekomen, geven de binnenplaats iets drukkends.

Daniele staat naar de deur te staren. Ze wil er niet eens aan denken wat de leegte en de stilte met hem doen, welke gedachten er door zijn hoofd gaan.

'Kom,' zegt ze. 'Laten we gaan.'

Als hij zich naar haar omdraait, is zijn gezicht uitdrukkingsloos. Ze ziet dat haar angst dat hij weg zou lopen ongegrond was. Het lijkt of hij in een soort trance is. Hij is een mysterie voor haar. Ik zal het nooit weten, denkt ze. Ze lopen verder.

Het tweede briefje glijdt gemakkelijk onder het straatnaambord.

Ze slaan de Via del Portico d'Ottavia in. Voor zijn derde briefje heeft hij de eeuwenoude liefdadigheidsbus uitgekozen, die daar in de muur is gemetseld. Chiara is er al heel vaak langsgelopen zonder hem op te merken. Onder de gleuf staat iets in het Hebreeuws, vermoedt ze, met daaronder de Italiaanse vertaling. VOOR DE WEZEN. De gleuf is bedoeld voor munten en het opgevouwen briefje past er niet door.

'Zal ik helpen?' vraagt ze.

Hij negeert haar, vouwt het briefje open en vouwt het dan weer op. Hij heeft geen haast. Het duurt eindeloos. Haar hart barst uit haar borst en haar benen verliezen hun kracht terwijl zijn dikke kindervingers met het stuk papier staan te rommelen. Ze ziet een klein sleutelgat in de metalen bus en vraagt zich af wie de hoeder van dat sleuteltje is en waar hij nu is. Ineens ziet ze een beeld voor zich van een enorme stapel sleutels waar niemand zich meer om bekommert. Sleutels voor de deuren in de gebouwen van het getto. Ze wendt haar blik af. De straten zijn nog steeds leeg.

Als hij eindelijk klaar is, lopen ze door en gooien ze het laatste briefje door de brievenbus van Gennaro's dichtgetimmerde bar. Dan lopen ze verder door de Via del Portico d'Ottavia, langs het Theater Marcellus, de wijk uit, de Lungotevere over.

Ze steken het kleine bruggetje over naar het eiland in het midden van de rivier, en lopen naar de San Bartolomeokerk, waar ze weer met Simone hebben afgesproken. Er is een dienst in volle gang, ook al is het midden op de dag. Ze gaan achterin staan, bij de deur.

De pastoor leest voor uit het evangelie. 'Jezus stak met zijn discipelen de Kidronvallei over, waar zich een tuin bevond,' zegt hij.

Dan is het nu dus Goede Vrijdag, dringt het tot haar door. Ze denkt aan de moestuin bij nonna's huis en de vallei aan de andere kant van de heuvel.

'Maar Judas, die hem had verraden, kende deze plek ook,' vervolgt de pastoor.

Iets wat ze lang heeft ingehouden komt tot een uitbarsting en Chiara slaakt een jammerkreet. Ze slaat haar hand voor haar mond om het geluid te smoren, maar achter haar hand staat haar mond verschrikt open. Vanbinnen heeft ze een poel aan ingehouden tranen, een bodemloze poel.

Dan verschijnt Simone, die hen meeneemt naar het portaal en Chiara in haar armen neemt.

'Wat is er?' vraagt ze 'Je hebt het zo goed gedaan. Jullie hebben het allebei zo goed gedaan.'

Chiara kan zich niet voldoende beheersen om te reageren, maar ze grijpt Simones mouw en snikt ontroostbaar tegen haar borst. 'Cecilia,' weet ze ten slotte uit te brengen.

Simone houdt haar vast, klopt haar op de rug en maakt sussende geluidjes. Ze herinnert Chiara eraan dat ze Cecilia aan de zorg van het echtpaar Morelli toevertrouwd heeft en dat Beatrice klonk als iemand die van wanten wist. Ook noemt ze de degelijke en trouwhartige Gabriele. Dan komt Chiara uiteindelijk tot bedaren.

Simone loopt niet mee naar hun laatste bestemming. Ze laat hen daar achter en gaat op zoek naar iets eetbaars voor 's avonds. De broodrantsoenen zijn alweer teruggebracht. Het magere quotum voor vandaag is al op, en in de winkels is niets meer te krijgen.

Het vijfde briefje is bestemd voor het Anita Garibaldi-monument, dat Daniele heeft uitgekozen van een foto in de boekwinkel. Chiara voelt zich slap en licht in het hoofd van vermoeidheid en honger en van de emotie. Daniele zal ook wel doodop zijn, en dus lopen ze langs de busroute, in de hoop dat er eentje voorbijkomt, zodat ze niet het hele eind hoeven te lopen.

De Via Garibaldi loopt zigzaggend de Gianicoloheuvel op. Hoe hoger ze klimmen en hoe verder ze van de stad verwijderd raken, hoe minder moe Chiara zich begint te voelen. Ze ademt gemakkelijker en de kracht keert weer terug in haar benen. Het is een schitterende dag en de eikenbomen staan in de knop. Er komt geen bus voorbij. Op het enorme plein waar het monument voor Giuseppe Garibaldi staat, pauzeren ze even. Vanaf hier zijn de ontberingen en de schade die de stad heeft geleden niet te zien. Rome lijkt nog even groots als altijd, intact. De stad glanst in de zachte lentelucht.

'Wat prachtig,' zegt Chiara.

Ze lopen door, en daar staat ze: Anita Garibaldi op haar hengst. En Daniele, die zich losmaakt van Chiara's zijde, huppelt op haar af. Hij galoppeert naar het monument en dan twee keer eromheen, met denkbeeldige teugels in zijn handen. Dan steigert hij, hinnikt en komt hoefschrapend tot stilstand.

Hij lijkt wel een spelend kind.

Chiara staart hem verbaasd aan. Ze heeft zelf ook zin om te galopperen, maar houdt zich in.

'Dit is toch de goede plek, of niet?' zegt ze als ze naast hem staat. Ze bedoelt: dit is de plek waar de hoop en mogelijkheid dat de boodschap overkomt niet zo vergezocht lijken.

Hij knikt.

Het bronzen beeld dat Anita Garibaldi voorstelt, met in de ene hand een geweer en in de andere een baby, staat boven op een sokkel die versierd is met theatrale scènes in bas-reliëf. Ze beklimmen de treden naar de sokkel en lopen er langzaam omheen om de afbeeldingen te bekijken. De delen die het verst uitsteken, vaandels in de handen van ruiters, vliegende manen, vetlokken en muilkorven, zijn lichter van kleur. Ze hebben een groenige tint gekregen. De fries aan de achterkant van de sokkel toont een scène van verwoesting, de nasleep van een veldslag, opgestapelde lijken. Hier zijn het een uitgestoken hand, een afzakkend manchet, de hak van een laars die in andermans gezicht wordt geduwd, die die groene tint hebben.

Ze worden naar de figuur van Anita getrokken, die knielend tussen de lichamen zit; de welving van haar rug, de golven van haar haar, de plooien van haar jurk, hoe alert en levenslustig ze tussen de doden zit. In de kromming van haar rechterelleboog zit een holte. Chiara tilt Daniele op en hij steekt zijn tot een klein vierkantje opgevouwen briefje in die holte.

Dan zet ze hem weer neer en kijkt hem glimlachend aan.

'Ik kan in die boom daar klimmen,' zegt hij, en hij wijst naar een eik, vlakbij.

'Laat eens zien,' zegt ze, en ze gaat zelf op de treden bij de sokkel zitten om hem te zien klimmen.

Als ze thuiskomen, blijkt Simone ergens een zak kastanjemeel vandaan gehaald te hebben en Winston heeft twee eieren gelegd. Chiara maakt er een soort brood van dat ze warm opeten, zo uit de oven.

19

Maria zat voor de Pietà geknield en bekeek de marmeren plooien. Wat een heerlijk koele en vredige plek was dit. De voortdurende stroom toeristen die de enorme kerk erachter in en uit liepen, mompelend en zich waarschijnlijk verontwaardigd beklagend dat ze hun armen en hoofd moesten bedekken (de vrouwen), of juist hun hoed af moesten zetten (de mannen) voor ze naar binnen mochten, stoorde haar niet. Maria had zelf een geleende dunne katoenen sjaal om haar schouders.

Na dagen vol hectische activiteit – 's ochtends naar school, 's middags langs de bezienswaardigheden vliegen met de neef van de signora, Beppe, en diens vriend Carmelo, of met andere vrienden van de signora die haar wilden rondleiden door de universiteit. De hele zaterdag werd in beslag genomen door een excursie van het taleninstituut naar de Villa Adriana, waar de signora haar voor ingeschreven had – kon ze nu eindelijk voor dit beroemde beeld even bijkomen.

Ze had het Forum bekeken, het Palatium en de Campidoglio, de dichtstbijzijnde catacomben en een verbluffend aantal kerken, waaronder eentje die helemaal van knekels gemaakt was. Ze had een hele stoet prachtige jurken uit de collectie van de signora gedragen, waar ze veel bewondering mee oogstte. Vandaag droeg ze een mouwloze tuniek tot op haar knieën, uit de jaren zestig. Ze was van changeant zijde gemaakt, met een blauwe draad op de schering en een roze op de inslag, en enorme roze knopen op de rug.

'Je vraagt erom dat iemand ze losmaakt,' meende Carmelo.

Hij niet, want hij was duidelijk niet van de vrouwen.

Ze had het graf van Keats bezocht op de protestantse begraafplaats achter de piramide en had achter het bureau in de salon zitten nadenken over Keats' theorieën over het leven en de liefde, over grote huizen met vele appartementen, en over leven in onzekerheid. Ze had gekoelde witte wijn gedronken, elke dag na de lunch een espresso achterovergeslagen en een fatsoenlijke kop thee nauwelijks gemist. Ook had ze geleerd om haar spaghetti om haar vork te draaien en om er niet mee te slurpen en hoe je kon zien dat een meloen rijp was. Ze kende inmiddels de namen van zeven verschillende soorten pasta en wist wat het verschil was tussen parmezaan en pecorino. Ze had artisjokken, aubergines, paprika's en knoflook gegeten, en haar ingewanden waren met olijfolie bekleed.

Ze wist hoe ze een kaartje bij de tabakszaak moest kopen voor ze op de bus stapte, dat ze in een bar een bonnetje moest vragen voordat ze iets bestelde en dat ze niet in een café moest gaan zitten zonder eerst de prijzen te controleren. Maar hoeveel ze ook had geleerd, toch had ze het gevoel dat haar iets cruciaals ontglipte.

Ze dacht aan iets wat ze had gelezen in een roman over Michelangelo. Dat hij altijd naar Pietrasanta ging om marmer uit te zoeken voor zijn beeldhouwwerken, en dat het eerder leek of het stuk marmer hem uitkoos. En als hij dan aan de slag ging met zijn beitels merkte hij dat hij de figuur die erin verstopt zat ontdekte en onthulde. Ze vroeg zich af of het Italiaanse voor haar was wat het marmer voor Michelangelo was, en of haar Britse omhulsel nu weggehakt werd. En waarom dat dan zo lang moest duren, als het zo was.

Ze wilde zo snel mogelijk de Romeinse versie van zichzelf worden zodat ze die andere, sneue, bleke, lusteloze Britse uitvoering achter zich kon laten. En soms sloot het gat tussen de beide versies zich, en werd het nauwelijks waarneembaar, maar soms huppelde de vrolijke, dappere Romeinse Maria buiten haar bereik. Ze wist nog steeds even weinig over Daniele Levi als bij aankomst, moest ze erkennen in dit moment van stilte. En ondanks het voortdurende gezelschap van anderen, ondanks de stroom bewonderaars die Rome bood, de mannen die haar steeds maar mee uit vroegen, het knijpen en graaien waar ze voor moest waken, ondanks, of misschien wel dankzij, dat alles voelde ze zich eenzaam.

Ze dacht aan haar broertje en zusje en aan Barry, die niet haar vader was, en aan haar moeder, de verraadster, trok de sjaal over haar hoofd en verstopt tussen de plooien huilde ze heel even. Ze veegde haar neus af aan de sjaal, rolde hem op tot een bundeltje en gooide hem in de doos bij de deur.

Daar, buiten, lag Rome voor haar in al zijn glorie. Daar kon ze altijd op rekenen. Een eindeloze reeks bochtige straten, heuvels en parken, beelden, zuilen en arcades die haar uur na uur naar buiten lokten. En als het haar allemaal dreigde te overweldigen, waren er altijd de stille, koele kerken waartoe ze even haar toevlucht kon nemen. De stad trok haar uit haar verwarring en verdriet, wierp haar er weer in terug, maar nog voor ze de kans kreeg om erbij stil te staan, werd ze al weer afgeleid door deze betoverende wereld. En al dacht ze soms dat ze beschadigd was en voor altijd verloren, Rome ging in haar botten zitten. Ze ademde het.

Ze liep het enorme plein op, haar jurk glanzend in de zon als de vleugels van een libelle, iriserend. Aan de overkant van het plein sprong ze op een bus naar het station, waar ze de metro nam naar EUR, ten zuiden van de stad. Ze zou eindelijk haar moeders oude vriendin Helen ontmoeten.

'Je hebt het me nooit verteld, waarom heb je me nooit verteld dat ik hier al eens geweest bent?' Maria's stem klonk schel.

'Sorry?' Haar moeder klonk afgetobd, afgeleid, en toen, zich herpakkend: 'Maria, ben jij dat?'

'Natuurlijk ben ik het. Ik ben net bij Helen geweest.'

'Aha.' Er klonk een diepe, trillende zucht. 'Wacht heel even.' Ze hoorde dat de hoorn werd neergelegd, en roepen en sissen op de achtergrond. Je kon de telefoondraad helemaal uitrekken, de gang door, de zitkamer in. Dat ging net. Zo kon je iets meer privé bellen, met je rug tegen de achterkant van de gesloten deur. Misschien wist haar moeder dat niet, of misschien wilde ze niet dat Pat of Nel over het strakgespannen snoer zou struikelen als ze door de gang holden.

'Ben ik weer,' zei haar moeder toen ze had gedaan wat ze moest doen om niet te worden gestoord.

'Je bent hier met mij geweest toen ik klein was,' zei Maria.

'Heeft Helen dat verteld?'

'Nee, ik herinner het me nog.'

'Dat kan niet.'

'Toch is het zo. We gingen naar het dak van haar appartementengebouw, waar iedereen de was ophangt. Ze wilde me het uitzicht laten zien en ze vertelde me dat jullie daar vroeger altijd zaten.'

'Dat klopt. Het was onze plek. Maar ik kan niet geloven dat jij je dat nog herinnert. Je was nog geen drie.'

'We gingen het dak op door een metalen deur en we liepen naar de rand van het dak en toen had ik ineens het gevoel: ik ben hier al eens geweest. Het was zo vreemd.'

Het ging niet om het uitzicht zelf: moderne flatgebouwen, een park, een geometrisch gevormd meer. Die herkende ze allemaal niet. Het was eerder het geluid van de wapperende lakens, hoe die in en uit haar blikveld vlogen en het klapperende geluid als ze opbolden in de wind. Maar het was nog meer hoe ze roken, het linnengoed dat snel droogde in de middagzon, en de geur van koffie met nog een ondertoon van iets anders, waarschijnlijk de geur van het gebouw zelf.

'Ik heb al eerder aan dat gebouw moeten denken, maar ik dacht dat het in een droom was. Ik herinner me iets roods wat rondvloog.'

'Dat was een tafelkleed,' zei haar moeder. 'Je rende rond over dat dak en dook steeds tussen de dingen aan de waslijn door.'

'Echt?' Ze voelde een steek van vertedering om haar jongere zelf. Ze sloeg haar vrije arm over haar borst en stopte hem onder haar oksel.

'Ongelooflijk dat je dat nog weet!'

Ze kon wel horen dat haar moeder het heel fijn vond dat ze belde. 'Waarom, mam? Waarom heb je me daar mee naartoe genomen?'

Haar moeder maakte een geluidje, bijna als een kreun. 'Om nog één keer te kijken...' – ze viel stil en blies hoorbaar haar adem uit – '... om te kijken of ik hem kon vinden, Daniele, voordat...'

'Voor wat?'

'Voor ik, eh...' Haar moeder schraapte haar keel. 'Voor ik me ging settelen.'

Maria was stil en probeerde te verwerken wat dit betekende.

'Zeg eens wat,' zei haar moeder.

'Dus pa, ik bedoel Barry, weet dat niet,' zei Maria.

Haar moeders stem was zo zacht dat Maria zich moest inspannen om haar te verstaan. 'Nee. Ik heb het hem nooit verteld,' zei ze.

Maria dacht aan het gebouw waar de signora woonde, de geur van zout en steen in het portaal, de rechthoek van flikkerend licht op de muur in het trappenhuis.

'O,' zei ze.

Er ging een trilling door haar heen, van top tot teen, en ze zwaaide op haar benen terwijl haar ruggengraat hol trok alsof er iets van achter tegen haar aan sloeg, want ineens begon alles op zijn plek te vallen. 'We zijn toen ook naar signora Ravello's straat gegaan, hè?' zei ze. Ze fluisterde nu zelf ook.

Haar moeder haalde bibberig adem. Maria hoorde het geluid van korte klopjes. Ze nam aan dat haar moeder zichzelf op de borst klopte om te kalmeren. Ineens begreep ze het.

'O, mama,' zei Maria. 'O, mama.'

Haar moeder praatte en huilde tegelijk, en ze struikelde over haar eigen woorden.

Ze wist heel zeker dat ze bij het goede huis was, maar er stond geen Levi bij de naamplaatjes. Ze belde overal aan en vroeg naar hem, en iemand, een vrouw met een scherpe stem, zei door de intercom: 'Er woont hier niemand die zo heet.'

En toen kwam iemand anders, een van de andere bewoners, naar beneden terwijl zij nog op straat stonden. En meer had ze niet kunnen doen.

Door het kleine raampje van de telefooncel zag ze dat de man achter de toonbank zijn hand opstak. Ze had al vier minuten gebeld.

'Mam, ik moet zo ophangen. Het spijt me. Bel me als ik weer in het appartement ben, oké?'

Haar moeders ademhaling werd rustiger. Ze had zichzelf weer onder controle. 'Hoe was het met Helen?' vroeg ze.

'Wel goed, denk ik. Maar ze had niets zinnigs te zeggen over Daniele Levi. Ik weet nog helemaal niks over hem. Ik heb zelfs geen foto. Maakten mensen soms geen foto's in de jaren vijftig?'

'Ze waren ontzettend duur, camera's. Bijna niemand had er eentje.'

'Tegenwoordig ook niet!'

'Barry heeft nog gezegd dat je de zijne mocht lenen.'

Ze dacht aan Barry, die in zijn eentje hardliep om het meer. Tweede keuze. 'Is zij even oud als jij, die Helen?'

'Ja, zoiets.'

'Jij ziet er veel jonger uit.'

Haar moeder maakte een geluid dat bijna leek op een lach. 'Ik bel je als je weer bij de signora thuis bent,' zei ze. 'In het weekend, want dat is goedkoper.'

'Gaat het wel, mam?' vroeg ze. Maar haar vijf minuten waren voorbij en de verbinding was verbroken.

Ze stapte een halte eerder uit de bus zodat ze nog even kon nadenken voor ze weer naar huis ging.

Ze waren hier dus eerder geweest, haar moeder en zij, en ze waren naar het gebouw gegaan waar de signora woonde, en iemand, een onverbiddelijk iemand, had hen weggestuurd.

Ze stak een sigaret op en rookte driftig onder het lopen. Er kwam een golf verdriet in haar op. Ze wilde naar haar moeder toe. En ook weer niet. Haar arme moeder. Ze was zo ontzettend alleen. Ze wilde op de stoep gaan liggen huilen. Ze dacht aan de woorden uit 'Ode aan een nachtegaal': *van heimwee ziek stond zij in tranen tussen het vreemde koren*. Ze keek paniekerig naar al die onbekende Italianen die langsliepen, het vreemde koren.

Ze zag dat ze voor een kerk stond, drukte haar sigaret uit en ging er naar binnen. Bij de ingang sloeg ze een kruisje met wijwater. Ze verzamelde heiligenplaatjes voor de werkster van de signora, Assunta, dus kon ze nooit zomaar doorlopen als ze langs een open kerkdeur kwam. Deze, een enorm grote kerk, met een geometrisch patroon op de vloer, en roest- en amberkleurige marmeren pilaren, was gewijd aan een heilige die Crisogono heette. Ze pakte een plaatje van de heilige, op de rug van een wit paard, met een lans en een rood schild, en ging toen in een van de achterste banken zitten.

Crisogono. Dat was een goede. Misschien kende zelfs Assunta hem niet.

'Gasparo,' zei ze laatst, terwijl ze de stapel kleine plaatjes uit haar handtas haalde.

'Je bedoelt Gasparo van Buffalo,' had Assunta geantwoord, en Maria moest toegeven dat hij het inderdaad was.

'Quirico,' zei Maria bij het volgende plaatje.

'Welke?' wilde Assunta weten.

'Quirico en Giulietta?' probeerde Maria voorzichtig.

'O ja, kleine Quirico,' reageerde Assunta, alsof ze zich de kleine jongen nog herinnerde, die nog maar een baby was toen hij martelaar werd.

Assunta wist alles over de gruwelijke dood van martelaren. De kleine Quirico was van een stenen trap gegooid. De flanken van zijn moeder waren opengereten met haken.

Maria werd zich bewust van de andere aanwezigen in de kerk. In haar rij zat een vrouw met wit haar in een knotje waar statische lokjes uit staken. Ze zat voorovergebogen, alsof ze maagkramp had, met haar hoofd over haar knieën. Ze schommelde af en toe heen en weer. Verspreid over de twee voorste banken knielden vijf in het beige geklede nonnen met witte hoofdkappen. Rechts van het middenpad zat een vrouw geknield met rode en bruine krullen – haar dat exact leek op de kleuren en krullen van het marmer. De vrouw maakte een geluidje. Misschien schraapte ze haar keel, of was het een onwillekeurige uitdrukking van verdriet. Ze deed het nog eens, een soort blaf. De vijf nonnen keken tegelijkertijd opzij en draaiden hun hoofden toen weer terug.

Gesterkt door de vreemde genoegens van de kerk en de mensen daarbinnen liep Maria weer naar buiten, de straat uit. Het was een troost te weten dat je altijd een kerk in kon gaan om uitdrukking te geven aan je gevoelens door akelige geluiden te maken of je lichaam dubbel te klappen, en niemand die je lastigviel.

Ze stak de Ponte Sisto over. Het bleek dat de rivier helemaal niet blond was, maar eerder een soort modderig, groenachtig grijs. Maar toch, hoe hij schitterde, op dit tijdstip van de dag, en de manier waarop hij in de gebouwen aan de andere kant weerspiegelde terwijl de zon onderging, gloeiend oranje en rood en geel en amber, verblufte haar zo dat ze uit haar dagdroom stapte en een nieuwe dagdroom begon, zoals altijd. Het was net magie. Ze vergat het vreemde koren, want daar gebeurde het weer, zoals het nog elke dag gebeurd was, iets wat ze zich nooit had kunnen voorstellen. De schoonheid werd een deel van haarzelf, en ze voelde zich mooier, verguld. Het sloeg natuurlijk nergens op, maar ze had het gevoel dat ze in Rome af en toe straalde, als een lamp die je aan en uit kon zetten.

De signora was er nog niet toen Maria thuiskwam. Ze riep voor de zekerheid, maar toen herinnerde ze zich dat de signora weer naar de dokter was, omdat ze voor verdere behandeling langs moest komen. Ze liep de hele gang door, ging de slaapkamer van de signora in en heel snel, zonder verder na te denken, pakte ze de foto van de grootouders van het nachtkastje, haalde haar vinger langs de zijkant en tikte ertegen. Zoals ze al had vermoed, gleed er nog een foto uit.

Ze keek naar de jongeman op de foto, zijn leren jasje en zijn achterovergekamde haar. Wat een stoere bink, dacht ze. Was dit Daniele Levi? Ze staarde in de spiegel, hield de foto naast haar gezicht en vergeleek. Leek ze op hem? Ze wist niet wat ze ervan moest denken. Het enige wat vaststond was dat de signora opzettelijk dingen voor haar achterhield. Ze stopte de foto weer op zijn plek en liep naar de salon, waar ze wezenloos tussen de vele meubels, doeken en boeken stond.

Ze zag een beeld voor zich van bomen die vol in het blad stonden, uitgesneden engelen met gevouwen of uitgeslagen vleugels, druk bewerkte en eenvoudige kruisbeelden, witte en grijze grafzerken, buxushagen en geurende struiken. Ze herinnerde zich een specifieke uitsnede die ze had gezien op de begraafplaats waar Keats begraven was.

Ze ging zitten op de rugleuning van de bank, stak een blote voet achter zich uit en liet de bank haar gewicht dragen, terwijl ze haar armen en hoofd liet hangen. Zo bleef ze hangen, ze voelde het bloed naar haar hoofd stijgen, de tegelvloer tussen de bal en de hiel van haar stevig geplante voet, haar huid waar de vingers van de ene hand op de andere arm rustten. In die pose bleef ze hangen, als een kopie van de Treurende Engel.

20

Ze strooien bloemblaadjes naar de voeten van de Amerikaanse soldaten wanneer die in juni 1944 Rome binnenmarcheren. Oleanderblaadjes in alle kleuren roze, van bleekroze tot diepdonkerroze. De Duitsers zijn nog niet weg, ze zijn nog niet verslagen, maar ze hebben zich wel teruggetrokken uit de stad.

De inwoners van Rome, die zich in de straten verdringen, hebben nog nooit zoiets gezien als deze Amerikanen. Hele bataljons zwarte mannen, lachend en roepend naar de meisjes, delen snoepjes en kauwgom uit aan de kinderen. Sommigen van hen zijn net reuzen. Ze staan onder aan de trap bij de Piazza del Campidoglio, Daniele en zij, helemaal vooraan in de menigte, en een Amerikaanse soldaat neemt haar in zijn armen en danst een walsje met haar. Hij laat haar alleen los om Daniele op te kunnen pakken, in de lucht te gooien en hem met een luide kreet op te vangen, tot Danieles ogen stralen en zijn gezicht vuurrood is.

Als de soldaat zich weer bij het leger van bevrijders voegt dat naar de Piazza Venezia trekt en het publiek samenstroomt in de lege ruimte die de soldaten achterlaten, en Chiara Danieles hand grijpt en zegt dat hij haar stevig moet vasthouden en dat ze elkaar niet uit het oog mogen verliezen, ziet ze het gezicht van een bekende vrouw onder de mensen die van de trap stromen. Beatrice, de vrouw van nonna's boerderij, aan wie ze Cecilia had toevertrouwd. Chiara roept haar. Beatrice hoort haar naam, kijkt opzij naar Chiara en blijft stokstijf staan, zodat de mensen achter haar snel opzij moeten springen. Beatrice wijst in de richting van een zijstraat en Chiara knikt instemmend.

Terwijl ze zich tussen de mensen door wurmen, herleeft Chiara de avond dat ze de boerderij verlieten. Ze had aan Judas moeten denken en had haar slapende zusje niet meer gekust ten afscheid. Ze hadden bij Gabriele aangeklopt en hij had de ezel opgetuigd zodat Daniele erop kon zitten en hij begeleidde hen zo ver mogelijk. Ze had zo graag gewild dat Gabriele zou zeggen: 'Geen zorgen, het komt goed', maar dat deed hij niet.

Ze steken over, lopen een zijstraat in, en gaan het portaal van een kleine kerk in, waar het wat stiller is. Buiten staan mensen te joelen, kinderen blazen op toeters, mannenstemmen zingen 'Avanti popolo', krachtig en mannelijk, maar Beatrice praat zachtjes en is vriendelijker dan Chiara zich herinnerde.

Ze vertelt haar dat Cecilia, niet lang nadat Chiara de boerderij had verlaten, op een avond, toen iedereen sliep, haar bed uit gegaan is, en in haar nachtpon, op blote voeten, de donkere weilanden in is gelopen, de heuvel opgeklommen is, de olijfgaard in, en nog verder, en dat ze nooit meer teruggekomen is.

Waarschijnlijk heeft ze daar, alleen in het donker, een toeval gekregen en was er niemand die haar tong uit haar mond kon halen, of haar armen en benen vast kon houden.

Gabriele werd vermist sinds de avond dat Daniele en zij waren vertrokken. Men gaat ervan uit dat hij dood is.

Chiara wil op haar knieën vallen op de stenen kerkvloer, maar ze weet dat ze daar geen troost zal vinden, en geen vergiffenis.

Er komt ineens een verschrikkelijk beeld bij haar op, van Cecilia, die in een sloot ligt en Daniele, die daar op de heuvel gevangen wordt in een manestraal, en jankt als een wolf.

Zij heeft de keuze gemaakt. Het is niet zijn schuld.

Dat houdt Simone haar voor.

'Het is niet jouw schuld. Ze had elk moment zo'n grote toeval kunnen krijgen, of jij er nu bij was of niet. Je hebt me zelf verteld dat het al een poos bergafwaarts ging met haar.'

'Ik heb haar aan haar lot overgelaten,' zegt Chiara.

Was ze maar gelovig, dan kon ze te biecht gaan in een kerk waar ze nog nooit was geweest, en dan zou ze zeggen: 'Ik heb mijn zusje vermoord.' Maar zelfs al zou ze gelovig zijn, dan nog zou het geen zin hebben, want ze wil geen absolutie.

Later zal Chiara vaak aan Gabriele denken, alleen op het pad, midden in de nacht, gezien voor hij het in de gaten had. Maar het beeld van haar zus, met haar gezicht in een plas water op de heuvel, haar armen wijd, haar lange haar in slierten in de modder, is iets wat ze voor de rest van haar leven met zich meedraagt.

21

Haar eigen dokter hield haar voeten vast en de Amerikaanse audioloog– *'Mr Hennessey, call me Charles'* – pakte haar bij haar bovenlijf. Samen tilden de twee mannen Chiara de lucht in alsof ze van spinrag was.

Charles was gespecialiseerd in het binnenoor. Hij was op weg naar een Japanse universiteit en hij was maar heel even in Rome om een lezing te geven. Met zijn lijzige, vriendelijke stem gaf hij aanwijzingen.

'Hou haar zo vast, wacht, hou haar stil, zo ja, voorzichtig, en dan langzaam, langzaam, langzaam,' zei hij, alsof ze een schip was dat de haven ingeloodst moest worden. Hij bewoog haar alle kanten op, en hield haar bijna ondersteboven zodat haar ogen haar schedel in draaiden. Haar hoofd werd goed vastgehouden; ze hing in een positie waar ze al sinds ze kind was niet meer in had gehangen. Ze gaf zich over, en ervoer een gewichtsloosheid, een akelige toename van de draaierigheid, en toen was het voorbij. Ze legden haar weer terug op de behandeltafel, draaiden haar hoofd voorzichtig in een neutrale positie en lieten haar verder rusten.

Toen ze opstond ontdekte ze dat de wereld weer min of meer op zijn plek was gevallen en dat de misselijkmakende duizelingen waar ze al weken last van had weg waren. Sterker nog, toen ze naar huis ging, zwaaiend met haar inmiddels overbodige stok, was ook dat suffe gevoel dat ze had verdwenen. De winkelruiten waar ze voorbijliep glommen alsof ze net nog waren opgepoetst. De lucht was stralend en genadeloos blauw. De fontein op de piazza spetterde en het water stroomde glinsterend omlaag.

Alles was scherp en fel en helder. De klokken van de Santa Cecilia beierden luid en aanhoudend. En ineens kreeg ze haast. Ze voelde een drang, een verlangen om met Maria te praten, want het kon niet meer wachten. Wat ook de reden was om het uit te stellen, hij viel in het niet bij de noodzaak om Maria het verhaal te vertellen. De waarheid voor haar achterhouden plaatste een groot en volkomen onnodig obstakel tussen haar en het lieve kind, en ze kon dat geen minuut langer verdragen.

Het huis was leeg. Maria was er niet.

De telefoon ging en Chiara sprong op, maar het was haar geliefde Simone om te zeggen dat ze weer terug was.

'Je klinkt afwezig,' zei Simone. 'Gaat het wel goed met je?'

'Ik kan nu niet praten,' zei Chiara. 'Ik zit te wachten op een telefoontje.'

Simone zei dat ze genoeg te doen had. Ze moest nog uitpakken, dan uitgebreid in bad, en dan kwam Umberto haar een massage geven. Maar als ze nu eens zouden afspreken in Babington's voor de thee, morgenmiddag?

'Morgen kan ik niet, ik ben druk. Ik moet nu ophangen,' zei Chiara.

Ze wist niet waarom ze dat had gezegd van dat telefoontje. Maar er stond iets te gebeuren, ze kon het voelen, een verwachting, storm op komst. Ze ijsbeerde door de gang. Ze liep twee keer de gemeenschappelijke overloop op. Ze keek uit het raam naar buiten. Misschien had Maria afgesproken met de meisjes van school en had ze Chiara ook gezegd dat ze uit zou gaan. Ze probeerde het zich te herinneren. Ze bleef ijsberen. Toen schonk ze een glas wijn voor zichzelf in. Maar nee, dit was een noodgeval, en dan moest je nuchter blijven. Ze spoelde de wijn door de gootsteen.

Na een minuut belde ze Simone. 'Sorry,' zei ze, 'dat ik net zo kortaf was.'

'Geeft niks,' zei Simone. 'Ik ken je toch? Ik heb het niet persoonlijk opgevat.'

'Het punt is, ik maak me zorgen om het meisje. Ze is verdwenen.'

'Welk meisje?' vroeg Simone.

'Maria, Danieles dochter,' huilde Chiara. Ze wachtte tot het plafond naar beneden zou komen of de vloer zou openrijten, maar er gebeurde niets. Toen drong het tot haar door dat Simone iets zei. 'Wat zei je?' vroeg ze.

'Schenk een glas wijn voor jezelf in. Pak een kussen en het voetenbankje en maak het jezelf gemakkelijk. Over vijf minuten bel ik je terug, en dan mag je me alles vertellen.'

Chiara deed wat haar werd opgedragen. De telefoon ging.

'Dat was korter dan vijf minuten,' zei ze.

'*Zia*,' zei Beppe. Tante.

Hij vertelde dat Maria bij hen op de bank zou blijven slapen, want ze was per ongeluk een beetje dronken geworden en een beetje emotioneel, maar hij zou ervoor zorgen dat ze morgen op tijd naar het taalinstituut zou gaan.

'Ik dacht dat ze op stap was met de meisjes van school,' zei Chiara.

'Dan zal ze die wel kwijtgeraakt zijn, want toen ze hier aankwam, was ze alleen,' zei Beppe. 'Maakt u zich geen zorgen, zia, we zorgen goed voor haar.'

Simone belde terug. 'Ik ben een en al oor,' zei ze.

Chiara vertelde haar het hele verhaal.

'Wat geweldig!' zei Simone toen Chiara uitverteld was. 'Wat ongelooflijk mooi. Daniele heeft een dochter. En die heeft jou gevonden. God, ik ben helemaal van mijn stuk.'

Ze snikte, en Chiara deed mee. Ze begon te geloven dat het misschien allemaal toch nog goed kwam.

'Lijkt ze op hem?' vroeg Simone.

'Dat zul je wel zien als je haar ontmoet. Haar haar is veel lichter dan dat van hem, en ze heeft blauwe ogen, maar verder is ze een vrouwelijke uitvoering van hem toen hij zestien was.'

'Wat ik alleen niet begrijp is waarom Antonio de timing mag bepalen,' zei Simone. 'Ik bedoel, wat heeft hij ermee te maken? Ze is jouw kleindochter, niet die van hem.'

'Allemachtig.'

'Had je dat nog niet bedacht?'

'Ik ben een nonna!'

Ze belde Beppe terug. 'Wil je tegen Maria zeggen dat ik morgen een speciale lunch klaarmaak en dat ze meteen uit school naar huis moet komen?'

'Ik dacht dat het een hersenbloeding was,' zei ze de volgende ochtend. Ze zat met Simone in Babington's aan de voet van de Spaanse Trappen. Chiara durfde eerst niet, maar Simone stond erop dat ze haar huis uit ging, en zei dat ze alleen maar zou lopen piekeren als ze thuisbleef. Simone trakteerde.

Simone droeg een kaftan tot haar enkels, met brede gouden en paarse strepen, een cadeau uit Algerije. Ze had een paarse haarklem in en oranje kralen om haar nek. Ze stak een hand uit en veegde een kruimel van Chiara's mondhoek en kneep haar in haar wang.

'Je bent veel te jong voor een hersenbloeding. En je bent er het type niet voor. Je bent dun. Dun en jong,' verkondigde ze. Ze trok haar hand terug, wapperde afwerend Chiara's kant op en nam nog een taartje. Ze keek uit het raam en at met zulke snelle hapjes dat je je niet kon voorstellen dat het taartje er ooit was geweest.

'Moet je dat zien,' zei ze met een knikje naar een man op een fiets die een lege riksja voorttrok. 'Is dat bedoeld voor toeristen? Dat gaat nooit aanslaan.'

'Ik ben niet te jong. Er stond deze week een man in de krant en die was pas achtendertig. Hij had een zware hersenbloeding gehad. Hij kan nu alleen nog zijn linkerooglid bewegen,' zei Chiara.

'Wat voor man?' vroeg Simone.

'Een man, hier in Rome,' antwoordde Chiara. 'Geen idee. Lees jij geen kranten meer tegenwoordig?'

'En die was achtendertig?' vroeg Simone. Ze keek haar aandachtig aan.

'Ja,' beaamde Chiara. 'Achtendertig.' Danieles leeftijd.

'Volgens mij heb jij geen hersenbloeding gehad,' zei Simone. 'Daar is geen enkel teken van te zien. Je spraak is normaal. Niks is gaan hangen.'

'Dat weet ik zelf ook wel. Wat ik zei is dat ik dácht dat ik er een had gehad.'

'Wat waren je symptomen?'

'Ik werd ineens afschuwelijk duizelig. Toen borrelde er iets in mijn hoofd en kon ik even niet praten. Het bleef maar terugkomen. Ik moest opletten dat ik geen onverhoedse bewegingen maakte, want als dat gebeurde, als ik mijn hoofd ineens naar rechts bewoog, dan begon alles te draaien. Het voelde alsof de wereld niet meer veilig was. Heel onzeker.'

'En daar kom je nu pas mee?' zei Simone. Er lag nog maar één taartje op het bord. 'Ik zou het wel lusten, maar ik neem het niet,' zei ze verstandig. 'Hoewel het zonde is om het te laten liggen,' voegde ze eraan toe. 'En het is mijn vrije dag.'

Ze bedoelde een dag vrij van haar dieet, waarvoor ze een of ander drankje innam dat de aanmaak van aminozuren stimuleerde zodat je een heel snelle spijsvertering kreeg.

'Jij hoeft het zeker niet?' vroeg ze, met een blik op het taartje. Ze keek op. 'O, Chiara. Het is iets ernstigs, of niet? Waarom heb je me dat gisteravond dan niet verteld? Je maakte je zo'n zorgen om het meisje dat je helemaal vergat te vertellen dat je ziek bent.'

Haar gezicht betrok en opeens zag je goed hoe oud ze was, iets wat normaal gesproken schuilging onder de opgewektheid die haar vel straktrok, de schitterende jukbeenderen, de lome levenslust. 'Ik wist wel dat er iets heel ergs was,' zei ze op een sombere, intens verdrietige toon.

'Nee, nee, nee,' protesteerde Chiara. 'Helemaal niet. Ik ben weer beter. Kijk, ik ben genezen.'

Ze draaide haar hoofd naar rechts. Buiten stond een welgedaan echtpaar van middelbare leeftijd te onderhandelen met de riksjabestuurder.

Simone leek niet overtuigd. Ze pakte het laatste taartje en at het mismoedig op. Chiara gaf een uitgebreide beschrijving van de behandeling. Ze maakte er een ouderwetse handoplegging van, en verzon er oude wijsheden bij over het uitbannen van de boosdoener, een kalkachtige substantie in de gehoorgangen van haar binnenoor.

'Op een gegeven moment dacht ik alleen nog maar: ik hoop dat ze me op die marmeren vloer laten vallen.'

'Alsof ze jou zouden laten vallen. Een kind kan jou nog tillen,' zei Simone. 'Dus nu ben je genezen?'

'Tot de volgende keer,' zei Chiara. 'Het was alsof ik in een tornado zat. Ongelofelijk toch, dat je perceptie van de werkelijkheid zo verwrongen kan raken als er zo'n microscopisch klein deeltje even niet op zijn plek zit?'

'Wat nog veel ongelofelijker is, is dat je dat kunt rechtzetten door iemand op zijn kop te hangen,' zei Simone. 'Wat denk je, als we alle wereldleiders op hun kop hingen, zou dat dan hun kijk op de wereld ook rechtzetten?'

'Nou, bij Mussolini heeft het gewerkt,' zei Chiara.

En ze begonnen allebei te grinniken, als schoolmeisjes om een schuine mop.

Simone had zin in een ritje in de riksja, maar Chiara sputterde tegen, ze vond het zonde van het geld. Simone liet haar geld graag rollen.

'Dat komt doordat jij bent opgegroeid in een tijd van schaarste,' zei ze tegen Chiara. 'Daarom ben jij graag zuinig.'

'Dat is het niet,' zei Chiara. 'Ik wil gewoon terug, voor het geval dat.'

'Het is pas tien uur,' zei Simone. 'Laten we op zijn minst nog een stukje wandelen.'

Ze beklommen de Spaanse Trappen, en meanderden tussen de toeristen en de hippies door, de straatverkopers die kralenkettingen en beschilderde borden verkochten en de kunstenaars die je portret wilden tekenen of een karikatuur wilden schetsen voor tweeduizend lire.

Terwijl ze naar de top liepen, vertelde Chiara haar over het uitje met Dario Fulminante. Die middag leek haar bijna een droom. Het bruisende water van de rivier, de verschijning van die boer tussen de lisdodden, de filmmaker die voor heel even haar metgezel was.

'Dario Fulminante,' zie Simone. 'Dat klinkt als een pseudoniem. Maakt hij pornofilms?'

'O, nee, ik geloof het niet.' Chiara zag ineens de griezelige financiers in hun pakken en met hun zonnebrillen voor zich. 'Documentaires, zei hij.'

'Misschien heeft hij nog een rolletje voor mij. Wel contact houden, hoor.'

'Alsof jij in een pornofilm zou willen spelen,' zei Chiara.

'Voor het goede doel ga ik graag uit de kleren,' zei Simone. 'En ik heb jaren ervaring als model voor kunstenaars. Ik kan heel lang in één houding blijven.'

Ze zweeg, leunde tegen de balustrade, gooide een arm in de lucht en leunde een stukje achterover zodat Chiara haar naar boven gekeerde gezicht en profil kon bewonderen. Achter het muurtje langs de zijkant strekte Rome zich uit tot in de nevelige verte, met zijn bomen en groen, zijn daken en dakterrassen, zijn koepels.

'Haha,' lachte Simone terwijl ze doorwandelden. 'Het hangt ervan af. Of het een kunstzinnige film is of niet. En of die een politieke boodschap bevat.'

Ze liepen het park in en ploften neer op het eerste het beste vrije bankje. Ze zaten in stilte in de schaduw van de hoge pijnbomen en een overhangende mirtenstruik. Een misplaatst klein, dik olijfboompje groeide in het grind. Tegenover hen was een speeltuintje. Een ezel trok een karretje met kleine kinderen erin. Grotere kinderen schoten voorbij op rollerskates.

Chiara keek naar het kleine olijfboompje. Het was geen goede plek om te groeien, in de schaduw van de pijnbomen. Zo kreeg het nooit genoeg licht. Maar het moest er maar het beste van maken; zijn knoestige wortels door de grond en de stenen laten groeien, tussen die van de grotere bomen door, om nog wat voedsel te vinden, terwijl het zichzelf tegelijkertijd moest uitstrekken en zijn best moest doen om vrucht te dragen. Ze dacht aan de olijfgaard bij nonna's boerderij, en de stokoude boom, de Mago, waar Daniele op een maanverlichte avond had gewenst dat hij in slaap zou vallen en nooit meer wakker zou worden. Toen sprongen haar gedachten naar de eikenboom waar hij altijd in klom, vlak bij het monument voor Anita Garibaldi, en ze dacht aan het briefje dat ze daar nog niet zo lang geleden voor hem had achtergelaten. Wat een dwaas was ze toch.

'Zuurtje?' vroeg Simone, die naast haar op het bankje verschoof. Ze hield haar een koker met harde snoepjes voor. 'Die met citroensmaak zijn het lekkerst.'

'Nee, dank je.'

'Wat is er aan de hand? Je zit te zuchten.'

'Simone, denk jij dat hij misschien nog leeft? Dat hij nog ergens is?'

Simone keek naar Chiara en deed haar mond open alsof ze iets wilde zeggen. Toen deed ze hem weer dicht en staarde recht voor zich uit. Misschien naar een kleintje dat achter de duiven aan hobbelde, de armpjes wijd, de handjes graaiend. Ze legde haar hand op Chiara's schouder. Ze kneep in haar bovenarm terwijl ze antwoordde: 'Ik denk dat je hem niet zult vinden als hij niet gevonden wil worden. Hij is in staat te verdwijnen en in het niets op te lossen. Hij kan zich recht onder je neus verstoppen. Dat weten we maar al te goed. Hij zou overal kunnen zijn. Verderop in de straat, of in Amerika. Maar in alle eerlijkheid denk ik dat hij wel contact zou hebben gehouden.'

Chiara stond op. 'Zullen we gaan?' zei ze.

Simone stond ook op. Ze nam Chiara in haar armen. 'Het spijt me, Chiara,' zei ze, 'kun je dit allemaal wel aan?'

Chiara liet zich vasthouden.

'Zeg, wat krijgen we straks voor de lunch?' vroeg Simone in de taxi.

'Ik maak mijn pasta met walnotensaus. Met mascarpone. Ik heb alles al voorbereid, want ik had het eigenlijk gisteravond willen maken. Het is behoorlijk machtig en romig, dus ik heb een licht hoofdgerecht. Gewoon een groene salade en wat vis. Ken je die bereidingswijze waarbij je de vis heel snel in olie bakt en daarna marineert?'

'Nee,' zei Simone. 'Vertel.' Ze glimlachte vol genegenheid.

'Nou, dat dus. Ik heb de vis gisteravond al gebakken en daarna in een marinade gelegd. Olijfolie, witte wijn, knoflook, peterselie en munt.'

Ze waren bij het huis. 'Als ik nou eens wat ijs ga halen voor het dessert? Dan zetten we dat in je vriesvak. Welke smaak vindt ze lekker?'

'Haal maar aardbei,' zei Chiara. En toen: 'Komt het wel goed?'

'Het komt meer dan goed. Het wordt fantastisch,' zei Simone.

'Hoe weet je dat nou?' zei Chiara, en ze greep haar vriendin bij de arm. 'Ik heb zoiets vreselijks gedaan.'

En ze probeerde Simone daar, op de stoep, datgene te vertellen wat ze nog nooit aan iemand had verteld, wat alleen Daniele en zijzelf wisten, omdat ze het ineens een onverdraaglijk idee vond dat haar vriendin het niet wist, maar Simone bleef haar maar in de rede vallen.

'O, ik weet nog dat je dat document ging halen,' zei Simone. 'Ik vroeg nog wat het betekende, en jij zei zoiets als: het betekent dat hij van mij is. Maar het betekende natuurlijk ook dat al zijn familie uitgemoord was, dus daar moest je ook iets mee.'

'Mag ik nou uitpraten?' vroeg Chiara. 'Ik moet aan je opbiechten wat voor verschrikkelijks ik heb gedaan. Iets onvergeeflijks. Misschien wil je niet eens meer met me bevriend zijn als je het weet.'

'Ik weet het al,' zei Simone.

'Je weet helemaal niet wat ik wil zeggen.'

'Jawel. Ik heb het destijds al geraden. Eerst ging je nog elke week naar het Centrum van de Israëlische Gemeenschap om in die eindeloze rijen te staan, en ineens, hop, was je zijn voogd en was er geen enkel obstakel meer. Het ging allemaal veel te snel. Dus je hoeft het mij echt niet te vertellen, behalve als je jezelf graag wilt kwellen. Ik weet dat je dat altijd graag doet.'

Chiara staarde haar vriendin aan, die haar blik kalm beantwoordde. 'Ik heb zijn enige mogelijke band doorgesneden.'

'Je hebt hem voor nog meer onrust behoed. Niemand zou ooit meer van hem hebben kunnen houden dan jij, of beter voor hem hebben kunnen zorgen,' zei Simone. 'Er komt een punt in een mensenleven dat je, wat er ook is gebeurd, wat je ook te verduren hebt gekregen, allemaal in je rugzak moet stoppen en met je mee moet dragen op je pad.'

'Simone,' vroeg ze. 'Zeg je nu dat het tijd is dat ik volwassen word?'

'Wat een schaamteloze tante ben ik toch, hè?' zei ze. Toen kuste ze Chiara op beide wangen. 'Ik heb het je al duizend keer verteld, maar ik ben echt heel dol op je, Chiara Ravello.'

22

'Eens even kijken,' zegt de man achter het bureau, zoals gewoonlijk. 'Levi, Levi,' mompelt hij, en hij begint een stapel papieren en dossiermappen op het bureau naast hem door te spitten. Er hangt een stinkende sigaar uit zijn mond en zijn ogen zijn half dichtgeknepen tegen de rook.

Het is elke keer weer dezelfde omslachtige procedure. Er verandert nooit iets, behalve dat de stapels papieren en dossiers en dozen die hier en daar lukraak op de grond, de planken en een lange tafel achter in het kantoor liggen steeds hoger worden. Maar Chiara is hoopvol, meer dan hoopvol, in een staat van verwachtingsvolle opwinding, want dit keer zullen ze haar formulier afstempelen. Tijdens haar vorige bezoek, na een avontuur waar ze beschaamd aan terugdenkt als 'het omkopen van de rabbijn' – ook al was hij geen rabbijn en was het geen omkoping maar een donatie, waar ze netjes een bonnetje voor heeft gekregen – hebben ze dat immers tegen haar gezegd. Het heeft helemaal niets te maken met het geld dat werd neergeteld. Het is volkomen legitiem en bovendien is het een feit dat Danieles hele familie in Auschwitz is omgekomen en dat er zoveel tijd verstreken is. Bijna vier jaar.

Sinds het einde van de oorlog zijn er mensen teruggekeerd: soldaten die in Rusland gevangen hebben gezeten, partizanen vanuit de bergen, krijgsgevangenen vanuit de kampen in Noord-Afrika of Groot-Brittannië of waar ze ook maar hebben gezeten, joden die ondergedoken waren. Maar niemand van Danieles familie.

Er was nieuws over een oude dame die misschien zijn grootmoeder van vaderskant zou kunnen zijn, maar later bleek dat dat toch een andere familie Levi was. Zijn vader had een zus gehad, maar van haar was er ook geen spoor. Toch blijft er nog steeds informatie binnenkomen die moet worden verzameld, gecontroleerd, nog een keer gecontroleerd en dan toegevoegd aan de stapels.

'Goed nieuws,' zegt de man. 'Er is iets binnengekomen. Er is een papier met een briefje erbij waarin staat dat de beambte contact met u op moet nemen.'

'Met mij?' vraagt ze.

'Is er dan nog geen contact met u opgenomen?'

'Nee,' zegt ze. Ze schudt haar hoofd om dit te benadrukken. 'Ik heb van niemand iets gehoord', alsof ze door het verdrievoudigen van haar ontkenning ongedaan kan maken dat er iets van belang boven tafel is gekomen.

'We komen niet overal aan toe,' zegt hij paffend, en hij kijkt om zich heen naar al die dossiers. 'Het hoopt zich op. Maar het is zo belangrijk, dit werk.'

'Wat was het dan?' vraagt ze. 'Wat is het?'

Om zijn gezicht hangen losse huidplooien, alsof hij heel dik was en ineens enorm is afgevallen en zijn vel, als in shock, precies op dezelfde plek is gebleven, leeg, wachtend tot het vlees weer terugkeert.

'Misschien heb ik het verkeerd,' zegt hij. 'Levi was de naam, toch? Zoveel Levi's. Ik dacht dat het bij de groene dossiers was gelegd. Die waar actie op ondernomen moet worden.' Hij pakt het bovenste dossier op en bladert wat door die eronder. 'We hebben een brief gekregen van een dame in Genua die de tante van de jongen zou kunnen zijn. Ze is getrouwd en staat op het punt te emigreren, en voor ze wegging wilde ze nagaan...'

En hij vertelt haar dat ze al eerder van deze vrouw hadden gehoord, maar dat ze haar nooit met deze zaak in verband hadden gebracht. Chiara kan zien dat hij niet één, maar twee dossiermappen in zijn hand heeft, waarvan de tweede zich – door middel van de papierclip waar het briefje mee aan de ene map is vastgemaakt – aan de bovenste heeft gehecht. Ze legt haar keurig uitgetypte document, waar ze alleen nog maar een stempel op wil en een handtekening, op haar kant van het bureau en strijkt het glad. Er stijgt gal op in haar keel en ze vraagt zich af of ze moet overgeven.

Het is voorbij. Hij wordt bij haar weggehaald. Niet naar de andere kant van Rome naar het huis van een nonna, waar ze hem nog zou kunnen bezoeken, maar naar een tante die hem meeneemt naar een ander land. Ze zal hem nooit meer terugzien.

'Dorotea,' roept de man, en hij legt het dossier op de stapel. Uit een achterkamer verschijnt een vrouw in de deuropening met haar dat zo zwart is dat het bijna blauw lijkt. 'Weet jij waar dat dossier-Levi is?' vraagt hij, terwijl hij ronddraait op zijn stoel. 'Dat met het briefje erop?'

Chiara kijkt ook vol verwachting naar de vrouw. Tegelijkertijd laat ze haar hand naar voren glijden, plukt het briefje van het dossier, en stopt het in haar jaszak, allemaal in één beweging.

'Was het Levi of Levante?' vraagt de vrouw bij de deur.

'O,' zegt de man, terwijl hij Chiara de rug toekeert, 'dan heb ik me misschien vergist.' Snel doorzoekt hij de papieren nog eens.

'Kunt u dan mijn document afstempelen?' vraagt Chiara.

'Nou,' zegt hij opgewekt, 'dat weet ik nog zo net niet. Ik zal het even navragen.' Hij staat op en loopt naar de achterkamer.

Chiara steekt haar hand uit naar de stempel. Ze beweegt alleen haar arm en houdt haar bovenlichaam helemaal stil, opdat degene achter haar in de rij niets vermoedt. Ze rolt de stempel over het stempelkussen en drukt hem op haar document. Er komen stemmen uit de achterkamer. Chiara rolt het document op, laat het in haar mouw glijden en pakt haar manchet vast. Ze niest. Ze tilt haar boodschappentas op het bureau om er een zakdoekje uit te vissen. De man verschijnt weer in de deuropening, maar draait zich nog een keer om, om een vraag te beantwoorden. Ze pakt het dossier-Levi op, laat het in haar tas vallen en snuit haar neus.

'De naam van de echtgenoot is Durante, dat klopt,' zegt de man als hij weer terugkomt. 'Mijn collega herinnert zich die brief ook. We zijn het dossier even kwijt. Het kan zijn dat mijn baas zich er zelf over heeft ontfermd. We schrijven u zodra we het hebben gevonden. We zullen er prioriteit aan geven omdat de persoon in kwestie van plan is binnenkort al te emigreren...'

'U hebt mijn adres?'

'Nou ja, dat zit in het dossier, dus als we dat eenmaal gevonden hebben, dan hebben we dat inderdaad. Het was toch aan de Via dei Cappellari?'

'O nee,' zegt ze, 'dat klopt niet. Haalt u dat dan alstublieft uit uw dossier.' Ze geeft hem een ander adres.

Weer of geen weer, op de eerste vrijdag van de maand lopen Chiara en Daniele samen de Gianicoloheuvel op naar het monument voor Anita Garibaldi. Elke keer neemt Daniele een nieuw briefje mee, dat hij steeds weer op dezelfde plek stopt, in het bas-reliëf aan de achterkant, in de kromming van Anita Garibaldi's elleboog. Hij vraagt nooit waar het vorige briefje gebleven is en hij laat op geen enkele manier blijken dat hij een antwoord verwacht. Altijd blijven ze een poosje zitten op het gras rondom het beeld, of op de traptreden om de sokkel.

Vandaag zijn ze er weer. En hij heeft zijn briefje nog niet in het beeld gestopt, of het begint verschrikkelijk te regenen. Ze zitten samen, dicht bij elkaar, onder een paraplu terwijl de regen met bakken uit de hemel komt.

'Ik lijk niet op mijn mama, hè?' zegt hij.

'Jawel,' zegt ze, 'je lijkt heel erg op haar. Zij had alleen meer krullen.' De verleden tijd lijkt hem niet op te vallen. 'Je ogen,' zegt ze snel, 'je ogen lijken precies op die van haar.'

'Maar haar haar is zo,' zegt hij, en hij draait zich zodat hij Chiara aankijkt, en om zijn eigen hoofd geeft hij met zijn handen de vorm van een korte, rechte bob aan. De vorm van Chiara's haar.

'Nee,' zegt ze. 'Veel meer krullen.'

Hij draait zich weer om. De regen valt voor hen neer uit een stormachtig donkere hemel. Ze kunnen niet verder kijken dan het hek, vijf meter verderop. Daniele staart naar de verblindende regen.

Chiara denkt aan zijn moeder zoals ze er op die dag uitzag: de groene jas, het hoedje achter op haar hoofd, de oorbellen. Maar dat is háár herinnering aan haar, niet de zijne.

'Je lijkt wel op haar. Daarom ben je ook zo knap,' zegt ze. Ze kijkt hem aan van opzij. Ze had net zo goed tegen het standbeeld kunnen praten.

Nu, denkt ze. De tijd is rijp.

'Hou deze eens vast,' zegt ze, en ze geeft hem een zachte por en geeft hem de paraplu.

Ze knielt een trede lager aan zijn voeten en kijkt hem in zijn gezicht. Zijn ogen kijken even in de hare, maar dan staart hij alweer zonder iets te zien over haar schouder. De regen klettert langs de achterkant van haar benen en loopt zo haar schoenen in. Ze legt een hand op zijn knieën en pakt ze bij elkaar. Hij kijkt nog steeds niet. Ze steekt haar andere hand uit en pakt zijn kin.

'Natalia Ferrara Levi,' zegt ze, 'jouw moeder, was de dapperste vrouw die ik ooit heb ontmoet.'

Ze voelt zijn knieën als harde appels in haar hand.

'Ze hield ontzettend veel van jou.'

De trekkende spieren in zijn wangen, de fijne lijnen van zijn gezicht, de donkere ogen.

'Ze komt niet meer terug,' zegt ze.

Haar hart zwelt.

'Davide Levi' – zijn vader – 'Giuseppina Levi, Enrichetta Levi' – zijn twee zusjes – 'komen niet meer terug.'

Ze haalt haar hand van zijn gezicht en raakt haar borst aan. Ze slikt.

'Chiara Ravello,' zegt ze, 'gaat niet weg. Nooit.' Ze wacht.

Dan lijkt hij voorover te vallen, recht in haar armen.

23

‘Er is toch niemand thuis,’ zei Assunta tegen haar kleinzoon. ‘Maar we bellen wel even aan, voor de zekerheid.’

Maria sprak slaperig door de intercom. ‘Assunta!’ zei ze. ‘Ik wist niet dat je vandaag zou komen. Ben je je sleutel vergeten?’

‘Ik heb Marco bij me,’ verklaarde Assunta, ‘mijn kleinzoon. Hij komt wat meubels ophalen voor de signora.’

‘Ze hoort helemaal niet thuis te zijn,’ zei ze tegen Marco. ‘Ze hoort op school te zitten.’

Toen had ze al haar energie nodig om zichzelf de trap op te hijsen. Dat werd er niet gemakkelijker op.

Het meisje stond in haar ogen wrijvend bij de deur. Haar haar zat door de war, haar grote romige borsten kwamen bijna boven haar laag uitgesneden nachtpon uit.

‘O,’ zei ze toen ze zag dat Assunta niet alleen was. ‘Ik voelde me niet zo lekker. Hoofdpijn. Daarom ben ik vandaag niet naar school gegaan.’

Marco had een hoofd als een biet. ‘Hij is meegekomen om de *ripostiglio* leeg te halen en te kijken welke meubels weg kunnen,’ zei Assunta.

‘Ripostiglio?’ vroeg Maria.

Assunta legde uit wat het was, maar zag dat het meisje haar niet begreep. Haar Italiaans ging met sprongen vooruit, maar ze verstond nog niet alles. Assunta haalde een sleutel uit een potje in de keukenkast, kwam de gang weer in en haalde het gordijn voor de verstopte deur naar de rommelkamer weg. Maria slaakte verbaasde kreetjes en zei dingen in haar eigen taal. De deur bolde op alsof er iets zwaars tegen duwde vanaf de andere kant. Assunta stak de sleutel in het slot. Het was stroef en de sleutel werkte niet mee.

'Laat mij maar even,' zei Marco. Ze stapte opzij het gangetje in, met het meisje aan haar zij. Marco leunde met zijn volle gewicht tegen de deur, en duwde hem weer naar binnen. Ze hoorden lawaai, een ingeblikte muzieknoot. Hij hield de deur op zijn plek, draaide de sleutel om en was zo slim om opzij te springen toen de deur openbarstte. Daar schoot de pianola naar voren, die tegen de tegenoverliggende muur op knalde, gevolgd door allerlei andere rommel, dat alles met veel lawaai.

De pianola blokkeerde de hal volledig. Assunta en Maria stonden aan de ene kant en Marco aan de andere.

'Ik haal hem wel weg,' riep Marco. 'Wacht even. Dit is zo gebeurd.'

Assunta en Maria liepen de kamer van de signora in om te wachten. Het was óf daar, óf in de badkamer. Ze gingen op het bed zitten. 'Ik wist niet eens dat er een rommelkamer was,' zei Maria.

'Hm,' antwoordde Assunta.

Ze voelde zich niet op haar gemak, daar op het bed van de signora. Ze kwam alleen in deze kamer om te poetsen.

'Ik heb een nieuw plaatje voor u. De heilige Crisogono,' zei Maria.

Assunta dacht even na. Crisogono. 'Onthoofd,' zei ze. 'In zee gegooid als visvoer. Maar zijn lichaam spoelde aan, een oude priester vond hem en bezorgde hem een fatsoenlijke begrafenis.'

'Ongelooflijk,' zei Maria. 'U kent ze echt allemaal, hè?' Assunta vond dat ze moest gaan schoonmaken, maar ze was de dag ervoor al geweest, dus er hoefde niets te gebeuren. Bovendien was dit niet een van haar werkdagen.

Het meisje zat te rommelen met iets op het nachtkastje. Ze draaide zich om naar Assunta en legde een foto van een jongeman op haar schoot.

'Weet u wie dit is?' vroeg ze.

Assunta bestudeerde de foto. 'Nee,' zei ze. 'Maar dat jasje ken ik. Ik zal het je laten zien.'

Marco had inmiddels de pianola de salon in geduwd. Assunta liep voorzichtig de gang door langs de kapotte meubels en naaimachines die overal stonden, met Maria achter zich aan.

'Sommige van deze dingen, de grote bedoel ik, zoals de pianola en die grote kast, of wat het ook is, moeten door het raam naar beneden getakeld worden,' zei Marco terwijl hij de salon uit kwam. 'Ik hol even naar die antiekzaak op de Via di Monserrato om te vragen of die me soms advies kunnen geven. Want als ze toch naar de schroot gaan, sla ik alles gewoon stuk, en kan ik het zelf afvoeren, maar als ze nog enige waarde hebben...'

Hij was een beste jongen.

'Tot zo dan,' zei Assunta. 'Ik blijf niet lang meer, want ik moet nog boodschappen doen voor het avondeten van de kleintjes, maar ik wacht tot je terug bent.'

Het leek haar beter om Maria aan te sporen iets fatsoenlijks aan te trekken voordat ze dadelijk met zijn tweeën waren. Hij was een beste jongen, maar wel snel afgeleid.

Zodra hij weg was, rommelde ze wat tussen de jassen aan de kapstok in de gang en daar, onder alle andere jassen, met de mouwen in de mouwen van een andere jas geduwd, hing precies zo'n leren jasje als dat op de foto.

'O,' zei Maria. 'Wat wil dat zeggen?'

Assunta zei niets. Ze zag niet in hoe een jasje betekenis kon hebben.

Het meisje trok het jack aan over haar nachtpon. Het was een mannenjas. Veel te groot. Ze had de foto nog steeds in haar handen.

Ze hoorden een sleutel in het slot en de signora kwam binnen. Ze werd lijkbleek en keek hen aan alsof ze een stel geesten zag. Het kon niet zijn dat ze zo schrok omdat Assunta daar op vrijdag was in plaats van op donderdag.

Instinctief ging Assunta tussen de signora en het meisje in staan.

Verslagen, zo zou ze het omschrijven.

'Signora,' zei Assunta. 'Kan ik u even spreken? Laat ons maar even alleen, Maria.'

Ze trok haar werkgeefster aan de mouw mee naar de keuken, waar ze de deur achter zich dichttrok.

De signora stond midden in de keuken. Ze pakte de scheve onderzetter waar ze de koffiepot altijd op zette en hield hem tegen zich aan alsof ze bang was dat iemand hem van haar af zou pakken. Assunta haalde haar heiligenboek tevoorschijn. Ze zag dat het de naamdag van de heilige Barnabas was, die als bijnaam 'de zoon van de aanmoediging' had omdat hij anderen aanspoorde om dapper te leven. Daar dacht ze even over na.

'Signora,' zei ze. Ze vond niet dat het aan haar was om tegen de signora te zeggen dat ze dat wat ze vreesde dapper onder ogen moest zien. Maar ze zag dat de signora wachtte tot zij iets zou zeggen en dat ze goede raad wilde.

Assunta liet haar vinger over de bladzijde glijden, op zoek naar wijzere woorden dan die van haarzelf. Ze las hardop: 'Als je zwijgt, zwijg dan uit liefde. Als je spreekt, spreek dan uit liefde.'

Het was haar een raadsel of deze woorden relevant waren voor de huidige situatie – ze had trouwens ook geen idee wat de huidige situatie was.

'Dat heeft de heilige Augustinus gezegd,' zei ze.

'Dank je, Assunta,' zei de signora. 'Uit liefde. Je hebt gelijk.'

Ze legde de onderzetter weer op tafel, gaf twee klopjes op Assunta's hand en liep de kamer uit, de deur achter zich dichttrekkend.

Assunta bleef staan waar ze stond en las nog wat van de spreuken van Augustinus. Ze ontdekte dat de Heer alleen hen bij Zich neemt wier hart gebroken is, en ze was even bezorgd of haar eigen hart wel voldoende gebroken was. Maar toen dacht ze aan het heengaan van haar geliefde Federico en hoe zwaar het was geweest om de kinderen in haar eentje op te voeden. Dat moest toch genoeg zijn, dacht ze.

De jongste kleinkinderen kwamen na school bij haar eten, en ze zou een abrikozentaart bakken. Ze haalde het stuk papier met het recept erop uit het heiligenboek en vouwde het open. Het was in grote zwarte blokletters uitgeschreven, maar het was onmiskenbaar het handschrift van de signora. Ze ging met haar vinger langs de lijst met ingrediënten. Vanillesuiker, dat moest ze nog kopen. Ze sloeg het boek dicht en stopte het weg.

Ze stak haar hoofd om de deur van de salon, waar het, zo zag ze tot haar schrik, weer een grote janboel was. Niet dat daar veel voor nodig was: de pianola had het vloerkleed meegetrokken en de helft van de inhoud van de rommelkamer lag in hopen naast het raam. Ze zaten tegenover elkaar, de signora en Maria, en de signora hield beide handen van het meisje in de hare.

Ze keken naar haar op. Allebei hadden ze gehuild, dat kon ze wel zien. Ze wierp hun een verbaasde blik toe.

'Assunta,' zei Maria. Ze maakte haar ene hand los en hield de foto op. 'Dit is mijn babbo.' Ze glimlachte naar Assunta door haar tranen heen. 'En de signora is mijn nonna.' Ze deden haar denken aan zonneschijn na regen, die twee. 'Ze heeft me het hele verhaal verteld.'

'O,' zei Assunta. Ze vroeg zich af wat dat voor een verhaal was. De signora had nooit gezegd dat ze een zoon had. 'Wat fijn,' zei ze.

Ze moest haar neus niet in andermans zaken steken. Vanillesuiker, dacht ze.

'Ik kwam alleen even zeggen dat ik hier was om Marco binnen te laten, maar nu ga ik weer.'

'Marco?' vroeg de signora.

'Weet u nog? Mijn kleinzoon. We hadden afgesproken dat hij de oude meubels zou afvoeren.'

'O, ja,' zei de signora, 'Marco.' En ze keek Assunta stralend aan.

Er werd aangebeld.

'Daar zul je hem hebben,' zei Assunta. Ze liep naar de intercom en zei tegen Marco: 'Ik denk dat het beter is als je een andere keer terugkomt, er is hier van alles aan de hand.'

'Assunta,' klonk een luide vrouwenstem. 'Probeer je me nu af te wimpelen alsof ik een deurwaarder ben?'

'O, madame Simone. Neem me niet kwalijk!' riep Assunta uit.

'De signora is in de salon. Met Maria,' zei ze tegen Simone toen die hijgend en puffend boven aan de trap was.

'O, hemel,' zei ze. 'Zijn ze zonder mij begonnen? Wil jij dan zo lief zijn om dit voor me in het vriesvak te zetten?'

Assunta stond in de vestibule met een doos aardbeienijs in haar hand terwijl Simone langs haar de kamer in stormde.

'O, mijn god, wat lijk je op hem! Als twee druppels water. Allemachtig, en wat ben je mooi!' hoorde Assunta madame Simone uitroepen.

Die zat er niet mee om de naam van de Heer ijdel te gebruiken, die madame Simone. Ze vroeg zich af wat Maria van haar zou vinden. Ze hadden in elk geval iets gemeen. Allebei droegen ze een nachtpon midden op de dag.

Ze liep met het ijs naar de keuken en zette het in het vriesvak.

Er werd weer aangebeld. 'Hallo?' vroeg ze voorzichtig door de intercom.

'Nonna.'

'O, Marco,' zei ze. 'Je moet maar een andere keer terugkomen. Ik vraag wel aan de signora wanneer het schikt. Er is hier van alles aan de hand, en we kunnen ons maar beter uit de voeten maken.'

'Oké,' zei hij. 'Zal ik op je wachten?'

'Wacht maar op me in die bar op de Vicolo di Gallo,' zei ze. 'Dan trakteer ik je wel op een kop koffie.'

Ze ging weer terug naar de salon. Madame Simone stond met haar rug tegen het raam, haar honingblonde krullen afgetekend tegen het licht. De andere twee zaten waar ze net ook zaten, alleen dan nog iets dichter bij elkaar.

'Assunta,' riep Simone uit. 'Ach, wil je koffie voor ons zetten, dan ben je een engel.'

Ze keek naar de drie vrouwen. Het was haar vrije dag, haar kleinzoon wachtte op haar en ze moest nog een taart bakken. Om de een of andere reden dacht ze aan regenbogen en wat iemand haar ooit had verteld: dat zelfs op een grauwe dag de hemel blauw was, boven de wolken.

'Natuurlijk,' zei ze.

Ze ging naar de keuken, pakte de grote koffiepot uit de kast en vulde het onderste gedeelte met water. Ze tikte de koffie in het filtergedeelte en schroefde de pot weer in elkaar. Ze stak het gas aan.

Er werd weer aangebeld.

'Nog tien minuten,' zei ze in de intercom.

'Ik ben het, pater Antonio,' zei een mannenstem. 'Ik word verwacht.'

Ze drukte op de zoemer. Het leek hier vandaag wel het Termini-station.

Ze had pater Antonio nog nooit buiten de kerk gezien, waar ze de bloemen verzorgde en de sacristie schoonmaakte. Hij zag er nogal witjes uit, vond ze.

'Assunta,' zei hij toen hij haar zag, 'wat doe jij hier nou?'

'Ik werk voor signora Ravello,' zei ze.

'O,' zei hij. 'Dat wist ik niet.'

'Ze zitten met z'n allen in de salon,' zei ze. 'Ik ben alleen even koffie aan het zetten. Wilt u ook?'

'Ja, graag,' zei hij. 'Ik weet de weg.'

Je kon moeilijk niet de weg weten van de voordeur naar de salon, dacht Assunta, aangezien het nog geen twee passen was.

Ze ging de keuken weer in en zette vier kopjes en schoteltjes op een blad. De beste kopjes, die met het gouden randje. Ze wist niet waarom, maar ze had het gevoel dat dit een bijzondere gelegenheid was. Het meisje dronk graag melk in haar koffie, niet alleen bij het ontbijt. Dus deed ze wat melk in een kannetje. Een koekje erbij zou lekker zijn, maar de signora hield niet van koekjes, dus ze ging niet eens op zoek. Toen de koffie klaar was, zette ze die op het blad en liep ermee de keuken uit.

Pater Antonio stond nog in de gang voor de salon. Hij draaide zijn hoed rond in zijn handen. Hij zag er gejaagd uit.

Er klonk gelach uit de salon. Het klonk alsof iemand een kip nadeed.

'Gaat het, pater?' vroeg Assunta.

'Ik denk dat het beter is als ik me weer stilletjes uit de voeten maak,' zei hij.

'Maar de signora verwachtte u toch?' vroeg ze.

Hij knikte. Toen schudde hij zijn hoofd. Hij leek niet te weten wat hij moest. 'Ik heb zelf nooit een kind gehad, zie je,' zei hij.

'Dat lijkt mij logisch,' zei Assunta.

De pastoor verroerde zich niet. Hij keek haar smekend aan.

Ze zette het dienblad op het tafeltje in de gang en viste haar boek uit haar zak. Wat een dag. Ze ging naar de spreuk die ze de signora eerder had voorgelezen. Het recept deed dienst als boekenlegger.

'Dat zijn mooie woorden, Assunta,' zei pater Antonio. 'Ja,

liefde en stilte. Natuurlijk. Het zou aardiger zijn om niets te zeggen, hè?'

Een pastoor is ook maar een mens, dacht ze.

'Ik weet het niet, pater,' zei ze, 'maar ik weet wel dat de waarheid nooit zoveel schade aanricht als een leugen.' Dat had ze op de radio gehoord.

'O,' zei hij, en hij bracht zijn hand naar zijn hart. 'Maar het was geen leugen. Niet echt. Het was meer dat ik niet...' Hij schudde zijn hoofd en blies zijn adem uit.

Ze pakte de hoed uit zijn andere hand en hing hem aan de kapstok. 'Toe maar, pater,' zei ze. Ze pakte het blad op en ging hem voor de salon in. 'Pater Antonio is er,' kondigde ze aan.

Handen werden geschud en kreten werden geslaakt en ineens werd Assunta op de een of andere manier op het kleine bankje naast Maria geperst, en daar zat ze toen de pastoor zijn verhaal deed.

Kennelijk was de zoon van de signora op het slechte pad geraakt, en pater Antonio had hem weggestuurd. Vervolgens had hij hem geholpen, en niemand wist er iets van, behalve de zoon en de pastoor. Zelfs de signora niet. Hij had het geheimgehouden. Hij was hem blijven helpen, en de zoon, Daniele, woonde hier al die tijd vlakbij, in Ostia. En telkens als Daniele weer een terugval had, ging de pastoor hem helpen. En hij had vaak een terugval. Pater Antonio kwam uit het verhaal naar voren als een soort heilige. Assunta probeerde hem met haar blik te herinneren aan de waarheid en leugens, maar hij meed haar ogen.

Hij was nog aan het woord toen de signora ineens opsprong en in haar handen klapte.

'Wat zeg je nu? Dat Daniele in Ostia is? Ostia!' riep ze uit. 'Niet te geloven.'

'Wat is er?' zei Maria. 'Wat wil dat dan zeggen?' En ze draaide haar hoofd van de een naar de ander.

De signora staarde de pastoor met zo'n smekende, verwachtingsvolle blik aan dat Assunta er een vreemd gevoel bij kreeg. Ze had nog nooit in een vliegtuig gezeten, maar ze vermoedde dat het zo zou voelen om op te stijgen.

'Nee, nee, nee,' zei de pastoor met overslaande stem. Hij schraapte zijn keel. 'Nee, het spijt me, Chiara, nee.' Hij bracht zijn handen op borsthoogte, met de palmen naar buiten. Hij schudde zijn hoofd en zijn handen schudden mee. 'Hij is daar niet meer. Ik ben al naar hem op zoek sinds je me over Maria vertelde.'

Hij draaide zich van Chiara af om Maria aan te kijken. Hij liet zijn wapperende handen langs zijn zij vallen. Hij schonk Maria een berouwvolle glimlach. 'Ik weet niet wat er met hem is gebeurd,' zei hij. 'We hadden geen contact meer.'

De signora ging weer zitten. Ze sloeg haar handen voor haar gezicht.

'Het spijt me dat ik jullie zulk slecht nieuws moet brengen,' zei de pastoor. Zijn stem klonk weer normaal. 'Maar ik ben bang dat Daniele weer aan de drugs is geraakt.'

Er viel een stilte. Het vliegtuig was weer geland. Toen begon iedereen door elkaar heen te praten, en de signora barstte in tranen uit.

Als de pastoor de held van dit verhaal was, dan begreep Assunta niet waarom hij net in de gang zo paniekerig deed.

'Pater Antonio,' zei ze, terwijl ze half opstond. Ze ving zijn blik.

Hij keek haar aan en heel even was ze bang dat hij zou gaan huilen.

'Ja,' zei hij. Hij bracht zijn handen omhoog, en weer omlaag. Straks zou hij nog voor haar buigen. 'Goed dan,' zei hij.

Madame Simone had een stoel naast de signora geschoven en sprak zachtjes tegen haar. De pastoor zakte op zijn knieën aan de signora's voeten. Hij sloeg tegen zijn borst.

'Mea culpa,' zei hij. Hij was aan het biechten.

'Wat is er aan de hand?' zei het meisje. 'Wat is er aan de hand?'

En Assunta, die het zelf allemaal nauwelijks kon bijbenen, nam de hand van het meisje in de hare en hield hem stevig vast.

24

'Help me, ma,' zegt hij, en dan valt hij flauw.

Hij ligt dwars over de drempel, half binnen en half buiten. Zijn benen steken uit op de gemeenschappelijke overloop.

Ze sleept hem naar binnen, met haar handen onder zijn warme, klamme oksels. Het lukt niet in één keer. Ze kreunt van inspanning en hij wordt half wakker.

'Is dat mijn kleine mamaatje?' zegt hij. 'Mijn kleine mamatje.' En hij steekt zijn trillende handen naar haar uit, maar voor ze elkaar aanraken, vallen zijn handen alweer omlaag. Ze legt hem in de gang. Hij is te zwaar om nog verder te verslepen. Ze brengt hem water. Ze legt een kussen onder zijn hoofd.

Ze denkt aan de eerste keer dat ze hem zo meemaakte, zo van de wereld dat hij nauwelijks een zin kon vormen. Hij was nog maar een jongen. Veertien of vijftien. Het was nadat ze hem het dossier-Levi had laten zien.

'Ik heb het voor ons gedaan,' zei ze. 'Voor jou en mij, zodat we verder konden met ons leven.'

En hij zei: 'Er is geen ons.'

Er hing een zoetige geur om hem heen.

Ze haalt zijn sleutels uit het slot en stopt ze in haar zak. Er zitten voetafdrukken op de deur, waar hij ertegenaan heeft geschopt, en het hout eromheen is versplinterd. Hij is flink tekeergegaan. Maar liever de deur dan iemands gezicht, denkt ze.

Waarom wilde hij de deur intrappen als hij zijn sleutels bij zich had?

Ze tilt zijn hoofd op. 'Drink,' zegt ze.

Ze moet zorgen dat hij genoeg vocht binnenkrijgt. Bij hem waken om ervoor te zorgen dat hij geen toeval krijgt of in zijn eigen braaksel stikt. Hem elk uur even wakker maken.

'Heb je iets gebruikt? Wat heb je gebruikt?' had ze die eerste keer gevraagd. Zijn pupillen waren verwijd.

'Geen zorgen, ma,' had hij gezegd. 'Alles onder controle. Het is juist goed voor me.' Hij knikte naar haar. 'Goed voor je-weet-wel.'

'Nee, ik weet het niet.'

'Je weet wel,' zei hij, 'dat verdrietige gedoe.'

Ze zit naast hem op de grond, midden in de gang, onder de kapstok.

Help me, ma.

Ze heeft de wekker naast zich gezet voor het geval ze in slaap mocht vallen, en ze stelt hem in op een uur later.

De klok tikt. Hij heeft zijn mond open, ligt op zijn rug, met afhangende kaak, en hij ademt luidruchtig.

Ze raakt de moedervlek op zijn slappe hand even aan. In de loop der jaren is die gegroeid en uitgerekt, bleker geworden, en vormlozer. Vanuit deze hoek bekeken lijkt hij vaag op een zich uitrollende slang, met een kleinere lichtere vlek met minder pigment binnen een donkerdere vlek, die het oog van de slang zou kunnen zijn. Grappig dat ze ooit had gedacht dat hij het geluk met zich meedroeg omdat hij die moedervlek had, in de vorm van een hoefijzer, als een talisman die in zijn huid geprent was. Dat ze volgehouden had dat het zijn geluk was dat hem had gered terwijl de rest van zijn familie was omgekomen en niet, wat hij haar kennelijk duidelijk wil maken, het tegenovergestelde.

'Ik neem jou niks kwalijk, ma,' heeft hij haar meer dan eens gezegd.

'Waarom wil je dan per se je leven zo verspillen?' vroeg ze hem dan, maar hij heeft daar nooit een antwoord op.

'Moet je ons nu eens zien, mijn lieve jongen,' zegt ze.

Zijn kuif is ingezakt en ze veegt hem van zijn voorhoofd. Zijn haar voelt hard en plakkerig vanwege het vet dat hij erdoor kamt. Zijn huid voelt klam, als rauw pizzadeeg. Als ze haar duim erin zou zetten, zou die een afdruk achterlaten, zo lijkt het. Alsof ze de huid opnieuw kan vormgeven. Als klei. Ze doopt een spons in de kom met water en veegt zijn gezicht voorzichtig af.

Hij doet altijd alsof er een schild om hem heen zit, als bij een slak of een schildpad. Of een ei. Ze denkt aan het eerste ei dat Tok ooit legde, een bolletje dat geen geluid maakte toen het op de plankenvloer terechtkwam. Iets wat nauwelijks bij elkaar gehouden werd, met een imperfecte lijn die het scheidde van de wereld, en omgekeerd.

Hij vond het altijd zo heerlijk om door de heuvels te zwerven, in bomen te klimmen, te slingeren en te springen, zichzelf met modder te camoufleren. Zijn ogen schitterden weleens als hij zoiets deed, maar tegenwoordig is het alleen nog dat heel korte moment, net nadat de naald naar binnen gegaan is, dat zijn ogen op die manier stralen. Alsof de wildernis hem dan roept. Dat is wat ze hem bieden, die drugs, iets wat lijkt op vrijheid.

Ze herinnert zich hem, hoe hij zijn hand snel verplaatste, een gevallen tak, en hoe hij door het gras zwiepte en in de rondte sprong, in de buurt het ene schaap met haar herfstlam, maar niet te dicht erbij. Ze was bang dat hij zou uithalen naar het lam, maar dat deed hij niet. Zoiets deed hij nooit. Hij zou nooit een dier iets aandoen. Hij doet alleen zichzelf iets aan. Al zijn woede is naar binnen gekeerd.

Ze legt haar hoofd op zijn borst en luistert naar zijn snel kloppende hart.

Help me, zegt ze.

25

Vanuit het raam van de rommelkamer keek je uit op buizen, ventilatiegaten, goten, leidingen, afvoerpijpen, bedrading, de verborgen aan- en afvoerbuizen die het gebouw lieten functioneren, de smoezelige achterkant. Maar als Maria haar stoel onder het raam zette en haar hoofd op de vensterbank legde, kon ze de hemel zien.

Ze zou dadelijk weer naar binnen gaan, waar alles nu werd verplaatst en verschoven, weggegooid of opnieuw bekleed, en ze zou in de keuken gaan zitten met de signora, nonna Chiara, en dan zouden ze met de brieven van Keats aan de slag gaan. En daarna zouden ze hun conversatieles houden, wat neerkwam op een soort geschiedenisles, zowel in beperkte, huiselijke zin – Danieles lievelingseten, dat hij een keer trompet speelde tijdens een schoolconcert, wat hij 's avonds altijd dronk voor het slapengaan – als in de bredere context van het fascisme en oorlog en sociale onrust. Ze probeerde steeds meer te begrijpen van de plek waar het kleine en het grote samenkwamen om te snappen wie hij was, haar gekwelde en knappe vader. De hartenbreker met het gebroken hart, zo'n jongen van wie meisjes denken dat ze hem wel kunnen temmen.

Maria had een onverzadigbare honger naar al deze dingen, maar haar hoofd zat ook snel vol, en dan moest ze zich een poosje terugtrekken op haar eigen plek. Het valse plafond was weggehaald en al Danieles bezittingen, die daar jaren opgeslagen hadden gelegen, werden uitgezocht. Ze had zijn trompet opgehangen naast de foto, en in het nachtkastje bewaarde ze alle briefjes die hij aan zijn echte moeder had geschreven en die nonna Chiara in een doos had bewaard. Het was fijn om haar eigen kamer te hebben, maar dat betekende wel dat ze naast die van nonna Chiara sliep. Ze kon haar 's nachts horen huilen. Soms huilde ze mee, ook al was ze meestal helemaal niet verdrietig, omdat ze zo opging in de glorie van haar nieuwe Italiaanse leven.

'Die ring die je mij hebt gegeven,' vertelde ze haar moeder aan de telefoon, 'die was vroeger van de vader van nonna Chiara, en de initialen staan voor Alfonso Ferdinando Ravello.'

Ze wist nu hoe Daniele op zijn dieptepunt al nonna Chiara's juwelen had verpand om zijn drugs te kunnen betalen, maar ze vond het niet nodig dat haar moeder dat wist. Die ring was het enige wat hij rechtmatig had verkregen.

Haar moeder had gehuild toen Maria haar vertelde dat niemand wist hoe ze Daniele moesten bereiken, zelfs al was hij nog in leven. De kans was groot dat ze hem nooit meer zouden vinden, en dat hij waarschijnlijk dood was.

'Nonna Chiara neemt me mee naar de plek waar Daniele vroeger briefjes voor zijn moeder achterliet,' zei ze, 'en ik ga hem een bericht schrijven en dat daar voor hem achterlaten. Ik dacht dat jij misschien ook iets zou willen schrijven. Om afscheid te nemen,' zei ze.

Tommaso zou over een week op bezoek komen, als het werk aan het appartement klaar was. Hij zou op haar oude plek in de salon slapen. 'Dus ik ben niet alleen half Italiaans, maar ook nog eens half joods,' zei ze toen ze hem belde.

'Allemachtig,' zei hij, 'en dat voor een katholiek.'

Later zal ze samen met nonna Chiara koken, of ze gaan eten in de trattoria op de Campo dei Fiori waar Maria gerookte mozzarella had geproefd en kokkels en *vongole*, maar waar ze had gepast voor konijnenhersentjes. Na afloop zou de ontzagwekkende Simone, die Maria vaak in haar armen nam om haar fijn te drukken tegen haar geparfumeerde zachte boezem, hen misschien meenemen naar een optreden of een happening. Of ze zou met nonna Chiara naar de bioscoop in Trastevere gaan waar ze films in het Engels vertoonden.

Of ze ging wat flaneren met Beppe en Carmelo. Ze had een paar keer, als het heel laat geworden was, gedaan alsof ze naar huis ging, maar dan was ze in haar eentje door de nachtelijke straten naar de Piazza Costaguti gerend, in het hart van het getto, waar Daniele Levi met zijn familie had gewoond. Dan stond ze alleen in het donker op dat lege plein, en probeerde die enorme, holle afwezigheid van de familie die ze nooit zou kennen en haar gruwelijke lot te bevatten, maar op de een of andere manier kon ze het niet echt doorvoelen. Het was allemaal verschrikkelijk triest, en ze miste hem op een bepaalde manier. Daniele Levi, haar biologische vader, degene op wie ze uiterlijk het meest leek en die ze nooit zou ontmoeten. Maar ze kende hem niet, en trouwens, ze had al een vader.

Ze lag met haar hoofd op de vensterbank en keek op naar de eindeloze hemel.

26

Het is augustus, de heetste maand. Chiara wacht in de relatieve koelte van de gang. De rode kom van muranoglas, een van de objecten die de schifting heeft overleefd, de enorme opruimactie die het appartement heeft ondergaan, trekt haar aandacht. Ze pakt de kom van de plank, laat hem balanceren in haar handpalm, voelt zijn gewicht, de perfectie van de kuiltjes en de contouren, de gladheid van het glas. Ze tilt hem met de ene hand uit de andere en gebruikt een vingertop om het verborgen gebrek te vinden en te voelen, het piepkleine barstje in de voet. Ze beeldt zich in hoe het zou zijn om het op de grond te gooien, de schok van het uiteenspatten in rode scherven en glassplinters.

In plaats daarvan houdt ze hem voor haar ogen en ze gluurt erdoor naar een rood getinte wereld. Ze doet een stap opzij en kijkt door de nu zo ruime gang door de lens van de kom, naar de plek aan het eind waar eerst twee oude meubelstukken stonden, maar waar nu een spiegel hangt. Ze ziet zichzelf, een klein in het zwart gekleed figuurtje met een vurig rood cyclopenoog, net een duiveltje.

Maria komt haar kamer halverwege de gang uit, ziet Chiara en ze lacht.

'Een roze bril?' zegt ze.

Maria ziet haar niet als duivel. Ze weet niet welk geweld er binnen in haar woedt.

'Daar moet een blouse bij,' zegt Chiara.

Maria draagt een lichtgroene plooirok van crêpe de Chine uit Chiara's collectie en een van haar eigen strakke zwartje shirtjes die Chiara doen denken aan een mannenhemd dat in de was is gekrompen. Haar armen en schouders zijn bloot.

'De rok is prachtig,' zegt Chiara.

'Niemand draagt nog blouses,' zegt Maria, die door de gang loopt alsof het een catwalk is.

'Niemand,' zegt Chiara als ze de kom weer terugzet. Het monster in haar gaat weer liggen.

'Ik bedoel, niemand van mijn leeftijd. Jou staan ze mooi. En trouwens, je hebt nog niet de complete outfit gezien. Het wordt super.' Maria, die nu naast haar staat, pakt Danieles oude leren jasje van de kapstok en trekt het aan.

'Ziet u?' zegt ze. 'Eclectisch chic.'

'Je gaat dood van de hitte,' zegt Chiara. 'Het is buiten net een oven.'

'Kan me niet schelen,' zegt Maria. 'Ik hou het aan.'

'Laten we dan maar gaan,' zegt Chiara. Het bewerkte handvat van de wandelstok steekt uit de paraplubak naast de deur en in een opwelling vist ze hem eruit.

Als Maria vraagt waarom ze een wandelstok meeneemt als ze zogenaamd genezen is van haar ellendige duizeligheid, zal ze voor de grap zeggen dat het zo goed past bij haar nieuwe status als grootmoeder. Ze zal er een krakerige oudedamesstem bij opzetten. Maar Maria heeft meer interesse in het verhaal dat ze aan het vertellen is, over een man in de bus die zo naar haar had zitten staren.

Onder het lopen zwaait Chiara met de stok en ze bedenkt dat het niet zozeer de steun is die zo troostrijk is, maar het feit dat je hem als wapen kunt gebruiken. Als knuppel.

Sinds Antonio's onthulling is ze opstandig. Ze wil dat hij uit het priesterambt wordt ontheven, dat hij wordt geëxcommuniceerd, haar gewezen vriend. Ze wil dat hij met pek en veren over straat gaat, door de bliksem wordt getroffen. Er brandt een hevige woede in haar. Ze is verbaasd dat niemand het aan haar ziet. Dat ze zeggen: 'Je ziet er moe uit' of: 'Wat zit je haar leuk', terwijl ze eigenlijk moeten zeggen: 'Je ziet er gevaarlijk uit' of: 'Wat kijk je vals'.

De woede is in de plaats gekomen voor het verdriet, en het is te lelijk voor woorden. Toen hij er net was, als een inwendige waterspuwer, leek de woede groter dan zijzelf. Hij duwde tegen haar naden en barstte uit haar poriën. Hij sprak via haar mond. Toen Simone haar hand uitstak naar Antonio toen hij bij haar knielde, zei die woede: 'Raak hem niet aan.' Ze heeft hem nu beter onder controle, maar hij drukt van binnenuit tegen haar voorhoofd aan, als migraine. Ze heeft Antonio over de telefoon gezegd dat ze hem nog niet wil zien, maar dat ze begrijpt dat hij niet uit kwaadwilligheid heeft gehandeld.

'Dus toen het niet hielp om op zijn voet te gaan staan, begon ik te schreeuwen,' zegt Maria als ze staan te wachten voor het stoplicht om de Lungotevere over te steken.

'Wat?' zegt Chiara. Ze was niet met haar volle aandacht bij dit vreselijke verhaal geweest.

'Die enge man, die me kneep in de bus. Hoe zeg je knijpen in het Italiaans?'

'O jee,' zegt Chiara, 'je moet me dat deel nog even een keer vertellen.'

Ze denkt weleens dat het alleen Maria's aanwezigheid in haar leven is die haar ervan weerhoudt om schuimbekkend om zich heen te slaan met de knuppel, en alles kort en klein te meppen.

Midden op de Ponte Sisto blijven ze even staan en kijken ze in de richting van de koepel van de Sint-Pieter aan de horizon, en Maria maakt haar verhaal af.

Dat ze *Quest'uomo* schreeuwde – deze man. En toen nog harder: 'Deze man, deze man!' Dat haar geen andere woorden te binnen schoten omdat ze met haar nieuwe Italiaanse stem riep, die rijker en krachtiger was dan haar Engelse. De kreet werd opgepikt door de vrouwen in de bus.

'Chauffeur, stoppen!' schreeuwden ze.

De man werd hardhandig de bus uit gewerkt, onder luid gevloek en getier.

'Schaam je!' riepen ze.

Ze had hem nog een woedende blik willen toewerpen, maar de bus trok al op.

'Dat heb je geweldig opgelost,' zei Chiara. 'Laat me die blik nog eens zien.'

Maria draait haar gezicht naar haar toe. Ze is nu al rood aangelopen van de hitte en ze zijn nog niet eens bij de heuvel. Ze houdt haar hoofd schuin zodat ze langs haar eigen neus kijkt, doet haar ogen half dicht en trekt één wenkbrauw op.

'Heel doeltreffend,' zegt Chiara, die zich een klein jongetje herinnert dat zich op geen enkele andere manier kon verdedigen dan met net zo'n geloken blik. Ze grijpt het handvat van haar stok wat steviger vast als die monsterlijke woede weer in haar opwelt. Het is alsof ze er permanent zwanger en vol van is. Het doet haar huiveren.

'Ik hou zo van deze brug,' zegt Maria. Ze kijkt omlaag naar het kolkende water. 'Misschien is het wel mijn lievelingsbrug omdat je die perfecte cirkels ziet in de weerspiegeling.'

Terwijl ze doorlopen keuvelt ze over de pluspunten van bruggen en Chiara houdt ineens een vurig pleidooi voor de schoonheid van de San Angelobrug. Ze stoppen even bij de basiliek van Santa Cecilia om een kaarsje te branden voor Cecilia en om Maria het beeld van de heilige te laten zien, met haar afhangende slierten haar, haar uitgestoken hand met de kuiltjes erin. Dan slingeren ze door de straatjes van Trastevere naar de Via Garibaldi en vanaf daar lopen ze eerst de ene en dan de andere trap op. Die trappen doorsnijden de bochtige weg en leiden hen de steile heuvel op.

Ze komen uit tegenover de Acqua Paolafontein.

'Wow,' zegt Maria, 'wow.' Ze is onder de indruk van de geweldige barokke gevel en het water dat uit bassins stroomt in de met pilaren versierde muren, de ondiepe kom waar het in valt en de aquamarijnen kleur van het water tegen het witte marmer.

Maar Chiara zegt niets. Ze heeft zich omgedraaid om te kijken naar het Romeinse panorama aan hun voeten. Ze kijkt naar de weidsheid van de stad aan de overkant, waar de Castelliheuvels verrijzen, en weer heeft ze dat oude gevoel van uitstijgen boven de puinhopen, de kleinheid en het loze lawaai, hier in de verstilling.

Ze begrijpt dat alle hoop die ze ten aanzien van Daniele koestert – dat hij misschien nog leeft, dat hij misschien zelfs een goed leven leidt – uiteindelijk, als je alle lagen afpelt en weggooit, in de kern neerkomt op één ding: dat Daniele, waar hij ook was, op zijn minst wist dat er van hem werd gehouden. En nu is die hoop vervlogen.

Ze begrijpt dat de monsterlijke woede die haar vervult niet in de plaats getreden is van het verdriet. Het ís het verdriet.

Ze wordt zich ervan bewust dat Maria stilletjes naast haar staat. Ze heeft het jasje uitgedaan en de sproetenhuid op haar schouders glimt.

'Ik vind het zo erg dat u zo verdrietig bent,' zegt Maria. 'Wat kan ik doen?'

'Wat je al doet,' zegt Chiara.

Ze blijven doorlopen naar boven, langs het monument voor Giuseppe Garibaldi over het pad met de bustes van zijn volgelingen en dan is ze daar: Anita Garibaldi op haar steigerende paard.

'Daniele,' zegt Chiara ineens, 'kwam hier heel graag. Hij hield van hooggelegen plekken. Hij mocht graag klimmen, in bomen en op muren, en uit ramen. Hij was heel behendig en soepel. Hij had ook een zekere elegantie. Hij kon bijvoorbeeld geweldig dansen.'

Ze vraagt zich af of dit wel echt zo was, of ze hem niet aan het herschrijven is. Dan herinnert ze zich ineens iets wat hij altijd deed, zijn truc.

'Hij kon iets ongelofelijks,' zegt ze. 'Hij noemde het de vlaggenstok. Dan zette hij zijn handen op een bepaalde manier neer. Kijk, zo.'

Ze haakt haar wandelstok over haar onderarm zodat ze beide handen vrij heeft voor de demonstratie, buigt haar knieën en zet haar handen op elkaar om een denkbeeldige paal.

'En dan kon hij zo haaks aan de paal hangen, als een vlag. Hij was zo sterk!' Ze haakt de wandelstok weer los en kijkt Maria aan. 'Hoe kon hij nou denken dat ik hem niet wilde zien?' vraagt ze.

'Misschien dacht hij dat wel helemaal niet,' zegt Maria. 'Ik zou niets geloven wat er uit de mond van die enge pastoor komt.'

Ze loopt de trap op naar de achterkant van het monument om haar briefje daar te deponeren.

'Er zit er al eentje in,' zegt ze.

'O,' zegt Chiara. 'Dat was ik alweer vergeten.'

Ineens raakt de futiliteit van het ritueel haar als een slag tegen haar borstbeen. Ze slaakt een diepe zucht.

'Ik heb hier al een briefje achtergelaten om hem over jou te vertellen. Dat zal het wel zijn.'

'Hij is geadresseerd aan ma,' zegt Maria.

Chiara leunt op haar stok en staart het meisje aan. Haar hart bonst wild en er klinkt een ruisend geluid in haar oren, als het snelle klapwieken van duizenden opstijgende vogels. Ze ziet Maria's mond bewegen, maar kan haar niet horen. In haar lichaam gebeurt iets afschuwelijks waaraan ze geen weerstand kan bieden. De herrie en de wervelingen en een donkere mist proberen vat op haar te krijgen en ze wankelt, maar ze heeft de stevige stok vast en die plant ze in de aarde.

Het is een zinderend warme dag, maar Chiara huivert. Maria hangt het leren jasje om haar schouders. Ze gaan naast elkaar aan de voet van het monument zitten.

Lieve ma,
Jarenlang heb ik briefjes achtergelaten voor mijn moeder en eindelijk krijg ik antwoord! Wacht daar, want ik kom naar je toe.
Liefs,
Daniele

Later zullen ze horen dat hij al drie jaar clean is. Dat hij zichzelf na zijn laatste ontmoeting met pater Antonio bij de kladden heeft gegrepen omdat hij de keuze had: leven of niet meer leven. Dat hij had gehoord dat pater Antonio hem weer zocht en dat hij naar hun speciale plek was gegaan en het briefje had gevonden dat Chiara daar voor hem had achtergelaten.

Over een week zullen Chiara en Maria de bus nemen naar Porta San Paolo, en de trein naar Ostia en dan weer een bus langs de kustweg, waar hij hen van de bushalte zal halen. Dan zal hij hen het dichte mediterrane struikgewas van het jachtreservaat in leiden waar hij woont en werkt, met de wilde zwijnen en herten als gezelschap, tussen de steeneiken en de pijnbomen. Hij zal hun de boom laten zien waar de buizerd nestelt en thee voor hen zetten op het fornuis in zijn hut.

Maar nu, op dit moment, zit Chiara met haar hand in die van Maria, in de schaduw van het monument met de brief op schoot te wachten tot haar verloren jongen weer thuiskomt.

Dankwoord

Ik wil Philip Hensher bedanken, ruimhartige vriend en mentor, voor het lezen van een vroege versie van het manuscript en zijn commentaar daarop. Mijn collega-schrijvers Sally Flint en Jane Feaver bedank ik voor hun steun en wijsheid. Ik dank Kate Smiley, lezer par excellence, omdat ze er op een cruciaal moment voor me was. Ik bedank mijn redacteuren Ursula Doyle en Judy Clain voor hun goede inzichten en alle mensen bij Virago/Little, Brown die aan dit boek hebben gewerkt. Ook dank ik mijn geweldige agente Nicola Barr, haar collega's bij Greene & Heaton en Grainne Fox in New York. Mijn familie – zowel in het Verenigd Koninkrijk als in Italië – en mijn vrienden dank ik voor hun niet-aflatende liefde, kameraadschap en enthousiasme voor wat ik schrijf.